Codename Eisvogel

Codename
Eisvogel

»THE KINGFISHER SECRET«

ROMAN

HEYNE <

Die Originalausgabe erscheint unter dem Titel
THE KINGFISHER SECRET
bei McClelland & Stewart, Toronto

MIX
Papier aus verantwortungsvollen Quellen
FSC® C014496

Verlagsgruppe Random House FSC® N001967

Übersetzung: Luise Filek und Johanna Simon

Satz: Leingärtner, Nabburg
Druck und Bindung: GGP Media GmbH, Pößneck
Printed in Germany

ISBN 978-3-453-27217-0

www.heyne.de

Spezifische Begriffe aus dem Bereich der Sexpionage sind:

- *Honeytrap* (»Honigfalle«): verfängliche sexuelle Begegnung oder Situation, die zu Erpressungszwecken inszeniert wird
- *Raven* (»Rabe«): männlicher Agent, der sexuelle Beziehungen zum Erlangen von Information nutzt
- *Swallow* (»Schwalbe«): weibliches Pendant des *Raven*

aus Wikipedia-Eintrag zu »Sexpionage«

1

MONTREAL – 2016

Grace Elliott saß auf einem fleckigen lila Sofa im billigsten Hotel im Zentrum von Montreal. Die Juniorsuite war seit den Achtzigern nicht mehr renoviert worden, als blasse Fotos von Surfern am Strand noch als Kunst durchgegangen waren. Wände und Teppichboden waren löchrig, die Decke schimmelte, und über den trüben Spiegel verliefen neonpinkrote Streifen. Sie befanden sich auf der Raucheretage, und in Zimmer 927 roch es haargenau so, wie man es nach einem Menschenalter Zigaretten-und-Bier-Brodem, Körperausdünstung und Versagen erwarten würde.

Grace fand es ganz wunderbar. Sie merkte sich jedes kleine Detail, damit sie sich später umso besser an diesen Nachmittag zurückerinnern könnte, wo ihre Karriere einen neuen Anlauf genommen hatte.

Ihr Aufnahmegerät lief und zur Sicherheit auch die App auf ihrem Handy. Beide Geräte zeichneten die Reibeisenstimme der auf der Bettkante sitzenden großen Frau auf, die unter dem Künstlernamen Violet Rain agierte. Damit das Interview überhaupt stattfinden würde, hatte Grace ihr als Teil des Deals zusichern müssen, Davidoff-Slim-Zigaretten, Juicy-Fruit-Kaugummi und eine Achtundvierzig-Dollar-Flasche Rioja zu besorgen. Im Augenblick rauchte, kaute und trank Violet gleichzeitig. Trotz der Misshandlung waren die Zähne blendend weiß. Die gelben

Flipflops waren leicht ausgeblichen, ihre Frisur und die lackierten Zehennägel sahen jedoch ebenso makellos aus wie die Zähne. Violets künstliche Brüste kamen Grace wie eine wundersame, wenn auch schmerzhafte Last vor, die ihr Gegenüber mit sich herumtragen musste.

»Dann hat er Ihnen also nie Geld gegeben?«

»Was ist denn das für eine Frage? Warum hätte er das tun sollen?« Violet sah sich um, als wären noch andere im Raum, die gleichermaßen beleidigt worden sein könnten. »Ich bin keine Nutte. Ich bin Schauspielerin. War Julia Roberts etwa eine Nutte, als sie den alten Knacker in *Pretty Woman* gevögelt hat? Nein. Sie hat in dem Film einfach nur die Nutte gespielt.«

Das widersprach völlig der Aussage von Grace' Quelle. »Entschuldigung.«

»Egal. Sie sind da nicht die Einzige. Meine Eltern und mein ach so frommer Bruder, der das letzte Mal mit mir gesprochen hat, da war ich neunzehn, die kapieren das auch nicht. Sie haben doch auch schon echten Sex gehabt, oder? Das ganze Gestöhne und Aufschreien? Alles nur Schauspiel. Ich bin eine Schauspielerin wie andere auch. Wenn ich nicht auf dem Filmset, sondern im ganz normalen Leben mit jemand zusammen bin, mit einem Verehrer, dann bin ich einfach nur ich, und er ist einfach nur er.«

»Wollten Sie eigentlich immer Schauspielerin werden, Violet?«

»Ich hatte schon in der Mittelstufe und dann in der Oberstufe Theater belegt. Ich hab sogar mal die Julia gespielt, also irgendwie: *So süß ist Trennungswehe, ich rief wohl gute Nacht, bis ich den Morgen sähe.* Dass ich seit zwanzig Jahren hier in der dreckigen, französelnden Pornohauptstadt lebe, habe ich mir nicht selber ausgesucht. Ist einfach so gekommen. Aber jetzt habe ich endlich die Chance, den Sprung ins Fernsehgeschäft zu machen – und Sie, Grace, Sie sind mein Sprungbrett.«

Als Amerikanerin fiel es Grace nicht ganz leicht, Montreal als die Hauptstadt von was auch immer anzusehen – als die Hauptstadt der Pornografie schon gar nicht. Bevor sie selbst hatte hierherziehen müssen, war ihr nie bewusst gewesen, welche Vorurteile sie in dieser Hinsicht hegte. Zu Hause war ein wesentlicher Bestandteil ihrer psychologischen Erziehung gewesen, dass alles Moderne und Mächtige und Anständige und Unanständige selbstverständlich aus den USA stammte.

Grace stützte die Ellbogen auf die Knie und lehnte sich so weit vor, dass Violets Zigarettenrauch sich ihr ins Haar kräuselte. Anschließend müsste sie unbedingt duschen, aber natürlich keinesfalls hier. »Wenn er Ihnen kein Geld gegeben hat, was hat er Ihnen dann gegeben? Ich meine, er ist ein ganzes Stück älter als Sie. Sie sehen fantastisch aus, und er … Na ja. Er ist er.«

»Das Alter spielt keine Rolle. Im Grunde genommen sind die meisten Männer widerlich.« Violet seufzte, drückte die Zigarette aus und zündete sich die nächste an. »Ich kann es Ihnen wahrscheinlich auch einfach erzählen. Als Sie wegen dem Interview an mich rangetreten sind, habe ich Sie erst mal auf Abstand gehalten, weil ich keine Petze sein will. Das bin nicht ich – jemand anderes in die Pfanne hauen. Er hat nichts Ungesetzliches oder auch nur Unnormales getan – außer man bezeichnet Fremdgehen als unnormal. Wissen Sie, warum ich mich letztlich doch noch gemeldet habe? Weil der Mann ein Lügner ist. Er hat mir versprochen – das schwör ich hoch und heilig –, dass er mich nach New York und L.A. bringt und mich ein paar Produzenten vorstellt. Er wollte für meinen großen Sprung ins Fernsehgeschäft sorgen.«

»Und das hat er dann nicht gemacht.«

»Wie wenn ich Luft wär. Wir waren fünf Mal zusammen, und es stand eigentlich schon kurz davor, also Reality-TV, Serien und so, und dann … nichts mehr. So was lass ich nicht mit mir machen.«

Eine halbe Stunde zuvor hatte Violet von ihrem strengen Elternhaus erzählt. Sie hatte die Highschool abgebrochen und war schon mit siebzehn aus dem nördlichen Ontario nach Montreal gezogen. Ursprünglich hatte sie Model werden wollen, dann nach New York oder London oder Paris gehen, Geld verdienen, die richtigen Leute kennenlernen, um schließlich ins Filmgeschäft einzusteigen. Inzwischen war sie sechsunddreißig und am Ende ihrer Pornokarriere angelangt. Bis vor kurzem hatte sie eine intime Beziehung mit einem verheirateten Versicherungsmathematiker gehabt, die dann an einer Geldstreiterei zerbrochen war.

Beim Zuhören hatte Grace der Gedanke beschlichen, dass ein Pornostar und die Redakteurin eines Klatschblatts durchaus eine Menge gemeinsam haben konnten. Beide waren sie beruflich bedingt in Montreal gelandet und hatten geglaubt, es wäre bloß vorübergehend. Beide hofften sie, dass die anderthalb Stunden hier im Hotel Clementine sie wieder auf den Weg ihrer Träume brächten, dass die Geschichte für sie alles veränderte.

In der Siebten hatte Grace in ihrer Heimatstadt Bloomington in Minnesota einen Schreibwettbewerb gewonnen. Teil des Gewinns war ein Mittagessen in Minneapolis mit einem Lokalreporter der *Star Tribune* gewesen. Sie konnte sich noch genau an alles erinnern. Es war ihr wie ein Wunder vorgekommen, dass sie sich aus der Karte aussuchen durfte, was immer sie mochte, Hauptspeise *und* Vorspeise … Ihr hatte sich eine neue Welt eröffnet.

Allerdings war 1998, als sie vorzeitig mit einem Master in Publizistik die Uni verließ, für die Zeitungen ein hartes Jahr. Oder zumindest für eine gewisse Grace Elliott im Zeitungswesen. Sie hatte ihren Lebenslauf an jede große Tageszeitung im Land geschickt, einschließlich die *Star Tribune*. Weil sie daraufhin so gar keine Antworten erhielt, danach auch an mittelgroße Zeitungen und Zeitschriften. Sie war zunächst geknickt gewesen, dann restlos am Boden zerstört. An der Uni hatte sie sich nie um einen Mentor bemüht, und der Reporter, der sie in Minneapolis zum

Essen ausgeführt hatte, war mittlerweile gestorben. Die einzige Reaktion auf ihre Bewerbungen war das Angebot vom *Esquire,* ein unbezahltes Praktikum zu absolvieren. Allerdings erlaubte ihre finanzielle Lage kein unbezahltes Praktikum, erst recht nicht in einer der teuersten Städte der Welt. Also antwortete sie eines düsteren Wochenendes auf einen halbseidenen Aushang am Schwarzen Brett ihrer Uni, in dem weder der *National Flash* noch der Sitz dieser Boulevardzeitschrift namentlich erwähnt wurde. Die Konzernmutter war gerade von New York nach Kanada umgezogen, weil der Vorstand einen Mietvertrag über dreißig Jahre ergattert hatte, und zwar für einen Loft in einem alten Lagergebäude in der Altstadt von Montreal, der einen Dollar Miete pro Jahr kosten sollte. Der symbolische Deal hatte etwas mit den wirtschaftlichen Fördermaßnahmen zu tun, die man seit der Wahlniederlage der Separatisten in Quebec ergriffen hatte. Irgendwie hatte Grace nie recht verstanden, wie die Einheimischen eigentlich von all dem profitierten. Der *Flash* beschäftigte sage und schreibe drei Kanadier.

»Wann ist das Fotoshooting?«, fragte Violet, als sie fertig waren. »Wenn Sie niemand kennen – ich wüsste da wen. Der hat schon Werbung für Guess-Jeans fotografiert.«

»So eine hatte ich sogar schon mal.« Grace juckte es schon in den Fingern. Violet hatte in sämtlichen düsteren, erniedrigenden Einzelheiten von ihrer Affäre mit dem Mann berichtet, der womöglich der nächste Präsident der Vereinigten Staaten würde, wie einige hofften und viele befürchteten. Sie würden beide alsbald in New York ihren Auftritt haben und auf CNN Interviews geben. Noch während Grace die Aufnahmegeräte ausschaltete, hatte Violet den Rioja auf zwei Plastikbecher verteilt, und sie stießen auf all das an, was als Nächstes kommen würde. »Ich schreibe Ihnen, sobald ich die Termine weiß. Aber wir machen es so, dass die Fotos auch garantiert sexy und selbstbewusst aussehen.«

»Auf die Frauenpower!« Violet hob ihren Becher.

»Frauenpower!« Grace stieß mit dem Plastikrand ihres Bechers gegen den von Violet, und sie nahmen beide einen Schluck. Mit ihren bestimmt eins achtzig war Violet deutlich größer als Grace, und sie war wesentlich kurviger. Grace' letzter Freund hatte sie einmal als »sehnig im positiven Sinne« bezeichnet, und sie hatte sich so verführerisch wie ein ausgemergelter Marathonläufer gefühlt. Während sie ihren Wein tranken, war es so still, dass sie das kopulierende Pärchen im Nachbarzimmer hören konnten.

»Bei ihr ist es eindeutig Fake«, flüsterte Violet. »Also, wie geht's jetzt weiter?«

»Ich fahre erst mal direkt in die Redaktion und lasse den Vertrag für Sie ausstellen. Bis wir die Story veröffentlichen, dürfen Sie mit niemand über die ganze Sache reden.«

»Wann kriege ich mein Geld?«

»Sobald die Rechtsabteilung alles geprüft hat. Ich mache denen Dampf. Wenn mein Chefredakteur hört, um was es geht …«

»Glauben Sie, er würde auch zweihunderttausend zahlen? Statt hundertfünfzig? Ich bräuchte echt ein neues Auto.«

»Ich erzähle ihm, dass Sie auf zweihundertfünfzig bestehen. Er wird verhandeln wollen, und so landen wir eventuell bei zweihundert.«

Dass Grace in Violets Sinne argumentieren würde, war ihr herzlich egal. Der Eigentümer des *National Flash* finanzierte einen Großteil der schlimmsten Dinge, die in Amerika vor sich gingen. Ihre alten Unidozenten in Austin wären entsetzt, wenn sie mitbekämen, dass sie ihren Informanten für deren Storys Geld anbot. Aber im Journalismus war eben nichts so, wie Grace es sich damals in den Neunzigern vorgestellt hatte.

Sie trat in den kühlen, aber sonnigen Oktobertag hinaus. Das letzte Laub wirbelte von den Bäumen des nahen Friedhofs und verfing sich in ihrem Haar. Während Grace leicht beschwipst aus dem Stadtzentrum in südöstlicher Richtung zur Altstadt lief, fand sie alles toll, was sie sonst eigentlich immer grässlich fand: die Pfandleiher und Fast-Food-Ketten, die Kippen am Straßenrand, die Graffiti, die mehrfach gepiercten jungen Punks in ihrer schwarzen Lederkluft, die mit ihren räudigen Kötern schnorrend auf Pappkarton herumlungerten. Wie menschlich das doch alles war. Nichts würde ihrem Hochgefühl heute etwas anhaben, war sie doch drauf und dran, die größte – na ja, ehrlich gesagt, die erste – Sensationsstory ihrer Karriere zu landen. Sie war dreiundvierzig, geschieden und aus freien Stücken kinderlos geblieben, besaß eine Zweizimmerwohnung und eine Katze und hatte drei nie eingelöste Rezepte für Antidepressiva im Portemonnaie. Sie verbrachte im Schnitt fünf Abende die Woche allein mit sich und Netflix-Liebeskomödien und trank dazu Wein, der nicht annähernd an die Flasche Rioja heranreichte, die sie für Violet besorgt hatte. Violet Rain! Zwei Monate lang hatte Grace an sie hingebaggert. Selbst ihre renommierten Publizistikprofessoren an der Uni Texas hätten zugestimmt, dass es nicht einfach sei, einen Pornostar zu kontaktieren, dann ein Vertrauensverhältnis zu der Frau aufzubauen und sie mittels diverser Cafébesuche dazu zu bringen, ihre Geschichte öffentlich zu machen.

Der *National Flash* mochte für ihre Exkommilitonen, die – noch keine dreißig – bei diversen ehrwürdigen Medien untergekommen waren, für alle Zeiten ein Witz bleiben, aber alle würden zugeben müssen, dass Grace' Erfolg auf hartnäckigem, geduldigem, ethisch einwandfreiem Investigativjournalismus beruhte. Wenn die Geschichte erst einmal einschlug, fand sich vielleicht irgendwo ein Chefredakteur, der ein bisschen Fantasie aufbrachte und Lust am Risiko hatte, und dann würde sie, Grace, den »großen Sprung« machen. Sie würde endlich das sein, was sie schon als Zwölfjährige hatte werden wollen: eine richtige Journalistin.

Grace bedachte Wildfremde mit einem Lächeln. Sie blieb stehen, um einen Golden Retriever zu streicheln. In der nach Vanille riechenden Boutique eine Straße von der Redaktion entfernt probierte sie den Kaschmirschal für dreihundert Dollar an sich aus, um den sie schon seit Monaten herumschlich. Bis zum heutigen Tag hatte sie sich nicht getraut, ihn auch nur anzufassen. Wer Bildunterschriften für Fotos von aufgedunsenen Promis an Mittelmeerstränden verfasste, verdiente es nicht, Kaschmir anzulangen. Vor dem Spiegel drückte sie die Schultern durch, zerzauste ihr braunes Haar, damit es weich über Schal und Jacke fiel, nahm die Brille ab, setzte sie wieder auf, nahm sie wieder ab.

»Sieht edel aus«, sagte die Verkäuferin.

Sie kaufte den Schal, weil die alte Grace, die Vor-Violet-Grace, ihn sich nie geleistet hätte. Das hier war der Wendepunkt, der Moment ihrer Neuerfindung.

Am Lagergebäude angekommen, rief sie dem Concierge im Erdgeschoss einen Gruß zu und nahm dann zum Loft hinauf die Treppe anstelle des Aufzugs. Ihr Arbeitgeber Steadman Coe, Herausgeber und Chefredakteur des *National Flash* in Personalunion, saß in seinem verglasten Büro und telefonierte. Er lümmelte in seinem Sessel und hatte die Beine auf den Schreibtisch gelegt, und seine laute Stimme und das aufgesetzt dröhnende Lachen waren selbst durch die Glasscheiben zu hören. Obwohl es draußen kühl war, steckten Coes Füße barfuß in seinen Mokassins. Er trug einen himmelblauen Anzug und dazu eine schwarze Krawatte. Er rasierte sich zwar allmorgendlich den Schädel, aber zu dieser Tageszeit zeichneten sich rund um die Ohren bereits wieder die ersten Stoppeln ab. Die Zeitschrift war tags zuvor in den Druck gegangen, daher waren sie quasi allein im Büro – einmal abgesehen von den Gamedesignern, die zur Untermiete im nordwestlichen Eckchen residierten. Grace drehte Coe den Rücken zu und übte im Stillen, was sie ihm sagen würde. Im Spiegelbild in der Scheibe, mitsamt dem neuen Schal, sah sie, wie sie mit den Lippen die Worte formte. Sie stand krumm da. Warum stand sie eigentlich immer so krumm da? Sie richtete sich gerade auf und drückte die Schultern wieder durch. Das hier wird *die größte Story meiner Karriere – und deiner auch*.

Zu dieser Jahreszeit ging die Sonne früh unter. Die Wolken über dem Sankt-Lorenz-Strom leuchteten pink und lila. Immer wieder berührte sie den neuen Schal, der auch jetzt noch leicht nach der Vanille aus der Boutique roch. Bei ihren letzten drei Arztbesuchen anlässlich der typischen Ängste einer Frau mittleren Alters – irgendwas in der linken Brust fühlte sich komisch an, ein Knötchen in der rechten Kniekehle, Kopfschmerzen, die nichts mit dem Weinkonsum zu tun haben konnten – hatten die Laborbefunde nichts, nichts und wieder nichts ergeben. Die anschließende Fragestunde zu ihrem seelischen Wohlbefinden war dann nicht ganz so erfreulich verlaufen. Grace würde sich selbst nie als depressiv bezeichnen, auch wenn der Arzt genau das behauptet hatte. Erst jetzt, wo sie im zweiten Stock des annähernd verwaisten Lagergebäudes stand und Steadman Coe hinter Glas ins Telefon kläffte und brüllte, stellte sie ihre Selbstdiagnose: Sie fühlte sich schlicht und ergreifend unerfüllt. Sie schöpfte ihr Potenzial nicht voll aus. Sie hatte sich in Selbstmitleid gesuhlt, als hätten der Journalismus, ihr Exmann und die Weltwirtschaftsordnung dieses Leben für sie vorherbestimmt. Wie hatte ihr das – die zugrunde liegende Wahrheit – in all der Zeit entgehen können? Sie hatte doch alles selbst in der Hand.

»Ich hab es selbst in der Hand.«

»Du führst Selbstgespräche, Gracie.« Steadman Coe stand in der geöffneten Bürotür. Im Mundwinkel hing eine unangezündete Zigarre.

Gerade stehen, Schultern zurück.

Coe setzte sich in den Sessel und legte die Beine wieder auf den Tisch, und noch ehe Grace die Gelegenheit hatte, ihm ihre

Geschichte zu erzählen, schwadronierte er bereits von dem kleinen Sieg in Sachen Anzeigenwerbung, den er am Telefon soeben errungen habe. Während anderen Printmedien die Werbeeinnahmen ausgingen, könnten sie selbst dank dem bevorstehenden Präsidentschaftswahlkampf immerhin zulegen.

»Na ja, das ist ja dann bald vorbei.«

»Nicht, wenn er gewinnt«, sagte Coe. »Die ganzen Meinungsforscher, die unterschätzen und missverstehen unsere Leserschaft, *deine* Leserschaft, Gracie …«

Unwillkürlich ließ sie die Schultern wieder nach vorn sacken. »Steadman …«

»Es ist fast sechs. Was machst du überhaupt noch hier?«

»Ich bin da seit zwei Monaten an einer Sache dran …«

»Du solltest zusehen, dass du öfter mal rauskommst. Urlaub machen. Yoga oder so einen Mist. Oder einem Verein beitreten.«

»Ich mache bereits Yoga. Und jetzt hör mir bitte zu!«

»Ich hör doch zu.«

»Ich komme gerade von einem längeren Interview mit einem Pornostar namens Violet Rain.«

»Schön. Hast du mir ein Autogramm mitgebracht?«

»Die vor vier Jahren eine Affäre mit Anthony Craig hatte.«

Coe nahm die Beine vom Tisch und legte die Zigarre in die leere Kaffeetasse vor ihm. Das Lächeln war mitsamt der restlichen Sommerbräune aus dem Gesicht verschwunden.

Grace erzählte ihre Geschichte bis zu der Stelle, wo sie im Hotel Clementine mit einem Glas Rioja angestoßen hatten. Ja, zweihundertfünfzigtausend Dollar seien eine Menge Geld, aber in nicht einmal einem Monat fänden die Wahlen statt. Und mit der Story würden sie, kurz und gut, den größten Knüller der Welt landen.

Als Coe das Wort ergriff, klang er ungewöhnlich kleinlaut. »Jeder weiß, dass er Affären hat. Seine Scheidungen …«

»Aber mit Pornodarstellerinnen? Du willst einen Präsidenten, der Affären mit Pornostars hat?«

Er zuckte die Achseln. Sein Gesichtsausdruck war nicht annähernd der, mit dem sie gerechnet hatte. Grace wusste, dass Coe in dem leise vor sich hin brummenden kleinen Kühlschrank in der Büroecke flaschenweise Veuve Clicquot aufbewahrte. Sie war davon ausgegangen, dass er an diesem Punkt längst eine geköpft hätte. Das hier war der Coup des Jahres, und es gäbe sogar Onlinematerial. Violet hatte haufenweise Bilder auf ihrem Handy: schlüpfrige Beweise!

»Gibst du mir eine Minute? Ich rufe schnell Jack an.« Er erhob sich langsam aus dem Schreibtischsessel.

»Steadman, ich weiß, dass er im Prinzip einer der Unsren ist, weil praktisch alle unsere Leser hinter dem Mann stehen. Aber das hier …«

»Gib mir eine Minute. Und mach die Tür hinter dir zu.«

Sie ging aus dem Büro und steuerte ihren Schreibtisch an, ließ sein Gesicht hinter der Glasscheibe aber nicht aus den Augen. Jack Dodson war der Eigentümer des *National Flash* und besaß daneben auch diverse Casinos und Hotels und eine aufsteigende Hamburger-Kette mit evangelikalen Wurzeln. Er war einer der Hauptsponsoren von Anthony Craigs Wahlkampfkampagne und dessen Partei. Dann wieder war Dodson selbst Journalist gewesen; er würde es begreifen.

Es dauerte doch keine Minute, dass Steadman Coe sie wieder zu sich winkte.

»Setz dich«, sagte er, kaum dass sie zur Tür herein war.

»Ich bleibe lieber stehen. Schieß los.«

»Von wem hast du das Ganze?«

Grace war nicht verpflichtet, ihm das zu verraten. Ein richtiger Chefredakteur von einer richtigen Zeitung würde so etwas auch nie fragen. Sie seufzte. »Wieso?«

»Es könnte dein Verhältnis zu Elena aufs Spiel setzen.«

Grace hatte sich das mehrfach durch den Kopf gehen lassen, vor allem weil Elena tatsächlich ihre Quelle war. Die Sache war ihr nach ein paar Gläsern Champagner einfach so herausgerutscht, aber eine richtige Journalistin fackelte da nicht lange. »Das kann gut sein, aber ...«

»Wir kaufen die Story.«

»Echt jetzt?« Sie klatschte in die Hände. »Ehrlich, Steadman, ich habe schon mit dem Schlimmsten gerechnet.«

»Wir zahlen ihr zweihundert.«

»Das wird sie freuen. Die Story habe ich morgen Abend im Kasten. Wir müssen den Fototermin erst noch machen, aber die vom Layout sollen ruhig schon mal ...«

»Wir kaufen die Story, Gracie. Aber wir bringen sie nicht. Gib mir ihre Nummer. Jacks Anwalt kümmert sich darum.«

»Was? Warum?«

»Es ist zu dicht an der Wahl. Das wäre unlauter.«

»Auf dem Cover am Freitag ist Roseanne Barr im Bikini.«

Er zuckte wieder die Achseln. »Hab nicht ich entschieden.«

»Das ist ein Fehler, Steadman. Wir machen zwar oft das Falsche, aber das wäre komplett verkehrt. Wir müssen die Story bringen. Die Leute müssen von der Sache mit Violet erfahren, mit ihm ...«

»Tut mir leid, Gracie.«

Das war der richtige Moment, einen Schlussstrich zu ziehen und alles hinzuschmeißen. Sie hatte keine andere Wahl. Dann wiederum ging ein Drittel ihres Gehalts allein für die Zahlungen an ihre Mutter drauf, für das Heim in Florida, und ihre eigene Hypothek stotterte sie auch immer noch ab. Sie hatte keinerlei Ersparnisse. In ihren Augen brannte es, aber sie würde vor Steadman Coe jetzt *nicht nicht nicht* in Tränen ausbrechen. Stattdessen langte sie über den Schreibtisch zur Kaffeetasse, nahm die kubanische Zigarre heraus – am einen Ende war sie widerlich feucht –, brach sie in zwei Stücke und pfefferte dann alles an die Wand.

»Ich hätte da was, was dich bestimmt wieder aufmuntert.«

Anstatt Coe auch nur einen Augenblick länger ins botoxstarre Gesicht zu sehen, marschierte Grace aus seinem Büro.

»Du warst doch noch nie in Europa, oder?« Er lief ihr nach, und sie hörte die Lederabsätze seiner Mokassins über das Parkett klackern. Sonst war es in der ganzen Redaktion mucksmäuschenstill. Sogar die Spieleentwickler waren mittlerweile nach Hause gegangen.

Grace warf den neuen Schal in den leeren Papierkorb neben ihrem Schreibtisch. Der Schal war jetzt nur noch ein Zeichen ihres Versagens, genau wie das als Witz gedachte Barry-Manilow-Foto an ihrem Arbeitsplatz und die einsame Gerbera in dem Champagnerglas, die sie sich selbst gekauft hatte. *Sich selbst gekauft.*

Was hatte sie sich eigentlich vorgestellt? Natürlich hatte das Ganze nicht gut gehen können. Für Grace Elliott oder überhaupt die Elliotts war noch nie irgendetwas gut gegangen. Sie war verflucht – genau wie ihre blinde Mutter und ihr toter Vater und ihre armen, vergessenen Großeltern und zuvor die Urgroßeltern. Auf dem Heimweg würde sie irgendwo anhalten und eines der Rezepte einlösen. Mit dem Medikament und einer Flasche australischem Billigwein ließe sich die Sache erledigen.

Coe lehnte sich vor und ließ eine edle Büttenkarte auf den Tisch fallen. Das Logo kannte sie nur zu gut: La Cure Craig. Darunter hatte Elena Craig neben ihrer ausladenden Unterschrift noch eine persönliche Notiz angefügt: *Planänderung. Begleite mich,* duše moje.

»Für die nächste Sitzung mit ihr fliegst du an einen weitaus exotischeren Ort als New York. Deine alte Freundin wird zwar nicht ins Weiße Haus einziehen, aber sie dürfte über ihren Exmann einiges zu erzählen haben. Gracie, denk ganz ruhig darüber nach.

Wenn er gewinnt, wenn wir ihm auf unsere bescheidene Weise zu gewinnen helfen, hättest du exklusiven Zugang zu einer seiner engsten Vertrauten. Sie nennt dich bei einem Kosenamen. Du könntest glatt ein Buch über sie schreiben.« Er hielt kurz inne und tippte dann auf die Karte. »Du hast im Sommer keinen Urlaub gemacht, weil du meintest, dir keinen leisten zu können. Also dann. Hier hast du einen. Spesen gehen aufs Haus. Gracie, flieg nach Prag.«

2

NEW YORK – 2014

Ihre erste Nacht in New York seit dem Ausflug an ihrem 21. Geburtstag hatte Grace Elliott in einer Bleibe an einer lauten Ecke in der Nähe vom Times Square verbracht. Aber nicht die Sirenen oder das Geschrei irgendwelcher Verrückten hatten ihr da den Schlaf geraubt. Dagegen halfen die Ohrenstöpsel. Nein, Grace hatte nicht schlafen können, weil sie tags drauf um neun Uhr Elena Craig treffen sollte.

Als Elena sich Anfang der Neunziger von ihrem berühmten Ehemann scheiden ließ, war das in Manhattan ein Riesenskandal und machte weltweit Schlagzeilen. Sie war damit auf jedem Nachrichtensender zu sehen und stand in jeder Zeitung rund um den Globus. Sie ließ die Gelegenheit nicht ungenutzt und gründete ihr eigenes Unternehmen: La Cure Craig.

Grace schrieb nun schon seit sechzehn Jahren für den *National Flash* über Promis, hatte aber noch nie einen ganzen Vormittag mit einem verbracht. Sie trug ihr ärmelloses schwarzes Kleid von Gap. Das mit den roten Tupfen. Das beste Stück in ihrem Kleiderschrank. Als sie sich beim Frühstück ein letztes Mal die Liste mit ihren Fragen durchlas, verschüttete sie ein bisschen Kaffee, sodass einer der Tupfen nun eher braun war.

Der Termin mit Elena Craig fand im Vorzeigespa von La Cure Craig gleich bei der Central Park West statt. Sie hatte beschlossen, zu Fuß zu gehen, um ein bisschen herunterzukommen und gleichzeitig etwas von der Stadt zu sehen. Es war leider ein ungewöhnlich windiger Märztag. Ihre Haare wehten in alle Richtungen. Als sie ankam, war aus ihrem Taylor-Swift-Bob eine Frisur wie nach einer Küstenfahrt geworden. Ihre Gastgeberin, die auch als Model für Wikingergewänder hätte durchgehen können, hatte jede Menge schwarzen Lidschatten aufgetragen. Grace kam es wie viel zu viel vor, sie wusste aber, dass der Eindruck täuschte. Als jemand aus dem Mittleren Westen nahm sie praktisch qua Geburt an, dass der einzige modische Fehltritt in New York nur der eigene sein konnte.

La Cure Craig bestand hauptsächlich aus Glas. Neben den Lüstern und der Treppe waren selbst die Sitzmöbel aus Kristall. Dazu gab es makellos weiße Lederkissen. Der Flügel im Eingangsbereich war ebenfalls aus Kristall, und bei ihrem ersten Besuch der Wellnesseinrichtung an jenem zweiten Frühlingstag im Jahr 2014 spielte er von allein eine Chopin-Sonate. Wenn etwas im La Cure Craig nicht aus Kristall bestand, dann war es weiß.

Warum Kristall? Aus einer Netflix-Serie über die Schönen und Reichen, in der es in einer Folge um Elena Craig ging, hatte Grace erfahren, dass böhmisches Kristallglas als feinstes der Welt gelte. Bier und Glas seien Schlüsselelemente der tschechischen Kultur, so wie Sushi und Sake in Japan oder Ahornsirup und überflüssige Entschuldigungen in Kanada. Im Eingangsbereich des Spas roch es süßlich nach Kräuteraufguss. Während Grace darauf wartete, dass Elena Craig zum Kennenlerntermin erschien, konzentrierte sie sich zur Beruhigung auf den Chopin. Es gab da eine Bezeichnung für diese Art von Klavieren, die von allein spielten, aber das Wort fiel ihr momentan nicht ein. Sie war so müde und nervös, dass ihr Kopf sie im Stich ließ. Das linke Augenlid zuckte ständig.

Um exakt neun Uhr kam Elena Craig in einem derart weißen Kostüm die Kristalltreppe herabgeschritten, dass es als Tarnkleidung hätte dienen können. Grace stand zur Begrüßung auf, wobei sie sich ausgesprochen mickrig fühlte. Sie beide waren zwar ungefähr gleich groß, aber Elena hatte etwas Gigantisches an sich. Sie konnte einen Raum ganz allein füllen, was im Fernsehen so nie rüberkam. Es gab zweierlei Medienstorys über Elena Craig. In der einen Lesart war sie das Trophäenweibchen mit dem lustigen Akzent, das seinen Platz in der obersten New Yorker Gesellschaftskaste nicht verdient hatte. In der anderen war Elena eine eindrucksvolle, intelligente Frau, die kultige Luxuskarossen entwarf, eine der erfolgreichsten amerikanischen Spa-Ketten lanciert hatte und als engste Beraterin ihres Exmannes galt. Grace' Bauchgefühl sagte ihr, dass die zweite Version stimmte und die erste von Männern erdacht worden war und vertreten wurde, die sich von Elena Craig eingeschüchtert fühlten und dabei kein Vergnügen empfanden.

»Ms. Elliott?«

»Sagen Sie ruhig Grace.« Sie streckte ihr die Hand hin.

Elena ergriff sie und drückte kräftig zu. Sie schien Grace von unten bis oben zu mustern, angefangen von den billigen Kaufhausschuhen über den Kaffeefleck auf dem Kleid bis hin zu dem abklingenden Pickel auf der Stirn. Grace bemühte sich, den Fleck mit ihrem Notizblock zu verdecken, aber Elena schien irgendwie hindurchzublicken. Noch bevor die Frau zu sprechen begann, war sich Grace sicher, dass man sie abweisen würde. Sie war nicht schlau genug, nicht modisch genug, einfach nicht *genug*, sich in der Gegenwart dieser Frau aufzuhalten, ganz zu schweigen davon, aus deren Blickwinkel zu schreiben.

»Wann sind Sie angekommen, Grace?«

»Gestern.«

»Ich hoffe, Steadman Coe hat Sie für das Geld, das ich ihm angewiesen habe, in einem anständigen Hotel untergebracht, ja?«

»Oh, alles bestens. Ja.«

»Wirklich?«

»Nein, Ms. Craig. Das Hotel ist schrecklich.«

»Wir werden uns beim nächsten Mal ein besseres aussuchen.« Elena lächelte, wenn auch nur leicht, und nahm Grace bei beiden Händen. »Sie sind nervös. Nicht vertraut mit New York?« Sie führte Grace in einen Privatsalon mit Blick über den Central Park. »Ich erinnere mich noch an meinen ersten Aufenthalt in der Stadt vor langen Jahren. Es ist hier wie nirgends sonst, ja? Man fühlt sich wie eine Ameise. Ja?«

»Ja.« Beinah hätte Grace *ja, vielen Dank* gesagt. Sie fragte sich, woher Elena all das über sie wusste, wo sie sich doch alle Mühe gegeben hatte, weltläufig und selbstbewusst zu wirken.

»Sie stammen aus dem Mittleren Westen?«

»Stimmt. Woran haben Sie das gemerkt?«

Anstatt die Frage zu beantworten, forderte Elena sie auf, sich zu setzen, und fragte sie, was sie trinken oder essen wolle. Ob sie jetzt oder lieber später einen Rundgang durch La Cure Craig machen wolle. Ob sie nach ihrem Gespräch vielleicht eine Massage oder eine Maniküre erhalten wolle.

Elena Craig war das Gegenteil dessen, was Grace sich vorgestellt hatte. Ihre Stärke bestand darin, andere Menschen zur Kenntnis zu nehmen, ihnen das Gefühl zu geben, wichtig und interessant zu sein, und dafür zu sorgen, dass sie sich wohlfühlten. Zehn Minuten später hatte Grace ihr Details aus ihrer Kindheit in Minnesota erzählt, dass ihre journalistischen Ambitionen an den Realitäten einer harten Branche zerschellt seien und sie keinen blassen Schimmer in Sachen Mode habe. Grace dämmerte, dass Elena nun praktisch alles über sie wusste, während sie Elena noch weniger begriff als zuvor.

Bei dem Job ging es um eine wöchentliche Ratgeberkolumne im *National Flash,* gesponsert von La Cure Craig und namentlich gezeichnet von Elena. Es sollte darin um Mode, Essen, Glamour,

Scheidung, Mutterschaft, Wiederverheiratung und um alles gehen, was Coe unter »erschwingliche Märchenträume« verstand.

Elena Craig und Grace Elliott würden sich alle Halbjahr persönlich treffen und sich die entsprechenden Fragen nebst Antworten ausdenken. Für jede Frage würden sie den Namen einer Frau erfinden und ihr einen banalen Wohnort zuordnen. Elena würde die Flug- und Hotelkosten übernehmen und Grace außerdem jedes Mal 120 Dollar Taschengeld zustecken, von denen Coe nie erfuhr.

Schon bei ihrer ersten Begegnung wurde Grace klar, dass sie von Ghostwriting eigentlich keine Ahnung hatte. Das war etwas anderes als Journalismus. Die ersten drei Fragen hatte sie viel zu allgemein in Richtung Elenas grundsätzlicher Weltsicht gestellt.

»Niemand interessiert sich wirklich dafür, ja?«, sagte Elena. »Wollen die Leute nicht eher etwas ganz Bestimmtes wissen?«

Grace lachte.

»Was? Habe ich nicht recht, Grace?«

»Doch. Das ist witzig, aber Sie haben in allem recht.«

»Na, *das* ist ja witzig. Und auch ein bisschen traurig, so gesehen. Und jetzt, duše moje, bevor wir richtig loslegen, möchtest du einen Mimosa?«

Grace hatte zuvor noch nie einen probiert. »Okay. Und wie haben Sie mich gerade genannt?«

»Das war tschechisch. Heißt ungefähr *meine Seele*. In *Pinocchio* – den habe ich mit meiner Tochter gesehen – ist die Seele von dem lügenden Jungen eine Grille.«

»Jiminy Cricket.«

»Genau das bist du.« Elena orderte die beiden Champagnercocktails. »Jetzt stell dir vor, dass du eine Durchschnittsfrau bist, schon in einem gewissen Alter, in Nebraska.« Es schien Elena Spaß zu machen, *Nebraska* auszusprechen. »Was möchtest du von mir wissen?«

»Na ja, Sie waren mit Anthony Craig verheiratet.«

»Viele Jahre lang.«

»Er ist … prominent.«

»Das kann man wohl sagen.«

»Warum haben Sie nach der Scheidung seinen Namen behalten? Das Ganze ging doch durch die Öffentlichkeit. Er hat sich Ihnen gegenüber so schrecklich benommen.«

Die Bedienstete war im Nu mit den Cocktails zurück, und Elena blickte ihr beim Bedanken vielsagend in die Augen. Die mit Saft und Champagner gefüllten Glasflöten sahen auf dem Kristalltisch recht hübsch aus. »Duše moje, danke für dein Mitgefühl. Aber das meiste war nur Theater, ja? Das Leben ist wie eine Vorstellung. Und sag mir, ob du dir den Namen Elena Klimentová merken könntest.«

»Vielleicht.«

»Du musst jetzt nicht höflich antworten. Sei ehrlich. Du würdest ihn vergessen. Du hast ihn jetzt schon vergessen, ja? Ich bin eine Geschäftsfrau. Ein Name ist eine Marke.«

Fünf Minuten später hatte Grace etwas zu Papier gebracht:

Liebe Elena,
ich habe meinen Mann erwischt, wie er mich mit einer Freundin von mir betrügt, und die ist noch nicht mal besonders hübsch. Wir lassen uns natürlich scheiden. Aber soll ich seinen Namen behalten?
Herzschmerz aus Hackensack

Nach dem ersten Treffen arbeiteten sie fortan immer spätnachmittags und mit Champagner, der nicht von Orangensaft behelligt wurde. Grace hörte Elena zu. Elena, die sich selbst spielte. Aus den Notizen verfertigte sie dann die halbseitige Kolumne, wobei sie gewisse Schlüsselsätze wörtlich zitierte, damit es authentisch klang.

Für Coe war die Leserverarsche ein Schachzug, nämlich ein äußerst lukratives Schleichwerbungsprojekt. Elena bot es die Möglichkeit, Gesprächsthema zu bleiben. Sie konnte mit der Sorte Frauen in Verbindung bleiben, auf die sie abzielte: den Frauen, die an der Supermarktkasse Klatschzeitungen kauften und sich ein anderes Leben ausmalten. Für Grace waren die Kolumnen, selbst wenn sie nicht unter eigenem Namen schrieb, eine Chance, wöchentlich Millionen von Lesern mit etwas zu erreichen, was sie kreiert hatte. Außer wenn es gerade einen handfesten Skandal gab, war *Frag Elena* der meistgelesene Artikel im *National Flash*.

»Die Scheidung selbst war schon schmerzhaft und erniedrigend. Aber Anthony und ich sind Freunde geblieben und im Leben unseres Kindes und hinsichtlich unserer geschäftlichen Interessen und Ambitionen partnerschaftlich verbunden.« Sie nahm einen großen Schluck. »Das darfst du in meiner Kolumne nicht schreiben, aber es gibt noch einen weiteren Grund. Mein Tony wird einmal der mächtigste Mann der Welt sein.«

»Moment.« Grace ließ den Stift sinken. »Ich verstehe nicht, wie Sie das meinen.«

Elena Craig lehnte sich über den Kristalltisch. Unter ihr perlte der Champagner in den Glasflöten. Nicht der Anflug eines Lächelns zeigte sich in ihrem Gesicht. Sie tippte auf ihre Cartier-Armbanduhr. »Wart's nur ab, duše moje.«

3

PRAG – 2016

Grace Elliott war nur froh, dass sie den neuen Kaschmirschal im Loft in Montreal wieder aus dem Müll geklaubt hatte. Selbst hier am Flughafen, mit ihrem Koffer im Schlepptau, fühlte sie sich damit gleich viel europäischer. Sie war zum allerersten Mal außerhalb von Nordamerika unterwegs. In der Highschool hätte sie einmal auf Klassenfahrt nach Deutschland gehen dürfen, allerdings hatten ihre Eltern die nötigen anderthalbtausend Dollar nicht abzweigen können. Grace war eines von drei Kindern in der Elften gewesen, die daheimgeblieben waren, und selbst dreißig Jahre später war die Scham von damals noch lebendig.

Ihre beste Freundin Manon, deren Tante und Onkel in Frankreich lebten, hatte ihr geraten, dass sie den Jetlag am besten bekämpfe, indem sie am Reiseziel bis spät in die Nacht wach bleibe. Nicht dass der Ratschlag nötig gewesen wäre. Auch wenn sie um die Mittagszeit gelandet war und im Flugzeug, wie sich herausgestellt hatte, kein Auge hatte zumachen können, war Grace so aufgeregt, jetzt in Europa zu sein, dass an Mittagsschlaf gar nicht zu denken war.

Ihr Uber-Fahrer sprach kein Englisch, was Grace nicht davon abhielt, auf alles zu zeigen, was ihr europäisch vorkam: Autos und Busse und Notarztwagen, Bäume, Straßenschilder, Werbetafeln, Kreisverkehre.

»Ist das da kommunistisch?« Grace deutete auf einen Betonkomplex. »Wenn wir uns in Amerika über hässliche Gebäude aufregen, dann nennen wir sie kommunistisch.«

Der Fahrer, der eine schwarze Yankees-Kappe aufhatte, grunzte nur und zuckte die Achseln.

Als sie dann die Altstadt von Prag erreichten, musste Grace sich zusammenreißen, dass sie nicht vom Rücksitz des fahrenden Wagens aus verwackelte Bilder schoss. Aber wie sonst sollte man im Jahr 2016 seiner Begeisterung und Bewunderung Ausdruck verleihen?

Den Flug sowie das Zimmer im Four Seasons hatte Elena für sie übernommen. Im Hotel würde auch die Präsentation ihrer neuen Parfümlinie stattfinden. Es stellte sich heraus, dass Grace' Zimmer erst eine Stunde später bezugsfähig sein würde. Also schlenderte sie eine Weile im winzigen Terrassengarten des Hotels herum. Es war der 25. Oktober, es wehte ein kalter Wind, und die letzten gelben Weidenblätter wirbelten zur tintenschwarzen Moldau hinunter.

Ein Vogelschwarm flog über die roten Dächer von Malá Strana, der »Kleinseite« am entgegengesetzten Flussufer. Zur bevorzugten Farbpalette der Prager Innenstadt schienen sämtliche Schattierungen des Sonnenscheins zu gehören. Auf der Karlsbrücke wimmelte es von Touristen, die ihre Smartphones gezückt hatten und dem Wind keinerlei Beachtung schenkten. Sie selbst würde sich nach der für vier Uhr anberaumten Pressekonferenz mit Elena auf einen Drink treffen. Grace' Jacke steckte in ihrem Koffer im Gepäckraum, sodass sie sich gegen einen Erkundungsgang durch die Altstadt und stattdessen für den eleganten Gesellschaftsraum und die Lektüre eines hiesigen Schriftstellers entschied, um sich besser in den Prager Geist hineinzudenken: *Das Schloss* von Franz Kafka. Allerdings konnte sie sich nur schwer konzentrieren. Zur Aufbewahrung von Wein- und Schnapsflaschen diente im Foyer ein massiver Holzschrank mit einem Spiegel in der Mitte. Immer wieder wanderte Grace' Blick zu ihrem Spiegelbild, zu ihrem blauen Schal und dem roten Pullover.

Zwanzig Minuten vor Beginn der Pressekonferenz schwärmten Männer und Frauen in schick-nachlässigen Outfits durch das Foyer zum Festsaal im Untergeschoss: Redakteure, Fotografen, kleinere Kamerateams. Zum festgesetzten Beginn der Präsentation ließ Grace ihr Getränk auf das Zimmer schreiben, das sie noch nicht bezogen hatte, und stieg ebenfalls die Treppe hinunter.

Der Festsaal war voll besetzt; ein junger Mann im Zweireiher las ein paar einleitende Worte von seinen Unterlagen ab. Grace schlüpfte auf einen der letzten freien Plätze in der drittletzten Reihe. Der großspurige junge Mann mit dem unüberhörbar britischen Akzent redete von Neu- und Wiedergeburt, und als er schließlich Elenas Namen nannte, trat sie durch eine Tür zu seiner Linken. Wie Journalisten nun einmal waren, gab es nur wenig Applaus, was dem theatralischen Auftritt einen Hauch Lächerlichkeit verlieh.

Die frische Spannkraft in Elenas Gesicht zeugte von der jüngsten Mini-OP zu Beginn des Sommers. Sie hatte sich für ein rotes Kleid mit asiatisch anmutenden Stickereien entschieden, und ihr Haar war strahlend blond. Aus der Entfernung hätte die sechsundsechzigjährige Elena glatt als Elena mit sechsunddreißig durchgehen können, wie man sie von alten Bildern her kannte. Sie hatte sich ihre Athletik und Körperbeherrschung bewahrt, die sie sich in ihrer Jugend als Leistungsturnerin angeeignet hatte.

»O Gott«, murmelte ein Reporter hinter Grace, als Elena innehielt, um den Blick über ihr Publikum schweifen zu lassen. Der Mann klang überheblich. Am liebsten hätte Grace sich umgedreht und ihn gefragt, was das solle. Was habe er gegen sie? Sei sie ihm zu schön? Zu glamourös? Zu stark?

»Als ich beschlossen habe, meine Duftlinie noch einmal ganz

neu zu positionieren, wusste ich, dass ich meinen Namen keinem Parfüm leihen wollte, das jeder hätte kreieren können. Was Sie heute Nachmittag erleben werden, ist die Essenz der Früchte und Kräuter und Saaten und Blüten aus meinen zwei Heimatländern – Böhmen und Amerika.« Sie atmete tief ein und fing den Blick einiger Journalisten auf, ehe sie auf ihre Notizen hinabsah. »Dies ist die Geburtsstunde einer neuen Zeitrechnung, und die erfordert eine neue Duftlinie. Ich stelle Ihnen hiermit erneut vor: *Elena.*«

Der Weißhaarige an der Rückwand fing ein bisschen zu enthusiastisch an, Beifall zu klatschen. Als Grace sich zu ihm umdrehte, kam er ihr vage bekannt vor. Erst glaubte sie, ihn aus dem Fernsehen zu kennen, doch dann fiel es ihr wieder ein: Montreal.

Der Conférencier wechselte mit Elena den Platz hinter dem Mikrofon. »Wir haben für alle Proben bereitgestellt.« Dann wiederholte er sein Sätzchen auf tschechisch. »Gibt es Fragen zur Duftlinie?«

Zweihundert Arme schossen gleichzeitig in die Luft.

»Lester Allan von der *New York Times*. Ms. Craig, was halten Sie als Amerikanerin mit ausländischen Wurzeln von den Plänen zur Einwanderungspolitik Ihres Exmanns?«

»Zu den Düften?« Der junge Mann auf dem Podium sah sich im Raum um. Ein paar Hände waren immer noch oben. »Gut, Sie bitte.«

»Anna Rocard, Agence France-Presse. Was ist Ihre Haltung als Feministin und Geschäftsfrau gegenüber den Äußerungen, die Monsieur Craig über Frauen getätigt hat, und gegenüber den gegen ihn vorgebrachten jüngsten Vorwürfen der sexuellen Belästigung? Ich meine, Sie selbst haben im Scheidungsverfahren …«

»Fragen zum Duft?« Der junge Moderator klopfte mit seinem Stift auf das Rednerpult.

Grace konnte Elena ansehen, dass es sie enorme Kraft kostete, weiter zu lächeln. Der Mann in der Reihe hinter Grace schnaubte. »Wir wären alle nicht hier – sie nicht und wir genauso wenig –, wenn es nicht um den verdammten Ex von ihr ginge. Das da ist verdammt noch mal nichts anderes als *Parfüm*.«

Nur noch wenige meldeten sich. »Garrick O'Byrne, BBC. Wenn Ihr Exmann gewinnt, werden Sie dann im Weißen Haus ebenfalls eine Funktion einnehmen? Er nennt Sie einen seiner höchstgeschätzten Berater. Auf welchem Gebiet beraten Sie ihn?«

Ein Mann weiter vorn rief: »Deo!« Die Reporter johlten und applaudierten.

Agence France-Presse, die BBC, die *New York Times:* Nach der Uni und später noch mit Anfang dreißig waren das genau die Medien gewesen, für die Grace am liebsten gearbeitet hätte – das Nonplusultra für jeden ernsthaften Journalisten. Und genau als eine solche betrachtete sie sich nach wie vor – trotz fast allem, was sie seit dem Studium getrieben hatte. Sie war einfach noch nicht am Ziel angelangt.

Die Sache in Montreal, die mit Violet Rain, hatte ihr die Kluft zwischen ihren Ambitionen – all den hehren Idealen, die sie nach wie vor für sich in Anspruch nahm – und ihrem Arbeitsalltag klar vor Augen geführt. Der *National Flash* war ursprünglich nur als Übergang in eine bessere Zukunft gedacht gewesen, aber schon bald würde sie zwanzig Jahre dort sein. Zwanzig Jahre! Das war eine lange Zeit für eine Zwischenlösung, eine lange Zeit voller Scham. Wann immer sie in den Vereinigten Staaten war und irgendjemand sie fragte, wo sie herkomme und was sie beruflich mache, griff Grace zu einer Lüge.

Sie sah sich im Raum um. Ein paar Journalisten witzelten immer noch prustend über das Deo. Niemand meldete sich mehr. Einige standen bereits und wollten gehen. Aller Wahrscheinlichkeit nach war in dem Raum ein Reisebudget von einer Million Dollar versammelt – alles nur, um sich ein *Kein Kommentar* abzuholen.

»Grace Elliott, *National Flash*.«

Wieder lautes Gelächter. Ein Schweißtröpfchen rieselte ihr das Rückgrat hinab.

»Ms. Craig, würden Sie bitte kurz darauf eingehen, warum für Sie genau jetzt der richtige Zeitpunkt hinsichtlich einer Renaissance in der Parfümindustrie gekommen ist?«

»Danke. Danke, Grace. Bekommt niemand von Ihnen Kopfschmerzen, wenn er die Parfümabteilung von Saks an der Fifth Avenue betritt? Ich schon – und lassen Sie mich erklären …«

Am Ende ihres ausführlichen Vortrags über den biologischen Anbau von Duftgewächsen war nur noch eine Handvoll Journalisten übrig geblieben. Der Moderator erkundigte sich auf englisch und tschechisch, ob es noch weitere Fragen zu der neuen Duftlinie gebe, doch langsam, aber sicher war die Veranstaltung vorbei. Er geleitete Elena durch den Seitenausgang hinaus.

Grace lächelte den übrigen vier Frauen im Raum zu, die ihre Aufnahmegeräte und Notizbücher und Handys und Taschen zusammenkramten. Keine lächelte zurück. Im Vorraum hatte man Kaffee und Kekse bereitgestellt, doch bis Grace den Raum ebenfalls verlassen hatte, waren der Kaffee weg, die Kekse weg, die Parfümproben weg.

Auf der Damentoilette wurde in der Schlange mächtig über Elena hergezogen: über ihre Garderobe, ihren Akzent, ihre Frisur, die überbetonten Augen und Lippen, die Art und Weise, wie sie über sich selbst in der dritten Person sprach. Aber hauptsächlich ging es um ihren Exmann. Weil Grace das bald satthatte, stahl sie sich aus der Warteschlange. Sie kehrte ins Foyer zurück, wo der attraktive Weißhaarige von zuvor sie zu erwarten schien.

»Ms. Elliott. Darf ich Sie hinaufbegleiten?«

Jetzt fiel ihr auch wieder ein, wie er hieß: Josef Straka. Er hatte einmal mit Steadman Coe im Verwaltungsrat des Symphonieorchesters gesessen und besuchte den *National Flash* Jahr für Jahr zur Weihnachtsfeier. In der Kulturszene Quebecs waren die beiden Männer eher Außenseiter, aber von enormem Einfluss. »Monsieur Straka. Ich wusste gar nicht, dass Sie mit Elena befreundet sind.«

Gemeinsam betraten sie den Fahrstuhl. Er trug einen marineblauen Anzug über einem gestärkten, blütenweißen Hemd und roch dezent nach La Cure Craig. Die beiden oberen Hemdenknöpfe standen offen. Er hielt länger mit ihr Blickkontakt, als jeder andere das in einem Fahrstuhl tun würde, und Grace konnte sich nicht recht entscheiden, ob sie das als verunsichernd oder väterlich auffassen sollte. Dann fragte sie sich, ob es womöglich Straka gewesen war, der 2014 ihre *Frag-Elena*-Kolumne bei Steadman Coe eingefädelt hatte.

Er sah sie weiter unverwandt an. Eindeutig irritierend. Dann griff er in die Jacke, zog eine Visitenkarte hervor und überreichte sie ihr.

Als Kafka ihr zu viel geworden war, hatte Grace im Foyer in der Hotelbroschüre geblättert. Das Four Seasons wies alle vier Baustile auf, die den vier großen Epochen der Stadt entsprachen: Barock, Renaissance, Neoklassizismus und Moderne. Sie fragte sich, welche Epoche sie auf ihrem Weg zur Präsidentensuite gerade durchschritten.

Elena stand am Panoramafenster und blickte auf den Fluss hinab. Genau wie Josef Straka war ihre Körperhaltung makellos. In Grace' Vorstellung waren diese beiden aristokratischen Mitteleuropäer das perfekte Paar. Durch das Fenster konnte sie die Prager Burg sehen, die Karlsbrücke, den Laurenziberg. Die Nachmittagssonne spähte durch die Wolken und beleuchtete die roten Dächer von Malá Strana. Aus dem eleganten Bose-Lautsprecher in der Zimmerecke drang leise Klaviermusik. Auf dem Tisch standen eine halb volle Flasche Wodka und eine Dose Tonic Water, daneben lag eine geviertelte Zitrone.

Elena hielt ein Glas in der Hand und nippte daran. »Duše moje«, sagte sie, ohne sich umzudrehen.

»Es tut mir so leid, was da unten passiert ist.« Grace hatte keine Bedenken, offen zu reden, trotzdem wäre sie mit Elena jetzt lieber allein gewesen. Sie waren nicht richtig Freundinnen, aber Grace sah sich gern so. Dass die Story mit Violet Rain abgeblasen worden war, hatte immerhin einen Vorzug: Grace hatte dadurch Elenas Vertrauen nicht erschüttert. Anstatt in der Küchennische der Suite herumzuwerkeln oder zumindest mit seinem Handy zu spielen, starrte Straka reglos zu ihnen beiden herüber.

»Danke, meine Liebe. Ich hatte schon befürchtet, dass es schlimm werden könnte, und so war es dann auch. Aber die Leute haben ja recht. Ich will immer beides sein – die selbständige Frau und *jene* Frau. Das ist mein großer Fehler.«

Straka sagte etwas auf tschechisch.

»Nein, Josef, es ist so. Fehler ist genau der richtige Ausdruck.« Elena drehte sich um. Grace hatte mit Tränen gerechnet, zumindest mit Traurigkeit oder bitterer Enttäuschung, doch von alledem keine Spur. In ihrem Blick lag der blanke Trotz.

Ihr letztes Treffen hatte im Frühling in den Hamptons stattgefunden. Anthony Craig war gerade voraussichtlicher Präsidentschaftskandidat der Republikaner geworden, und Elena hatte sich von allem ferngehalten, »um der Integrität der Wahlkampfkampagne willen«. Gemeinsam hatten sie mit einer Flasche Gosset Grand Blanc de Blancs auf dem Balkon gesessen, übers Meer geblickt und am nächsten Schwung *Frag-Elena*-Texten gearbeitet. Es war warm, aber bewölkt gewesen, und am Strand unten hatte es leicht genieselt. Das blau vertäfelte Strandhaus mit den sechs Schlafzimmern stand inmitten einer Anlage, die Leuten gehörte, die alle eine slawische Sprache sprachen, die gleichen Trainingsanzüge trugen, ständig rauchten, Range Rover und Porsche fuhren und bis tief in die Nacht zechten und zu Techno aus den späten Neunzigern tanzten.

Grace hatte sie noch nie so trübsinnig erlebt. Sie ging davon aus, dass Elena im Präsidentschaftswahlkampf eine größere Rolle hatte spielen wollen und sich nun brutal aus der Maschinerie ausgeschlossen fühlte. Nachdem die Flasche Gosset geleert war, hatte Elena ihr jedoch erzählt, dass sie durchaus zum Parteitag eingeladen worden sei. Sie habe sogar als Rednerin auftreten sollen, aber sie habe abgelehnt. Was ihr gar nicht ähnlich sah, wie Grace fand. Immer wieder äußerte Elena etwas Abfälliges über ihre spezielle Nachbarschaft hier in der Wohnanlage, aber sobald Grace fragte, was das für Leute seien, wechselte sie das Thema. Sie redeten über Anthony Craigs derzeitige Frau und über Violet Rain. Grace kam nicht dahinter, ob Elena eifersüchtig war oder ob sie etwas anderes störte.

Es war bei weitem das bislang seltsamste Treffen mit ihr gewesen.

Liebe Elena,
Ihr Exmann ist voraussichtlicher Präsidentschaftskandidat der Republikaner und tritt im Herbst bei den Wahlen an. Er könnte, wie Sie vor langer Zeit einmal prophezeit haben, der mächtigste Mann der Welt werden. Sie sind nach wie vor Geschäftspartner und irgendwie auch Freunde. Warum verhalten Sie sich also, als wäre gerade Ihr Hund gestorben?
Verwundert aus Westhampton Beach

Hier und jetzt im Four Seasons trat Elena an Grace heran und zog sie mit zu sich ans Fenster der Präsidentensuite. Gemeinsam sahen sie schweigend auf das dunstige, herbstliche Prag hinaus. Die Klaviermusik bildete den perfekten Soundtrack zu der melancholischen Szenerie. Grace hätte sie nur zu gern zum Wahlkampf befragt, aber das hatten heute schon genügend Leute getan.

Straka hinter ihnen räusperte sich. »Ms. Elliott kennt mich.«

»Aus Montreal«, sagte Grace. »Er ist mit meinem Chef befreundet, mit Steadman Coe.«

Elena schüttelte den Kopf. »Ich frage mich manchmal, ob unser lieber Mr. Coe sich nicht ein bisschen zu sehr bemüht, für Tony Begeisterung aufzubringen. Was glaubst du? Ist es zu viel des Guten?«

»Er glaubt, dass es da Überschneidungen unseres Publikums gibt.«

Elena nahm Grace bei der Hand. »Ich hatte eigentlich gehofft, heute Abend mit dir an *Frag Elena* weiterzuarbeiten, bei Wodka und Tonic und irgendwas Leckerem, Fettigem vom Zimmerservice. Aber mir steht heute nicht der Sinn danach. Die Präsentation war ein Fehler.« Sie seufzte. »Wenn er gewinnt, wischt er ihnen das selbstgefällige Grinsen aus dem Gesicht.«

Straka füllte Elenas Glas mit Wodka auf. Tonic und Zitrone überging er ebenso geflissentlich, wie Grace einen Drink anzubieten.

»Morgen, duše moje, fahre ich in meine Heimatstadt.«

»Nach Mladá Boleslav?«

»Du erinnerst dich daran, sehr gut. Du kommst mit. Unterwegs arbeiten wir an *Frag Elena*. Ja?«

»Ich freue mich darauf.«

Straka legte Grace die linke Hand auf den Rücken und dirigierte sie mit der rechten zur Tür. Es fühlte sich verkehrt an, Elena mit ihm allein zu lassen, auch wenn sie den Grund nicht recht hätte benennen können.

»Ist alles in Ordnung, Ms. Craig?«

»Morgen um zehn, duše moje. Bis dahin geht es mir wieder gut.«

Grace hatte keine Wahl. Sie ließ sich von dem Mann nach draußen begleiten. »Wenn Sie irgendetwas brauchen, ich bin in Zimmer …«

»Sie weiß, wo sie Sie findet, Ms. Elliott«, sagte er an der Schwelle. »Einen schönen Abend.«

Grace hielt noch kurz inne und sah Elena in der zusehends dunklen Präsidentensuite stehen, ehe Josef Straka die Tür ins Schloss schob.

4

MLADÁ BOLESLAV – 1968

Als sie bei der Landesmeisterschaft vom Schwebebalken fiel, wusste Elena Klimentová, dass ihr Leben sich in just diesem Moment geändert hatte. Sie würde nicht unter die drei Besten kommen. Nicht einmal unter die ersten dreißig. Bei ihrem Salto vom Sprungbrett hatte es an Selbstvertrauen gefehlt, und dann hatte sie noch ihre Kür am Stufenbarren verpatzt.

Den Wunsch, die Welt im Gymnastiktrikot zu bereisen, hatte sie von klein auf. Und jetzt, wo Věra Čáslavská in Mexico City sechs Medaillen gewonnen hatte, schien Elenas Traum greifbar zu sein. Sie steht mit gelben Blumen in der Hand auf dem Siegerpodest in Frankreich, Amerika oder Korea. Bescheiden hebt sie den Arm. *Kde domov můj* ertönt aus riesigen, schwarzen Lautsprechern. Jemand öffnet eine Flasche Sekt, und die Menge johlt, während die tschechoslowakische Fahne wie ein Tuch um ihre Schultern liegt.

Als sie jetzt in Richtung Norden zurück nach Mladá Boleslav fuhren, war der Wind so stark, dass Elena befürchtete, der kleine, blaue Škoda würde von der vereisten Straße in den Graben rutschen. Eisregen trommelte auf die Windschutzscheibe. Ihr Traum, die Hunderte, Tausende Stunden, die sie damit verbracht hatte, alles hatte in einer großen Demütigung geendet.

Ihr war ganz übel davon. Nur zu, dachte sie, flieg in den Graben.

Trainer Vacek sprach nur mit ihrem Mannschaftskameraden Josef, der in all seinen Wettkämpfen unter den ersten zehn gelandet war. Josef lehnte sich auf dem Beifahrersitz zurück und erzählte von seinen Triumphen im Wettbewerb. Ein Junge aus Prag, einer seiner ewigen Rivalen, sei vom Stufenbarren gefallen und habe geweint.

»Ha!« Vacek lachte schallend, schlug mit der Hand aufs Lenkrad und schüttelte die Faust.

Als sie in Mladá Boleslav ankamen, lag die Stadt dunkel da. Der Dezember war jetzt anders als sonst. Die neuen Soldaten, die kein Tschechisch sprachen, hatten die Weihnachtsbeleuchtung konfisziert, weil sie ein Zeichen des westlichen Imperialismus sei, Zeichen von Widerstand und folglich auch von Verrat. Es gab nur zwei Marktstände vor dem alten Rathaus und eine grimmige Statue von Djed Moros, Väterchen Frost, mit seiner russischen Entourage.

Josef wohnte nördlich der Stadt, weshalb Trainer Vacek zuerst vor Elenas kleinem Haus im von ihrer Mutter so genannten Bahnhofsghetto hielt, am schlammigen Fluss Iser. Heute Abend, im Lichte ihrer Niederlage, wirkte das graue, kleine, traurige Haus sogar noch grauer, kleiner und trauriger. Elena öffnete die Tür, noch bevor der Wagen ganz zum Stehen gekommen war.

»Lass mich dir helfen«, sagte Josef.

»Ich schaff das schon.« Elena zog ihre Tasche vom Rücksitz.

Vacek steckte sich eine Zigarette an. »Ich komme mit rein.«

»Nein.«

»Es ging dir nicht gut. Du warst aus dem Gleichgewicht.«

Vor dem Wettkampf hatte sie sich tadellos gefühlt. Sie hatte wochenlang trainiert, den ganzen Sommer und Herbst hindurch. Es gab keine Entschuldigungen, die nicht zugleich Lügen gewesen wären, und auf der dreistündigen Heimfahrt durch die Dunkelheit hatte sie sich geschworen, die Wahrheit zu sagen. Elena war bereits achtzehn. Sie hatte ihre Chance gehabt, und jetzt war sie vertan. Es war aber auch gar nicht so schlecht, normale Träume zu haben. Wie ihre Mutter und Großmutter würde sie in der Fabrik arbeiten.

Vacek folgte ihr zur Tür. Josef ebenfalls.

Elena drehte sich zu ihnen um. »Bitte. Fahrt nach Hause.«

Der Trainer und Josef konnten sich beide ausrechnen, was das für Elena und ihre Eltern bedeutete. Eine Tochter, die der Tschechoslowakei und der Kommunistischen Partei Ehre machte, steigerte auch den Lebensstandard der Eltern: bessere Arbeit, bessere Lebensmittel, bessere Ärzte.

Ein besseres Zuhause. Eines, das ihrer Mutter zustand.

Elena schloss einen Moment lang die Augen und schob dann die Tür auf. Ihr Trainer und Josef traten nach ihr ein. Sie wollte sich schon umdrehen und sie auffordern, endlich zum Auto zurückzukehren, wo sie über ihren gemeinsamen herrlichen Erfolg sprechen könnten. Die Temperatur im Haus, der Geruch und die helle Beleuchtung hielten sie jedoch davon ab.

»Mein Liebes.« Ihre Mutter Jana hatte ihr rotes Kleid angezogen und Lippenstift aufgetragen. Sie war über einen Kopf kleiner als Elena und hatte um die Taille herum zugelegt. Ihr einst ebenholzschwarzes Haar war bereits von grauen Strähnen durchzogen. Zu ihrer Zeit, hatte sie Elena erzählt, sei sie das beliebteste und schönste Mädchen von Mladá Boleslav gewesen. Eigentlich stamme sie von Karl dem Vierten, dem Kaiser des Heiligen Römischen Reichs und König von Böhmen, und der wunderschönen Blanche de Valois ab. Davon dürften die Kommunisten jedoch nichts erfahren, weil sie dann nur neidisch würden und ihnen das Leben noch schwerer machten.

Sie nahm Elena die rote Sporttasche ab und ließ sie auf den Küchentisch plumpsen, was eigentlich gegen jede Hausregel verstieß. Turnsachen gehörten nämlich sofort in den Schrank. Jana ignorierte Vacek und Josef, die dastanden und darauf warteten, begrüßt zu werden, und flüsterte Elena ins Ohr: »Wir haben einen Gast. Einen wunderbaren Gast.«

Im Backofen wurde Essen warm gehalten: Fleisch und Knödel. Elena hatte Hunger, aber warum gab es um acht Uhr an einem Sonntagabend so ein Festessen?

Sie drehte sich zu ihrem Trainer und dem Mannschaftskameraden um, in deren Gesicht sich ihr Erstaunen spiegelte. Schweigend traten sie aus der Küche ins kleine Wohnzimmer.

Ein junger Mann in einem förmlichen grauen Anzug saß neben ihrem Vater, der aussah, als wäre die Hälfte allen Bluts aus ihm gewichen. Der junge Mann erhob sich und streckte ihr die Hand entgegen. Er war schlank, sah gut aus und besaß die selbstbewusste Ausstrahlung eines jungen Professors. Elena kam sich in ihrer ausgebleichten blauen Turnhose und der Trainingsjacke mit einem Schlag kindlich und albern vor.

»Elena.« Er sprach mit russischem Akzent.

»Guten Abend.« Sie schüttelte seine Hand, die sich weich und glatt anfühlte.

»Ich bin Sergej Sorokin. Ich bin aus Prag hergekommen, um dich und deine Eltern kennenzulernen.«

Er machte einen Schritt an Elena vorbei und gab auch Vacek und Josef die Hand. Auch ihre Namen kannte er. »Wie ist es heute gelaufen?«

Elena wünschte sich, dass all diese Leute aus ihrem Haus verschwinden würden, damit sie mit ihren Eltern reden und vielleicht auch weinen könnte. »Josef ist insgesamt Siebter geworden«, sagte sie.

Sergej Sorokin klatschte, ihre Mutter ebenfalls. Die musste ihrem Vater einen Wink geben, damit auch er aufstand und klatschte.

»Und du?«, fragte Sorokin.

Elena hatte den Eindruck, dass er die Antwort bereits wusste. »Ich hatte heute keinen guten Tag.«

»Sie ist erkältet«, sagte Josef.

»Das kann sich aufs Innenohr auswirken, auf den Gleichgewichtssinn«, sagte Vacek.

»Unsinn. Ich habe mich gesund gefühlt. Meine Leistung war einfach schlecht. Ich bin auf Platz neununddreißig gelandet. Es tut mir leid, Mutter. Vater.«

Am Wettkampf hatten zweihundertfünfzig Turnerinnen teilgenommen. Für eine mittelmäßige Athletin war das kein katastrophales Resultat, aber Elena war keine mittelmäßige Athletin. Bis zu diesem Zeitpunkt war ihr Leben von dem Glauben – nein, von der Gewissheit – getrieben gewesen, dass sie eine außerordentliche Turnerin war. Eine der besten nicht nur in der Tschechoslowakei, sondern auf der ganzen Welt. Aber sie hatte die Veränderung gespürt, als sie im Frühherbst die Hügel von Mladá Boleslav hinaufgerannt war, um sich auf die Landesmeisterschaft vorzubereiten. Die jüngeren Mädchen hatten einfach mehr Kraft in den Beinen. Sie waren stärker und geschickter.

Die Kliments wohnten im Erdgeschoss. Eine Familie mit einem temperamentvollen Fünfjährigen, die Novaks, saß in der identisch geschnittenen Wohnung im ersten Stock. Es gab ein Schlafzimmer für die Eltern und ein Büro beziehungsweise Kabuff, wo ein Einzelbett und ein Schreibtisch gerade so hineinpassten. Das war ihr Zimmer.

Elena seufzte. War, was immer das sein sollte, jetzt zu Ende? Konnte sie sich endlich in ihr kleines Zimmer zurückziehen, damit die Eltern weiter besprechen konnten, was auch immer sie mit diesem jungen Russen auszutauschen hatten?

»Ich wusste, dass ich hier richtig bin.« Sergej Sorokin lächelte. Dabei lächelten Russen eigentlich nicht. Hunderttausende waren ein paar Monate zuvor mit Panzern und Gewehren einmarschiert, um das Land zu »normalisieren«. Viele junge Menschen hatten ihr Leben gelassen. Elena wusste, dass ihr Vater sich Sorgen machte und über die österreichische Grenze hatte fliehen wollen.

Jetzt war es dafür zu spät. Es gab inzwischen Wachtürme mit bewaffneten Soldaten. Man hatte Elektrozäune errichtet und patrouillierte mit Geländewagen und abgerichteten Schäferhunden entlang der Grenze. Selbst wenn man es irgendwie über den Zaun schaffte, das wusste Elena, würde man auf ein Minenfeld gelangen.

Sie durften nicht darüber sprechen. Über nichts davon. Weder zu Hause, wo jemand sie belauschen konnte, noch in der Schule und auch nicht in den Bergen oder in der Stadt. Die Polizei hörte alles. Das wussten sie.

Dennoch, Sorokin lächelte. »Es kostet enormen Mut, die eigene Niederlage zuzugeben und dazu zu stehen. Du bemitleidest dich nicht. Du stellst dich der harten Realität.«

Elena schaute auf den fadenscheinigen, ausgefransten Teppich hinab.

»Ich bin hier, um dir, Elena Klimentová, mitzuteilen, dass das, was heute passiert ist, keine Rolle spielt.«

»Was soll das denn heißen?« Josef trat angriffslustig einen Schritt auf Sorokin zu, der ihn jedoch nicht weiter beachtete.

»Du wirst schon sehen, mein Schatz.« Ihre Mutter nahm ihre kalten Hände in ihre. »Das ist ein Neubeginn für uns.«

Sergej Sorokin schüttelte dem Trainer die Hand und dankte ihm dafür, dass er bislang so gut auf Elena achtgegeben habe. Josef gab er nicht noch einmal die Hand.

»Wer sind Sie eigentlich?« Vacek richtete sich kerzengerade auf.

Sorokin zeigte nur zur Tür. »Guten Abend.«

Vacek rührte sich nicht von der Stelle. »Ich habe gefragt, wer Sie sind.«

Sorokin trat ganz nahe an ihn heran und sagte leise: »Gehen Sie, oder ich mache Ihnen Beine.«

»Petr. Was soll das?« Vacek sah Elenas Eltern an.

»Geh«, sagte ihr Vater zaghaft.

Die Wohnungstür fiel ins Schloss, und sie waren allein. Elena holte zitternd Luft. Sie war sich sicher, dass gleich etwas Schreckliches passieren würde. Dieser Mann, Sergej Sorokin, würde ihren Vater mitnehmen und in ein Arbeitslager stecken. Irgendwie wusste sie, was ihr Vater seit dem Einmarsch der Russen in Prag dachte. Sie wusste, dass er Věra Čáslavská bejubelt hatte, weil die bei der Siegerehrung während der Olympiade gegen die sowjetische Besatzung protestiert hatte. Sergej Sorokin würde mit diesem geheimnisvollen schiefen Lächeln eine Waffe aus der Innentasche seiner Anzugjacke ziehen und ihrem Vater in den Kopf schießen.

Draußen entfernte sich der Škoda geräuschvoll von dem kleinen Haus.

Es dauerte einen kurzen Moment, bis ihr klar wurde, dass Sergej Sorokin mit ihr sprach. »Wenn ich richtig verstanden habe, war deine Großmutter die Werkmeisterin der Fabrik Laurin und Klement.«

»Jawohl«, flüsterte Elena.

»Dann seid ihr Škoda-Adel.«

Elena sah, wie ihre Mutter lächelte. Es war schon immer Janas Standpunkt gewesen, dass der Kommunismus all die natürlichen und guten Hierarchien in Mladá Boleslav zunichtegemacht habe. Eigentlich gehörten sie oben auf den Hügel, in die Zimmerfluchten, wo Jana selbst aufgewachsen war. Am Abend sollte Klavier gespielt werden. Sie sollten sich zum Abendessen umziehen und ein Dienstmädchen haben.

Adel.

»Das gefällt mir an der Tschechoslowakei. Ihr habt diesen

Hang zum Matriarchat.« Sergej Sorokin lächelte wieder, diesmal an Jana gewandt. »Ja?«

»O ja«, sagte Jana.

War das etwa eine Blume im Haar ihrer Mutter? Elena sah, dass es sich um ein altes Stück Stoff handelte. Eine Stoffrose, die ihre Mutter mit einer Haarklammer befestigt hatte.

»Und du, Elena Klimentová, du bist so erstaunlich hübsch.«

Elena blickte wieder auf den Teppich. War das eine Drohung?

»Du wirst dich fragen, warum ich hier bin, Elena Klimentová. Darf ich Elena zu dir sagen?«

»Jawohl.«

Wie alt mochte er sein? Nicht viel älter als sie, doch aus der Art, wie er redete, dastand und den Raum beherrschte, sprach so viel mehr Intelligenz und Erfahrung.

Auf dem Tisch standen vier Gläser. Er beugte sich und füllte das noch leere mit Becherovka. Dann teilte er die Gläser aus.

Elena roch an ihrem. Der bittere Duft erinnerte sie an Weihnachten und die Figur von Väterchen Frost auf dem Stadtplatz. Das hier war ein Albtraum. Die Russen hatten alles ruiniert. Der junge Mann mit dem verschlagenen Grinsen hatte immerhin nicht die Waffe gezückt, um sie alle zu bestrafen – noch nicht.

»Auf Elena.«

Die anderen erhoben alle das Glas, prosteten ihr zu und tranken.

»Ich bin, wie gesagt, vom Schwebebalken gefallen. Der Tag war die reine Katastrophe.«

»In drei Wochen, Elena, wirst du nach Prag umziehen. Du wurdest in einen besonderen Studiengang an der Karls-Universität aufgenommen. An einer der ältesten und besten Universitäten der Welt.«

»Das ist ein ganz besonderer Studiengang, Liebling«, sagte Jana.

»Aber ich habe mich für kein Studium beworben.«

»Und deine Eltern, die werden auf den Hügel ziehen. In eine um einiges größere Wohnung. Dort wird es ein hübsches Zimmer für dich geben, wenn du zu Besuch kommst.«

»Siehst du?«, sagte Jana.

Elenas Vater starrte die Wand an. Er hatte sein Glas bereits geleert.

»Was für ein Studiengang ist das, Herr Sorokin?«

»Ich weiß, dass du eine ausgezeichnete Schülerin bist, Elena. Ich habe auch mit deinen Lehrern hier in Mladá Boleslav gesprochen. In Prag wirst du Sprachen und Kultur lernen. Du wirst Wirtschaft und Finanzwesen studieren, Philosophie und politische Philosophie, die wir auch als Staatskunst bezeichnen. Kennst du den französischen Begriff *étiquette?* Du wirst Etikette lernen. Manieren für jede Gelegenheit, jede Gesellschaft. Sogar etwas über Mode. Und wenn du magst, kannst du mit dem Turnen weitermachen. Bei den besten Trainern der Tschechoslowakei. Wie klingt das?«

Warum ich, dachte Elena. Was habe ich schon groß geleistet?

»Es gibt nur eine Sache, die du nicht vergessen darfst, und die ist wichtig.«

»Das ist sehr wichtig«, sagte Jana. »Hör jetzt genau zu.«

Sergej Sorokin drehte sich zu ihrem Vater und musterte ihn kurz, bevor er sich wieder an Elena wandte. »Da geht es leider um Leben und Tod.« Er schwieg und blickte streng aus dem bleichen Gesicht. »Du darfst niemals darüber sprechen.«

»Über die Karls-Universität?«

»O nein, *darüber* wirst du sprechen. Du wirst aufgrund deiner sportlichen Fähigkeiten offiziell an der Sportfakultät immatrikuliert sein. Ja?«

»Ja.«

»Darüber darfst du reden. Deine Eltern dürfen mit dir, ihrer

Studentin, prahlen. Aber das Spezialprogramm, die besonderen Chancen, das besondere Leben, das dir all das ermöglicht: Darüber darfst du niemals sprechen.«

»Und warum nicht?«

Einen Augenblick lang sah Sergej Sorokin sie so an, wie er zuvor ihren Trainer angesehen hatte, und Elena erschauerte. Der Mann würde einem in den Mund fassen und die Zunge herausreißen. »Das wird sich später klären.«

»Muss ich da ja sagen, Herr Sorokin? Was, wenn ich …«

Zum zweiten Mal meldete ihr Vater sich zu Wort. Sie drehten sich alle zu ihm.

»Es tut mir leid, mein Schatz.« Seine Augen waren voller Tränen. »Es ist eigentlich meine wichtigste Aufgabe, dich zu beschützen, aber du musst in das Studienprogramm einwilligen. Du darfst es nicht ablehnen.«

5

PRAG – 2016

Am darauffolgenden Morgen klopfte es an Grace' Tür. Der vielleicht zwanzigjährige Mann in dem billigen schwarzen Kunstfaseranzug stellte sich als Chauffeur Gabriel vor. Er geleitete sie durch das Foyer hinaus zu einer silberfarbenen Craig-Limousine, einer langen Ausführung, wenn auch nicht der gestreckten. Sobald Grace eingestiegen war, lief er Elena holen. Die Sitze waren mit schwarzem Leder bezogen, es gab hölzerne Zierelemente und zwischen Vordersitzen und Fond einen kleinen Kühlschrank mit Softdrinks, Wasser und einer Flasche Perrier-Jouët.

Grace konnte zwar Französisch, sprach es aber beileibe nicht so gut wie Elena, die beim Einsteigen mit jemand am Telefon über die Konditionen für den Verkauf ihrer Parfüms in den Pariser Galeries Lafayette diskutierte. Die Frau am anderen Ende wollte mit dem Deal wohl bis nach den Wahlen warten, aber Elena hielt dagegen und unterstellte der Frau durch die Blume ein diskriminierendes Geschäftsgebaren.

Der Morgen war grau, und es sah nach Regen aus. Grace blickte aus dem Fenster. Draußen ging das Kopfsteinpflaster der Prager Altstadt in Asphalt über, die Bauwerke altehrwürdiger Steinmetzen wichen Betongussfassaden. Aus den Bogen und Schnörkeln der Kunstwerke und allem Schönen wurden hartkantige Rechtecke. Es waren immer weniger Fußgänger und bald auch keine Radfahrer mehr unterwegs.

Mit dem Notizbuch in der Hand lehnte Grace sich leicht vor. »Gabriel, gibt es denn einen Namen für den kommunistischen Baustil?«

Er deutete auf ein paar hässliche Betontürme. »Sie meinen dafür?«

»Ja.«

Allem Anschein nach hatte Elena neben ihr soeben einen Sieg errungen und pries Madame für deren Weitblick und Wagemut.

»Das sind *paneláky,* Plattenbauten. Die konnte man damals extrem schnell und effizient hochziehen. Viele Familien haben da in komplett identischen Wohnungen gelebt. Wir Tschechen sind die Weltmeister im Verbauen von Beton.«

Die Türme erinnerten Grace an die Sozialbauprojekte an den Stadträndern von New York und Minneapolis. »Das sieht ziemlich deprimierend aus … Bitte entschuldigen Sie.«

Gabriel warf ihr im Rückspiegel einen Blick zu. »Sind Sie ein glücklicher Mensch?«

»Ich fahre mitsamt einer Flasche Champagner auf dem Rücksitz eines Craigs quer durch Prag. Wie könnte ich da nicht glücklich sein?«

»Wir Tschechen denken da anders. Aber vielleicht können meine Kinder oder Kindeskinder einmal so *always happy* wie die Amerikaner sein.«

Inzwischen hatte Elena aufgelegt. »*Bien.* Sollen wir anfangen, duše moje?«

Auf der Reise nach Prag hatte sich Grace bereits jede Menge möglicher Fragen möglicher Frauen aus den »Überflugstaaten« ausgedacht, nur war keine davon sonderlich spannend. »Wie kommt es eigentlich, dass Sie in so vielen Sprachen bewandert sind?«, fragte sie stattdessen.

»So viele sind es gar nicht.«

»Aber das war doch bestimmt nicht normal für ein tschechisches Mädchen, dass es schon in der Jugend so toll mehrsprachig war, oder?«

Elena griff nach Grace' Notizbuch. »Das klingt aber nicht nach einer Frage, die mir eine Bewohnerin aus Ephraim in Utah stellen würde.«

Sie hatten die Stadt hinter sich gelassen, doch ab und zu tauchten in den Talsenken menschenleere Minimetropolen auf, ländliche Versionen jener Sozialbauprojekte: ein Hochhaus neben einem Fabrikgebäude, beide verwaist, eine verrostete Kinderschaukel.

Steadman Coe mochte Grace' Sprung in den ernsthaften Investigativjournalismus vereitelt haben, aber in einem Punkt lag er richtig: Sie hatte einen einzigartigen Zugang zu Elena Craig. In der Nacht hatte sie lange an Elena denken müssen, die in ihrer finsteren Präsidentensuite allein geblieben war. Sie war so viel mehr als bloß die Besitzerin einer Spa-Kette. Elena war eine komplexe, erfolgreiche, spannende Frau, nur einen winzigen Schritt von weitreichender Macht entfernt. In ihrem kleinen, aber perfekten Hotelzimmer hatte Grace hin und her überlegt, ob sie deren Lebensgeschichte aufschreiben solle. Sie war durch ihre Notizen aus den bisherigen fünf Treffen gegangen, aber über das *Frag-Elena*-Material hinaus war da nicht viel. Sie hatte sich angesehen, was sie im Internet über Elenas Kindheit in Mladá Boleslav finden konnte, über die Ehe mit Anthony Craig, über die Scheidung. Das meiste stammte aus New Yorker Klatschblättern aus den Neunzigern und war nicht sonderlich interessant.

Sie zog das Buch aus der Tasche, das sie sich am Flughafen in Montreal gekauft hatte: Anthony Craigs Business-Autobiografie aus dem Jahr 1988, *Ganz groß oder gar nicht*. Jetzt, wo er für das Amt des Präsidenten kandidierte, war es wieder auf die Bestsellerliste geklettert. Im Four Seasons hatte sie beim Frühstück über einer Schüssel Müsli mit Joghurt die Passagen unterstrichen, die von Elena handelten. Auf dem Rücksitz des Craigs blätterte sie zu Seite 79 und las laut vor:

Elena Klimentová war 1972 mit der tschechoslowakischen Turnerinnenmannschaft bei den Olympischen Spielen angetreten, hatte als Starmodell in Europa und in Kanada gearbeitet, sie hatte ihr Studium an einer der besten Universitäten in Prag absolviert und stammte aus einer Familie von Automobilingenieuren – und sie war knochenhart. Und jetzt stand sie vor mir, ohne dass wir verabredet gewesen wären, hier auf meiner Party, am wichtigsten Tag meines bisherigen Lebens. So viel zum Thema Traumfrau!

Elena nahm ihr das Buch aus der Hand und blätterte darin. In der Mitte waren Fotos abgedruckt. »Da hat Anthony übertrieben. Ich war bloß Ersatzfrau.«

»Wie meinen Sie das?«

»Wenn eine der besseren Turnerinnen ausgefallen wäre, hätte ich für sie einspringen dürfen.«

»Sie waren gar nicht direkt am Wettkampf beteiligt?«

»Nein.«

Es war die Art von Nein, die keine Nachfrage duldete. Grace tat so, als störte sie das nicht weiter, trotzdem hätte sie am liebsten auf der Stelle das Notizbuch aufgeschlagen und losgeschrieben. »War Josef Straka früher Ihr Freund?«

Elena lachte. »Ja und nein. Am Ende war er für mich eher ein Bruder. Aber du weißt ja, wie das ist, wenn man jung ist.«

Grace musste an die merkwürdige Aufzugfahrt mit Straka denken, als der sie zur Präsidentensuite begleitet hatte. »Ich hatte nie einen brüderlichen Freund.«

Elena gab Grace mit *Ganz groß oder gar nicht* einen freundschaftlichen Klaps auf den Kopf. »Wir müssen an unseren Fragen für den *Flash* weiterarbeiten. Meine Zeit ist kostbar.«

Gabriel fragte etwas auf tschechisch, und Elena gab ihm entsprechende Anweisungen. Er fuhr von der Autobahn ab auf eine Nebenstraße, die an einem Flüsschen entlang durch ein Tal führte. Am Ende einer längeren Auffahrt blieben sie vor einem Herrenhaus stehen, das von laublosen, knorrigen, verrenkten Obstbäumen gesäumt war.

Nachdem der Craig angehalten hatte, wartete Elena, bis Gabriel um den Wagen herumgelaufen war und ihr die Tür aufgemacht hatte. Grace stieg ohne Hilfe aus und gesellte sich zu Elena auf deren Seite des Wagens. Vögel krächzten, sonst war es jedoch still. Ringsum war meilenweit niemand da, der sie hätte sehen oder beobachten können, was sie hier taten. Elena holte tief Luft und breitete die Arme aus. »Riechst du das?«

Für Grace roch es einfach nur nach draußen.

»Das sollte in jedem meiner Parfümflakons stecken. Natur, Kindheit, Hoffnung, Familie, Sicherheit.«

Das große Herrenhaus war verrammelt und die Fensterläden geschlossen. Grace machte sich Notizen und schoss ein paar Fotos. »Gehört das Haus Ihnen, Ms. Craig?«

Erst antwortete Elena nicht. Sie kehrte dem Haus den Rücken und lief auf den schlammigen Ufersaum zu. Das Flusswasser war braun. »In meiner Zeit an der Uni habe ich hier immer meine Eltern besucht. Mein Vater und ich haben herrliche Spaziergänge unternommen. Nach meiner Heirat mit Anthony bin ich im Sommer immer mit meiner Tochter hergekommen. Sie ist dann bei ihrem Großvater geblieben, während ich zurück nach Amerika bin.«

»Das war vor dem Ende des Kommunismus?«

»O ja.«

»Wie war das so?«

Elena sah auf Grace' Notizbuch.

»Ich meine, für Ihre Tochter muss es doch eigenartig gewesen sein, aus der Welthauptstadt des Kapitalismus in ein kommunistisches Land zu reisen.«

»Wieso?«

»Weil es so anders gewesen sein muss. Da könnte man doch fast sagen, dass sie ein Doppelleben geführt hat.«

»Ach was, das war überhaupt kein Doppelleben. Mein Vater hat ihr einfach gewisse Dinge beigebracht: das Angeln, Gartenarbeit, auf traditionell europäische Art auf dem Land zu leben ... Sie hat hier gelernt, auf sich selbst aufzupassen, ganz gleich ob sie eine Multimillionärin ähnlich wie Anthony oder ...« Elena sah wieder zum Fluss. »Mein Vater ist viel zu früh gestorben. Ich war nicht hier, als er mich gebraucht hätte.«

»Ihr Vater – hat der an den Kommunismus geglaubt?«

»Mein Vater hat an seine Familie geglaubt. Er hat an gewisse Regeln und an Sicherheit geglaubt. Wir gehen Kompromisse ein und erbringen Opfer, das tun wir alle. Da spielt es keine Rolle, wo wir leben. Wir beschützen unsere Kinder.«

»Was ist mit Ihrer Mutter? Die erwähnen Sie nicht allzu oft.«

»Ach, die liebt ihr Leben in New York und Florida über alles.« Elena legte den Arm um Grace und führte sie zurück in Richtung Auto. Sie nahm ihr das Notizbuch aus der Hand, schlug es auf und überflog, was Grace sich aufgeschrieben hatte. Gabriel lief vorneweg, um schon einmal den Wagenschlag zu öffnen.

»Klingt gar nicht so, wie wenn der Kommunismus schlecht für Ihre Familie gewesen wäre. Das hier ist doch alles ziemlich schön.«

»Wir haben einfach Glück gehabt. Aber ich will dir noch etwas zeigen.«

Eine beinah vollständig schweigend verbrachte Viertelstunde

später erreichten sie die flachen Ausläufer eines Hügelstädtchens: Jungbunzlau, Mladá Boleslav. Grace hätte sich gern etwas aufgeschrieben, aber Elena hatte das Notizbuch nicht wieder zurückgegeben. Auf tschechisch dirigierte Elena ihren Chauffeur zu einer lieblosen Ansammlung zweistöckiger Betonbauten, die von der Witterung gezeichnet waren. Die Bäume davor sahen aus wie ewig nicht mehr gepflegt. An allen Ecken sammelte sich verdreckter Plastikmüll.

Sie blieben vor einem Haus mit zwei Wohneinheiten stehen. Eine unten, eine oben.

»Sieht das für dich schön aus?« Elena sah sie nicht an, während sie sprach. »Sieht das immer noch aus, wie wenn der Kommunismus gar nicht so schlecht gewesen wäre? Hier habe ich als kleines Mädchen gewohnt. Dass meine Großmutter Werkmeisterin beim Automobilhersteller Laurin und Klement war, hat da keine Rolle gespielt. Es hat keine Rolle gespielt, dass meine Eltern bestens ausgebildet waren, meine Mutter als studierte Ingenieurin, mein Vater als Optiker. Hier haben wir gewohnt, genau wie alle anderen auch. Das ist der Kommunismus. Wunderschön, findest du nicht?«

Sich Elena auch nur in der Nähe eines solchen Gebäudes vorzustellen war nicht leicht.

Grace fotografierte das Haus, dann stiegen sie wieder ins Auto. Elena hatte das Notizbuch auf dem Sitz liegen lassen. Grace nahm es an sich und schlug eine neue Seite auf. Dann wollte sie wissen, wie es gewesen sei, in dem Häuschen zu wohnen, wie Elenas Alltag als kleines Mädchen ausgesehen habe. Als Elena wieder auf ihren Vater zu sprechen kam, schien sie den Tränen nahe zu sein.

Über eine gewundene Straße fuhr Gabriel hinauf zur Hügelkuppe. Unterwegs kamen sie an leer stehenden, verbarrikadierten Ladengeschäften vorbei. Auf den Bürgersteigen standen junge

Männer und Frauen herum, die Dosenbier tranken und Zigaretten rauchten.

»Was hat sich verändert?«

Elena antwortete nicht.

»Wie kam es, dass Sie und Ihre Familie aus dem kleinen Haus auf das schöne Grundstück gezogen sind, das Sie mir vorhin gezeigt haben?«

»Wie gesagt, wir hatten Glück.«

»Aber was heißt das? Gab es so eine Art Häuserverlosung oder so?«

Als sie den Hügel erklommen hatten, öffnete sich Mladá Boleslav jenseits einer Haarnadelkurve zu einem Platz mit einer Statue in der Mitte und einem altehrwürdigen Rathaus mitsamt Uhrenturm und zwiebelförmiger Kuppel. Außerdem standen auf dem Platz einige industriell wirkende Kunstwerke: düstere, in sich verdrehte Gebilde.

Elena hatte nicht geantwortet, also fuhr Grace fort: »Ich weiß nicht viel über die Tschechoslowakei zu Zeiten des Kommunismus, aber als Sie noch …«

In einem Anflug von Zorn, den Grace noch nie an ihr erlebt hatte, drehte sich Elena zu ihr herum und entwand ihr das Notizbuch. Sie schlug es auf und rupfte die beschriebenen Seiten eine nach der anderen heraus. »Steig aus«, flüsterte sie.

»Was? Warum denn?«

»Das hier ist nicht für *Frag Elena.*« Sie riss weiter Seiten heraus und stopfte sie in das Ablagefach in der Tür. »Ich habe nicht die leiseste Ahnung, was du da treibst, warum du die Sachen alle aufschreibst. Wozu?«

»Ich hab … Ich wollte eigentlich fragen, ob ich ein Buch über Sie schreiben darf. Es tut mir leid, ich hätte das schon früher erwähnen müssen. Sie sind eine so fabelhafte und inspirierende Frau, dass Sie es aus dem Haus da unten hinauf auf den Gipfel

Ihres jetzigen Lebens geschafft haben … Ich finde, eine Menge Frauen würden …«

»Steig aus dem Wagen.« Elena hatte die Stimme gehoben.

»Ms. Craig, bitte, es war doch nur eine Idee. Anscheinend wollen Sie nicht, dass ich so was schreibe, also schreibe ich es auch nicht.«

»Ein geheimes Buch? Ein Exposé? Du hast mein Vertrauen missbraucht. Gabriel!« Elena wechselte ins Tschechische und erteilte ein paar Befehle. Nachdem sie jetzt sämtliche beschriebenen Seiten herausgerissen hatte, warf sie Grace das Notizbuch hin. Gabriel sah in den Rückspiegel und fing Grace' Blick auf. Bis er es zu ihrer Seite geschafft hatte, hatte Grace ihre Tür bereits selbst geöffnet. Sie stammelte eine Entschuldigung und bat um eine zweite Chance, aber Elena würdigte sie keines Blickes.

Es hatte angefangen zu regnen, und Grace stand ohne Jacke und Regenschirm da.

Wortlos manövrierte Gabriel sie aus dem Weg, schlug die Tür zu, kehrte nach vorn zurück und stieg ein. Einen Wimpernschlag später rumpelte der lang gezogene Craig über das Kopfsteinpflaster am Rathaus vorbei und verschwand den Hügel hinunter.

Das Ganze kam Grace so absurd vor, dass sie am liebsten losgeprustet hätte. In all der Zeit, die sie miteinander verbracht hatten, hatte sie von Elena nie eine solche Reaktion erfahren. Dann dämmerte ihr, dass es aus war mit *Frag Elena* – oder zumindest der Rolle, die sie selbst dabei spielte. Der Regen war kalt und der Wind unangenehm. Auf dem Platz waren noch eine Handvoll andere Leute unterwegs, die entweder mit Einkaufstaschen vorbeieilten oder an Ladengeschäften lehnten und rauchten. Ein großer, schwarzer Hund stromerte herrenlos um die Industriekunstwerke herum. Sie war eine Autostunde von Prag entfernt in einer dem Anschein nach komplett untouristischen Stadt gestrandet.

Ihr Herz raste, während sie unter den Einheimischen nach der freundlichsten Person Ausschau hielt. Sie entschied sich für eine ältere, untersetzte Frau mit blauer Strickmütze auf dem Kopf, die mit einer Zigarette in der Hand unter der Markise einer Tierhandlung stand.

»Hallo, entschuldigen Sie bitte …«

Die Frau erwiderte zwar nicht Grace' Lächeln, hob aber immerhin zum Gruß die Zigarette.

»Sprechen Sie englisch?«

Offenkundig nicht. Einen Moment später wies die Frau mit der Zigarette auf ein Gebäude auf der anderen Platzseite.

»Da drüben? Der Laden? Da spricht jemand englisch?«

»Englisch«, sagte die Frau.

Grace rannte über das graue Kopfsteinpflaster auf das Sportartikelgeschäft zu, das dort neben einem Restaurant lag. Es war eine ebenso kurze wie entmutigende Strecke. Sie stellte sich vor, wie sie Steadman Coe anrief, um ihm mitzuteilen, dass sie den einzigen Trumpf der Zeitschrift aufs Spiel gesetzt habe und es allein ihre Schuld sei.

Doch noch schlimmer war es, dass sie eine Frau vergrault hatte, in der sie gern eine Freundin gesehen hätte. Davon hatte sie nicht allzu viele, und in den Minuten seit Elenas Ausraster auf dem Rücksitz des Craigs war ihr klar geworden, dass deren Reaktion zwar extrem, aber irgendwie gerechtfertigt war. Grace hatte keine Vorstellung davon, wie es sein musste, sich von Anthony Craig scheiden zu lassen und dann vierundzwanzig Jahre später in seinen Wahlkampf hineingezogen zu werden, während die eigenen Erfolge als Geschäftsfrau offenbar gar nichts mehr galten. Genau wie die anderen Reporter im Untergeschoss des Four Seasons unternahm sie Versuche, über Elena in die Umlaufbahn der Berühmtheit und Macht eines Anthony Craig vorzudringen. Erst mit Violet Rain und jetzt mit dem verrückten Einfall zu dem Buch.

Beim Sportgeschäft waren die Schaufensterpuppen schon für Winteraktivitäten herausgeputzt worden: Hockey, Eiskunstlauf, Alpinski und Langlauf, Schneewandern. Als Grace eintrat, blickte eine sportliche, muskulöse Frau etwa in ihrem Alter von einem Ständer mit Daunenjacken auf. Sie trug schwarze Tights und ein gelbes Oberteil und hatte ein Klemmbrett in der einen und einen Stift in der anderen Hand.

»Dobrý den.«

»Hallo, sorry, äh …« Grace atmete tief ein. »Ich spreche kein Tschechisch, und ich hab mich verlaufen.«

»Dann sind Sie hier richtig.« Die Frau lächelte sie an. Sie sprach das Englische mit leicht amerikanischem Akzent. »Wie kann ich behilflich sein?«

»Ich muss zurück nach Prag. Gibt es hier einen Bus oder einen Zug?«

»Aber klar. Ich glaube, es geht stündlich eine Verbindung zum Prager Hauptbahnhof. Der Express ist seltener, aber wenn Sie ein bisschen Zeit haben, bringt Sie der Regionalzug genauso gut hin. Von hier zum Bahnhof sind es zu Fuß etwa fünfundzwanzig Minuten. Probleme mit dem Auto?«

»Kann man so sagen.«

Die Frau hatte kurzes rotes Haar und lauter Sommersprossen. »Einen Moment.« Sie durchquerte den Laden, beugte sich hinter der Kasse nach unten und kam mit einer kleinen Schachtel wieder zum Vorschein. »Ich wusste, dass das irgendwann nützlich sein würde.« Sie zog einen stabilen, transparenten Regenponcho aus der Schachtel, auf dem *Praha 2016* und ein Logo aus Lorbeerblättern aufgedruckt waren. »Prag hat sich vor einer Ewigkeit mal um die Olympischen Spiele beworben. Sie haben es nicht mal bis in die Endrunde geschafft, aber eine ganze Menge Plunder produziert.«

»Was schulde ich Ihnen?«

»Oh, den darf ich gar nicht verkaufen. Keine Ahnung, warum ich ihn überhaupt behalten habe.«

Grace streifte sich den Poncho über und riss sich dabei die Brille von der Nase. Die Frau hob sie auf. Grace bedankte sich und stellte sich vor.

»Ich bin Katka.«

»Ihr Englisch ist erstaunlich«, sagte Grace. »Sie haben doch bestimmt in …«

»Ich hab tatsächlich eine ganze Zeit in New York gelebt. Sieben Jahre lang, mit Mitte zwanzig. Mein Vater hat früher mal ein Mädchen trainiert, das irgendwann in New York hängen geblieben ist, und die hat mich in ihrem Unternehmen im Marketing angestellt. Sie stammt hier aus Mladá Boleslav. Bestimmt haben Sie schon mal von ihr gehört oder zumindest von ihrem Exmann. Elena Craig?«

6

PRAG – 1970

Ein Mann, nein, zwei Männer flüsterten vor Elenas Tür. Das schwache Licht auf dem Flur schimmerte, von Schatten unterbrochen, durch die Ritzen.

Da war nichts. Albern, dass sie sich darüber Sorgen machte. Aber die Flüsterer gingen nicht weiter, auch wenn sie versuchte, sie mit ihrer Willenskraft dazu zu bewegen. Stattdessen zitterte die Türklinke ganz leicht.

Der Instinkt riet ihr: aus dem Bett springen, zum Fenster rennen, es einschlagen, hinausklettern und davonlaufen. Aber wohin sollte sie laufen? Es war bestimmt nichts, nur ein paar Professoren, die sich einen Scherz erlaubten, halb Wirklichkeit, halb Traum. Ihre Tage an der Universität waren lang: Vorlesungen und andere Lehrveranstaltungen von acht Uhr morgens bis fünf Uhr abends, danach noch Sporttraining. Laufen und Turnen, aber auch seltsame Disziplinen wie Selbstverteidigung bei einem Dozenten aus China und Schießen.

Kürzlich hatte sie gelernt, wie man aus Rizinussamen Gift herstellte.

Schlag das Fenster ein! Los! Aber wenn sie sich täuschte und das nur ein alberner Streich war, dann wäre das peinlich für sie und ihre Mutter. Ihr Freund Sergej Sorokin würde sie nach Hause schicken.

Das Flüstern auf dem Flur veränderte sich.

Ein Mann zählte auf russisch von zehn herunter. *Sijem, schest, pijatch.* Jetzt war es zu spät, zum Fenster zu laufen. Elena zog sich die Decke über den Kopf und rief stumm nach ihrem Vater, ihrem *tatínku,* dass er sie retten solle.

Krachend flog die Tür auf, und zwei Männer stürmten herein. Elena schrie los, worauf ihr einer ins Gesicht schlug. Er zog ihr einen Sack über den Kopf und fesselte ihr die Hände auf dem Rücken. *Halt's Maul, sei still, du Schlampe. Hure. Verräterin.* Sie blafften sie an und stanken aus dem Mund so sehr nach Wurst und Bier, dass sie es durch den Sack riechen konnte. Als sie um Hilfe rief, schlug sie wieder einer, diesmal so fest, dass sie das Bewusstsein verlor, und das nicht nur für einen kurzen Augenblick. Als sie wieder zu sich kam, rumpelte sie nämlich in einem Bus oder einem Lieferwagen über Kopfsteinpflaster. Unter dem Sack war ihr Gesicht nass vom Blut, das ihr aus der Nase lief. Eine Hand, nein, ein Fuß strich über ihr linkes Schienbein. Dann hörte sie die Stimme ihrer Freundin, ihrer besten Freundin aus dem Studienprogramm.

»Elenka«, flüsterte sie. »Ich bin es, Danika.«

»Was passiert mit uns?«, schluchzte Elena. »Ich habe Nasenbluten.«

»Die bringen uns irgendwohin. Sei tapfer, Elenka. Ich bin bei dir.«

»Haben wir etwas falsch gemacht?«

Der Wagen hielt abrupt an. Elena rutschte vorwärts, und ihre Arme, die an eine Stange hinter ihr gefesselt waren, fühlten sich an, als würden sie aus den Gelenken gerissen. Die Tür ging auf, und kalte Abendluft wehte unter ihr Nachthemd. Als ein Hauch auch ihr Gesicht unter dem Sack erreichte, fühlte sich das angenehm an. Dann trampelten schwere Stiefel über den Metallboden des Lasters oder Busses. Noch mehr russische Wörter. Ein Mann legte die Hände auf ihren nackten Oberschenkel, und sie schrie auf. Er stieß sie zur Seite und machte sich an dem Strick um ihre Handgelenke zu schaffen.

Barfuß musste sie über kalten, feuchten Beton laufen. »Wo bringen Sie uns hin?«, fragte sie in ihrem Schulrussisch.

»Halt einfach die Klappe, das ist das Beste für dich, du Schlampe.«

Elena vermutete, dass sie sich jenseits des Flusses befanden, hinter der Burg, wo die Stadt sich gen Westen über das Tal hinaus erstreckte. Die Männer, die sie hierher verschleppt hatten, waren keine Professoren, keine Führungskräfte. Der eine roch wie altes Fleisch. Sie erreichten einen hallenden Flur, von dort einen weiteren.

Schlüssel klirrten.

»Elena, sag ihnen nichts!« Dann war ein dumpfes Geräusch zu hören. Ein Schlag? Ein Mann beschimpfte Danika, sie solle ihr dreckiges Maul halten.

»Wenn sie mich umbringen, sag meinen Eltern …« Der Mann stieß Elena mit dem Gesicht gegen die kalte Betonwand. Ihre Nase schmerzte wieder. Jetzt presste sich der Mann gegen sie und atmete ihr in den Nacken. Sie spürte die groteske Wölbung seines Penis. Er raunte ihr ins Ohr, wenn sie noch ein Wort sage, werde das, was sie erwarte, nur noch mehr wehtun.

Dann löste er die Fesseln von ihren Handgelenken, zog ihr den Sack vom Kopf und stieß sie in eine kleine Betonzelle mit schwarz verschimmelten Wänden und einem Abfluss mitten im Boden.

Sie war im Gefängnis.

Es stimmte, was in der Schule geredet wurde und was ihr Vater gesagt hatte. Manchmal sagten Leute die falschen Dinge, taten etwas Falsches und verschwanden dann einfach.

Sie kamen wohl an diesen Ort.

Elena musste an Sergej Sorokin denken, der ihren Eltern gegenüber so freundlich und fürsorglich gewesen war. Man könne sie nicht hoch genug loben, dass sie eine so talentierte, intelligente, hübsche und hochgewachsene Tochter großgezogen hätten, hatte er gesagt. Sie sei eine slawische Prinzessin und für Großes bestimmt.

Elena überlegte, was sie getan, gesagt, gelesen, sogar was sie in den vergangenen zwei Monaten Unterricht *gedacht* hatte, aber es wollte ihr keine Verfehlung einfallen. Welche Art von Schulung war das? Keines der Mädchen dort wusste, zu welchem Zweck man es ausbildete. »Führungsqualitäten«, das war alles, was Sergej je dazu sagte. Ihre Professoren wiederholten das. Trotzdem durften sie nicht darüber sprechen, nicht einmal untereinander.

Vielleicht mochte eine der jungen Frauen in dem Programm sie nicht, dachte Elena. Es gab da ein paar, die unfreundlich und rätselhaft waren, aber bestimmt keine, die sie so sehr hasste, dass sie Elena mittels einer Lüge hierherbrachte. Genau davor hatte ihr Vater sie gewarnt. Sei immer freundlich, denn jeder kann dich mit einem einzigen Anruf zugrunde richten.

Eigentlich wollte sie sich in ihrem Nachthemd nicht auf den kalten, schmutzigen Boden setzen, aber sie hatte keine Wahl. Schlaf, wann immer du kannst, hatte man ihnen eingeschärft. Wenn eure Feinde euch verhören, dann machen sie euch nämlich auch durch Erschöpfung fertig.

Aber wer? Wer waren ihre Feinde?

Gerade als sie sich auf dem Boden niederließ, kreischten die Lautsprecher an der Decke los: ununterbrochene atonale Gitarrentöne, die so furchtbar waren, dass sie sich die Ohren zuhalten musste.

Ihre Eltern mussten irgendetwas gesagt oder getan haben, dachte Elena. Aus verschiedenen Gründen wünschten sich die beiden insgeheim, dass die Dinge wieder so würden, wie sie vor den Kommunisten gewesen waren. Jana wollte Königin der Stadt sein oder wenigstens Direktorin der Fabrik. Petr wollte ungestört seiner Arbeit nachgehen und die Abende und Wochenenden auf dem Land verbringen. Alle belauschten einander: durch die Rohrleitungen, auf der Straße, in der Fabrik, beim Einkaufen, übers Telefon.

Insbesondere ihrer Mutter fiel es schwer zu schweigen, ein Geheimnis zu bewahren. Sie war so glücklich gewesen, dass Elena auf die Universität ging, so stolz, in die Wohnung oben auf dem Hügel umzuziehen. Es gab nur eine einzige Regel zu beachten, und sicherlich hatte ihre Mutter sie gebrochen.

Oder vielleicht sogar Sergej selbst. Möglicherweise verstieß das ganze Programm gegen die Regeln. Keine ihrer Freundinnen, die daran teilnahmen, glaubte, dass es irgendetwas mit der Universität zu tun hatte. Sie und ihre Eltern hatten das geglaubt, aber es hatte sich als etwas anderes erwiesen, und jetzt war ihr Leben zu Ende.

Stunden vergingen. Eine Essenszeit und dann noch eine. Sie versuchte, trotz Gitarrengekreische und knurrendem Magen zu schlafen, aber es gelang ihr nicht.

Sie urinierte in den Abfluss und hoffte, dass niemand sie dabei durch ein Loch in der Wand beobachtete. Das fluoreszierende Licht war unerträglich grell, und der Lärm wurde zu einem lebendigen Wesen, einem wilden Tier in ihr. Sie machte sich keine Gedanken mehr darüber, wer sie in ihrer Nacktheit sehen könnte, zog einfach das Nachthemd aus und wickelte es sich über Augen und Ohren. Außerdem zwang sie sich, an etwas anderes als Essen zu denken.

Gerade als sie fast eingeschlafen wäre, wurde die Tür geräuschvoll aufgerissen.

»Los! Los!«

Die beiden Männer von zuvor zerrten sie nach draußen auf den wärmeren Flur.

»Du eklige Sau«, sagte einer, während sie sich das Nachthemd wieder überzog. »Ich habe gesehen, wie du auf den Boden geschissen hast.«

Sie führten sie durch eine Tür in einen Raum, wo nur ein paar Holzstühle standen und an der Wand ein Plakat hing, auf dem ein Skelett abgebildet war. In der Ecke stand zitternd Danika.

»Elena!«

Die Männer stießen sie zu ihr. Die beiden Mädchen umklammerten sich verzweifelt und flüsterten einander zu. Wo sind wir? Was haben wir getan, dass wir das hier verdienen? Werden wir sterben? Keine zehn Sekunden später zerrten die Männer sie wieder auseinander.

»Du bist stärker als die, Elena!«, rief Danika ihr noch nach.

Im nächsten Zimmer war es dunkel und heiß. Es brannte nur eine einzige Lampe. Es roch nach Staub und Abgasen, wie in einer Garage, außerdem nach Zigaretten und Verbranntem – versengten Haaren vielleicht? In der großen Wanne in der Mitte war Wasser. Elena hätte gern davon getrunken, wusste aber, dass sie lieber nicht darum bat. In der Ecke saß ein rauchender Mann, dessen bärtiges Profil vom Lampenlicht kaum erhellt wurde. Er hatte eine Menge Utensilien vor sich, darunter eine Autobatterie, einen Eimer, Kabel, Stricke und Werkzeug.

Die Männer drehten sie um und warnten sie mit einer Ohrfeige, sich zu wehren. Man führte sie durch den Raum zu einem Stuhl, und dann – *oh, bitte, nicht* – stülpten sie ihr wieder einen Sack über den Kopf, bevor Arme und Beine an den Stuhl gefesselt wurden.

»Und jetzt ganz ruhig. Wenn du dich wehrst, wird es nur noch mehr wehtun.«

Sie schluchzte und stöhnte. »Ich will nach Hause.«

»Ruhig.«

Sie hörte ein Summen, ein elektrisches Summen. Sie wusste,

was als Nächstes passieren würde. Der bärtige Mann im orangefarbenen Lampenlicht würde ihr wehtun. Sie hasste allein schon das Wort: *Folter*. Ihr Vater konnte sie davor nicht beschützen, weil der Mann von der Polizei war. Von der Regierung.

Was hatte sie gesagt? Was getan? Was wusste sie?

Und dann erinnerte sie sich. Sie erinnerte sich, was sie wusste, weil Sergej ihr gesagt hatte, was sie zu wissen habe, wenn so etwas wie das hier je passiere.

Nichts.

Sie hörte die harten Sohlen des Mannes auf dem dreckigen Boden. Die Tür schlug zu. Er stand jetzt so dicht bei ihr, dass sie seinen Zigarettenatem hören und riechen konnte.

»Wo bist du, Elena?«

Nichts.

»Du nimmst an einem speziellen Programm teil. Stimmt das?«

Nichts.

»Vielleicht haben sie dir ja erzählt, dass es von der Regierung betrieben wird. Von der Geheimpolizei vielleicht oder der StB oder sogar vom KGB. Das sind Lügner. Verräter. Die haben dich benutzt. Warum sollte so ein Niemand wie du in ein Spezialprogramm aufgenommen werden?«

Sie spürte, dass er ein Stückchen zurückwich. Sie hörte ihn einen tiefen Zug von der Zigarette nehmen, dann warf er anscheinend die Kippe auf den Betonboden und trat sie aus. Auf einmal wurde seine Stimme sanft.

»Elena Klimentová. Tochter von Petr und Jana, die du liebst und die dich lieben. Ja?«

»Ja.«

»Es ist nicht deine Schuld. Ich sehe, dass du unschuldig bist. Es handelt sich um ein illegales Programm. Das wusstest du nicht, oder?«

Nichts.

»Da sitzt du, schöne Elena, im Nachthemd fast nackt vor mir. Ich könnte *alles* mit dir machen. Aber das will ich gar nicht. Ich bin kein schlechter Mensch. Ich schütze nur die Interessen der Tschechoslowakei. Verstehst du das?«

Nichts.

»Du musst mir nur eine einfache Sache sagen: den Namen desjenigen, der dich rekrutiert hat.«

Elena spürte jetzt die Hitze und hörte das Summen. Der Mann brachte den Stab am Ende des Stromkabels so nahe an ihre Wange, dass es in ihr vibrierte und so wehtat, wie noch nie etwas wehgetan hatte.

»Nein«, stöhnte sie. »Bitte nicht.«

»Nein, was?« Er riss ihr Nachthemd vorn auf, und sie zerrte an den Fesseln, weil sie nicht wollte, dass er sie nackt sah. »Sag mir den Namen desjenigen, der dich angeworben hat.«

Jetzt brachte er den summenden Stab nahe an ihre Brüste und verpasste ihr kurz einen Stromschlag. All ihre Körperzellen schienen zu explodieren. Sie schrie auf.

»Sag es mir einfach, dann höre ich auf. Ich bringe dir einen Teller mit Hühnchen und Nockerln und gebackenen Käse. Du kannst deine Eltern anrufen. Ein Kollege von mir ist gerade bei ihnen, damit wir sichergehen können, dass du kooperierst. Alles kann wieder so werden wie früher. Du musst dir auch keine Sorgen machen, dass du deine Freunde verrätst. Wir haben sie alle: euch Mädchen, eure angeblichen Professoren und Mitarbeiter. Wir haben euch alle. Alle bis auf einen.«

Er brachte den Stab wieder nahe an ihren Körper, und da fiel Elena endlich wieder ein, was sie gelesen und ihr Dozent ihr gesagt hatte. *Begib dich auf eine Reise. Verlass einfach deinen Körper, und reise aus der Betonzelle hinaus. Den wunderschönen Fluss hinauf in die Berge, in den perfekten Schnee. Es ist ein Frühlingstag mit deinen Großeltern. Du ziehst die Jacke aus, bindest sie dir um die Hüfte, und weiter geht es mit den Skiern. Immer weiter und weiter hinauf aus der Wolkensuppe heraus.*

»Es ist so einfach, Elenka. Nur ein einziger Name.«

Aber sie befand sich schon auf dem Berggipfel, wo nichts und niemand ihr etwas anhaben konnte, und blickte von dort hinab.

7

PRAG – 2016

Grace lief im belebten Hauptbahnhof zu den Ausgängen, von wo aus sie zur Prager Altstadt gelangen würde. Es hatte aufgehört zu regnen, allerdings war es auf den Straßen immer noch nass und windig. Sie folgte dem Menschenstrom durch einen kleinen Park, eine viel befahrene Straße entlang und dann durch eine nichtssagende Shoppingmeile. Im Zug hatte Grace aus dem Gedächtnis alles noch einmal aufgeschrieben, was Elena zuvor aus dem Notizbuch gerissen hatte, und all das notiert, was Katka über ihren Vater, den Turntrainer, und seine Beziehung zu Elena erzählt hatte, auch wenn nichts davon wirklich spannend gewesen war. Je mehr Grace aufgeschrieben hatte, umso sinnloser kam ihr das Ganze vor. Ohne Elenas Mitarbeit war an ein Buch ohnehin nicht zu denken, aber so konnte sie sich zumindest davon ablenken, was ihr derzeit die meisten Sorgen bereitete: Steadman Coe anzurufen.

Im bilderbuchschönen Viertel östlich des Four Seasons verkauften Männer und Frauen an weißen Ständen Bratwürste, Glühwein und – obwohl es bis Dezember noch über einen Monat hin war – Weihnachtsdekoration. Touristen schossen Fotos von den Pferdekutschen auf dem Rathausplatz. Direkt vor der Astronomischen Uhr leierte eine Frau mit einem roten Stab in der Hand lautstark auf englisch eine Geschichtslektion nach der anderen an eine riesige Reisegruppe aus aller Herren Länder gerichtet herunter. Grace hatte das Gefühl, dass die ganze Stadt nach gebratenem Fleisch und Alkohol roch, und nach nichts anderem stand ihr derzeit der Sinn. Es hätte ohnehin keinen Zweck gehabt, so zu tun, als wäre sie nicht einfach nur eine Touristin, die sich auf dem Markt kultureller Abenteuer tummelte. Für einen Moment schloss sie sich der Reisegruppe an, wich Selfiesticks aus, hörte sich an, was die Dame über das Viertel im 15. Jahrhundert zu sagen hatte, bis sie zwei Männer aus dem Zug wiedererkannte. Sie hatten zwei Reihen hinter ihr gesessen, und als sie einmal von der Toilette zurückgekommen war, hatte einer der beiden sie unverhohlen angestarrt. Er trug eine dicke Motorradlederjacke und hatte blassblaue Augen, die an einer Frau sicher gut ausgesehen hätten; zu seiner geäderten Nase und dem dünnen Blondhaar passten sie weniger gut.

Es war kühl geworden, und selbst unter dem Regenponcho war Grace in Mladá Boleslav auf dem Weg von dem Sportgeschäft zum Bahnhof nass geworden. Sie brauchte jetzt ein heißes Bad und wollte von diesen merkwürdigen Männern aus dem Zug wegkommen, also schloss sie sich dem Touristenstrom vom Rathausplatz zur Karlsbrücke an und ließ sich an Souvenirläden und Kneipen und Boutiquen für böhmisches Kristall vorbeitreiben. Alle naselang warf sie einen flüchtigen Blick über die Schulter, um nachzusehen, ob die Männer ihr folgten.

Im Four Seasons war es warm und roch es angenehm. Am Klavier spielte eine Frau ein Stück aus dem *Amelie*-Soundtrack. Der Concierge und die Frau, die sie zuvor im Café im Erdgeschoss bedient hatte, begrüßten sie auf dem Weg zu ihrem Zimmer im ersten Stock. Als sie vor ihrer Tür stand, schien die Schlüsselkarte auf einmal nicht mehr zu funktionieren. Grace versuchte es immer wieder und drehte die Karte mehrmals um, aber nichts passierte.

Am Empfangsschalter im Foyer teilte die Rezeptionistin ihr mit, dass sie bereits ausgecheckt habe. Ihr Gepäck liege im Gepäckraum für sie bereit. Ob Madame das nicht wisse?

»Das muss ein Missverständnis sein«, sagte Grace. »Können Sie bitte noch einmal nachgucken? Ich habe das Zimmer für fünf Tage.«

Zwei Minuten später trat einer der Hotelmanager, ein kleiner, gezierter Mann, dessen Namensschild ihn als Daniel auswies, ebenfalls an den Computer und flüsterte Grace zu, dass Madame Craig frühzeitig abgereist sei. Sie habe nicht nur die eigene Suite, sondern auch Grace' Zimmer gecancelt.

»Aber da waren noch alle meine Sachen drin.«

»Es tut mir sehr leid. Madame Craig hat uns ausrichten lassen, Sie wollten, dass wir für Sie packen. Ihr Koffer ist hier bei uns. Hat sie etwa ... Hat sich Madame geirrt?«

»Wenn ich das Zimmer für die restliche geplante Zeit selbst übernehmen würde, was würde das kosten?«

Hotelmanager Daniel flüsterte weiter vor sich hin, während er auf der Tastatur tippte: »Ich suche Ihnen den bestmöglichen Preis heraus ...«

Der Preis war anscheinend so gut, dass er ihn aufschreiben und den Zettel dann über den Tresen zu ihr hinüberschieben musste, als würde ein Tumult ausbrechen, wenn er ihn laut ausspräche. Fünftausend tschechische Kronen pro Nacht.

»Was wäre das dann in Euro?«

Daniel nahm den Zettel wieder an sich, ergänzte etwas und schob ihn erneut über den Tresen: *€ 200*.

Zehn Minuten später zog Grace ihren Koffer über das Kopfsteinpflaster zu einer kleinen Airbnb-Wohnung für zweiundsiebzig kanadische Dollar die Nacht, die über einem Gewürzladen lag. Sie wuchtete den Koffer die steinerne Wendeltreppe hinauf zur Wohnung, wo sie auf dem Gang davor kurz hallo zu der Frau sagte, die dort mit einer Zigarette in der Hand in einer Klatschzeitschrift schmökerte. Neben Brad Pitt und Angelina Jolie war auch Anthony Craig auf der Titelseite. Die Frau war offenbar die tschechische Version ihrer Leserschaft.

In der Wohnung roch es nach Paprika. Eine Badewanne gab es nicht, daher stellte sie sich unter die heiße Dusche. Auf dem Küchentischchen hatte die Vermieterin sieben Broschüren deponiert: Werbung für Moldau-Schifffahrten, Restaurants und Museen. Grace blätterte durch die Broschüre des Museums des Kommunismus, fuhr ihren Laptop hoch, loggte sich ins WLAN ein und übertrug ihre Notizen in ein neues Dokument. Anschließend versuchte sie, online mehr über Katka Vacek, deren Vater, den tschechischen Turnverband und Elena Craig herauszufinden.

Sie stieß nur auf einen einzigen Artikel, der zudem tschechisch verfasst war, also kopierte sie ihn in das Übersetzungsprogramm der Suchmaschine. Der Artikel stammte aus dem Jahr 2011. Obwohl die Übersetzung holprig klang, war deutlich herauszulesen, dass Trainer Vacek es über die Maßen bedauerte, dass sein talentierter Schützling Elena Klimentová das Turnen so früh – bereits 1968 – an den Nagel gehängt habe.

»Aber anscheinend war es für sie die richtige Entscheidung«, wurde Vacek zitiert.

Wenn sie schon 1968 mit dem Turnen aufgehört hatte, wie hatte Elena dann 1972 Ersatzfrau in der Olympiamannschaft sein können? Warum behauptete Anthony Craig in seinem Buch, dass sie dem Team angehört habe? Weshalb log sie?

Grace' Handy vibrierte – ein Anruf von Steadman Coe. Ohne jeden Zweifel hatte Elena oder deren persönliche Assistentin sich bei ihm gemeldet und sich beschwert, womöglich sogar sein Kumpel Josef Straka. Anstatt den Anruf anzunehmen, zog Grace sich einfach nur an und machte sich mit der Broschüre des Kommunismus-Museums auf den Weg hinaus in den kühlen Nachmittag.

Sie ließ sich wieder vom Strom der Touristen mitreißen und kaufte sich an der erstbesten weißen Bude einen Glühwein, während ihr Handy immer wieder vibrierte.

Sie war gerade vor dem Museum des Kommunismus angekommen, das in die hübsche Prager Version einer Ladenzeile zwischen ein paar Restaurants und einem Sonnenbrillenladen eingebettet war, als sie eine SMS erhielt:

Ruf zurück, oder ich muss dich feuern.

Vor dem Museum fand gerade ein Bauernmarkt statt. Grace kaufte sich einen zweiten Glühwein und trank so schnell, dass sie sich den Rachen verbrannte.

Er ging nach dem ersten Klingeln dran. »Gracie, was hast du mit Elena angestellt?«

»Steadman, weißt du noch, als du so was gesagt hast wie: ›Du könntest ein Buch über sie schreiben‹?«

»Das hab ich ganz sicher nie gesagt.«

»Hast du wohl. Tja, und ich hab das Gleiche gedacht.« Es fing an zu nieseln, und Grace suchte im Eingangsbereich des Museums Schutz. »Ich hab ihr bloß ein paar Fragen zu ihrer Kindheit gestellt – wie es war, im Kommunismus aufzuwachsen –, und da ist sie ausgerastet und hat mich aus dem Wagen geworfen. Sie hat mich einfach im Niemandsland stehen lassen.«

»Sie behauptet, du hast sie bedrängt.«

»Steadman, sie war die ganze Zeit super zu mir, und sie ist der faszinierendste Mensch, dem ich je begegnet bin. Aber sie lügt. Und zwar nicht nur, was mich angeht.«

»Es interessiert mich einen Dreck, ob sie lügt, Gracie. Sie zahlt immer pünktlich. Sie hat ihre Leserschaft. Aber ganz abgesehen davon, ich dachte, ihr wärt Freundinnen? Das hat sie mir zumindest erzählt. Dass du eure Freundschaft verraten hast.«

»Freundinnen? Das hat sie gesagt? Freundschaft?«

»Sie klang zutiefst gekränkt.«

Grace hätte am liebsten den Anruf abgebrochen und sich noch ein, zwei Glühwein eingepfiffen. Sie erzählte ihm von der Sache mit der Olympiade.

Coe seufzte. »In den Siebzigern und Achtzigern hat niemand darüber nachgedacht, dass es irgendwann später mal ein Internet geben würde. Ich hab Leuten erzählt, ich wäre bei den Lemon Pipers gewesen.«

»Was soll das sein?«

»Eine Rockband. Green Tambourine?«

»Keine Ahnung, wovon du sprichst.«

»Die Sache ist die: 1979 hat auf den Feten kein Mensch lauter Online-Nachschlagewerke in der Hosentasche dabeigehabt. Was willst du überhaupt andeuten? Willst du jetzt ein ganzes Buch darüber schreiben, dass Elena Craig in Sachen Olympiateilnahme gelogen hat?«

»Nein.«

»Pass auf, ich will dich wirklich nicht vor den Kopf stoßen, aber du weißt schon, was du jetzt bald zwanzig Jahre lang gemacht hast? Seit Teenagerzeiten? Du hast für mich gearbeitet. Für den *National Flash*. Du bist keine Investigativjournalistin. Du wirst nie eine Christiane Amanpour sein. Du weißt nicht mal, wie man eine Christiane Amanpour werden könnte. Du weißt, wie man Gerichtsprotokolle nach den schlüpfrigen Details einer Scheidung durchsiebt, und du kannst dich besser als jeder andere in unserem Business über Scott Baio lustig machen, und zwar für eine Leserschaft, die den Bildungsstand eines Siebtklässlers hat. Es tut mir wirklich leid, ich nehme zurück, was ich gesagt habe. Du wirst nie ein Buch über irgendwas schreiben, Gracie. Und jetzt beweg deinen Arsch hierher. Ich will, dass du die Sache mit Elena wieder in Ordnung bringst.«

»Die Verbindung ist ganz wacklig«, rief Grace. »Ich hör dich nicht mehr.«

»Wehe, du wirfst mich jetzt aus der Leitung! Das würdest du bereuen.«

Grace drückte den Anruf weg. Anstatt ihr I-Phone an die Wand zu schmettern oder laut zu schreien, biss sie sich so fest in die linke Wange, dass sie blutete.

Der Eingangsbereich des Museums des Kommunismus war ein lang gezogener, schmaler, in Weiß und Grau gehaltener Raum, der von geraden, harten Konturen dominiert war. Außer Grace selbst war nur eine weitere Person anwesend, die Frau hinter dem Ticketschalter, die sie durch eine lachhaft große Brille hindurch anglotzte.

»Sorry«, sagte Grace. »War ich sehr laut?«

Die Frau zuckte die Achseln. »Wollen Sie ins Museum?«

Grace zahlte den Eintrittspreis und lief die Treppe hinauf zum ersten Ausstellungsraum. Auf den Schautafeln an den Wänden wurde auf tschechisch und englisch geschildert, was sie auch schon auf Wikipedia hatte nachlesen können, als sie *Tschechoslowakei* gegoogelt hatte. Es gab Schwarz-Weiß-Fotos von Stalin und seinem hiesigen Stiefellecker Klement Gottwald. Ein Stück weiter sah sie sich Videos aus den Propaganda- und Zensurbehörden an und las Lehrtexte über die raffinierten Methoden, mittels deren die Regierung die Wahrheit gesteuert hatte. Es hatte einen Schwarzmarkt gegeben und einen, der ausschließlich den Parteibonzen vorbehalten gewesen war. Durch seine tschechischen Handlanger bei der StB war der KGB allgegenwärtig gewesen. In einer Nische war das Jugendzimmer eines tschechischen Teenagers nachgebaut und ausgestattet worden. Grace stellte sich vor, wie Elena Klimentová in dem schmalen Bett lag. Sie machte sich Notizen und fotografierte die spannendsten Schautafeln ab. In ihrem Kopf hallte Steadman Coes Stimme wider: *Du bist keine Investigativjournalistin.*

Nein, das hier war alles andere als Investigativjournalismus.

Sie erfuhr, dass es zwischen 1969 und 1979 am schwierigsten gewesen sei, aus der Tschechoslowakei in den Westen zu fliehen. Wie hatte Elena das dann fertiggebracht? Grace wusste, dass sie kurz mit einem Franzosen verheiratet gewesen war; die Ehe hatte ihr den weiteren Weg in den Westen erst nach Montreal und letztlich nach New York geebnet. Trotzdem erweckte alles hier im Museum des Kommunismus den Eindruck, als wäre eine solche Flucht völlig aussichtslos gewesen, es sei denn, sie wäre bei den Olympischen Spielen in München übergelaufen. Aber fuhr eine Ersatzfrau wirklich mit zu den Spielen? Und was, wenn sie tatsächlich schon vier Jahre zuvor mit dem Turnen aufgehört hatte?

Wie lernt eine junge Tschechin aus ärmlichen Verhältnissen einen Franzosen kennen?

Im Museumsshop, der an die Ausstellungsräume anschloss, zeigte Grace der Frau an der Kasse ein paar der Zitate über die StB und die damaligen Fluchtmöglichkeiten, die sie sich notiert hatte.

»Gibt es hier eine Bibliothek oder so, ein Archiv, wo ich mehr zu dem Thema finden könnte?«

Die Frau rief nach ihrem Vorgesetzten, der besser englisch sprach, und der drückte ihr eine Karte des Instituts für das Studium totalitärer Regime in die Hand. »Das ist nicht weit von hier. Einfach den Hügel hoch. Allerdings schließen die demnächst.«

Auf dem Weg kam Grace wieder am Bahnhof vorbei. Das Institut für das Studium totalitärer Regime kam ihr eindeutig reizvoller vor als eine Zugfahrt, aber wenn es ohnehin bald schloss … Was würde eine Investigativjournalistin tun? Immerhin wusste sie bereits, dass die Expressfahrkarte nach Mladá Boleslav 280 Kronen kostete.

Zehn Minuten nach Abfahrt in Richtung Mladá Boleslav rief sie Manon an. Manon wohnte in der Nachbarwohnung an der

Rue Saint-Christophe und war Grace' ebenfalls geschiedene und verlässlichste Gefährtin, wenn es gelegentlich galt, eine Flasche Wein zu köpfen.

»Hattest du schon Sex mit einem Europäer?«, fragte Manon gleich als Erstes.

Grace lachte. Es tat gut, die noch schläfrige Morgenstimme ihrer Freundin zu hören. Am liebsten hätte sie ihr brühwarm erzählt, was Elena Craig und Steadman Coe behaupteten und getan hatten, aber es gab zunächst ein wichtigeres Thema: das Wohlergehen ihrer Katze. »Noch nicht, Manon, und ich bin weiter vorsichtig pessimistisch. Wie geht's meiner Zip?«

»Ich war gerade erst vor einer Stunde drüben in deiner Wohnung, habe Zip gefüttert und dieses eklige Katzenklo sauber gemacht. Eine Katze zu haben ist absurd und erniedrigend, ist dir das eigentlich klar?«

»Ich bin nicht wahnsinnig gut drauf, hier läuft es gerade nicht ganz rund. Könntest du mir einen Gefallen tun?«

»Schieß los.«

»Würdest du bitte zu mir rüberlaufen und ihr das Telefon hinhalten?«

»Der Katze? Ernsthaft?« Manon seufzte. Dann hörte Grace, wie sie über den Dielenboden marschierte und eine Tür aufmachte und wieder zuzog. Dann eine zweite. »Du weißt schon, dass das verrückt ist?«

»Ja, weiß ich.«

Als Nächstes hörte sie, wie Manon allem vorherigen Protest zum Trotz säuselnd die Katze kraulte und wie die durchs Telefon schnurrte. Sie erzählte ihr, dass sie sie lieb habe und vermisse, ermahnte sie, die Möbel nicht zu zerkratzen, und teilte ihr mit, dass sie bald wieder nach Hause komme.

Manon war die Einzige, die wusste, was Grace in Prag wirklich vorgehabt hatte. Obwohl sie Verschwiegenheitserklärungen sonst immer absolut ernst nahm, konnte sie sich insgeheim wirklich nicht vorstellen, dass es irgendwen kümmerte, ob sie Elena Craigs *National-Flash*-Ratgeberkolumne verfasste oder nicht.

»Ich hab Elena gefragt, ob ich ein Buch über sie schreiben darf.«

»Echt? Und?«

»Katastrophe. Sie hat mich angeschrien und aus ihrem Wagen geworfen. Ich bin trotzdem gerade auf dem Weg in ihre Heimatstadt und gehe einem Hinweis nach.«

»Einem Hinweis? Dass ich das mal von dir hören würde! Ein Hinweis!«

»Weißt du, was Steadman gesagt hat?«

»Was?«

»Nachdem Elena ausgeflippt ist, hat er mir an den Kopf geworfen, dass ich keine echte Investigativjournalistin bin. Er meint, in dieser Hinsicht würde ich keine Zeile zusammenkriegen.«

»Scheiß auf den.« Durchs Telefon hörte Grace ein lautes Krachen, als hätte Manon gerade mit der Faust irgendwo dagegengeschlagen, und sie befürchtete schon, Zip könnte sich erschreckt haben. »Ich lauf sofort in die Altstadt und tret ihm ins Genick.«

»Schöne Vorstellung«, sagte Grace.

Manon, Archivarin an den Bibliothèque et Archives nationales du Québec, heizte Grace ordentlich ein, bis sie auf einmal einen zweiten Anruf in der Leitung hatte. »Ich muss auflegen, aber du, pass gut auf dich auf, okay? Zip und ich wollen, dass du bald wiederkommst. Ich hasse das Katzenklo nämlich aus tiefster Seele.«

Der Abteilwagen war nur halb voll. Nachdem sie aufgelegt hatte, sah Grace sich nach den beiden Männern um, die ihr zuvor gefolgt zu sein schienen. Sie waren nirgends zu sehen. Als der Zug am Bahnhof einfuhr, lief sie das kurze Stück zu dem Haus, wo Elena als Kind gewohnt hatte. Drinnen brannte nirgends Licht, obwohl es inzwischen schon fast fünf war. Jetzt, wo Elena sie nicht beobachtete, konnte sie ausgiebiger Fotos machen. Danach betrat sie den ungepflegten Vorgarten und spähte durch eines der Fenster. In der kleinen Küche stapelten sich wild durcheinander schmutziges Geschirr und Töpfe. Dort hatte früher Elena Geschirr gespült. Auf dem Teppichboden dahinter lagen kreuz und quer Plastikspielzeug und Klamotten.

Es war wärmer als noch am Vormittag. Grace überquerte die weiße Brücke über die Iser und kam an einem Škoda-Verkaufsbüro und mehreren Werksgebäuden vorbei. Das Schleifen von Blechen schrillte im ganzen Tal wider. Grace versuchte, sich Elenas Großmutter vorzustellen, wie sie wie eine Königin über das Gelände schritt, die Werkmeisterin, als das alles hier noch Laurin & Klement geheißen hatte.

Über einen Treppenaufgang aus schwarzem Stein, der nach Pisse stank, erreichte sie die Oberstadt. Vor einem Friseursalon dort standen schwarz gekleidete Männer und rauchten. Einer spielte auf seinem Handy wütenden einheimischen Death Metal und murmelte Grace etwas zu, was keiner Übersetzung bedurfte. Seine Kumpels brachen in Gelächter aus.

Kaum dass sie auf den Platz hinausgetreten war, riss im Westen die Wolkendecke auf, und ein letzter Rest Spätnachmittagssonne fiel auf den Rathausturm – ein schöner, hoheitlicher Anblick. Schulkinder jagten einander laut schreiend um die wurmartigen, dunklen Industriekunstwerke.

Diesmal waren Kunden im Sportgeschäft, ein Elternpaar mit einem Jungen, der sicher noch keine zwölf war, die sich Langlaufskier ansahen, sowie ein älterer Herr in einer Strickjacke über Hemd und Krawatte. Er stützte sich auf einen Gehstock und musterte mürrisch die Skateboards. Katka war mit der Familie beschäftigt.

Als sie ein paar Minuten später den Laden verließen, ohne etwas gekauft zu haben, begleitete Katka sie beschwingt und hoffnungsvoll plaudernd noch bis zum Ausgang. Als die Tür wieder zu war, wandte sie sich an Grace. »Sagen Sie nichts. Sie haben den Bahnhof nicht gefunden. Sie waren den ganzen Tag lang unterwegs und sind jetzt völlig durch den Wind und hungrig.«

Grace lachte. »Ich war schon in Prag, bin dann aber wiedergekommen.«

»Warum?«

»Ich hab das heute Morgen nicht erwähnt, weil es noch nicht in trockenen Tüchern war, aber ich schreibe ein Buch über Elena Craig.«

»Oh.« Katka runzelte die Stirn.

»Ich habe gehofft, ich könnte Sie und Ihren Vater ein bisschen zu der Stadt befragen, wie es hier in Zeiten des Kommunismus war, und zu Elenas Kindheit.«

Katka sagte zunächst weder ja noch nein.

»Um ganz ehrlich zu sein, ich war heute früh mit Elena hier unterwegs«, fuhr Grace fort. »Sie hat mich auf dem Platz abgesetzt. Nachdem Sie einander schon so lange kennen, frage ich mich jetzt, warum Ms. Craig nicht zumindest kurz bei Ihnen vorbeigeschaut hat. Ich meine, es klang doch, als hätten Sie beide sich recht nahegestanden.«

Ohne ein weiteres Wort schob Katka Grace auf den alten Mann bei den Skateboards zu. »Das ist mein Vater. Hier nennen ihn alle bloß Trainer Vacek.« Dann sagte sie etwas auf tschechisch zu ihm, worauf er sich zu Grace umdrehte und sie aus zusammengekniffenen Augen musterte.

Dass in dem Wortwechsel zwischen Katka und ihrem Vater eine gewisse Spannung lag, war nicht zu überhören. Katka verdrehte die Augen und wandte sich wieder an Grace.

»Er will wissen, ob irgendwer Sie verfolgt hat.«

»Nicht dass ich wüsste.« Sie musste an die beiden Männer im Zug und auf dem Prager Rathausplatz denken. »Nein.«

»Sind Sie sich ganz sicher?«

»Na ja, nein, natürlich nicht.« Grace trat ans Schaufenster und ließ den Blick über den Platz schweifen. »Aber ich kann da draußen im Moment niemand sehen.«

Trainer Vacek brummelte in sich hinein.

Katka lief zur Tür, zog sie auf und blickte den Platz hinauf und hinunter. Danach verriegelte sie die Tür. »Wir haben sowieso seit zehn Minuten geschlossen. Wenn wir uns unterhalten wollen, dann können wir das oben in der Wohnung von meinem Vater tun.«

»Warum hat er denn Angst, dass mir jemand gefolgt sein könnte?«, sagte Grace.

»Mein Vater ist mittlerweile ganz einfach paranoid. Damals im Kommunismus war er noch jung und im Vollbesitz seiner Kräfte. Ich vermute ja, dass er sich danach zurücksehnt, genau wie er sich seine Jugend zurückwünscht.«

Katka führte ihren Vater die Treppe hinauf, die von einer einzelnen Glühbirne ausgeleuchtet wurde. Grace lief hinter den beiden her, bereit, ihn aufzufangen, sollte er stürzen.

»Wie läuft der Laden so?«

»Schlecht.« Katka half ihrem Vater auf den oberen Treppenabsatz. »Zum Glück gehört das Gebäude Elena, und sie verlangt keine Miete von uns.«

»Und warum nicht?«

Während sie ihren Vater zu einem Stuhl lenkte, übersetzte Katka für ihn. Hier oben unter den niedrigen Decken roch es nach den Geistern aus fünfhundert Jahren zerkochten Wurzelgemüses. Im Gegensatz zu den gleißenden Strahlern im Laden verbreiteten hier drei identische Lampen ein angenehm weiches, orangefarbenes Licht. Wandtäfelung und Dachbalken hatten die Farbe von Rosenholz. Das Mobiliar sah robust und funktional aus, eine ordentliche Mischung aus Holz und Kunstfaserbezügen. Irgendjemand hatte Unmengen von bunten Decken gehäkelt, die Grace' Mutter als Afghans bezeichnet hätte; sie waren über die

Stuhllehnen drapiert und lagen akkurat aufgestapelt in der Sofaecke. An der Wand hingen Fotos von Turnerinnen und Turnern, die in riesigen Sporthallen neben Sprungbrettern, Barren und Trampolinen posierten.

»Vater glaubt, dass sie uns damit zum Schweigen bringen will«, sagte Katka. »Aber mal ernsthaft, ich habe in New York für sie gearbeitet, und ich kann mir nicht vorstellen, was wir über sie erzählen sollten. Und wem auch? Vielleicht einer Buchautorin? Ganz ehrlich? Ich habe in unserer gemeinsamen Zeit nichts von ihr mitbekommen, was für ein Buch interessant genug wäre. Sie arbeitet hart. Sie gibt vor, weniger intelligent zu sein, als sie in Wahrheit ist, wie viele andere Frauen auch. Ich glaube, sie verlangt keine Miete von uns, weil es für sie nicht ins Gewicht fallen würde und weil sie und mein Vater sich früher mal nahe waren.«

Katkas Vater kläffte ihr etwas zu. Die Augen waren wässrig und leicht verschleiert.

»Was hat er gerade gesagt?«, fragte Grace.

»Vor fünf, sechs Jahren war Elena mal zu Besuch. Da haben sie und Vater sich gestritten.«

»Und worüber?«

Katka und ihr Vater unterhielten sich eine Weile. Dass sie kein Wort verstand, frustrierte Grace ungemein. Als Katka sich ihr wieder zuwandte, hatte sie eine klare Flasche zur Hand genommen, in der Kräuter schwammen, und füllte drei Gläser bis an den Rand. Dann schüttelte sie den Kopf und lachte. »Er ist nie in New York gewesen. Er sieht nicht fern. Mein Vater glaubt immer noch, dass die arme Elenka über all die Jahre hinweg getrauert hat, weil sie das Turnen aufgeben und Mladá Boleslav verlassen musste. Bei ihm klingt das gerade so, als hätten sie sie in einen Gulag gebracht.«

Wieder sagte der Vater etwas.

»Wer sind denn *sie?*«, fragte Grace.

»Die Russen, sagt er. Mein Vater ist kein großer Freund der Russen, aber wenn Sie mich fragen, spielt ihm die Erinnerung einen Streich. *Na zdraví.*«

Grace schnupperte am Glas. Wodka. Sie hatte seit einer unseligen Nacht in ihrem vorletzten Highschooljahr an der Thomas Jefferson in Bloomington keinen Wodka mehr angerührt. Sie nippte daran. Dann gleich noch einmal. Was da in der Flasche schwamm, war wohl Fenchel, jedenfalls schmeckte der Wodka hervorragend.

Mit einem Schluck hatte Katkas Vater seinen hinuntergekippt. Dann sagte er etwas, worauf Katka den Kopf schüttelte.

»Was denn?«, sagte Grace. »Was sagt er?«

»Die Russen haben Elena Anfang 1969 mitgenommen«, sagte Katka.

»Mitgenommen von hier?« Grace bemühte sich, alles mitzuschreiben. »Und wo haben sie sie hingebracht?«

Die beiden unterhielten sich weiter, aber diesmal übersetzte Katka seine Antwort nicht sofort.

»Was hat er gemeint?«, sagte Grace.

»Das ist verrückt«, sagte Katka.

»Macht doch nichts. Ich mag es verrückt. Erzählen Sie ruhig.«

»Kommen«, sagte Katkas Vater jetzt auf englisch, noch ehe seine Tochter darauf eingehen konnte, was so verrückt sei. Er stemmte sich hoch und stützte sich auf den Möbeln ab, während er zum Fenster schlurfte. Von hier aus konnte man den Platz überblicken. Er zeigte auf das Gebäude rechts neben dem Rathaus. Es war ein steinerner Prachtbau, der genau so auf einem Foto aus Paris hätte abgebildet sein können.

Katja übersetzte. »Er sagt, als sie gegangen ist, sind Herr und Frau Kliment in die Dachterrassenwohnung des schönsten Hauses in ganz Mladá Boleslav gezogen. Das war ihre Belohnung.«

»Und wofür?«, sagte Grace. »Für etwas, was Ms. Craig geleistet hat?«

Katka zuckte die Achseln und leerte dann ihr Wodkaglas.

»Anthony Craig und auch Ms. Craig erwähnen die Olympischen Spiele 1972«, sagte Grace. »Anscheinend hat sie an den Spielen in München entweder teilgenommen oder war Ersatzfrau. Allerdings habe ich einen Artikel gefunden, in dem Ihr Vater behauptet, Ms. Craig habe schon 1968 mit dem Turnen aufgehört.«

»Und genau wegen dem Artikel spricht Elena nicht mehr mit uns«, sagte Katka.

»Aber war sie denn Olympiateilnehmerin?«

Katka schüttelte den Kopf. »Elena war 1972 nicht mal in der Nähe von München.«

Während er sich zu seinem Stuhl zurückarbeitete, brabbelte Katkas Vater pausenlos weiter. *Elenka* konnte Grace dem Ganzen entnehmen, aber das war auch schon alles. Als er endlich verstummte, seufzte Katka und bemerkte, ihr Vater sei müde. »Ich fahre Sie gern zum Bahnhof, Grace.« Sie werde nur noch schnell auf die Toilette gehen.

Sobald sie allein waren, streckte sich Katkas Vater nach Grace' Hand aus. Als sie ihre Hand in seine legte, um sich zu verabschieden, zog er sie näher an sich heran. Für einen kurzen Moment glaubte sie, dass der Alte sie begrapschen würde. Dann ging ihr auf, dass er ihr nur etwas ins Ohr flüstern wollte. Grace krallte die Finger in seine knochige Schulter und stützte sich ab, damit sie nicht auf ihn fiel.

»Sergej.« Sein Atem roch nach Alkohol. »Sie suchen Sergej Sorokin.«

»Wer soll das sein?«, sagte Grace. Sie richtete sich auf, um sich den Namen aufzuschreiben.

Katkas Vater deutete auf ihr Notizbuch und fuchtelte mit ausgestrecktem Zeigefinger, *nein, nein, nein*. Dann fuhr er sich mit demselben Finger quer über die Kehle.

*

Inzwischen war es dunkel geworden, und Grace war dankbar für die Mitfahrgelegenheit in Katkas kleinem, weißem Renault Clio, erst recht, als sie an denselben Herumtreibern in Jogginganzügen vorbeikamen. Auf halber Strecke fragte sie Katka, was ihr Vater denn nun für Verrücktheiten erzählt habe.

»Es ist bloß ein Gerücht«, sagte Katka. »Aber angeblich sollen der KGB und die StB talentierte junge Frauen rekrutiert und in den Westen geschickt haben, damit sie dort ... Was auch immer.«

»Um dort was?«, sagte Grace. »Als Agentinnen zu arbeiten? Er glaubt, Ms. Craig wäre eine KGB-Spionin gewesen?«

Katka lachte. »Ich weiß nur, dass ich in meiner Zeit in New York wohl keiner amerikanischeren Frau als Elena Craig begegnet bin.«

Grace wusste genau, was sie damit meinte. Elena redete wahnsinnig gern darüber, wie sie mit leeren Taschen in Nordamerika gelandet sei und was sie seither alles erreicht habe. In keinem anderen Land der Welt sei so etwas möglich. Auch in den *Frag-Elena*-Kolumnen war das sehr häufig ein Thema. Gefühlsmäßig war sie diesbezüglich eine echte Patriotin.

Eine Straße vom Bahnhof entfernt fuhr Katka rechts heran und sah sich um. Auf den Bürgersteigen waren immer noch ein paar Leute unterwegs, die kleine Rollkoffer hinter sich herzogen. »Ich mache mich darüber lustig, aber seien Sie trotz allem vorsichtig. Mein Vater ist bei weitem nicht komplett senil, und er hat damals einiges mitgemacht.«

Nur zu gern hätte Grace sie nach Sergej Sorokin gefragt, aber wenn Katkas Vater gewollt hätte, dass seine Tochter den Namen hörte, hätte er ihn auch vor ihr genannt. »Ich will ganz ehrlich mit Ihnen sein, Katka. Ms. Craig hat mich heute Morgen nicht in Mladá Boleslav abgesetzt. Sie hat mich rausgeschmissen.«

»Warum das denn?«

»Weil ich ihr Fragen gestellt habe.«

Katka nickte und starrte geradeaus. »Aus dem gleichen Grund hat sie mich damals auch wieder zurückgeschickt. Sie war fast schon wie eine Mutter für mich … oder vielleicht eher wie eine ziemlich herrische Tante. Ich dachte damals wirklich, ich würde für immer in New York bleiben. Eines Abend haben wir uns eine Flasche Wein aufgemacht, und ich hab sie nach früher gefragt und danach, was zwischen ihr und meinem Vater passiert ist. Erst kamen vorgefertigte Antworten. Ich wusste, dass die nicht wahr waren, und dachte mir: Wen interessiert's denn bitte noch? Der Kalte Krieg ist vorbei. Ich hab ihr auf den Kopf zugesagt, dass sie Blödsinn erzählt, und wollte die Wahrheit hören. Tags darauf lag nicht nur meine Kündigung auf dem Tisch, sondern ich saß auch postwendend mit einem abgelaufenen Visum im nächstbesten Flieger zurück nach Prag.«

»Und wenn Sie versuchen würden, sich mit ihr auszusprechen?«

»Nichts«, sagte Katka. »Für Elena bin ich gestorben.«

8

PRAG – 1970

Es war Freitag und schon fast dunkel. Der Schnee fiel dicht auf das Kopfsteinpflaster und die windzerzausten Büsche, die den Platz der Soldaten der Roten Armee säumten.

Elena stand am Fenster der Großen Aula der Kunstfakultät an der Karls-Universität. Sie war erschöpft nach all den Wochen mit Tests im Rahmen des Spezialprogramms: mündliche Prüfungen auf tschechisch, englisch, französisch und russisch, Szenarien im Ausland und Übungen mit Rollenspielen.

Du befindest dich auf einer Cocktailparty in Paris. Du sitzt in New York auf der Rückbank eines Autos, und jemand hat die Türen verriegelt. Ein Kind steht zwischen dir und der Zielperson, dem Fluchtweg. Ein Mann drückt dich mit einer Hand an deiner Kehle zu Boden. Du musst jemand liquidieren und es wie einen natürlichen Tod aussehen lassen. Die CIA bietet dir jetzt Geld und eine neue Identität, rundum alles neu, in zehn Jahren an. Was tust du?

Weniger als die Hälfte der Mädchen, die das Programm gemeinsam mit ihr begonnen hatten, bestand den ersten Test: allein im Nachthemd in einer Zelle, ohne Schlaf, dann Alkohol und Drogen, vorgetäuschtes Ertränken auf einem Stuhl. Sag uns seinen Namen, hatte man sie angebrüllt. Nur seinen Namen, und all das hier hat ein Ende, Süße.

Vielleicht hatten aber auch die anderen die Prüfung bestanden, und sie war irgendwie durchgefallen. Jedenfalls sah Elena sie nie wieder. Einige weitere brachen das Programm im Sommer ab. Sie verschwanden einfach, und die verbliebenen Mädchen wussten, dass sie lieber nicht nach ihnen fragten.

Es gab auch richtige Studenten der Karls-Universität, und die gingen jetzt unter dem Fenster vorbei. Männer und Frauen in ihrem Alter, normale Tschechen aus Dörfern und Städten wie ihrer. Sie spazierten Arm in Arm zu ihren kleinen Wohnungen oder zum Bahnhof. Aus ihnen würden einmal Sachbearbeiter, Lehrer und Stewardessen werden. In der Aula hinter ihr feierten ihre neuen Freunde das Semesterende mit Bier und schlechten Würsten. Ohne das Programm und ihre besondere Ausbildung hätte sie nicht gewusst, wie schlecht die waren. Aber Elena war für schlechte Wurst verdorben, da sie gute Würste, guten Wein, Champagner, Trüffel, Kaviar, amerikanische Hamburger, französischen *confit de canard* und italienischen *ossobuco alla milanese* probiert hatte. Sie wusste, wie man all das aß, wie man sich darüber unterhielt, wie man ein Glas hielt und wann man welche Gabel benutzte.

»Komm zu uns.« Danika führte sie zur Feier zurück: neun hübsche junge Frauen und ihre »Professoren«, eine Mischung echter Akademiker und Dozenten, Funktionäre, Offiziere und Angehöriger der Geheimpolizei. Die Hälfte waren Russen, vom Kreml und der KGB-Zentrale entsandt, die andere Hälfte Tschechen und Slowaken. Sie alle bewohnten schicke Wohnungen in Prag und hatten eigene Fahrer, Zugang zu Delikatessen und echten Bluejeans. Ihr Leben war für die Menschen in der Tschechoslowakei mit Ausnahme einer geringen Zahl Auserwählter unvorstellbar.

Ihre Familien zählten dazu.

Das war Elenas Belohnung. Sie begriff jetzt die absolute Macht, die sie dadurch über sie besaßen: Jana hatte ihre Wohnung, Petr das Landleben.

Eine Wolke aus Zigarettenrauch schwebte über der Party, die in einem der riesigen oberen Lesesäle stattfand. Der Raum war mit viel altem Leder und Holz eingerichtet, mit zahllosen Büchern und gedämpften Lampen. Sie hörten »problematische« Musik, die sonst keiner hören durfte: Creedence Clearwater Revival, die Doors und ein paar richtig seltsame neue Stücke von den Beatles. Sie tanzten, rauchten, tranken und knutschten.

Sie unterschieden sich auf jede erdenkliche Weise von den Männern und Frauen, Jungen und Mädchen, die Elena zuvor durchs Fenster im Schnee beobachtet hatte. Für Freunde und Familie hier in Prag, oder wo auch immer sie zu Hause waren, hatte sich jede von Elenas Kommilitoninnen mithilfe ihrer Professoren und Mentoren eine Tarngeschichte – oder mehrere – zurechtgelegt.

Die Musik verstummte, und Sergej Sorokin, der Leiter des Spezialprogramms und Elenas Liebhaber, hob die Hände, bis alle zu reden und zu lachen aufhörten. Sein weiches, braunes Haar verblüffte sie immer wieder: Es war links perfekt gescheitelt und geriet nie durcheinander, nicht einmal im Bett. Sie war noch nie in seiner Wohnung gewesen, aber sie dachte sich oft, dass er dort einen Schrank mit zwanzig in Italien und London maßgeschneiderten Anzügen in allen möglichen Farben haben müsse. Ihr Vater besaß nur einen einzigen Anzug. Der war schwarz und für Hochzeiten, Beerdigungen und den Ersten Mai gedacht.

»Meine prachtvollen, intelligenten Mädchen«, begann er und hielt dann inne.

Wussten alle von ihrer Affäre mit Sergej? Angesichts von allem anderen, was ihr hier widerfuhr, spielte das auch keine Rolle mehr. Zu jeder Stunde des Tages überlegte sie, wie sie aus dem Spezialprogramm aussteigen und eine normale, ehrliche Studentin werden könnte. Eine wie die auf dem Platz der Soldaten der Roten Armee. Wie würde sie das anstellen? Was würde ihren Eltern passieren? Was ihr selbst?

Am Vorabend war Elena allein spazieren gegangen. Dabei hatte sie sich ein Glas Honigwein gegönnt, wie ihr Vater ihn sie in kalten Dezembernächten hatte probieren lassen. Als das Spezialprogramm begann, hatte sie sich gefühlt, als ginge sie auf die Bühne und lernte, vor einem kleinen, handverlesenen Publikum aufzutreten. Jetzt begriff sie, dass sie hinter der Bühne tätig war, um eine Show zu inszenieren. Alles war nur eine Illusion: das Leben ihrer Eltern und Nachbarn in Mladá Boleslav, die Tschechoslowakei, die Sowjetunion, Amerika und der Westen, Sozialismus, Kommunismus, Kapitalismus, Faschismus.

Sie lernte einen neuen Begriff kennen: Nihilismus. Langsam nahm man ihr alles, was Elena Klimentová ausgemacht hatte. Man zeigte ihr, dass es irrelevant war.

Und doch liebte Elena ihre Eltern mit einer Heftigkeit, die sie niemals in Worte fassen könnte. Und zwar nicht ihre Eltern in deren herrlicher, ihnen gemäßer Wohnung in der Oberstadt von Mladá Boleslav oder auf ihrem Stück Land an der Iser. Sie liebte sie in ihrem alten Haus, dessen Farbe an einen toten Karpfen erinnerte.

Elena wünschte sich, wieder zwölf zu sein. Nein, neun. Bevor der Keim der Gefühle, die sie jetzt beherrschten, gelegt war.

»Meine Mädchen, ihr habt mit eurem Talent und eurer Entschlossenheit *uns alle* überrascht. Ich denke die zwei Jahre zurück, mehr oder weniger, als ich euch kennengelernt habe. Heute seid ihr andere Menschen. Ich erkenne euch kaum wieder und sage das voller Bewunderung. Wir hatten Erwartungen, aber keine Vorstellung davon, als wie stark, wie intelligent, wie fantasievoll ihr euch erweisen würdet.« Sergej lächelte und blickte in einem weiteren Moment der Stille um sich. »Das wird unser letztes gemeinsames Weihnachten sein.«

»Was ist Weihnachten?«, fragte einer der Dozenten.

Und sie lachten. Elena lachte! Wie grotesk, dass sie dieses

mitteleuropäische Ritual aus dem Leben der Leute verbannt hatten. Wie absurd und wie krass. Sie konnten jeden dazu bringen, alles zu glauben. Elena musste an die Frauen denken, die aus dem Programm verschwunden waren.

Sie sind tot. Ihre Eltern sind tot. Ihre Brüder und Schwestern sind tot. Weil niemand von ihnen wusste, konnte es auch niemand kümmern.

»Ich bin stolz auf euch«, fuhr Sergej fort. »Auf jede einzelne von euch. Ich weiß, wie hart ihr gearbeitet habt. Ich weiß, was ihr geopfert habt, um hier unter uns zu sein. Und ich weiß, dass es euch manchmal das Herz bricht.«

Sergej sah Elena an, gerade lange genug.

»Ihr wisst, wie die Leute das Programm, wie sie euch nennen? Ich mag die Bezeichnung nicht. Ich benutze sie nicht. Ich möchte sie gar nicht in den Mund nehmen.«

»Du kannst es ruhig sagen«, rief Danika, die Stärkste unter ihnen, der Star des Programms. Im Februar würde sie nach New York gehen.

»Wir können nicht anders, als uns um diese Jahreszeit nach Hause zu sehnen. Liebt und schätzt eure Familien, haltet sie zusammen. Beschützt sie.«

Sergej blickte sich im Saal um. *Beschützt sie.* Wie leicht es ihm doch fiel, die ultimative Drohung in eine Motivationsrede einzufügen. Keiner rührte sich oder wagte einen Scherz.

»Keine Sorge«, sagte Sergej. »Egal wohin sie ziehen, Schwalben kehren immer nach Hause zurück.«

9

PRAG – 2016

Wann immer sie auf dem Rückweg von Mladá Boleslav nicht gerade in einem Funkloch steckte, recherchierte Grace Elliott während der Zugfahrt nach Prag im Internet nach dem Namen Sergej Sorokin. Es gab einen Eishockeyspieler unter dem Namen und einen Verfahrenstechniker, doch sonst tauchte auf englischsprachigen Seiten nichts weiter auf. Sie ging ihre Notizen durch und sah sich die Fotos von heute an. Sie ließ sich das Gespräch mit Katka und ihrem Vater wiederholt durch den Kopf gehen und vergrößerte und überflog immer wieder eine der Schautafeln, die sie im Museum des Kommunismus abfotografiert hatte.

Gewalt- und Einschüchterungsmaßnahmen, Erpressung und Psychoterror gehörten zu den grundlegenden Verhörmethoden des kommunistischen Staatssicherheitsdiensts, der nach dem Vorbild des NKVD, des sowjetischen Volkskommissariats für innere Angelegenheiten, entstanden war ... Zu den Vernehmungsmethoden der StB gehörten körperliche Gewalt – Prügel und Folter mittels Stromstößen –, nächtliche Befragungen, ausgedehnte Isolationsverwahrung sowie Schlaf-, Wasser- und Nahrungsentzug. Die physischen waren stets begleitet von psychologischen Maßnahmen: Erniedrigungen, die Androhung, auch Familienangehörige zu inhaftieren, und sogar inszenierte Exekutionen.

Sämtliche StB-Maßnahmen wurden dokumentiert. Wären die Unterlagen gegen Ende des kommunistischen Terrorregimes nicht verbrannt worden, würden sie heute meterhoch gestapelt mehrere Fußballfelder füllen.

Grace teilte Katkas Skepsis gegenüber der Paranoia des Vaters und jener Räuberpistole, russische Agenten hätten Elena aus deren Familie gerissen. Trotzdem, Grace war Investigativjournalistin, zumindest wollte sie das sein. Ihre Aussichten, einen Skandal aufzudecken, schienen jedoch nicht sonderlich rosig zu sein: *Wären die Unterlagen gegen Ende des kommunistischen Terrorregimes nicht verbrannt worden …*

Wieder hatte kalter Regen eingesetzt, und Grace hatte vergessen, den durchsichtigen Poncho einzupacken, den Katka ihr geschenkt hatte. Aus allen Richtungen fegten Windböen durch die Straßen, sodass ihr die wenigen Markisen, an denen sie vorüberkam, keinen Schutz boten. Inmitten der Menschenmenge, die sich auf der Suche nach einem Unterstand über das Kopfsteinpflaster auf dem Rathausplatz schob, griff plötzlich ein Mann in einer schwarzen Jacke nach ihrer Tasche. »Dieb!«, kreischte sie, worauf er Reißaus nahm, ehe er ihr die Tasche hatte entwenden können. Ein britisches Pärchen, das ihr zu Hilfe geeilt war, stellte unter dem Dach eines nahen Arkadengangs sicher, dass Grace keine Gefahr mehr drohte, und fragte sie, ob sie den Mann beschreiben könne. Er war … hellhäutig gewesen, groß, vielleicht dreißig? Die beiden begleiteten sie noch zu ihrem Airbnb über dem Gewürzladen, doch bis sie dort angekommen waren, hielt Grace selbst deren Motivation für verdächtig.

Jamie und Claire aus Leeds. Jamie und Claire waren genau solche Namen, die sich zwei Geheimagenten ausdenken würden, die britische Touristen spielten. Als sie sich bei Jamie und Claire verabschiedete, ließ sie die freie Hand auf der Tasche liegen, damit Handy und Notizbuch sicher waren. Dass sie sie noch bis zur Wohnungstür eskortierten, konnte sie erst nach einigem höflichen Hin und Her abwenden.

Als sie die Tür aufschloss, fühlte sich die Wohnung deutlich wärmer an als zuvor, und überall brannte Licht. Sie war sich sicher, dass sie sämtliche Lampen ausgeschaltet hatte.

»Hallo?«

War die Vermieterin aus irgendeinem Grund noch einmal hier gewesen? Von drinnen war kein Mucks zu hören, trotzdem hatte sie das Gefühl, nicht allein in der Wohnung zu sein. Sie durchquerte die kleine Küche, und beim Betreten des Schlafzimmers schrie sie auf. Ihr Koffer lag aufgeklappt auf dem Bett. Die Kleidungsstücke waren überall verstreut.

Auf dem Kopfkissen lag ihr Vibrator.

Grace stürzte zurück in die Küche, griff sich aus der Schublade ein Messer und kauerte sich am Ofen zusammen.

Es dauerte eine Weile, ehe sie die Sprache wiederfand. »Ist hier jemand?«

Dreißig Sekunden später, als sie außer dem Rauschen des eigenen Blutes in den Ohren immer noch kein Geräusch aus der Wohnung vernommen hatte, stand Grace auf und schlich zurück ins Schlafzimmer. Ihr Laptop lag dort, wo sie ihn zurückgelassen hatte, auf dem Nachttisch, allerdings war er aufgeklappt worden. Sie ließ den Vibrator in die Reißverschlussseitentasche ihres Koffers gleiten und suchte die restliche Wohnung ab.

Als sie das Badezimmerlicht einschaltete, musste sie würgen. Der Toilettensitz war hochgeklappt, und aus der Schüssel stieg strenger Uringeruch auf. Sie rief ihre Vermieterin an, Marie, die ein Stockwerk höher wohnte. Keine fünf Minuten später marschierte Marie mit Grace durch die Wohnung.

»Wurde was geklaut?«, fragte Marie.

»Ich glaube nicht.« Um ganz sicherzugehen, durchsuchte Grace noch einmal den Inhalt ihrer Taschen. Der einzige Gegenstand von Wert war ihr Laptop, aber den hatte wer auch immer liegen lassen. Wenn sie jetzt bei der Polizei anriefe – was sollte sie denen erzählen? »Sie haben die Heizung hochgedreht und das Klo benutzt.«

Im Auftrag ihres Vaters vermietete Marie im Haus insgesamt drei Wohnungen. Sie half Grace, sämtliche Sachen zu packen, und quartierte sie einen Stock höher neben sich in einer Zweizimmerwohnung ein. »Bei der anderen Wohnung tauschen wir die Schlösser aus. Wahrscheinlich schreiben Sie uns jetzt aber eine schlechte Bewertung, oder?«

Als Marie wieder verschwunden war, fuhr Grace den Computer hoch. Damit schien alles in Ordnung zu sein. Als Nächstes ließ sie Wasser in die Wanne, die es in dieser Wohnung glücklicherweise gab, und machte sich eine große Flasche Schwarzbier auf, die ein Vormieter im Kühlschrank zurückgelassen hatte. Sie schob einen der schweren Holzstühle unter die Klinke der Wohnungstür, wie sie es auch in Spielfilmen machten, und rief ihre Mutter an.

»Prag! Was machst du denn in Prag?« Elsie Elliott wohnte in einem Senioren- und Pflegeheim in Florida. Infolge ihres Diabetes war sie inzwischen fast komplett erblindet, insofern konnte sie Kurznachrichten auf dem Handy wenig abgewinnen.

»Ich bin beruflich hier, Mama.«

Ihre Mutter beteuerte lang und breit, wie stolz sie darauf sei, eine Tochter zu haben, die beruflich so viel auf Achse sei. Die bisher fünf Dienstreisen kamen Grace nicht sonderlich viel vor, aber weder ihre Mutter noch ihr Vater waren in ihrem Leben je auf einer gewesen. Eine ihrer Nachbarinnen, sagte ihre Mutter, sei einmal jährlich in Europa – auf Flusskreuzfahrt in Deutschland oder in Budapest oder weiß der Himmel – und müsse sich im Anschluss dann immer vor allen damit aufspielen. Solle sie doch, sagte Elsie Elliott. Wer brauche bitte Langstreckenflüge, wenn man erst all diese Sicherheitsvorkehrungen über sich ergehen lassen müsse und dann trotzdem nicht wisse, ob der Typ neben einem nicht doch ein IS-Krieger sei?

Auch wenn sie ihrer Mutter nichts von dem Einbruch erzählen wollte, fühlte sie sich wesentlich besser, mit einem Schwarzbier in der Hand in der Badewanne zu sitzen und Elsie Elliotts Stimme zu lauschen.

Weil sie davon ausging, dass ein Mann seine Finger an ihrer Kleidung gehabt hatte, warf sie nach dem Bad erst einmal alles in die Waschmaschine. Anschließend legte sie sich ein Küchenmesser unter das Kopfkissen und gleich zwei neben das Bett.

Grace Elliott war dreiundvierzig geworden, ohne je mit einem Taschendiebstahl konfrontiert worden zu sein. Niemand hatte sie je verfolgt. Niemand war je bei ihr eingebrochen. Und doch war ihr an einem einzigen Tag in Prag all das auf einmal passiert.

Sie würde erst in einigen Tagen zurückfliegen und hatte bislang noch nicht einmal ein Selfie auf Instagram gepostet. Sie hatte immer noch kein Gulasch mit Knödeln probiert. Sie war nicht einmal über die Karlsbrücke gelaufen. Womöglich gab sie bloß vor, jemand zu sein, der sie gar nicht war, weil Steadman Coe sie gedemütigt und entmutigt hatte. Aber vielleicht fühlte sich so auch einfach nur die Midlife-Crisis an: ein flaues Gefühl im Bauch, Verunsicherung, Einsamkeit. Sie musste an ihre Mutter im Seniorenheim in Pompano Beach denken, an Zip und Manon und ihr eigenes ereignis- und freudloses Leben in Montreal. Ihre Mutter brauchte sie doch. War es wirklich so unwürdig, im Namen einer reichen Frau Ratgeberkolumnen zu verfassen? War es wirklich so schlimm, über die Liebesaffären, Alkoholeskapaden und die Cellulite von Promis zu schreiben?

Wenn normal zu sein bedeutete, dass niemand bei einem einbrach und in die Wohnung pinkelte, dann wollte sie gar nichts anderes sein. Sofern sie ein bisschen aufs Geld achtete, könnte sie in zwanzig Jahren ihre Wohnung in Montreal veräußern und sich etwas Kleines in irgendeiner wärmeren Stadt kaufen, wo alle englisch sprachen und es einen anständigen Bauernmarkt gab. In dieser zusammenfantasierten Zukunft war Zip noch am Leben und Manon immer noch irgendwie ihre Nachbarin. Von Zeit zu Zeit hatte sie Dates mit einem gewissen Dave, mit Dave aus Tucson, der vorhersehbare Witze riss, und sie fand Gefallen an Sport …

Im nächsten Moment fiel ihr wieder Christiane Amanpour in ihrem Hijab ein, die aus Faisalabad berichtete.

Ihr fiel Steadman Coe ein, der ihr an den Kopf knallte, wozu sie nicht in der Lage sei.

Scheiß auf Steadman Coe, dachte sie. Scheiß auf ihn und sämtliche anderen Männer, die sie kleinmachen wollten. Denen würde sie es allen zeigen.

10

STRASSBURG – 1971

Sergej Sorokin saß in Elenas kleiner Wohnung rauchend am Esstisch und sang den Refrain von »Douce France« wieder und immer wieder. Fliederduft wehte in ihre bescheidenen Zimmer in der Rue des Veaux direkt über einem Waschsalon und konkurrierte mit Sergejs Zigarettenqualm. Er saß mit übereinandergeschlagenen Beinen da. Die Strümpfe waren heruntergerutscht, sodass ein Sonnenstrahl ein Stück der nackten Wade wärmte. Auf dem Tisch standen eine Flasche süßer Gewürztraminer und ein Schälchen gesalzener Pekannüsse.

Cher pays de mon enfance-öh.

Elena hatte ihn gebeten, mit dem Singen aufzuhören und sie nicht weiter zu ärgern, aber das schien ihn nur anzustacheln. Er fand es schwach und lächerlich, ihr Faible für dieses Land. Alles, was sie an den Franzosen liebte, ihre Sitten und Lieder, ihr Tagesgeschäft, die Gemüse- und Blumenmärkte, ihre hübschen Häuser, war Sergej verhasst.

Sie hatten nur ein paar Nächte zusammen, und Elena wollte keine Zeit mit Auspacken vergeuden, aber Sergej bestand darauf. Kein Franzose würde ihre Geschichte glauben, wenn ihr Schlafzimmer nicht richtig aussähe und die entsprechende Atmosphäre ausstrahlte. Es musste jeweils einen Platz für Parfüms geben, für Schmuck, für Teddybären, für ihre Lieblingshüte und -kleider, für

Fotos ihrer geliebten Eltern und der Heimatstadt, die sie zurückgelassen hatte.

Sergej hatte ihr erklärt, dass der Kapitalismus seine eigene Weltsicht und Ästhetik besitze. All das müsse einem Gentleman, der sie besuche, natürlich erscheinen.

In den Boutiquen der Innenstadt hatten sie fast zehntausend Francs für Armbänder und Halsketten, eine vergoldete Uhr, Kleider und Miniröcke, weite Hosen und enge Blusen in klaren, leuchtenden Farben ausgegeben. Eine derartige Polyestergarderobe wäre auf Prags Straßen unvorstellbar. Es machte Elena ganz schwindelig, dass diese Prasserei erlaubt war. Sie musste an ihre Mutter mit ihren zwei Kleidern und drei Strickjacken denken: sechs mögliche Kombinationen. Alles andere von Wert war das Erbe einer anderen Zeit, und Elena erinnerte sich, wie ihre Mutter diese Dinge versteckt hatte. Jetzt versteckte sie nichts mehr. Jana Klimentová spazierte nun durch die Stadt wie eine Bürgermeisterin in präkommunistischer Zeit. Elena hatte beide Eltern gewarnt: hinsichtlich der bourgeoisen Wohnung am Hauptplatz von Mladá Boleslav, hinsichtlich der neuen Kleidung, hinsichtlich der neuen Lebensmittel und wie das alles mit den neuen Regeln zusammenhänge.

Hinsichtlich der Nachbarn mussten sie sich keine Sorgen mehr machen. Ihre neue Wohnung war verwanzt. Die Geheimpolizei beobachtete und belauschte sie andauernd. Wenn sie kämen, würde es nachts sein, und sie würden nicht an die Tür klopfen, sondern gleich den eigenen Schlüssel benutzen.

Wie all ihre Kommilitoninnen sollte Elena mit einer Anstellung bei Kara Modeling beginnen. Die internationale Agentur hatte Niederlassungen in New York, London, Montreal, Paris, Mailand und Westberlin. In Frankreich besaß sie außerdem Adressen in Lyon, Marseille und – dem Europarat sei Dank – auch in Straßburg. Elena würde Aufträge als Fotomodell in ganz Westeuropa bekommen.

Ihr Termin mit der Agenturleiterin sollte am nächsten Morgen in deren Büro an der Grand'Rue stattfinden. Obwohl alles bereits arrangiert war, war Elena nervös. Was, wenn man sie dort nicht hübsch, nicht selbstsicher genug fände? Sie fürchtete auch, dass Sergej sie verlassen würde. Zudem war sie nervös, weil ihre Ausbildung endete und sie dieses neue Leben begann, ohne genau zu wissen, was als Nächstes kam.

In Straßburg gab es einen Herrenclub aus lauter Absolventen der Sciences Po, lauter Söhnen reicher Familien, alle in der Wirtschaft oder Politik aktiv. Sie nannten sich *Les Albertins* nach dem berühmten Straßburger Albert Schweitzer. Alle sechs Monate gestatteten die Albertins Frauen Zutritt zu ihrer Runde, um Geld für die Astronomische Uhr in dem prächtigen alten Münster zu sammeln. Sergej hatte arrangiert, dass bei dem in zwei Wochen anberaumten Dinner einer seiner »Besitztümer«, ein Albertin, ihr Begleiter sein würde.

Wenn Sergej kompromittierendes Material, *kompromat,* über einen Mann im Ausland besaß, dann galt der als sein »Besitz«. Sein Besitz in Straßburg war ein Schwuler namens Chastain. Sie würden ihn heute Abend zum Essen im Maison des Tanneurs treffen. Dort waren genug Touristen an den Kanälen der Grande Île unterwegs, sodass niemand einem Mann und einer Frau, die das Französische mit einem slawischen Akzent sprachen, Beachtung schenken würde.

»Wie hat es Sie nach Straßburg verschlagen, Elena?«, fragte Sergej.

Elena seufzte. Sie waren das schon so viele Male durchgegangen. Konnten sie nicht einfach wie ein normales französisches Liebespaar eine vertraute Unterhaltung bei einem Glas Wein führen? Sie hatte ein Säckchen mit getrocknetem Lavendel gekauft. Das hielt sie sich jetzt an die Nase und atmete den Duft ein.

»Wie hat es Sie nach Straßburg verschlagen?« Seine Stimme hatte eine Schärfe, die sie erzittern ließ.

»Ich bin gleichzeitig mit allen anderen weg. Als offensichtlich war, dass der Prager Frühling gescheitert ist.«

»Das klingt auswendig gelernt. Einzelheiten.«

»Eines Abends im August, als es mit den Gerüchten losging …«

»Welchen Gerüchten?«

»Dass die Russen ihre Truppen und Panzer ins Land schicken würden, um uns wieder auf Linie zu bringen, da habe ich beschlossen, das Land zu verlassen.«

»Wie haben Sie das angestellt?«

»Ich habe den Zug nach Linz genommen und war wie für einen Wanderurlaub im Salzkammergut gekleidet. Von Linz aus bin ich nach Salzburg, Innsbruck, Basel, bis ich schließlich hierherkam, wo meine Freunde leben.«

»Und was tun Sie jetzt?«

»Ein bisschen als Mannequin arbeiten. Das habe ich in Prag schon getan. Ich könnte auch Turnunterricht geben. Zu Hause habe ich an Wettkämpfen teilgenommen.«

»Warum haben Sie die Tschechoslowakei verlassen?«

»Ich wollte mehr Freiheit und Möglichkeiten. Ich möchte Abenteuer erleben, die Welt sehen. Aber ich bin kein sehr politischer Mensch, wenn Sie das meinen.«

»Perfekt.« Sergej schaute auf die Armbanduhr. »Setz dich zu mir.«

Elena setzte sich auf den harten Kunststoffstuhl ihm gegenüber, und er goss ihr ein Glas von dem süßen, bernsteinfarbenen Wein ein. Sie wünschte sich, Sergej könnte in ihr sehen, was sie war: seine Frau, nicht seine Geliebte. Es quälte sie, sich im selben Raum wie er aufzuhalten und zu wissen, dass er bald abreisen würde. Ebenso litt sie darunter, dass er die schreckliche, wundervolle Wahrheit darüber kannte, was sie verband. Sie wusste, dass er sie liebte, aber er unterdrückte das, verdrehte es und zwang sich zur Grausamkeit.

»Sergej, wenn das hier vorbei ist …«

»Es ist nie vorbei.«

»Es muss.«

»Du *musst* verstehen, Elena, dass das unser Kampf ist, deiner und meiner, der Kampf außerordentlicher Menschen. Wir werden uns von Zeit zu Zeit sehen, das verspreche ich dir.«

»Von Zeit zu Zeit. Wenn ich mich von … ihm frei machen kann.« Sie brachte es nicht fertig, es auszusprechen.

»Von deinem Ehemann.«

Sie stand auf und zwang sich dazu. »Meinem Ehemann.«

Seit Januar 1969 hatte sie Englisch und Französisch gelernt, dazu Etikette und einiges über Musik, Mode, Filme, wie man sich bewegte, aß und – das hatte sie wirklich entsetzt – wie man Liebe machte. Sie hatte Spionage und Gegenspionage trainiert, Selbstverteidigung und die Grundlagen von Chemie und heimlicher Fotografie. Täuschung war ein Muskel, der ständig trainiert sein wollte. Wie funktionierten verdeckte Treffen? Wie übergab man am besten geheimes Material auf einer belebten Straße? Ihr erstes Ziel bestand darin, gut zu heiraten, was einem Mädchen aus dem Bahnhofsghetto von Mladá Boleslav doch nur Freude bereiten könne.

Elena, du Glückliche!

Höfliche Männer, ruhige, selbstsichere Männer, gute, solide Ehemänner waren nicht das Ziel. Die Schwalben hatten es auf die stolzesten, ehrgeizigsten, aggressivsten Männer der westlichen Welt abgesehen, Männer auf dem Weg nach oben, Männer, die im Leben, in Wirtschaft oder Politik Erfolg haben würden.

»Keines meiner anderen Mädchen hat so reagiert«, sagte Sergej. »Sie haben sich alle auf ihre Abenteuer gefreut.«

Elena seufzte. »Von den anderen hat dich auch keine geliebt.«

11

PRAG – 2016

Grace wachte aus einem fürchterlichen Traum auf und hatte prompt wieder Uringestank in der Nase. Die toughen Gedanken, die sie beim Einschlafen gehabt hatte, waren von Glühwein, Wodka und Schwarzbier befeuert in Kopfschmerzen umgeschlagen. Es war fast elf Uhr vormittags. Sie lag in ihrem Bett, fühlte sich verwundbar und warf im Kopf eine Münze, ob sie als Investigativjournalistin oder als Touristin weitermachen solle.

Es wäre ein Leichtes, einfach ein Ticket für eine Moldau-Schifffahrt zu buchen, in einer typisch Prager Beize einen würzigen Braten mit Kartoffeln zu essen oder ein Stündchen im Kafka-Museum zu verbringen, anstatt sich selbst wie eine Figur von Franz Kafka zu fühlen: verletzlich und unter Beobachtung. Wenn jemand tatsächlich vorgehabt hatte, ihre Tasche zu stehlen und in ihre Wohnung einzubrechen, dann würde dieser Jemand ihr womöglich auch wehtun.

Nachdem Grace im Internet in Sachen Sergej Sorokin nicht fündig geworden war und Elena Craig nicht mit ihr würde reden wollen, hatte sie im Grunde nur noch eine Möglichkeit: jedwedes Dokument über Elena aufzuspüren, das die tschechoslowakische Staatssicherheit nicht vernichtet hatte. Wenn sie nichts fände, würde sie sich für Flussfahrt, Fleisch und Knödel entscheiden und ohne den Hauch von Selbstekel einfach normale Touristin sein.

Auf dem Weg zur Tür wickelte sie ein Messer in einige Blätter von der Küchenrolle ein und stopfte es in ihre Handtasche.

Über Prag hingen die Wolken so tief, dass der Turm mit der Astronomischen Uhr am Altstädter Rathaus schon daran kratzte. In einem kleinen, düsteren Restaurant nahm Grace an einem Ecktisch, von dem aus sie die anderen Gäste im Blick behalten konnte, ein fleischlastiges Frühstück zu sich, das praktisch bereits ein Mittagessen war. Anschließend lief sie in ihrem Plastikponcho über dem Pulli durch den Nebel und sah alle paar Minuten über die Schulter, um die Straße hinter sich abzusuchen.

Als sie an der Teynkirche vorbeikam, war sie sich sicher, dass ein Mann in einem beigefarbenen Regenmantel über einem dunkelblauen Anzug ihr hinterherlief. Als Nächstes wurde sie von einer jungen Frau mit einem wuchtigen Brillengestell observiert, die mit einer Segeltuchtasche der Karls-Universität über der Schulter in einer Starbucks-Filiale stand und telefonierte. Ein Pärchen mit Kaffeebechern in Händen bog direkt hinter ihr Arm in Arm erst rechts, dann links in dieselben Straßen ein. Als sie am Bahnhof vorüberlief, wisperte eine Polizistin in einen kleinen, schwarzen Sender an ihrer Uniformschulter.

Wenn das alles einer ungerechtfertigten Paranoia entsprang, dann wusste sie nicht, wie sie ihr begegnen sollte. Ihr übliches Allheilmittel – ein Schuss düstere Selbstironie – wollte angesichts der Erinnerung an den Vibrator auf ihrem Kopfkissen einfach nicht mehr wirken. Sie versuchte sich vorzustellen, wie es für Elena gewesen sein musste, in einer Zeit aufzuwachsen, in der Nachbarn einander um des Ehrgeizes oder der Ehre willen denunziert hatten.

Das Institut für das Studium totalitärer Regime war in einem fünfstöckigen Kasten mit nikotinbrauner Aluverkleidung untergebracht. Im Schatten des Hauptbahnhofs stieg Grace die Eingangsstufen hinauf und blickte auf den kleinen Park und die in Grau getauchte Stadt hinab.

In der kargen Eingangshalle steuerte sie das Drehkreuz an, und ein glatzköpfiger Mann mit ein paar weißen Stoppeln über den Ohren packte sie am Arm. Sie wand sich aus seinem Griff und schrie über seinen rauen tschechischen Monolog hinweg auf englisch, sie werde die Polizei rufen.

Als hätte die ihr helfen können.

Der Mann riss die Hände hoch und wich ein Stück zurück. Blassweiße Schuppen waren auf die Schultern seiner Sicherheitsdienstuniform geregnet. Er sagte wieder etwas auf tschechisch, klang diesmal allerdings ruhiger.

Grace entschuldigte sich bei ihm. Auch wenn klar war, dass er sie nicht verstand, wollte sie ihm irgendwie klarmachen, dass nicht er der Grund für ihre Schreckhaftigkeit sei. Sie zückte ein Bündel Kronen und hielt sie ihm hin. »Bezahlen? Wie viel?«

Er schüttelte den Kopf.

»Archiv?« Grace zeigte zum Drehkreuz und deutete pantomimisch an, ein Buch lesen zu wollen.

Der Wachmann geleitete sie zurück zur Eingangstür und gestikulierte zur Prager Innenstadt. Aus dem Nebel war inzwischen Regen geworden, und der Wind hatte aufgefrischt. Nasses Laub und eine weiße Plastiktüte wirbelten über das Viereck aus Gras und Bäumen, das vor ihnen lag. »Guten Tag, Lady. Danke.«

Mit diesen wenigen Worten brachte er auf englisch mehr zustande als Grace mit dem Tschechischen, das sie seit dem Frühling 2014 von Elena aufgeschnappt hatte. Sie war schon drauf und dran, hinaus in den Regen zu treten, als ein dünner Mann mit dicken Brillengläsern an ihr vorbei in das Gebäude hechtete und das Regenwasser von sich abschüttelte. Der Wachmann zeigte auf ihn. »Englisch. Englisch Mann.«

»Engländer, ja.« Den Akzent des dünnen Mannes hätte ihr Vater als affektiert bezeichnet. Das schwarze Haar klebte regelrecht an seinem Schädel. Er zog die Jacke auf, und der Pullover, der darunter zum Vorschein kam, hätte in Montreal als eine Gratwanderung zwischen Geschmacklosigkeit und Hipstertum gegolten. »Kann ich Ihnen irgendwie weiterhelfen?«

Grace streckte ihm ihre regennasse Hand entgegen. »Mein Name ist Grace Elliott, schön, Sie kennenzulernen.«

»William Kovály. Sehr angenehm. Amerikanerin, ja?«

»Ja, amerikanische Journalistin. Ich habe versucht, dem Gentleman hier zu erklären, dass ich nach oben und mir die Archive ansehen will.«

»Verstehe.« William sagte kurz etwas zu dem Wachmann und wandte sich wieder an Grace. »Sie können dort nicht hoch.«

»Und warum nicht?«

»Sie haben sich nicht akkreditieren lassen.«

»Aber ich bin akkreditierte Journalistin.«

»Wie das?«

»Es ist einfach so, William. Ich bin Reporterin für eine Zeitung, und Sie verstehen sicher, dass dort, wo ich herkomme …«

»Ah, darum geht es. Grace, *wo Sie herkommen*, das spielt hier keine Rolle. Hier sind wir in Prag.«

»Aber das hier sind öffentlich einsehbare Dokumente, und ich bin Teil der Öffentlichkeit.«

»Aber vielleicht sind Sie nicht diejenige, die Sie zu sein behaupten. Vielleicht sind Sie hergekommen, um etwas zu entwenden oder zu vernichten.« In einer nur mäßig ausgeleuchteten Nische lehnte William sich an die Wand. Der Geruch nach nassen Blättern und Erde stieg von seinen Schuhen auf. »Haben Sie überhaupt eine Ahnung, was 1989 hier im Land mit derlei Unterlagen und Dokumenten passiert ist? Tausende Protokolle – Millionen – wurden geschreddert und verbrannt. Sie müssen sich also erst anmelden.«

Grace nickte. »Und wie funktioniert das?«

William streifte sich die nasse Jacke von den Schultern und

legte sie über seine Computertasche, ein silbriges Billigding. »Sie schicken das Anmeldeformular an die Institutsverwaltung.«

»Und wie lange dauert das?«

»Sechs bis acht Wochen.«

»Wie bitte?« Grace bemühte sich, nicht komplett frustriert zu klingen. Sie zeigte auf den Wachmann. »Was, wenn er mitkommt und aufpasst, dass ich nichts verbrenne oder mitgehen lasse?«

»Wonach suchen Sie denn?«

»Ich muss ein paar Namen nachschlagen.«

»Familie, ja?«

Sie antwortete nicht.

»Geht mich wahrscheinlich nichts an.« William winkte dem Wachmann und sagte etwas zu ihm, woraufhin der Wachmann die Arme vor der Brust verschränkte. Im nächsten Moment schlüpfte William an Grace vorbei durch das Drehkreuz. »Ich muss nur schnell etwas abliefern.«

»Vielleicht könnte ich mich ganz kurz umsehen, während Sie das machen? Haben Sie Zugang zum Archiv? Könnten Sie ihm nicht erzählen, dass ich Ihre Assistentin bin? Bitte?«

»Er spricht zwar kein Englisch, Grace, aber er ist nicht blöd.«

Sie lächelte dem Wachmann zu. Der Wachmann lächelte nicht zurück.

»Ich habe ihm Geld angeboten. Vielleicht war es nicht genug. Würde er Geld annehmen, was meinen Sie?«

William schob die Brille über den langen Nasenrücken nach oben und sah sie mit zusammengekniffenen Augen an.

»Was soll ich denn machen? Ich muss etwas nachschlagen, und ich kann keine sechs bis acht Wochen warten.«

»Schicken Sie das Formular ein.« Damit machte er kehrt und marschierte davon.

»Eine Führung! Erzählen Sie ihm, dass es eine Führung sein soll. Irgendwas Kulturelles. Ich schwöre Ihnen, ich brauche nur fünf Minuten. Und ich schenke ihm etwas, ich besteche ihn nicht. Nur eine Kleinigkeit für die Familie.«

William wandte sich an den Wachmann. Diesmal zuckte der die Achseln und machte anscheinend einen Vorschlag.

»Tausend Kronen für eine Führung.« William schluckte trocken, sah beiseite und schob die Brille wieder nach oben. »Und mir schulden Sie ein Bier.«

Sobald das Geld den Besitzer gewechselt hatte, lief Grace hinter William her die Treppe hinauf.

»Die haben hier gerade angefangen zu renovieren«, sagte er. »Eine ganze Reihe Akten sind schon in der Innenstadt untergebracht.«

»Gibt es hier Computer? An denen ich recherchieren könnte?«

»Im Vergleich zu dem, was Sie gewohnt sind, wie ich annehme, geht es hierzulande ein bisschen rustikaler zu. Google haben Sie schon probiert?«

»Natürlich.«

»Und nicht viel gefunden?«

»Nicht, wonach ich gesucht habe.«

»Es wäre sehr hilfreich, Grace, wenn Sie mir verraten könnten, wonach Sie suchen.«

Durch eine schwere Tür betraten sie eine grell ausgeleuchtete Bibliothek, die schon zur Hälfte demontiert worden war. Hinter eingerissenen Trockenbauwänden standen mit Abdeckfolien bedeckte Baulampen. Mehr als die Hälfte der Leseplätze war verwaist. An einer u-förmigen Infotheke arbeiteten drei Frauen.

»Das hier ist alles asbestverseucht. Da will man nur kurz etwas nachbessern, und … Tja.« William führte Grace an eine lange Reihe hüfthoher Regale. »Das hier sind die Register.«

Keiner der Bände schien auf englisch zu sein.

»Und wie schlage ich da einen bestimmten Namen nach?«, sagte Grace.

»In welchem Kontext denn? Sie müssten zuallererst wissen, ob …«

»Staatssicherheit. StB.«

»Was genau in Sachen StB?«, fragte William.

Allmählich dämmerte es Grace, dass sie eigentlich überhaupt keine Ahnung hatte, wie sie weiter vorgehen sollte. Wenn sie vier, fünf Stunden allein mit einem mausgrauen Bibliothekarshelferlein gehabt hätte, hätte sie ihm die Informationen entlocken können, ganz ohne sich zu blamieren. »Sagen wir mal, es gibt da eine Person, die bis in die frühen Siebziger hier gelebt hat. Und sagen wir auch, dass die StB und der KGB … sich in das Leben dieser Person eingemischt haben.«

William nickte. Mit knackenden Knien und einem Altmännerächzen ging er in die Hocke und angelte vom unteren Regalbrett zwei Registerbände hervor, die beide den Umfang des Telefonbuchs einer Großstadt hatten.

»Wissen Sie, was das hier ist?«, sagte er und wuchtete sie auf eines der Lesepulte.

»Nein.«

William ließ sich nieder und zog für Grace einen Stuhl heran, sodass sie sich neben ihn setzen konnte. »Hier in Prag gab es in den Siebzigern eine Band namens The Plastik People of the Universe.«

»Okay …«

»War so eine Untergrundsache, von Ihrem Landsmann Frank Zappa inspiriert. Die Stimme der Opposition gegen Ende des Prager Frühlings. So weit klar? Bis dahin waren allerdings die Kommunisten wieder da, und zwar ziemlich obenauf, und als die Band verhaftet wurde, sind diverse Künstler und Denker zusammengekommen und haben die sogenannte Charta 77 veröffentlicht: eine Liste sämtlicher Ungesetzlichkeiten, die das Regime zu verantworten habe. Verstöße gegen internationale Menschenrechtsvereinbarungen …«

»Das hab ich im Museum des Kommunismus gelesen.«

»Na ja, einer der Charta-77-Aktivisten war jedenfalls Václav Havel. Der Name sagt Ihnen etwas?«

»Natürlich, der erste postkommunistische Präsident der Tschechoslowakei.«

»Und ein anderer war dieser Mann hier, Cibulka.« William klatschte mit beiden Händen auf die beiden Wälzer auf dem Tisch. »Er war vor 1989 zigmal im Gefängnis, weil er Kritik am Regime geübt hat. Ist wahrscheinlich gefoltert worden. Das Übliche. Na ja, *nach* dem Niedergang des Kommunismus sollte jedenfalls alles, was die Geheimpolizei bis dahin nicht verbrannt hat, sukzessive öffentlich gemacht werden. Die Tschechen, denen Unrecht angetan worden war, wollten Vergeltung. Verständlicherweise war der neuen Führung eher an einem ruhigen Übergang gelegen. Vielleicht so, wie es nach dem Ende der Apartheid mit der Wahrheits- und Versöhnungskommission in Südafrika passiert ist. Nur hatte Cibulka dafür nicht die Geduld. Und er war absolut unversöhnlich. Irgendwie ist er an eine Geheimliste mit Namen gekommen und hat sie ohne jede Erlaubnis einfach gedruckt.«

»Wow.«

»Ich glaube, die Ausgabe hier ist 1999 erschienen. Damit ist damals eine Bombe hochgegangen.«

William schlug einen der Bände auf. Die Seiten waren jeweils mit Hunderten Namen in winziger Schrift gefüllt. Er zog eine Lesebrille aus der Tasche.

»Hier stehen die Namen, Geburtsdaten und Decknamen. Natürlich hatte nicht jeder einen Decknamen, die StB hatte zwischen der Niederschlagung des Prager Frühlings und der Samtenen Revolution 1989 immerhin rund vierzigtausend Leute rekrutiert. Nur ein Teil davon waren verdeckte Mitarbeiter, die in irgendeiner Art und Weise mit der Staatssicherheit kollaboriert haben.

Andere waren lediglich vertrauliche Zuträger, die bloß Ross und Reiter genannt haben, wie es so schön heißt.«

Grace rückte ein Stück näher an ihn heran. »Woher wissen Sie das alles?«

William schmunzelte. »Mein Leben ist dem Studium der ganzen Angelegenheit gewidmet. Ziemlich düster, was?« Er schlug auch den zweiten Band auf. Darin waren Fotos abgedruckt. »Wir haben auch diverse Namen und hier und da sogar die dazugehörigen Passbilder von offiziellen StB-Agenten. Also, nach welchen Namen suchen Sie?«

Grace versuchte es auf die freundliche Art. »Wenn Sie nichts dagegen hätten … Die Angelegenheit ist privat. Ist das da alphabetisch sortiert?«

Anstatt eine Antwort zu geben, stand William auf und lief hinüber zu den Frauen an der Infotheke. Als er weit genug weg war, dass er nicht mehr sehen konnte, was sie tat, schlug Grace den Namen Josef Straka nach. Es gab ein paar Strakas, allerdings keinen Josef. Grace spähte über die Schulter, ob William immer noch beschäftigt war, und blätterte dann zum Buchstaben K.

Allerdings schaffte sie es nicht mehr bis zum Namen Kliment, ehe William sein Anliegen an der Infotheke beendet hatte und seine Rückkehr ankündigte. »Etwas gefunden?«

»Leider nicht.«

»Die Person, nach der Sie suchen – ist er oder sie noch am Leben?«

»Ja.«

»Und ist hier in Prag?«

»Nein.«

»Aber er – er? – ist Tscheche?«

»Er hat Prag in den frühen Siebzigern verlassen.«

»Was? Wann genau?«

»Womöglich 71 oder 72.«

»Wie ist er rausgekommen?«

»Flucht«, sagte Grace.

William überlegte. Aus der entgegengesetzten Richtung kam eine Frau auf sie zu. Sie war Ende fünfzig, Anfang sechzig, trug eine Lederhose und ein offenherziges Oberteil. Er reckte einen Finger in die Höhe und gebot ihr Einhalt. Sie unterhielten sich kurz und sahen beide immer wieder zu Grace. Anscheinend waren sie sich nach einer Weile einig.

»Gut möglich, dass Ihr Freund ein ganz normaler tschechischer Auswanderer ist, der irgendwie durch Bandstacheldraht geschlüpft und Kugeln und Schäferhunden entkommen ist. Genau damit hatten wir es nämlich nach der sogenannten Normalisierung in den frühen Siebzigern zu tun.« William legte eine kurze Pause ein und schien wieder nachzudenken. »Gut möglich, dass Ihrem Freund die Flucht geglückt ist, aber es wäre für jeden, der kein Superheld ist, doch *äußerst* unwahrscheinlich gewesen. Wissen Sie, Grace … Gegen Ende des Regimes, 1989, als KGB und StB und die obersten Parteifunktionäre anfingen, alles zu vernichten, was sie in die Finger bekamen, gingen sie nach einer Hierarchie der Zerstörung vor. Verstehen Sie, was ich meine?«

Die Frau, die anscheinend kein Englisch verstand, schlenderte wieder davon.

»Ich glaube schon«, sagte Grace.

»Zuallererst haben sie diejenigen Akten verbrannt oder durch den Reißwolf gejagt, die sie selbst belastet hätten. Wie schon gesagt, da draußen wurde der Ruf nach Vergeltung laut. Und diese Männer dürften sich daran erinnert haben, was nach dem Ende des Zweiten Weltkriegs mit Nazis und Kollaborateuren passiert ist.«

»Die wurden auf sämtlichen Dorfplätzen erhängt.«

»Richtig. Was aber noch viel wichtiger ist: Diese Männer und Frauen waren überaus mächtige Leute, die sich einer Sache sicher waren.«

»Und die wäre?«

»Dass sie wiederkehren würden.«

»Wiederkehren?«

»In die Zentrale der Macht. Das waren Leute, die sich auf Regierungsarbeit verstanden. Entsprechend haben sie sämtliche kompromittierenden Unterlagen zerstört, die verhindert hätten, dass sie auch weiter eine führende politische Rolle einnehmen würden. Einige Dokumente wurden auch zur zukünftigen Verwendung sicher verwahrt. Üblicherweise zur Erpressung.«

Grace blätterte durch den ersten Cibulka-Band. »Ich suche jemand namens Sergej Sorokin.«

»Das ist kein tschechischer Name.«

»Ein russischer. Aber er hat hier gearbeitet. Sagen wir mal, beim KGB.«

»Darf ich?« William blätterte zum Abschnitt mit den Agenten vor, wurde dort nicht fündig und schlug daher im zweiten Band in der Liste nach. Wieder nichts. »Der KGB wäre hier drin aber auch nicht verzeichnet. Was macht Sergej Sorokin heute? Lebt er noch?«

»Keine Ahnung. Die andere Person, die ich nachschlagen wollte, steht ja auch nicht drin.«

»Wie gesagt, vielleicht waren die alle wirklich Superhelden. Jedenfalls war 1989 das Erste, was diese Leute gemacht haben, ihre Schäfchen ins Trockene zu bringen. Die zweite Sache war dann, sämtliche Unterlagen zu häckseln und zu verbrennen, die mit den ausländischen Aktivposten zu tun hatten.«

»Aktivposten?«

»Entschuldigung. Spionen. Agenten und Informanten im Ausland. Wenn sie nämlich erst einmal wieder zurück an der Macht wären, dann würden sie diese Leute dort draußen brauchen, ganz gleich wie die neue Regierung in der Tschechoslowakei oder in Russland aussähe.«

»Dann war mein Typ also entweder ein Niemand oder …«

»Oder er war ein Jemand.« William schlug das riesige Namensregister noch einmal auf und dann gleich wieder zu. »Ich bin halber Tscheche. Mein Vater hat zu denen gehört, die 1968 rausgekommen sind, bevor es so richtig hässlich wurde. Er ist nur mit einem Köfferchen in London angekommen. Als der Band hier herauskam, hat er darin ein paar von seinen alten Freunden nachgeschlagen. Das gab einige hoch spannende Gespräche beim Abendessen.«

William sah sie an.

»Die Leute, die er am ehesten in Verdacht gehabt hatte, bei denen er sich komplett sicher war – die standen wiederum nicht darin.«

Grace dachte kurz nach. »Vielleicht weil sie zu wichtig gewesen waren?«

»Genau.«

»Und andere Namen? Das heißt also … Sie müssen bitte entschuldigen, aber wenn man nach früheren mächtigen KGB-Leuten sucht, die heute immer noch mächtig sind, findet man in diesem oder jedem anderen Archiv also rein gar nichts.« Grace stand auf und betrachtete seinen grässlichen Pulli und die dicke Brille. »Wie kommt es, dass Sie hier akkreditiert sind, William? Warum haben Sie Ihr Leben dieser Sache gewidmet?«

»Ich bin Akademiker«, sagte er ein wenig steif.

»Woher?«

»Ich bin Privatdozent für Geschichte an der London South Bank University. Schon mal gehört?« Als Grace die Arme vor der Brust verschränkte und ihn misstrauisch ansah, musste er grinsen. »Ich arbeite an einer Abhandlung über die Rekrutierungsmethoden sowohl während der Samtenen Revolution als auch im Arabischen Frühling. Suchen Sie noch andere Namen?«

»Sie haben mich nicht hierherverfolgt?«

Er prustete. »Nein. Ich habe Sie nicht hierherverfolgt.«

Sie sah ihn noch einen Moment lang an und kam dann zu dem Schluss, dass er irgendwie zu schlaksig und linkisch für einen Spion war. Sie setzte sich wieder neben ihn und schlug den Buchstaben K auf. William tauschte seine normale Brille gegen die Lesebrille aus.

Es war eine Klimentová verzeichnet, die männliche Form Kliment gleich mehrfach.

Grace schloss eine Weile die Augen und öffnete sie dann wieder. Sie waren immer noch da: Petr Kliment und Jana Klimentová. Für Petr war unter der Rubrik Deckname sein Klarname angegeben. Das war bei Jana anders.

»Deckname Vrba«, sagte William. »Im Tschechischen bedeutet das Weide.«

Grace hatte wieder den Uringeruch aus der Airbnb-Toilette in der Nase. Sie warf einen Blick über die Schulter, um zu sehen, ob eine der Bibliothekarinnen zu ihnen herüberschaute. Dann zückte sie ihr Handy und fotografierte die Namen von Elenas Eltern ab.

William setzte wieder seine normale Brille auf. »Erzählen Sie mir von Petr und Jana.«

12

PARIS – 1971

Kara Modeling hatte für die Weihnachtsfeier ein Restaurant in der Nähe der École Militaire im schicken 7. Arrondissement von Paris reserviert. Die Party wurde für Partner der Agentur und potenzielle Kunden aus ganz Europa veranstaltet, die dabei die Mädchen in entspannter Atmosphäre kennenlernen konnten. Führende Angehörige der französischen Regierung waren ebenso eingeladen wie ausländische Diplomaten, Firmenchefs und Journalisten. Nasser Schnee bedeckte das Kopfsteinpflaster der Rue Cler, und ihr Hotel lag drei Häuserblocks entfernt. Daher trug Elena Lederstiefel, die ihr fast bis ans Knie reichten, sexy, aber geschmackvoll. Danika entschied sich für hochhackige Pumps.

»Ich verstehe nicht, warum Sergej dich so früh verheiratet hat.« Danika rutschte aus, gab einen kleinen Schrei von sich und griff nach Elena.

Elena fing sie auf. Irgendwie wusste sie, dass es mit Danika immer so sein würde. Elena hielt die Gläser mit den Drinks, sie trug die Jacken, sie blieb nüchtern. Sie brachte Danika zum Schweigen, wenn die in den hallenden französischen Straßen solche Dinge zu laut sagte, und sie fing sie auf, wenn sie ausrutschte.

»Ich habe einen Heidenspaß in New York«, sagte Danika. »Straßburg? Ganz ehrlich, davon hat in Amerika niemand je gehört. Warum bist du verdammt noch mal nicht wenigstens hier in Paris?«

»Weil wir in Paris schon zwei Mädchen haben.«

In der Avenue de la Motte-Picquet, wo die Marktstraße in eine matschige Durchfahrt für Autos und Lastwagen mündete, zog Danika Elena unter das Vordach einer Apotheke. Ihr Blick und ihre Stimme wurden ernst. »Bekommst du eigentlich irgendwas von deinem Monsieur Jean-Yves?«

Elenas Ehemann hatte sich nicht als das erwiesen, was man geplant hatte. Jean-Yves war so reich, dass er nicht arbeiten musste. Er tat es zwar trotzdem, aber eben nur wenig. Je mehr Zeit er mit ihr verbrachte und je mehr Zeit sie in Paris, an der Riviera, in Italien, beim Skifahren in den Alpen verbrachten, desto weniger Zeit blieb Jean-Yves für sein ursprüngliches Vorhaben: als Abgeordneter die Mitgliedschaft in der Parlamentarischen Versammlung des Europarats, dann das Amt des Bürgermeisters und schließlich, angeregt durch seinen gaullistischen Großvater: die Präsidentschaft.

In Straßburg wohnten sie mit zwei Hausangestellten in einer ehrwürdigen Villa mit Blick auf den herrlichen Orangerie-Park. Die Orangenbäume waren ein Geschenk Kaiser Napoleons an seine Frau Joséphine gewesen. Jean-Yves meinte, jede Blüte und Frucht davon trage Romantik in sich. Und Jean-Yves machte Elena ebenfalls Geschenke. Er sang auch für sie und wollte ständig mit ihr ins Bett – selbst jetzt noch, ein halbes Jahr nach ihrer übereilten Hochzeit.

Elena hatte Sergej die schwindenden Ambitionen ihres Mannes nicht verschwiegen, aber sie war in den monatlichen Einsatzbesprechungen auch nicht ganz ehrlich gewesen.

»Er stellt mich mächtigen Leuten vor, Dani. Er kennt einfach jeden.«

»*In Frankreich* mächtigen Leuten. Ich meine, was kann Monsieur Jean-Yves dir schon geben, was wir heute Abend nicht innerhalb von zwanzig Minuten kriegen könnten? Bei einem Glas Champagner mit dem Stabschef des Premierministers? Verdammt, ich werde heute Abend aussehen wie eine Straßennutte, total durchgeweicht.«

»Warum laufen wir nicht noch mal zurück? Du könntest dich umziehen.«

»Ich will mich aber nicht umziehen.« Sie liefen den Rest der Avenue de la Motte-Picquet unter den Markisen der Geschäfte. »Willst du meine Vermutung darüber hören, warum Sergej dich gezwungen hat, diesen Langweiler von einem Franzosen zu heiraten?«

»Er ist kein Langweiler.«

»Damit du weiterhin ihm gehörst.«

Elena blieb vor dem Restaurant stehen. Durch das beschlagene Fenster sah sie Männer in Anzügen und Frauen in engen Kleidern. »Ich gehöre ihm nicht«, zischte sie. »Warum behauptest du so was?«

In ihren dunkelsten Momenten kam Elena der Verdacht, sie sei nur eines von Sergejs vielen besonderen Mädchen, die er rekrutiert hatte und nun gängelte. Und zwar mit dem Versprechen auf ein gemeinsames Leben, wenn das alles vorbei sei: eine riesige Wohnung in Moskau mit Blick auf den Roten Platz, eine Datscha, eine Bleibe zum Skifahren im Winter, eine zum Baden im Sommer. Kinder!

»Er hat viele Mädchen.« Elena reckte das Kinn in die Höhe, wie sie es immer tat, wenn sie entschlossen klingen wollte.

»Nein.« Danika zitterte inzwischen vor Kälte. »Da gibt es nur dich.«

Im Restaurant war es heiß und dampfig. Es roch nach Wein und Zigaretten. Danika trennte sich sofort von Elena und tanzte durchs Lokal. Vom nächstbesten Tablett schnappte sie sich zwei Champagnerflöten, die beide für sie selbst gedacht waren. Sergej stand in der Ecke und unterhielt sich mit zwei Männern. Er sprach zwar mit starkem Akzent, aber er wusste alles, was ein Franzose über Wein, Käse und *nos ancêtres les Gaulois* wissen musste. Sie kannte die Regeln. Kein Wort zu Sergej, nicht hier. Seine jüngste Tarnung hatte irgendetwas mit Immobilien zu tun. Sie begriff nicht, warum er nicht an einer einzigen Tarnung festhalten konnte. Ihr erschien es unvermeidlich, dass irgendwann ein ehemaliger Kunde einer vorangegangenen Existenz ihn erkennen würde.

Was würde er dann sagen? Nein, Monsieur, da müssen Sie mich mit jemand verwechseln. Oder würde er so jemand Rizinsalz auf das Frühstücksei streuen?

Innerhalb einer Stunde war Danika betrunken. Und zwar so, dass Monsieur Roche, der Chef der französischen Zentrale von Kara, sie beiseitenehmen musste. Elena, die sich gerade vom Besitzer einer Werbeagentur erzählen ließ, dass sie unbedingt zum Film solle, bahnte sich einen Weg durch die Menge zu ihr, um einzugreifen, wobei sie unterwegs ständig brennenden Zigaretten ausweichen musste. Der Typ mit der Werbeagentur folgte ihr und beteuerte lautstark, dass er sich darum kümmern und sie den richtigen Leuten vorstellen könne.

Obwohl sie erst seit weniger als einem halben Jahr und auch nur gelegentlich als Modell arbeitete, war Elena schon mehr als fünfmal eine Karriere im Filmgeschäft angeboten worden – jeweils als Gegenleistung, wenn sie den richtigen Mann in seinem Hotelzimmer aufgesucht hätte. Ihr Ehering schien überhaupt keine Rolle zu spielen.

»Hören Sie doch, Madame«, sagte der Werbemann jetzt und zupfte an Elenas Kleid.

Sie wollte ihm schon mit den Fingernägeln ins Gesicht fahren, als Sergej dazukam und sich anschickte, zwischen die beiden zu treten. Dabei tat er so, als würde er sie plötzlich erkennen, und sprach sie auf englisch an. »Ist das nicht Elena? Elena Klimentová?«

»Die bin ich. Und Sie sind?«

»Graham Spector. Von Spector Properties. Wir sind uns in Colmar begegnet, wenn ich mich nicht irre.«

»Aber natürlich. Jetzt erinnere ich mich, Sir.«

Damit trat der Werbemann den Rückzug an, und Sergej führte Elena zu Danika, die von Monsieur Roche soeben mit Nachdruck in eine rote Sitznische bugsiert wurde. Hier war Platz für vier. Höflich verscheuchte Sergej den Mann im Smoking dort nebst dem Mannequin aus Polen, mit dem zusammen Elena schon einmal bei Aufnahmen von Werbefotos für Krug-Champagner gearbeitet hatte. Während sie miteinander sprachen, war die Einzige, die sich nicht an die Regel hielt, immer zu lächeln, die gute Danika.

»Die Leute reden schon über sie. Über ihre Mätzchen.« Monsieur Roche goss jedem ein Glas Weißwein ein. »Sie droht die Stimmung zu ruinieren. Und was soll sie davon abhalten, irgendwas auszuplaudern?«

»Das wird sie niemals tun.« Elena sah Monsieur Roche eindringlich an. »Dani hat vorher nichts gegessen. Ich bringe sie zum Hotel zurück.«

Sergej erhob sich. »Ich begleite die beiden und komme dann später zurück.«

Elena half ihrer Freundin beim Aufstehen und führte sie zur Tür. Unterwegs schnappte Danika sich noch eine Champagnerflöte und leerte sie in einem Zug. »Ich bin nicht betrunken, verstanden?«

Elena knöpfte ihr den langen schwarzen Mantel zu. »Ich weiß.«

»Das ist meine Strategie, damit ich verletzlich wirke.« Sie sprach undeutlich, und *verletzlich* kam ihr nicht ganz fehlerfrei über die Lippen. »Dann erzählt ein Mann mir alles.«

Sie machten sich auf den Weg zurück zum Hotel, wobei Elena ihre Freundin praktisch trug. Als sie das Hotel schon fast erreicht hatten, tauchte Sergej auf und entschuldigte sich. Er war nicht mehr ganz so schnell wie früher. Das Leben als Immobilienhändler hatte ihn um die Mitte herum runder werden lassen.

Danika stolperte, richtete sich aber gleich wieder auf. »Ödes Nichtstun! Das hast du unserer Elena beschert, Sergej. Sieh mich dagegen an. Abenteuer!« Ihre Stimme schallte durch die schmale Straße, die bei der Kälte menschenleer war. »Abenteuer! Sie vergeudet ihr Talent, und du, Genosse ... du weißt es.«

»Aber sie lebt in einem prachtvollen Haus, Danika. Ihr Ehemann gibt viele Hunderttausend Francs für die Renovierung aus, damit es noch schöner wird. Ein wunderschönes Leben. Dabei ist er, laut meinen Quellen, ein netter und liebevoller Mann, sehr intelligent und Elenka treu ergeben. Er hat alles aufgegeben, um der perfekte Beau zu sein. Während er früher alles darangesetzt hat, sich hochzudienen, macht er jetzt einfach nur noch mit seiner perfekten Gattin Ferien in Saint-Tropez.«

»Liebst du ihn, deinen attraktiven Franzosen?«, sagte Danika.

Sergej antwortete für Elena. »Selbst wenn sie ihn liebt. Liebe ist nicht genug. Nicht wahr, Elena?«

13

PRAG – 2016

Im Institut für das Studium totalitärer Regime war William Kovály verstummt. Er hatte die Brille abgesetzt und starrte jetzt nachdenklich ins Leere. Grace hatte ihm von Petr und Jana und deren berühmter Tochter erzählt, der Exfrau und Vertrauten desjenigen Mannes, der gute Chancen hatte, der nächste Präsident der Vereinigten Staaten zu werden.

Als er sich endlich einen Ruck gab, erstellte er eine Liste. In Grace' Notizbuch schrieben sie auf, welche Akten und Dokumente sie würden einsehen müssen. Sie suchten die Registernummern für Elena und ihre Eltern heraus sowie für Josef Straka. Allerdings mussten die Frauen an der Infotheke sie letztlich enttäuschen. Die Akten – sofern es sie überhaupt gab – seien bereits an die Altstadt-Außenstelle des Instituts für das Studium totalitärer Regime gebracht worden.

Unterwegs rief Grace die Route auf ihrem I-Phone auf, wollte ihr dann aber nur ungern folgen, ähnlich wie den Straßen und Alleen, die William vorschlug. Hinter ihnen war zwar niemand und lief wie sie durch den Regen, aber wie schon zuvor spürte sie, dass da jemand lauerte. »Irgendwer verfolgt uns. Sie wissen schon, so was weiß man einfach.«

»Ach was.« William tat es ihr gleich und drehte sich in einem fort um. »Kann es nicht sein, dass bei Ihnen einfach nur irgendwer eingebrochen ist und sich nach potenziellem Diebesgut umgesehen hat?«

Grace erzählte ihm von der Toilette; den Vibrator verschwieg sie wohlweislich. »Warum hätten sie in so einem Fall meinen Laptop stehen lassen sollen?«

William antwortete nicht. Mittlerweile war es so windig, dass sein Regenschirm sich nach oben stülpte.

Sie kamen an einem argentinischen Burgerlokal vorbei, und William dirigierte sie durch eine dunkle, kopfsteingepflasterte Gasse. Noch eine Straße weiter, und sie hätten das Institut erreicht. Grace überprüfte jede Tür und jede Mauernische und selbst die Balkons über ihnen. Auf beiden Straßenseiten parkten Autos, aber nirgends saß jemand darin.

»Ich hab mal einen Aufsatz über Verschwörungstheorien geschrieben. Dürfte ich mal wild spekulieren, Grace?«

»Nur zu.«

»Sie sind ausgebildete Journalistin, Sie haben die längste Zeit Ihrer Karriere für Klatschblätter gearbeitet, und jetzt …«

»Ich habe mir das nicht ausgedacht, William.«

»Aber irgendwann kommen wir in das Alter, in dem sich die Verzweiflung bemerkbar macht, oder nicht? Letztes Jahr hätte ich mir um ein Haar ein Aston-Martin-Cabrio gekauft. Ich hätte es mir ehrlich gesagt gar nicht leisten können, und es wäre komplett unpraktisch gewesen. Hätte bloß jede Menge Arbeit gemacht. Aber es war gelb, und als ich noch jünger war …«

Vor ihnen am Quai kam ein bildschönes altes Gebäude in Sicht. Ein Stück zurückversetzt stand ein übertrieben schmuckloser, kohlschwarzer Kasten aus Industriestein mit Gittern vor den Erdgeschossfenstern.

Als Grace die Tür des alten Gebäudes erreichte, probierte sie erst die Klinke, dann klopfte sie an.

»Das hier ist eigentlich nicht öffentlich«, erklärte William.

Sie klopfte wieder an. Dann trat sie gegen die Tür. Zehn Minuten später, nach einer Reihe fruchtloser Anrufe von William bei Leuten, die anscheinend dort drinnen arbeiteten, ging die Tür langsam auf.

Ein kleiner, korpulenter Mann mit Einstein-Frisur riss die Arme in die Luft und fiel William um den Hals.

Es folgte eine Wiedersehenstirade auf tschechisch, ehe William Grace als *Americanka* vorstellte.

Gemeinsam liefen sie an einer Art Poststelle und Müllsammelkörben vorbei und dann rechter Hand eine Treppe hinauf. Der Wachmann hinter dem Schalter oben winkte William zu. Dann mussten die drei Männer sich erst über die Uhrzeit unterhalten und ob es wohl ein guter oder schlechter Zeitpunkt sei, weil das Gebäude alsbald schließen werde. Grace stand schulterzuckend daneben und lächelte.

»Americanka.«

Nachdem sie eingetreten waren, kamen sie an Frauen und Männern unterschiedlichen Alters vorbei, die Jeans und Sweatshirts und Schlüsselbänder einer Sicherheitsfirma trugen. Aus dem, was die Leute ihm zum Gruß entgegenriefen, schloss Grace, dass Einsteins Name eigentlich Milan war. In seinem vollgestopften Eckbüro stapelten sich Zeitungen am Boden und überall Aktenordner. An den Wänden hingen die einschlägigen kommunistischen Propagandaplakate.

Sobald Milan sich in seinen rissigen Lederstuhl fallen lassen und den Rechner auf seinem Schreibtisch entsichert hatte, bat William um Grace' Notizbuch. Sie wollte es lieber nicht aus der Hand geben.

»Er schlägt für uns ein paar Namen nach«, sagte William.

»Für mich, meinen Sie wohl.« Sie blätterte zu der Seite, wo sie die Namen und Registernummern notiert hatten.

Während Milan noch auf das Notizbuch spähte, sagte William: »Er hat das Masterdokument.«

»Und was bedeutet das?«

William fuhr sich durchs Haar und überlegte wohl, wie er ihr das am besten erklären solle. »Wenn irgendwo eine Akte existiert, dann kann er sie darüber aufrufen. Oder sie zumindest ausfindig machen.«

Milan tippte Namen und Registernummern in seinen Computer ein und teilte William die jeweiligen Suchergebnisse mit, der sie wiederum übersetzte. Er fand zum einen heraus, worauf Grace bereits im Cibulka-Band gestoßen war: dass Petr und Jana auf der StB-Kontaktliste standen und Jana über einen Decknamen verfügte. Allerdings war ihre Akte entweder gelöscht oder vernichtet worden. Zum anderen gab es einige Dokumente zu Petr und zu Elena und Anthony Craig, die Milan direkt ausdruckte. Unter Josef Strakas Referenznummer war nichts zu finden.

»Fast alles, was er zu Elena und ihrem Mann gefunden hat, wurde geschwärzt«, sagte William. »Mal abgesehen davon, dass es von Haus aus nicht allzu viel war.«

»Aber ist das nicht seltsam?«

»Die Exfrau eines der bekanntesten Unternehmer Amerikas? Eine Ikone des Kapitalismus? Ein Mann, der möglicherweise Präsident werden könnte?« William hielt kurz inne, während Milan weitertippte, dann aber den Kopf schüttelte. »Sogar in den Siebzigern und Achtzigern dürfte Elena die prominenteste Tschechin im Ausland gewesen sein. Ihre Akte müsste eigentlich aus allen Nähten platzen. Da müssen mal ganze Lkw-Ladungen existiert haben.«

Milan druckte ein paar weitere Dokumente aus.

»Schon komisch«, sagte William. »Bis heute Morgen hätte ich niemals darüber nachgedacht, ob Elena Craig überhaupt irgendeine Relevanz haben könnte. Ja, sie ist hierzulande eine Marke, aber alles in allem geht es bei ihr doch nur um Wellness und Shopping und protzige Klamotten.«

»Das ist nur die Rolle, die sie spielt.« Trotz der Art, wie Elena sie behandelt hatte, konnte Grace es nicht ausstehen, wenn Leute so über sie sprachen. »Und protzig ist echt nicht fair.«

Milan sah William an, als wollte er etwas sagen. Stattdessen wandte er sich wieder seinem Computer zu und recherchierte weiter. Dann hämmerte er auf ein paar Tasten, und sein Drucker erwachte wieder zum Leben. Die Blätter aus dem Ausgabefach drückte er Grace in die Hand. Sie waren zu weiten Teilen geschwärzt. Es schien sich um die komplette Akte zu Elena Klimentová zu handeln – und sie stammten fast alle aus Befragungen ihres Vaters.

Auf dem Deckblatt waren ein Porträtfoto sowie ihre Adresse in Manhattan abgedruckt. Auch Anthony Craigs Name war aufgeführt, ebenso eine Nummer. Die Nummer hatte zu sieben weiteren, fast vollständig geschwärzten Seiten geführt. Die zweite Elena-Seite sah ganz ähnlich aus, war allerdings älter, sauber per Schreibmaschine verfasst, und die Adresse darauf war eine im französischen Straßburg. Dort hatte sie de Moulin geheißen. Wieder war das meiste geschwärzt, und an den Stellen, wo zuvor Anthony Craig gestanden hatte, war hier in Schreibmaschinenschrift ein gewisser Jean-Yves de Moulin aufgeführt.

»Gibt es über Jean-Yves de Moulin weitere Informationen?«, sagte Grace.

»Nur eine leere Akte.« Milan wandte sich wieder dem Computer zu, rief weitere Dokumente auf und überflog sie. Er gluckste.

»Könnten Sie ihn bitten, das da mit uns zu teilen?«

William tat wie geheißen und übersetzte dann Milans Antwort. »Die StB hat Petr ziemlich oft befragt. Trotzdem ist in dem Material schlicht nichts von Belang. Da geht es zwar um Elena und ihren Mann, aber es ist einfach nur banal und blöd, fast schon …«

»Absichtlich sinnlos?«

Milan zeigte auf Grace, und William übersetzte weiter. »Ganz genau. Als hätten sie sämtliche spannenden Details gelöscht und das hier quasi als Alibiakte übrig gelassen. Damit wir glauben, dass nichts weiter dahintersteckt.«

»Nichts weiter als Shopping und protzige Klamotten, hm?«

Um kurz nach vier Uhr traten sie aus dem alten Gebäude hinaus auf die Straße. Draußen war der regnerische Tag dunkel und kalt geworden. Vom Fluss schob sich Nebel in die Altstadt herauf.

»Glauben Sie denn, dass Anthony Craig die Wahl gewinnen wird?«, sagte William.

»Keine Ahnung. Elena glaubt, dass er es schafft.«

»Aber die Umfragen ...«

Das Thema langweilte Grace, ganz gleich in welcher Sprache. Sie sah sich erneut um. Auch diesmal war niemand zu sehen, obwohl sie eine Anwesenheit spüren konnte. William führte sie zu einer Kneipe namens U Fleků, zehn Minuten von der Altstadt-Außenstelle des Instituts entfernt, wo er das Bier erhalten würde, das Grace ihm schuldete. In dem schmucklosen und doch gemütlichen Lokal, das mit beschnitzten Paneelen verkleidet war, saßen kaum Frauen. Ein Tisch voller Männer in den Dreißigern, nach dem Äußeren zu urteilen Büroangestellte, grölte ein fürchterliches Lied, das ein umherwandernder Akkordeonspieler angestimmt hatte. Grace und William setzten sich neben ein paar andere Kneipenbesucher einander gegenüber an einen langen Tisch. Ohne erst gefragt zu haben, was sie zu trinken wünschten, stellte die Bedienung zwei Krüge Bier mit üppiger Schaumkrone vor sie auf den Tisch, und ein zweiter Mann brachte zwei Schnapsgläser mit einer bernsteinfarbenen Flüssigkeit.

Grace blätterte durch die Ausdrucke. Die zwei Seiten mit Elenas Porträtaufnahmen waren ganz ähnlich strukturiert – und auf ähnliche Weise geschwärzt worden. Doch wer immer da den tschechischen Edding gezückt hatte, hatte ein einziges Wort oder zumindest fast ein ganzes Wort stehen lassen. William hob seinen Bierkrug und forderte sie auf, es ihm gleichzutun. Sie nahmen beide einen Schluck, sahen einander an, und mit einem Mal schlich sich leichtes Unbehagen in ihr Lächeln. Grace nahm das oberste Blatt vom Stapel, den Milan ihr ausgedruckt hatte, und hielt es ins Licht, sodass das halb stehen gebliebene Wort gerade so lesbar war: *dňáček*.

»Was heißt das?«

William setzte seine andere Brille auf und hielt das Blatt unter die Lampe. »Sieht aus, wie wenn da *ledňáček* steht.«

»Und auf englisch ...?«

»*Kingfisher* – der Eisvogel.«

Grace kippte das Getränk aus dem Schnapsglas hinunter. Es war Met und so süß, dass sie direkt einen Schluck Bier hinterherspülen musste. Als sie aufblickte, fühlte es sich an, als würde mindestens die Hälfte der Männer im Schankraum sie anstarren. Sie wischte sich über die Oberlippe, damit dort auch ja kein weißer Schaumbart zurückblieb.

Plötzlich kam es ihr vor, als könnte jeder hier ihre Ausdrucke einsehen. Grace faltete sie zusammen und steckte sie in ihr Notizbuch. Zur Sicherheit hatte sie zuvor mit ihrem Handy Fotos von den Aktenseiten gemacht. Sie packte alles zurück in die Handtasche und zog sie eng an sich.

»Die Leute gucken mich an ...«

Williams Lachen verebbte. »Was?«

»Ich fühle mich hier nicht sicher.«

»Eine gut aussehende Frau in einer Kneipe voller betrunkener Männer.« William beugte sich leicht zu ihr vor und berührte kurz ihre Hand. »Natürlich gucken die Sie an. Die können gar nicht anders.«

Sie wollte gar nichts mehr glauben: nicht seinem Kompliment, nicht, dass er ihr helfen wollte. Wohin hatte er sie überhaupt mitgenommen? Grace verstand hier kein Wort von dem, was alle sagten, und wenn sie noch mehr trinken müsste, würde es mit ihrem Urteilsvermögen bald nicht mehr weit her sein.

»Danke, William. Das ist sehr freundlich von Ihnen.« Sie stand vom Tisch auf und fragte an der Kasse neben der Tür nach der Rechnung. Dann verdoppelte sie den Betrag, damit William noch eine Runde trinken konnte.

Der hatte inzwischen zu ihr aufgeschlossen. »Wo wollen Sie denn hin?«

»Ich hab nach gestern Abend nicht gut geschlafen, und ich fühle mich … komisch.«

»Wollen wir nicht zumindest noch etwas essen?«

»Vielleicht ein andermal.«

»Wo ist Ihre Wohnung? Sie haben erwähnt, dass sie über einem Gewürzladen liegt. Ist das hier in der Nähe? Dann bringe ich Sie noch nach Hause.«

»Nein, es geht schon.«

William lachte. »Kommen Sie. Ich bin ein Freund. Einfach ein Geschichtsdozent an der neunhundertneunundsiebzigstbesten Uni der Welt. Sie sollten ein bisschen schlafen, und dann ist *ein andermal* eben morgen. Ich komme bei Ihnen vorbei und hole Sie zu einem anständigen Abendessen ab.«

»Klar.«

»Ich bringe Sie jetzt heim.«

Einerseits wollte sie, dass William sie heimbrachte. Auch wenn er leicht unbeholfen wirkte, sah er von Mal zu Mal besser aus, wenn sie ihn ansah. Er war eindeutig ein kluger Kopf. Vielleicht waren es bloß die Nachwehen des Katers vom Vortag, aber andererseits misstraute sie ihm, seinem Freund Milan, der Kneipe hier, und sie wollte den Inhalt ihrer Handtasche lieber ohne ihn noch einmal durchsehen. Grace deutete zum Tisch zurück, wo sie gesessen hatten und inzwischen ein zweites Bier auf ihn wartete.

Die Prager Altstadt bei Nacht mit ihren blassgelben Laternen und dem Kopfsteinpflaster, den engen Gässchen und dampfigen Cafés an jeder Ecke kam Grace vor wie für romantische Gedanken erschaffen. Sie stellte sich vor, wie sie William in einem dieser Cafés gegenübersaß und er seine Hand auf ihre legte, und sie ärgerte sich insgeheim darüber, dass sie ihn abserviert hatte. Es war das Echo von Schritten, das sie aus ihren Träumereien riss, die Schritte zweier Personen. Wann immer sie stehen blieb, blieben auch sie stehen. Sie sah über die Schulter. Da waren zwei Männer hinter ihr auf dem Bürgersteig. Grace tat so, als würde sie ihre SMS checken, und die beiden zündeten sich Zigaretten an. Es waren die beiden aus dem Zug, die ihr auch auf den Platz gefolgt waren. Der Mann in der Motorradlederjacke mit den irritierend schönen Augen hatte heute eine schwarze Strickmütze auf dem Kopf. Als sie weiterlief, benutzte sie ihre Handykamera wie einen Spiegel. Der zweite Mann trug einen langen, schwarzen Mantel und hatte O-Beine. Sobald sie schneller ging, liefen auch sie schneller, hielten aber weiter Abstand. Inzwischen umklammerte sie mit der linken Hand das im Ärmel versteckte Küchenmesser.

Je näher sie der Karlsbrücke kam, umso mehr Leute spazierten dort in dicken Daunenjacken herum, gingen mit ihren Hunden Gassi, kauften sich Würstchen und Glühwein an den Straßenständen. Erst fühlte es sich gut an, in die Menge einzutauchen. Dann geriet sie versehentlich in eine überfüllte Ladenzeile in der Nähe der Brücke, wo überall Touristenschnickschnack angeboten wurde, und verlor ihre Verfolger aus den Augen. Sie stellte sicher, dass der Reißverschluss ihrer Handtasche geschlossen war, wickelte sich die Schulterriemen ums Handgelenk, damit niemand ihr die Tasche entreißen konnte, und wappnete sich bereits dafür, laut loszuschreien und das Messer zu zücken, sollte irgendjemand ihr unversehens zu nahe kommen. Bei dem Versuch, sich in alle Richtungen gleichzeitig umzusehen, rempelte sie andere Passanten an und entschuldigte sich atemlos in jener Sprache, die für sie zur klassischen Sprache der Fußgängerfehlleistung geworden war, dem Französischen.

Sowie sie den Aufgang zur Karlsbrücke erreicht hatte, dünnte sich die Menge aus. Zwei Afrikaner in altmodischen Matrosenkluften bemühten sich, ihr für den kommenden Morgen eine Bootsfahrt schmackhaft zu machen. Sie hörte sich kurz an, was die beiden zu sagen hatten, und hielt unterdessen Ausschau nach ihren Verfolgern, konnte sie aber nirgends entdecken.

Die Wohnung war nur noch zwei Straßen entfernt. Sie rannte die letzten Meter auf das Haus zu, öffnete die schwere Eingangstür, die gleich neben dem Gewürzladen in den Innenhof führte, und schob sie hinter sich wieder zu. Für ein paar Minuten blieb sie noch im kühlen Durchgang stehen und lauschte auf Schritte.

Sie hörte sie erst, als sie sich bereits zum Treppenhaus zur Wohnung gewandt hatte. Sie blieben vor der Haustür stehen. Behutsam stellte Grace ihre Tasche auf den Steinboden. Sie hatte das Messer in die rechte Hand genommen, die linke hatte sie um die Wohnungsschlüssel geballt, sodass der stabilste Schlüssel zwischen ihren Fingerknöcheln herausragte, genau wie ihr Trainer im Selbstverteidigungskurs im YMCA an der Avenue du Parc es ihr beigebracht hatte.

Jenseits der Tür herrschte Stille. Weder sprachen die Männer miteinander, noch bewegten sie sich von der Stelle.

Wir sind hier. Wir wissen, wo du wohnst.

Vielleicht fünf Minuten später hörte sie, wie eine Schuhsohle übers Kopfsteinpflaster scharrte. Dann schlenderten die beiden davon. Grace war so angespannt, dass sie sich gegen die Wand im

Durchgang lehnen musste, damit sie sich nicht unwillkürlich zusammenkauerte.

Oben verriegelte sie die Tür und keilte den Stuhl unter die Klinke. Dann nahm sie sich ihre Notizen und die Ausdrucke wieder vor. *Eisvogel,* schoss es ihr durch den Kopf. Es hätte Lkw-Ladungen an Material über dich geben müssen. Warum war dann nichts da? Was versuchten sie, geheim zu halten?

Und wer waren *sie?*

Grace starrte auf die Seite mit Elenas Adresse in Straßburg. Jean-Yves de Moulin. Elena de Moulin.

Sie setzte sich an ihren Laptop und buchte für den kommenden Morgen um halb sieben einen Flug von Prag nach Straßburg.

14

STRASSBURG – 1972

Um Viertel nach neun, nach Frühstück und Morgenkaffee und nachdem sie die Zeitungen *Le Monde* und *Le Figaro* durchgesehen hatte, machte Elena in Straßburgs Orangerie-Park ihren täglichen Morgenlauf.

Die Störche, Symbol des Elsasses, waren inzwischen zurückgekehrt. Riesige Viecher, die geradezu unecht wirkten. Doch da waren sie, lang und weiß. Gleich gegenüber von ihrem Haus bauten sie riesige Nester auf den Dächern und stießen ihre klappernden Schnäbel aneinander. Sie waren elegant und plump zugleich, was Elenas Eindruck von sich selbst ziemlich nahekam.

Wie fast jeder Mann, den sie bisher in Frankreich kennengelernt hatte, verweigerte auch Jean-Yves das Jogging, wie man es neuerdings nannte. Für ihn wäre eine morgendliche Dauerlaufrunde einem Rückfall in die Zeit gleichgekommen, wo Männer sich noch an ihre Nahrung hatten anpirschen und sie erbeuten müssen. Weil er jedoch gleichzeitig überzeugt war, dass Bewegung gut für die Muskulatur und das Denkvermögen sei, bevorzugte er das noblere Schwimmen am Nachmittag.

Elena beobachtete die Störche, die einander riefen, *klapp klapp klapp,* und Nester bauten oder ausbesserten. Hin und wieder brach sich ein Sonnenstrahl auf einem Ei. Sie joggte, dehnte sich und roch den blühenden Flieder. In einem kleinen Zoo am Rand der Orangerie gab es Strauße, Affen und Pfauen. Kinder rannten auf dem überschaubaren Spielplatz zwischen Schaukeln und einem kleinen Gerüst aus Tauen hin und her. Am Ende ihrer Übung schlenderte Elena, um sich abzukühlen, an den in Käfige gesperrten Tieren vorbei, mit denen sie eine besondere Seelenverwandtschaft fühlte. Ihnen erging es nicht viel anders als ihr.

Am Morgen hatte sie den schlafenden Jean-Yves betrachtet. Seine Familie war so lange Zeit so erfolgreich gewesen. Unter Königen und Königinnen, Deutschen und Franzosen, in Kriegen und während der Pest. Das sah man seinem Gesicht an, selbst während er schlief. Es gab einfach kein Problem, das ein de Moulin nicht zu lösen vermochte. So auf die Welt zu kommen, mit diesem stillen, vornehmen Selbstbewusstsein, das stellte sie sich für ihre Kinder vor. Sie würden untadelig und höflich und ansehnlich sein, zum Führen bestimmt sowie mit Bescheidenheit und Neugier gesegnet.

Als Jean-Yves im Licht der Morgensonne die Augen aufschlug, hatte er bei ihrem Anblick gelächelt.

»Was für ein nachdenklicher Ausdruck in deinem hübschen Gesicht.«

Anstatt darauf zu antworten, hatte sie ihm einfach einen Kuss gegeben. Nachdem sie gerade an den Affen und Pfauen vorbei war, blieb sie abrupt stehen. Sergej verstellte ihr den Weg. Er stand am Parkeingang und rauchte eine Zigarette. Offenbar hatte er weiter zugenommen, und das nicht nur um die Mitte herum, auch die Schultern waren fülliger. Als sie ihn kennengelernt hatte, war Sergej ihr wie ein gefährlicher Jugendlicher vorgekommen. Hier hatte sie einen erwachsenen Mann vor sich. Seine Erfahrungen mit Gewalt und Geheimhaltung hatten ihn genährt und seine Gestalt verändert.

Ihr erster Reflex erschreckte sie: weglaufen.

»Es duftet himmlisch hier.« Sergej kam auf sie zu. »Was für ein

Glück für dich, Elenka, dass du ein Jahr lang an solch einem hübschen Ort verbringen durftest.«

Sie küssten einander auf die Wangen wie echte Franzosen. Dabei sprachen sie tschechisch. Aber das hier war schließlich eine europäische Großstadt, weshalb Ausländer in der Orangerie kaum als solche auffielen.

»Warum bist du hier, Sergej?«

Sergej, der einen dunklen Nadelstreifenanzug trug, führte sie zurück in den Park. »Ich bin gekommen, um dich zu sehen.«

»Nur um mich zu sehen?«

»Um dich rauszuholen.«

»Ich verstehe nicht.«

»Wir dachten, Monsieur de Moulin würde mehr erreichen – mehr werden –, insbesondere durch deine Unterstützung. Aber tatsächlich macht er immer weniger. Wir werden dich daher an einen fruchtbareren Ort versetzen. Unsere Frau in Montreal hat nicht so funktioniert wie erhofft.«

»Du hast mir nicht genügend Zeit gegeben, dass ich …«

»Du möchtest bleiben? Bei ihm? Ich kann dir das nicht einmal verübeln. Dir ist ein absolut paradiesisches Leben in den Schoß gefallen. Aber ich wüsste nicht, wie ich deine Ausbildung oder alles, was wir für dich und deine Familie getan haben, dann rechtfertigen könnte.«

»Alles, was ihr getan habt? Es …« Elena musste an ihre Mutter denken, wie sie in einem schicken neuen Hauskleid Getränke in Kristallgläsern servierte. Sie dachte auch an ihren Vater in seinen Gummistiefeln mit Gewehr und Jagdhund.

»Unser Treffen hier im Park ist lediglich ein Höflichkeitsbesuch. Dein Ehemann wird von deinem Weggang zweifellos überrascht sein, aber ich möchte dir Zeit zum Packen geben.«

»Wann?«

»Morgen, Elenka. Morgen Abend.«

Elena holte tief Luft und wandte den Blick von ihm ab. Es kostete sie die größte Mühe, eine erfreute Reaktion vorzutäuschen. »Kommst du mit nach Montreal?«

»Ich werde dir helfen, dich einzugewöhnen. Erinnerst du dich noch an den Gefallen, um den du mich gebeten hast? Für deinen Freund?«

Elena war sofort klar, dass er von Josef Straka sprach. »Er ist nicht mein Freund, und das weißt du.«

»Ich habe ihn rekrutiert. Er ist bereits dort.«

»In Montreal?« Es entsetzte Elena, dass all die Vorbereitungen bereits getroffen waren.

»Du wirst einen Freund dort haben.«

»Danke, Sergej.«

»Und ich bin jetzt in New York, ganz in der Nähe.«

»Warum kann ich nicht bei dir sein?«

»Du weißt warum. Wir haben bereits drei Mädchen in New York. Und allein Danika …«

Die Art und Weise, wie er ihren Namen aussprach, störte Elena. Natürlich hatte er auch mit ihr geschlafen. Das hatte er mit allen getan. Keine würde ihr die Wahrheit sagen. Keine sagte je die Wahrheit. Sie durfte nicht eifersüchtig sein.

War sie eifersüchtig?

Vielleicht *könnte* sie ja hier in Straßburg bleiben. Wenn sie Jean-Yves alles gestand, könnte er sie beschützen. Der französische Geheimdienst oder vielleicht der englische oder amerikanische könnten einen Handel machen, um ihre Eltern aus Prag herauszuholen, wenn sie alles erzählte, was sie wusste.

Sie seufzte. Für sie gab es wie für die Affen hier keine Flucht. Wenn sie preisgab, wer sie wirklich war, dann würde das ihr Ende und das ihrer Eltern bedeuten. Der KGB konnte jeden überall finden.

»Es handelt sich ja praktisch um eine französische Stadt.« Sie lächelte Sergej an.

»Und New York ist so nahe, Elenka. Wir finden dort Arbeit für dich, Gründe für Besuche.«

»Ihr werdet Jean-Yves doch nicht wehtun oder ihm drohen, ja? Das wird hart für ihn werden. Er liebt mich.«

»Überlass das uns.« Sergej legte die Hände an ihre Oberarme und küsste sie wieder. Diesmal auf die Lippen. Sein Mund schmeckte schal nach Zigaretten. *»À demain«*, rief er, während er tiefer in den Park hineinging. *»À demain.«*

15

STRASSBURG – 2016

Zu Grace' großer Erleichterung war es in Straßburg fast zehn Grad wärmer als in Prag. Junge Leute schlenderten in Jeans und modischen Pullovern oder Kleidern und mit Ray-Bans durch die dicht gedrängte Innenstadt, und fast alle trugen sie einen Schal. Es waren mehr Fahrräder als Autos unterwegs, die meisten davon offenbar bewusst klobige Dinger. Das hier war eine flach angelegte Stadt mit Sinn für Humor, stellte Grace fest.

Von ihrem Hotel aus, das inmitten eines hübschen Viertels mit Fachwerkhäusern und umsäumt von Kanälen lag, war es quer durch das geschäftige und doch gleichsam ruhige Zentrum nur eine halbe Stunde zu Fuß bis zum Boulevard de l'Orangerie. Auch wenn das Prager Stadtbild strahlender gewirkt hatte, roch die Luft hier im französischen Straßburg – im Grunde auch nur eine weitere mitteleuropäische Stadt – irgendwie eher nach Lebendigkeit, nach Hoffnung.

In ihrer Erschöpfung fragte sich Grace, ob die Bürde des Kommunismus die Prager Bevölkerung wohl irgendwie eingebremst oder eingetrübt hatte. Etwas Vergleichbares hatten die Straßburger niemals erlebt und konnten es sich wohl auch kaum vorstellen.

Sie sah sich um. Um fünf Uhr in der Früh auf dem Weg zum Flughafen war von den beiden Männern, die sie am Vorabend verfolgt hatten, keine Spur mehr zu sehen gewesen. In dem kleinen Flugzeug, das sie von Prag nach Straßburg bringen sollte, hatte sie bei den beiden Gelegenheiten, die sie den Mittelgang entlanggelaufen war, sämtliche anderen Passagiere genau gemustert. Niemand hatte wie ein blutrünstiger Gangster ausgesehen.

Grace machte ein paar Fotos und malte sich aus, wie Straßburg in den Jahren 1971 und 1972 ausgesehen hatte. Was ihr nicht wahnsinnig schwerfiel. Einmal abgesehen von der Starbucks-Filiale an der Place Kléber und der wiedereingeführten Straßenbahn schien sich hier seit Ende des Zweiten Weltkriegs nicht allzu viel verändert zu haben.

Sie hatte die Adresse von Jean-Yves de Moulin online verifiziert: ein dreistöckiges Palais, in dessen Nachbarschaft sich zahlreiche Konsulate befanden. Ganz zuoberst war ein Türmchen oder eine Art Dachzimmer aufgesetzt worden. Gegenüber auf der anderen Straßenseite lag der Orangerie-Park. Die Bäume und Sträucher im Vorgarten sahen gepflegt aus, die Blumenbeete waren für den Winter umgegraben und das Laub geharkt worden. Es war ein eleganter und allem Anschein nach liebevoll umhegter Ort.

Rund um das De-Moulin-Palais verlief ein schmiedeeiserner Zaun mit einem ebenfalls eisernen Tor darin. Grace drückte auf die Klingel.

»Oui?«

»Monsieur de Moulin?«

Er sei der Majordome von Monsieur de Moulin, teilte ihr der Mann über die Gegensprechanlage mit. Grace erklärte ihm auf französisch, wer sie sei und dass sie an einer Biografie von Elena Craig arbeite. Es blieb eine Weile still. Sie konnte ihn durch die Anlage atmen hören.

»Hat Elena Craig das Buch autorisiert?«

»Selbstverständlich. Ich erzähle Ihnen gern mehr, wenn Sie und Monsieur de Moulin mir die Gelegenheit geben.«

Mit einem Summen sprang das Eingangstor auf. Ein älterer Herr in, wie es aussah, maßgeschneiderten Hosen, blütenweißem Hemd und einer offenen schwarzen Strickjacke öffnete die Tür.

»Madame Elliott?«

»Ja, Monsieur.«

»Ich habe nur so getan, als wäre ich der Butler. Er hat heute frei. Ich bin allein.« Er machte keinerlei Anstalten, sie hereinzubitten. »Hat Elena Ihnen von mir erzählt?«

Als Grace den Kopf schüttelte, verzog er enttäuscht das Gesicht und sah beiseite.

»Wie haben Sie mich dann gefunden?«

»Durch Archivunterlagen, in Prag.«

»Ah, am Institut?«

»Ja, Monsieur.«

»Man sollte annehmen, das hätten sie genauso entfernt wie alles andere.«

»Sie?«

Mit hinter dem Rücken verschränken Händen sah Jean-Yves de Moulin sie eine Weile an. »Ihr Akzent … *québécois?*«

»Könnte man sagen, Monsieur. Ich bin Amerikanerin, lebe aber schon eine ganze Weile in Montreal.«

»Haben Sie irgendein Dokument bei sich, irgendeinen Nachweis, dass Elena einem Gespräch mit mir zugestimmt hat?«

Grace schüttelte den Kopf. »Leider nein.«

Wieder wurde es still. Die Sonne verschwand hinter einer Wolke und tauchte dann wieder auf. In seinem hübschen Vorgarten roch es wunderbar.

»Mein Gefühl sagt mir, ich sollte Sie wieder wegschicken, Madame.«

»Bitte tun Sie das nicht.«

Er ließ noch einen Moment verstreichen, dann breitete er die Arme aus und bedeutete ihr einzutreten. Er führte sie an einem stattlichen Treppenaufgang vorbei und dann einen Flur entlang. Der Architekt und die Baumeister des Hauses hatten aus Holz wahre Kunstwerke gezaubert: Schlingen und Strudel an der Decke und das geschwungene Treppengeländer entlang. In das Parkett war ein Lilienmuster eingearbeitet worden. Den Wandschmuck hatten die französischen Impressionisten entweder inspiriert oder eigenhändig entworfen.

»Sind die Kunstwerke echt, Monsieur?«

Im selben Moment, wo sie die Frage stellte, dämmerte es Grace, dass sie einer Mischung aus Naivität und Beleidigung gleichkam. Sie befand sich im Haus eines vermögenden europäischen Aristokraten. Als sie an der eleganten, modernen Küche vorbeikamen, erhaschte sie inmitten all der franko-preußischen Verzierungen einen Hauch Skandinavien.

»Sind Sie hier aufgewachsen, Monsieur de Moulin?«

Auch die Frage ignorierte er. Er geleitete sie in sein Lese- und Arbeitszimmer, ein Fest aus Leder und dunklem Holz. Kaum dass sie eingetreten war und sich bei ihm bedankt hatte, waren draußen im Flur Schritte zu hören, erst schleichend und langsam, dann immer schneller. Ein Mann trat in die Tür, sichtlich jünger als Monsieur de Moulin, in schwarze Hosen und schwarze Weste mit schwarzer Krawatte gekleidet.

Es dauerte etwas, bis Grace begriff, dass es sich bei dem Metallgegenstand, den der Mann in einem eigenartigen, aber eindeutigen Winkel auf sie gerichtet hielt, um eine Pistole handelte.

»O Gott!« Grace wich bis an die Bücherwand zurück.

»Das ist Nicolas, mein Leibwächter.«

»Sagen Sie ihm, er soll die Waffe runternehmen.«

»Wer sind Sie wirklich?« De Moulin sprach ein Französisch, wie sie es in Montreal nur selten zu hören bekam. »Für wen arbeiten Sie?«

Grace atmete tief durch. Sie überflog den Raum nach waffentauglichen Gegenständen. »Monsieur, hauptberuflich arbeite ich für Steadman Coe. Der ist Herausgeber der Zeitschrift *National Flash*. Googeln Sie ruhig meinen Namen. Oder seinen.«

Nicolas betrat die Bibliothek. Grace duckte sich, damit der Schreibtisch zwischen ihr und Nicolas' Waffe lag.

»Und in welchem Verhältnis stehen Sie zu Elena Craig?«, sagte de Moulin.

»Ich bin ihre Ghostwriterin.«

»Das ergibt keinen Sinn. Wenn Sie Ghostwriterin wären, würden Sie doch einfach schreiben, was sie Ihnen erzählt. Und ihre Zeit in Straßburg würde sie dabei ganz gewiss aussparen. Mich hat schon einmal ein Journalist angerufen, damals als Elena und dieser Hanswurst von einem Ehemann sich haben scheiden lassen. Er hat *angerufen*. Der ist nicht einfach so ohne Voranmeldung hier aufgekreuzt. Und wollen Sie wissen, was aus ihm geworden ist? Aus dem britischen Journalisten? Er ist in Bristol von der Clifton Suspension Bridge gesprungen. Und ich würde vermuten, dass er dabei Hilfe hatte.«

Auf sein Nicken hin umrundete Nicolas den Schreibtisch. Grace erhob die Hände.

»Immer sachte, Nicolas.«

»Er will Sie lediglich auf Waffen untersuchen.«

Sie schnappte einen Steinstorch vom Tisch. »Wenn du mich an der falschen Stelle untersuchst, Nicolas, dann schlag ich dir den Schädel ein.«

»Zur Kenntnis genommen.« Nicolas ging behutsam und respektvoll vor. Er tastete ihre Taschen ab und fuhr ihr über die Waden. Als er fertig war, zuckte er die Achseln. Grace stellte den Storch zurück.

Monsieur de Moulin deutete auf einen der Ledersessel und setzte sich dann Grace gegenüber. Er trug Strümpfe mit einem spleenigen blau-gelben Muster, wie sie derzeit unter jüngeren

Männern in Mode waren. Nicolas hatte sich indes in Habtachtstellung an der Tür aufgebaut.

»Wieso diese übertriebene Reaktion auf meinen Besuch, Monsieur?«

Jean-Yves de Moulin ließ den Blick über die verzierte Zimmerdecke schweifen. »Aufgrund von Ereignissen aus der Vergangenheit«, sagte er. »Vieles davon wird mittlerweile gänzlich beseitigt oder unauffindbar gebunkert worden sein ... Trotzdem: Womöglich liegt irgendwo in der falschen Schublade noch ein verirrtes Dokument herum. Ich könnte mir durchaus vorstellen, dass einer von Elenas früheren Kollegen hier nach einem solchen kleinen Ausreißer suchen würde.«

»Frühere Kollegen ...?«

»Oder derzeitige Kollegen. Eventuell bin sogar ich selbst eins ihrer *verirrten Dokumente*. Jemand, der die Wahrheit erzählt. Diese Kollegen sind Leute ohne jegliche Fähigkeit zur Empathie. Und ich bin nicht mehr ganz jung: im besten Alter für einen Schlaganfall, eine Gehirnblutung oder einen Sprung von der Brücke.«

»Elena hat Sie geheiratet, um aus der Tschechoslowakei zu entkommen, um einen westlichen Pass zu erhalten. Als sie ...«

»Madame, wann wollen Sie Ihr Buch veröffentlichen?«

»Es dauert Jahre, bis Bücher geschrieben sind und veröffentlicht werden.«

»Dann hat unsere Unterhaltung im Grunde keinen Zweck.«

»Keinen Zweck?«

Er beugte sich vor. »Nicolas, könnten Sie uns bitte etwas Wein, ein bisschen Käse, Tapenade und Cracker bringen?«

Nicolas verschwand.

»Madame, wenn Anthony Craig die anstehenden Wahlen gewinnt, werden Ihr Besuch und Ihr Buchprojekt komplett wertlos sein. Dann haben die gewonnen, verstehen Sie? Dann ist es zu spät.«

Grace musste lachen. »Monsieur, die Wahlen finden in einer guten Woche statt.«

»Richtig, und das ist das Komischste und Tragischste zugleich, nicht wahr? Ihre Bemerkung, sie habe mich geheiratet, um an einen Reisepass …« Er zeigte auf Grace' Notizbuch. »Als die ersten Journalisten sich in den späten Siebzigerjahren für Elena interessiert haben, hat einer ihrer Anwälte oder jemand, der sich als ihr Anwalt ausgegeben hat, fünfhunderttausend amerikanische Dollar dafür bezahlt, dass ich genau bei dieser Version bleibe.«

»Dann stimmt das gar nicht?«

»Ich brauchte das Geld nicht. Aber ich will auch nicht abends ins Bett gehen und nicht wissen, ob ich noch einmal wach werde.«

Nicolas kam mit einem Tablett herein. Darauf standen eine schlanke Weinflasche, an der Kondenswasser perlte, zwei Kristallgläser sowie ein Servierteller mit schwarzer Olivenpaste, kräftigem Weichkäse und Reiscrackern. Er goss den Wein ein.

»Elena brauchte mich nicht, um aus *l'Empire soviétique* zu entkommen. Sie war bereits geflohen, sofern man das überhaupt so bezeichnen kann. Und sie hat auch nie einen französischen Pass erhalten. Den hat sie nie benötigt.«

»Das verstehe ich nicht.«

Miteinander anzustoßen hätte sich falsch angefühlt, sich zuzuprosten erst recht, also nippten sie wortlos an ihren Gläsern. Ein Gewürztraminer, hell und säurearm.

»Sie tut gern so, als wären wir aus irgendeinem geschäftlichen Kalkül eine Scheinehe eingegangen und hätten sie in Wahrheit nie vollzogen. In der Version wäre ich der Freund eines Freundes gewesen, ein Bekannter aus Sportlerkreisen. Und das ist auch nicht komplett verkehrt: Wir haben einander tatsächlich über unser gemeinsames Interesse am Sport kennengelernt und uns öfter getroffen, bis wir einander irgendwann nähergekommen sind. Ich war Leistungsschwimmer, sie Turnerin.«

»Dann verstehe ich aber irgendwie nicht, wie Elena hierhergekommen ist.«

De Moulin schüttelte den Kopf. »Aus ihrem Mund klang es immer wie eine abenteuerliche Flucht bei Nacht und Nebel über die österreichische Grenze. Als wäre sie an Scharfschützen in Wachtürmen vorbeigeschlichen, den Suchscheinwerfern ausgewichen und auf Zehenspitzen durch den verminten Todesstreifen gelaufen. Die Geschichte fanden wir alle fantastisch. Wir waren noch jung, und das Ganze war hochromantisch. Sie war die bildschöne, humorvolle, kluge Frau aus einem unbekannten Land. Wir haben ihr jedes Wort geglaubt. Erst viel später, lange nachdem sie mich verlassen hat, dämmerte mir, was sie in Wahrheit war. 1971 wäre ein normales Mädchen aus der Kleinstadt niemals ohne Hilfe über die Grenze gekommen. Ich vermute mal, dass sie in einer Regierungsmaschine ausgeflogen wurde.«

»Sie haben sich also 1971 kennengelernt?«

»Da war sie erst kürzlich eingereist. Elena hatte bei einer Pariser Agentur einen Mannequinvertrag bekommen und ist auf diesem Weg bei einem der großen Wohltätigkeitsdiners aufgetaucht, die ich und Freunde damals zweimal im Jahr organisiert haben. Sie saß bei mir am Tisch. Ich war nicht wahnsinnig erpicht auf meine Tischdame und sie nicht auf ihren Tischherrn. Aus gutem Grund: Er war schwul wie ein Gabelbock. Der Sport war wie gesagt ein gemeinsames Thema, und sie schien sich meiner finanziellen Situation bewusst zu sein.«

»Die da wäre?«

»Das Familienvermögen. Damals war ich noch gesellschaftlich engagiert – sagen wir, als junger Rechtsanwalt und als Philanthrop. Ich habe den Treuhandfonds meines Großvaters verwaltet und eine Rolle im Europarat angestrebt, also in der Politik.«

»Und was ist passiert?«

»Nicht viel. Ich habe gearbeitet … aber immer weniger.

Stattdessen sind wir viel gereist, nach Paris und London und Edinburgh. An die Côte d'Azur. Ich habe ein paar Freunde, die an den unterschiedlichsten Orten wirklich schöne Anwesen haben. Bei ihnen durften wir wohnen. Ich dachte, das würde sie als Mädchen aus der Ostblockprovinz beeindrucken ...«

»Klingt ja auch toll.«

»Ja, nicht wahr? Aber das hat Elena nicht gereicht. Ich entsprach nicht ihrer Vorstellung von gesellschaftlichem Aufstieg. Sie hatte nicht ihr Leben riskiert und eine unüberwindbare Grenze überwunden, nur um dann Champagner zu süffeln und in Saint-Tropez eine Farce zu spielen. Ich hatte ihr die Politik in Aussicht gestellt. Ich hatte ihr Macht in Aussicht gestellt. Auch wenn ich ehrlich gesagt nicht weiß, wann ich ihr all das je versprochen hätte.«

»Wie lange waren Sie zusammen?«

»Nur ein knappes Jahr, aber das war gigantisch, die beste Zeit meines Lebens. Wirklich. Und ich weiß, dass sie genauso dachte. Im Frühling 1972 ist sie nach Montreal weitergezogen.«

»Warum?«

»Kann ich Ihnen nicht sagen. Damals sind einfach zwei Wagen vorgefahren, einer davon mit Fahrer und einem Typen auf dem Rücksitz. Der Fahrer hat ihre Sachen in den Kofferraum gepackt, während der Mann auf dem Rücksitz mich im Fenster beobachtet hat. Wir haben kein Wort gewechselt, aber mir war natürlich klar, was er mir signalisieren wollte.«

»Und das wäre?«

»Ohne dass ich sie hereingebeten hätte, sind die Männer aus dem zweiten Wagen hier einmarschiert und haben eine unmissverständliche Nachricht hinterlassen. Sie sind stundenlang geblieben. Ich nehme an, es war eine Art Vernehmung. Sie hatten Fotos von mir mit einer Prostituierten dabei, die dann auch als Grund für die Scheidung herhalten sollten. Die Scheidungspapiere lagen schon fix und fertig auf dem Tisch, ich musste bloß noch unterschreiben. Ich schulde ihr nichts, hieß es, kein Geld, nichts von alledem, was wir uns gemeinsam angeschafft hätten. Ich hatte keine Ahnung gehabt, dass die Frau eine Prostituierte war, und als die Fotos aufgenommen wurden, habe ich Elena gerade mal drei Tage gekannt. Wir waren noch nicht ein einziges Mal verabredet gewesen! Trotzdem wurde behauptet, dass die Bilder aus der Zeit unserer Ehe stammten, dass die Prostituierte das auch bezeugt habe und sie ausreichten, damit die Scheidung durchgewinkt würde. Eine klare Lüge. Beim ersten Widerwort hat mir einer der Kerle mit dem Handrücken ins Gesicht geschlagen. Ich weiß noch genau, was er gesagt hat: Sofern Sie überhaupt weiterleben, leben Sie von nun an nach unseren Bedingungen. Haben Sie das kapiert?« Monsieur de Moulin blickte auf und holte tief Luft. »Ich denke jeden Tag daran, an diese Männer, wie sie mich in den eigenen vier Wänden kleingemacht haben. Ich habe seither nie wieder geheiratet, geschweige denn eine Familie gegründet, obwohl ich davon geträumt und mich danach gesehnt habe, weil ich niemand … sagen wir … diese Düsternis und Dunkelheit hätte zumuten wollen, die seit jener Nacht 1972 um mich herum herrscht.«

Er legte eine Pause ein, nahm die Brille ab und wischte sie mit einem roten Tüchlein sauber. Die Augen schimmerten feucht.

»Können Sie irgendetwas davon beweisen?«, sagte Grace.

»Die Männer waren Profis. Sind Profis.«

»Sie sagten *Vernehmung* … Was genau wollten sie von Ihnen wissen?«

»Alles, was ich über Elenas Vergangenheit erfahren habe. Was immer sie mir verraten habe. Sie war Mannequin, Turnerin, eine hinreißende und kluge junge Frau, die an der Karls-Universität studiert hat. Aus irgendeinem Grund hatte sie sich mich ausgesucht, auch wenn ich ihr in Sachen Energie und Ehrgeiz nicht annähernd das Wasser reichen konnte. Wenn ihre Laufstegkarriere vorbei wäre, wollte sie mit Sportlern arbeiten, irgendetwas im Zusammenhang mit Leistungssport. Und wie gesagt, sie war recht politik- und machtversessen. Ich selbst war das immer weniger. Mit meiner Erbschaft hatte ich alles, was ich brauchte. Meine Karriere war mir nicht halb so wichtig, wie sie Elena wichtig war. Ich habe mich eher für unsere Freunde und für die Familie interessiert, die wir vielleicht gründen würden. Wir haben darüber gesprochen, über die Kinder, die wir haben wollten …«

»Wer waren die Leute, diese Profis?«

»Jahre später habe ich mich mit jemand aus der DGSE angefreundet.«

»Was ist das?«

»*La Direction Générale de la Sécurité Extérieure* … Sie sind Amerikanerin, richtig? Die DGSE ist das französische Pendant zu Ihrer CIA. Jenem Freund jedenfalls, dem beim französischen Nachrichtendienst also, dem habe ich im Vertrauen erzählt, und zwar erst nach dem Mauerfall, was in jener Nacht, in der Elena mich verlassen hat, passiert ist. Er meinte, dass sie höchstwahrscheinlich vom KGB gewesen seien, vielleicht auch vom tschechischen Ableger, aber auf jeden Fall unter der Fuchtel vom KGB.«

»Also StB.«

De Moulin nickte.

»Der Mann auf dem Rücksitz des Wagens, mit dem sie weggefahren ist, wie sah der aus?«

»Etwa mein Alter, also, im Alter von damals, Ende zwanzig. Aber er hätte genauso gut sechzig sein können. Verstehen Sie, was ich meine? Hohe Wangen, blasses Gesicht, ausdrucksloser Blick. Keine Ahnung … An dem Abend war viel passiert, und zu dem Zeitpunkt hatte ich schon ein, zwei Weinchen intus.«

»Was glauben Sie, um wen es sich bei dem Mann gehandelt hat?«

»Um ihren Befehlsgeber. Ihren Freund. Ihren Zuhälter beim Geheimdienst. Was weiß ich. Sie müssen das Buch veröffentlichen, und zwar schleunigst – oder gar nicht mehr.«

»Wie Sie schon selbst gesagt haben, Monsieur, die Mauer ist gefallen. All die Männer spielen heute doch keine Rolle mehr, oder?«

Er sah auf die Uhr. »Versuchen Sie nicht, mich für dumm zu verkaufen. Sie sind hier, weil sie heute wichtiger sind denn je. Elena hat schließlich gefunden, wonach sie gesucht hat, zwar auch nicht in Montreal, aber zu guter Letzt in New York. Ich würde sagen, es ist nicht ganz so gekommen, wie sie es sich ausgemalt hatte. Die Scheidung war unter Garantie nicht so vorgesehen. Aber wie man hört, stehen sie und Anthony sich immer noch recht nahe.«

Jean-Yves de Moulin stemmte sich mühsam aus dem Sessel und drückte eine Hand ins Kreuz.

»Ich habe den vagen Verdacht, Madame Elliott, dass weder Sie noch ich selbst in Sicherheit sind, solange das alles – was immer es ist – nicht öffentlich wird. Glauben Sie nicht auch?«

De Moulin begleitete sie zurück zur Eingangstür. Grace hatte keine Ahnung, wie man eine Waffe führte, aber zum ersten Mal in ihrem Leben ahnte sie, warum so viele ihrer Landsleute darauf bestanden, eine Waffe bei sich tragen zu dürfen.

Ehe sie sich voneinander verabschiedeten, legte er ihr die Hand auf den Arm. »Während Sie Ihr Buch schreiben, sollte ich vielleicht die Gelegenheit nutzen und eines unserer Übersee-Départements besuchen.«

»Ich hatte zur Schulzeit in Minnesota mal einen Brieffreund aus Martinique«, sagte Grace. »Das gehört immer noch zu Frankreich, oder nicht?«

Nicolas zog die Tür auf, und Sonnenlicht flutete über das Parkett. Lächelnd sah Monsieur de Moulin nach draußen. »Martinique …«

Aus dem Orangerie-Park war Vogelgezwitscher zu hören. Langsam verebbte sein Lächeln, und er wandte sich ins Hausinnere um.

Als die Tür ins Schloss gefallen war und Grace sich auf den Stufen zum Vorgarten umsah, fühlte sie sich klein und verwundbar und einsam.

16

MONTREAL – 1975

Es war der fünfte Tag der feuchten, windstillen Hitzewelle in Montreal. Elena Klimentová füllte eine Schüssel mit Eiswürfeln und stellte sie so hin, dass der Ventilator gekühlte Luft auf ihre nackten Körper blies. Alle zwanzig Minuten schüttete sie das Schmelzwasser weg und füllte frisches Eis nach. Ihre Nachbarin am Boulevard de Maisonneuve Ouest Nummer 2311 war ein derart großer Fan der Bee Gees, dass sie deren neuestes Album ununterbrochen abspielte. Gerade lief »Jive Talkin'« so laut, dass der Fußboden vibrierte.

Mitten im Song, um fast zwei Uhr morgens, klopfte es an der Tür. Weder Elena noch Josef Straka, der neben ihr lag, hatten geschlafen.

»Vielleicht kommt sie, um sich für die Party zu entschuldigen.« Elena setzte sich auf.

»Die Frau entschuldigt sich niemals.« Josef machte keine Anstalten aufzustehen. Es war Elenas Aufgabe, das Abendessen auf ihrem miesen Herd zu kochen, im winzigen Waschbecken das Geschirr zu spülen, den Müll hinauszutragen und natürlich die Tür zu öffnen. Josef arbeitete sich bei einer amerikanischen Unternehmensberatungsfirma auf und besuchte gleichzeitig noch Kurse und legte Prüfungen ab, um vereidigter Wirtschaftsprüfer zu werden. Das war alles, was Josef fertigbrachte. Abgesehen von

Campingausflügen und Nächten, wo er mit seinen tschechischen und slowakischen Kumpeln *mariáš* spielte, ein Kartenspiel aus der Heimat, das in Elenas Augen die pure Zeitverschwendung war.

Sie hüllte sich in einen Frotteemantel und ging barfuß zur Tür. Die Dielenbretter waren das Kühlste in der ganzen Wohnung.

Für einen Augenblick erkannte sie den Mann im Anzug gar nicht, der da auf dem Flur vor ihr stand, als sie die Tür geöffnet hatte. Das Neonlicht war kaputt. Hinter ihm waren die Bee Gees, stampfende Füße und gelegentlich das Kreischen der Nachbarin und ihrer Freunde zu hören.

»Darf ich reinkommen?«

Sergej Sorokins schiefes Lächeln hatte sich nicht verändert. Genauso wenig wie das Düstere in seinen kleinen Augen. Nur das Haar war mittlerweile zu einem spärlichen Schopf ausgedünnt. Elena stellte sich vor, wie er mit diesem Blick jemand zum Tode verurteilte.

An jedem Monatsersten erhielt Elena von Kara Modeling Canada einen Scheck über dreitausend Dollar, egal wie viele Jobs sie übernommen hatte. Mit Josefs Einkommen und dem Geld, das sie sich in den Wintermonaten als Turnlehrerin dazuverdiente, hatten sie schon fast genug zusammengespart, dass sie sich die Anzahlung für eine Doppelhaushälfte in Westmount leisten konnten, wo die wohlhabenderen Englischsprachigen sich gern niederließen.

Sie und Josef waren ein normales Paar auf dem Weg in die obere Mittelschicht Kanadas. In ihrem Spezialprogramm an der Karls-Universität hatte man ihnen immer wieder die gleiche Geschichte erzählt: Sobald ihr draußen in der Welt seid, nehmen wir euch vielleicht nie in Anspruch. Es kann sein, dass wir uns niemals bei euch melden.

Aber wahrscheinlich hört ihr von uns.

Elena holte zur Beruhigung tief Luft. »Natürlich, Sergej. Wie schön, dich zu sehen. Bitte.«

Die schwarzen Schuhe waren wie immer perfekt poliert. Das einzige Zugeständnis an die Hitze, das er sich erlaubte, war ein Leinenanzug.

Elena schaltete das Licht in ihrem Wohn-Esszimmer ein. Sie hatten einen Fernseher, gleich in der Ecke neben dem offenen Kamin.

Josef stand mit einem um die Hüften geschlungenen Handtuch in der Schlafzimmertür. Seine Stimme zitterte leicht. »Was denken Sie sich dabei, um die Zeit hier aufzukreuzen? Wie können Sie es wagen?«

Obwohl es anders wirkte, war Sergej nicht annähernd so groß wie Josef. Er ging langsam auf das Schlafzimmer zu. Josef wich vor ihm zurück. Dann flüsterten sie ziemlich grimmig miteinander, bevor Sergej Josef mit der rechten Hand am Arm packte und zur Wohnungstür zerrte. Er öffnete sie und stieß Josef, der bis auf das Handtuch nackt war, auf den Flur hinaus.

Die Tür schloss sich wieder. »Aber sie ist meine Frau«, rief Josef kläglich von draußen.

Josef war nach ihrer Zeit in Straßburg ein Geschenk von Sergej an sie gewesen: Ihr alter Freund und Turnkamerad könne ihr helfen, in Montreal Fuß zu fassen. Dass sie geheiratet hatten, war Josefs Idee gewesen. Er hatte ihr versichert, dass Sergej nicht wiederkommen werde. Wer wisse schon, ob er überhaupt noch lebe. Diese sowjetischen Spione verschwänden doch ständig spurlos oder verspeisten einander zum Frühstück.

Auf dem Esstisch herrschte ein Chaos aus Zeitungen und schmutzigem Geschirr, das Elena nicht abgeräumt hatte. Und was für ein Abendessen nahm man bei dieser Hitze schon zu sich? Thunfisch-Sandwiches mit Zwiebeln und Käse, dazu einen Sechserpack Molson Export. Plötzlich schämte sie sich für den Zustand der Wohnung. Dafür, wie klein und unordentlich sie war. Sergej setzte sich an den Tisch, ließ den Blick schweifen und lächelte sie dann an.

»Hübsch.«

»Lass mich nur schnell …« Elena stapelte die Teller, brachte sie in die Küche und knallte sie dort ins Spülbecken. Zurück im Wohnzimmer faltete sie die Zeitungen zusammen und fegte die Krümel vom Tisch auf den Boden. »Entschuldige.«

»Setz dich bitte, Elenka.«

Sie setzte sich, und er sah sie eindringlich an.

»Sergej, ich wusste nicht, was ich sonst tun sollte. Ich war einsam. Ich habe Männer getroffen, aber das waren Männer wie Jean-Yves. Nette Männer, normale Männer, reiche Männer, aber … ich weiß nicht, so gesetzt. Vielleicht ist das was typisch Kanadisches. Ihnen hat das gewisse …«

»Du bist noch keine fünfundzwanzig. Du hast gerade mal angefangen.« Sergej deutete zur Tür. »Josef ist dir nicht ebenbürtig. Du wirst dich von ihm scheiden lassen, und wir werden ihn abfinden. Er wird ein gutes Leben führen, eine schöne Karriere machen. Wir werden alle Spuren des Versehens tilgen. Als ich den Artikel in der Zeitung gelesen habe …«

»Das war dumm.«

»Es war unter deiner Würde, Elenka. Dass du mit deiner erfüllten Ehe, deinem Leben als Mannequin und Sportlerin geprahlt hast. Dachtest du, ich würde das nicht zu sehen kriegen?«

»Ich glaube, ich dachte, du hättest mich vergessen.«

»Vielleicht wolltest du ja, dass ich es sehe.«

Elena nahm den Kopf in die Hände. »Vielleicht.«

Sergej ergriff ihre Hand, beugte sich über den Tisch und küsste sie. Er fuhr unter ihren Bademantel, was sie widerlich fand, aber sie schaffte es nicht, ihn daran zu hindern. »Du wirst morgen einen Anruf erhalten. Von der Agentur in New York. Wenn du in

Montreal keinen passenden Mann finden kannst, dann musst du vielleicht noch ein bisschen weiter fliegen.«

»Aber in New York ist doch Danika.«

»Es ist eine große Stadt. Und es gibt dort keine anderen Mädchen wie dich.«

»Josef bleibt hier?«

»Die Scheidungspapiere werden Montag hier sein. Er hat dich misshandelt.«

»Nein. Manchmal ist er zwar ein Einfaltspinsel, aber …«

Sergej beugte sich noch näher zu ihr. In seinem Blick lag nichts Böses, sondern einfach nur nichts, was sogar noch schlimmer war. »Er hat dich misshandelt. Es gibt unüberbrückbare Differenzen.«

Sie zog den Bademantelgürtel enger. »Wie lange bleibst du in Montreal?«

»Bis morgen Abend. Ich habe eine Klimaanlage in meinem Zimmer. Kommst du?«

»Ich ziehe mir was an.« Sie stand auf.

»Der Wagen wartet vor dem Haus.«

Elena schlüpfte in ihr schönstes Sommerkleid und packte eines zum Wechseln ein. Dann füllte sie eine Tasche mit Schminkutensilien und Waschzeug. Als sie am Badezimmerspiegel vorbeikam, musterte sie sich eine Weile darin.

Sie hatte die Tschechoslowakei nicht gern verlassen und auch nicht Jean-Yves und die Freunde, die sie in Straßburg gewonnen hatte. Sie wollte auch jetzt nicht gehen, aber Josef war in erster Linie wie ein Bruder für sie und erst in zweiter ihr Geliebter. Für das, was sie für Sergej empfand, gab es kein richtiges Wort.

Er ging ihr voraus zur Wohnungstür.

»Jetzt mal ehrlich!« Josef schlug mit der flachen Hand gegen die Wand, als er sie zusammen sah. »Wohin glaubt ihr, dass ihr jetzt einfach gehen könnt?«

Aus der Wohnung nebenan tönte es jetzt: *»Do the hustle!«* Das schrien ausgerechnet Montreals brave Frauen und Männer.

»Es tut mir leid, Liebling«, sagte Elena mit Tränen in den Augen.

»Das kannst du nicht machen.« Wieder schlug Josef mit der Hand gegen die Wand. »Ich bring dich um!«

Sergej, der an Josef vorbei zum Treppenhaus gegangen war, ohne ihn eines Blickes zu würdigen, drehte sich um. Elena bemerkte etwas Katzenhaftes an ihm, obwohl er so zugenommen hatte. Josef wich in die Wohnung zurück, an die unverputzte Ziegelwand, wo der Blumentopf mit dem Kaktus stand.

»Du«, sagte Sergej mit furchterregend ruhiger Stimme. »Deine Familie und deine Freunde, jeden und alles, was dir lieb und teuer ist, Straka, habe ich in der Hand. Du bist nur hier, weil ich es will. Wenn du versuchst, dich mit mir anzulegen, verlierst du nur. Und ich werde deine Vernichtung genießen.«

»Leck mich.«

Sergej folgte Josef in die Wohnung.

Irgendwie wollte Elena dem Ganzen nicht zusehen, aber sie tat es trotzdem. Sie sah die dunkle, heiße, elende kleine Bleibe, wie sie tatsächlich war. Hinter ihr wurde weiter geschrien. *»Do the hustle!«*

»Auf die Knie, Straka.«

»Du Dreckskerl.«

»Reiß dich zusammen. Denk nach. Auf die Knie.«

Er brauchte fast eine halbe Minute, aber schließlich ging Josef auf dem Dielenboden auf die Knie. Das Handtuch rutschte ihm herunter, aber das spielte keine Rolle. Jetzt nicht mehr. Eine ganze Weile betrachtete Sergej ihn so, viel länger, als Elena es sich selbst erlaubt hatte. Sie ging mit ihrer Tasche die Treppe hinunter, öffnete die Haustür und trat in die heiße Nacht hinaus. Ein letztes Mal schaute sie zurück auf die Nummer 2311 am

Boulevard de Maisonneuve Ouest, die gelben Ziegel und den Ahornbaum, der in der grotesken Hitze ebenso durstig war wie sie selbst.

Eine schwarze Limousine erwartete sie mit geöffnetem Schlag. Sie stieg ein.

17

STRASSBURG – 2016

Auf dem Weg durch die belebte Straßburger Altstadt wollten ihr Jean-Yves de Moulin und das gequälte, gehetzte Leben, das ihm auferlegt worden war, nicht mehr aus dem Kopf gehen. Sie würden ihn in Martinique ausfindig machen. Ganz gleich ob in Polynesien, auf Réunion oder in Neukaledonien – seine Gespenster würden ihn überall heimsuchen, und sie wussten es beide.

Es war immer noch so hell und warm draußen, dass sie ihre Jacke auszog und sie sich über den Arm legte. An einem Marktstand kaufte sie sich fünf perfekte Karotten und eine kleine Schachtel Heidelbeeren und steuerte dann den Turm des Liebfrauenmünsters an. Am Pont Royal, einer schmucklosen alten Brücke, blieb sie stehen, um von den anderen Brücken und dem in der Sonne glitzernden Kanal ein Foto zu machen. Im selben Moment entdeckte sie die beiden Männer aus Prag. Sie lehnten am Geländer. Der O-Beinige beobachtete sie, während der andere, der seine Lederjacke gegen einen roten Touristen-Kapuzenpullover eingetauscht hatte, irgendetwas in sein Handy eingab.

Sie würden ihr das Gleiche antun, was sie auch Jean-Yves de Moulin in seinen vier Wänden angetan hatten, wenn sie die Gelegenheit bekämen: nämlich Grace verletzen, erniedrigen und sie nie wieder aus den Augen lassen. Sie tastete in der Handtasche nach ihrem weißen Ohrstöpselkopfhörer und verbrachte die nächsten drei endlosen Minuten damit, ihn von benutzten Taschentüchern zu befreien und die dünnen Kabel zu entwirren. Als sie den Stecker endlich im Handy hatte, rief sie Jason an, ihren Exmann.

Obwohl es bei ihm früh am Morgen war, klang er, als hätte er bereits eine Bergtour hinter sich. »Babe, du liebe Güte, wie geht es dir?«

Im Hintergrund konnte Grace ein Scheppern und Krachen hören und die hinreißenden Stimmen seiner kleinen Töchter. Sie zögerte kurz. Sie hatte ihn eigentlich um Hilfe bitten wollen, um einen Rat. Solle sie hinwerfen? Weitermachen? »Gut, mein Lieber. Bin gerade in Frankreich.«

»Was? Fantastisch! He, Caitlyn, Grace ist in Frankreich!«

»Fantastisch!« Caitlyn, Jasons zweite Frau, schien für Wut oder Traurigkeit nicht geschaffen zu sein, geschweige denn für niedere Empfindungen wie Eifersucht. Sie führte in Fort Lauderdale drei Yogastudios und arbeitete ehrenamtlich an staatlichen Schulen als psychologische Beraterin.

Grace lief die Rue des Pontonniers entlang in Richtung Stadtmitte. Die beiden Männer folgten ihr mit einigem Abstand, gaben sich diesmal aber nicht die Mühe, sich diskret zu verhalten.

»Machst du Urlaub?«

»Nein, nein, ich bin beruflich hier.«

»Der *Flash* hat dich nach Frankreich geschickt? Oder hast du endlich einen neuen Job an Land gezogen? Du liebes bisschen, Grace – hast du wirklich einen neuen Job? Der endlich deinen Fähigkeiten gerecht wird? Nein, warte, lass mich raten! Die *Washington Post*. Caitlyn, stell dir vor, was …«

»Von wegen, Jason. Immer noch der alte Job.« Sie lief an einem weißen Steingebäude mit hellblau lackiertem Gitterwerk vorbei. Noch während sie telefonierte, gingen zwei SMS von unbekannter Nummer ein.

Fahr nach Hause
Noch ists nicht zu spät

»Grace?«

Jason musste etwas gesagt haben. »Ja? Tut mir leid.«

»Nein, nein. Mir tut es leid. Äh, rufst du einfach nur so an? Ich würde gern noch ein bisschen mit dir plauschen, aber wir bereiten uns gerade auf Halloween vor. Gibt's in Frankreich dann eigentlich auch Süßes oder Saures?«

»Ich glaube nicht.«

»Du klingst irgendwie komisch. Alles okay? Warum hat der *Flash* dich überhaupt nach Frankreich geschickt?«

Grace blieb wieder stehen und drehte sich um. Die beiden Männer waren ebenfalls stehen geblieben. »Ich habe mich bloß gefragt, ob du mich vielleicht vom Flughafen abholen könntest. Ich fliege nach Miami, um Mama zu besuchen, und dann ...«

»Weißt du, wie wir es machen? Was immer ich vorhabe, sage ich ab. Gib mir einfach die Zeiten durch. In Ordnung?«

»Sicher? Und Caitlyn hat nichts dagegen?«

»Im Gegenteil. Sie hätte was dagegen, wenn wir uns aus den Augen verlieren würden.«

Grace gab sich alle Mühe, sich von ihren niederen Empfindungen nicht hinreißen zu lassen. »Danke, Jason.«

»Mach's gut, Grace!«, rief Caitlyn aus dem Hintergrund und forderte ihre Töchter Kellie und Claire dazu auf, ebenfalls tschüs zu sagen.

Auf der Place de la Cathédrale standen Aberhunderte groß gewachsener älterer Herrschaften, unterhielten sich in einer nordischen Sprache, die Grace nicht bestimmen konnte, und fotografierten einander. Sie überzeugte sich, dass die Männer ihr immer noch nachliefen, und marschierte dann auf einen bewaffneten Polizisten zu, der von den Stufen zum Münster aus die Menge im Blick hatte. Im ersten Augenblick sagte sie kein Wort zu ihm, weil es sich allein schon gut anfühlte, in seiner Nähe zu sein.

»Die zwei Männer dort belästigen mich.« Grace deutete zu ihnen. Inzwischen hatten die beiden damit begonnen, ebenfalls Fotos zu machen.

»Was tun sie denn?«

»Sie verfolgen mich. Und sie haben mir die Nachrichten hier geschickt.« Sie übersetzte sie dem Polizisten. Erst jetzt fiel ihr die orthografische Eigenheit auf – *ists* ohne Auslassungsapostroph –, was den Polizisten aber bestimmt nur verwirren würde, wenn sie darauf hinwiese. »Ich bin Journalistin, und die beiden bedrohen mich.«

Der Polizist, höchstens Ende zwanzig, spähte zur anderen Seite des Platzes. »Inwiefern werden Sie bedroht?«

»Sie sind in mein Hotelzimmer eingebrochen.«

»Hier in Straßburg?«

»Nein, in Prag.«

»Haben Sie die dortigen Behörden verständigt?«

»Nein, weil nichts gestohlen wurde. Das sind Profis. Sie arbeiten für eine Geheimorganisation.« Noch während sie das aussprach, war Grace klar, wie das klingen musste.

»Madame, haben Sie Beweise dafür, dass sie Sie bedrohen?«

»Nur die Kurznachrichten hier.«

Der junge Polizist seufzte und rückte seine Mütze zurecht. »Warten Sie hier.«

Als er jetzt auf die beiden Männer zulief, machten sie nicht die geringsten Anstalten, Reißaus zu nehmen. Sie sahen einander freundlich an, während sie sich unterhielten, und als der Polizist sich wieder zu Grace umdrehte, blickten die beiden aufrichtig verwirrt drein. Keine Minute später war der Polizist wieder bei ihr.

»Da muss ein Missverständnis vorliegen. Die beiden sind nur vom Orangerie-Park hierherspaziert. Sie auch?«

»Ja, aber …«

»Sie sagen, nie in Prag gewesen zu sein, und sie haben Sie auch noch nie zuvor gesehen, Madame.« Der Polizist klang leicht genervt. Er zückte eine Karte aus der Brusttasche und tippte auf die Adresse der Gendarmerie. »Wenn Sie sich trotzdem weiter Sorgen machen, empfehle ich Ihnen, dort hinzugehen und offiziell Anzeige zu erstatten.«

»Haben Sie sie nach dem Namen gefragt?«

»Natürlich nicht, Madame. Wir sind hier in Frankreich. Einen schönen Tag noch.«

Während sie den Platz überquerte, ließ sie die Männer nicht aus den Augen. Keiner würdigte sie auch nur eines Blicks. Sie kehrte in das Hotel zurück, das sie am Vorabend gebucht hatte, ging auf ihr Zimmer, schloss die Tür ab und lief sofort ins Bad. Der Toilettensitz war heruntergeklappt, und als sie den Deckel hochzog, war sie erleichtert, klares Wasser vor sich zu haben.

Erstmals in ihrem Leben traf Grace die finanziell falsche Entscheidung und bediente sich aus der Minibar. Sie machte sich ein Fläschchen Riesling auf und trank ihn wie Bier aus der Flasche, während sie hinaus auf die Ill und die historischen Gebäude am Ufer blickte. Dann wurde ihr die Stille zu viel, und sie schaltete den Fernseher ein. Anthony Craig sprach auf BFM TV, der französischen Version von CNN. Es war die Aufzeichnung einer Veranstaltung in einem Hangar. Das Publikum war riesig, und die Kameras zeigten sogar die Wartenden draußen auf dem von der Sonne aufgeheizten Asphaltstreifen.

Grace hatte die Flasche bereits zur Hälfte geleert, als ihr Blick auf das schmale Arbeitstischchen an der Wand fiel. Dort waren fünf russische Matroschka-Puppen der Größe nach aufgereiht.

Auf dem Tisch stand überdies ein kleiner, aber stabiler Wasserkocher, den Grace sich nun schnappte. Sie schwang ihn wie einen Baseballschläger, während sie das Zimmer absuchte. Aber hier war niemand, und es schien auch nichts weiter verändert worden zu sein.

Sie stellte den Wasserkocher wieder hin und sah sich die Matroschkas genauer an. Zusammengesetzte, bemalte Holzfiguren und federleicht. Sie fing ihre Untersuchung mit der kleinsten an. Sie schüttelte die Figuren und nahm sie eine nach der anderen auseinander. Als sie die zweitgrößte in der Mitte auseinanderdrehte, steckte ein Zeitungsartikel darin, der zu einem festen Ball zusammengeknüllt und mit Gummiringen umwickelt worden war. Sie zupfte die Gummiringe ab und das Papier auseinander.

Der Artikel war auf tschechisch verfasst; das Einzige, was sie wiedererkannte, waren die Namen Mladá Boleslav, Vacek und Katka. Auf dem abgedruckten Foto war ein brennendes Haus zu sehen. Sie strich das Zeitungspapier glatt und erkannte erst jetzt, dass es sich bei dem Haus um den Sportladen und die Wohnung darüber handelte. Mittels Übersetzungsapp spuckte ihr Handy für *zemřeli při požáru* die Worte *sie sind gestorben an Feuer* aus.

Schlagartig war ihr speiübel. Sie hätte am liebsten geschrien, nur war niemand hier, der sie hätte hören können. Sie schnappte sich ihre Handtasche, riss die Tür auf und rannte zum Treppenhaus, die Treppe hinunter ins Foyer. Das Herz schlug ihr bis zum Hals, und sie musste kurz nachdenken, in welcher Sprache sie sprechen musste.

Die Dame am Empfang lächelte ihr typisch unverbindliches, professionelles französisches Lächeln. »Madame?«

»Ich muss frühzeitig auschecken.«

»Darf ich fragen, warum?«

»Ein Notfall in der Familie.« Hinter dem Empfangsschalter hing zwar kein Spiegel, aber eine riesige goldfarbene Scheibe mit einem Logo in der Mitte, und in der Spiegelung konnte sie zwei

Männer sehen, die auf dem Sofa in ihrem Rücken saßen und Zeitung lasen. Einer hatte eine billige Baskenmütze auf dem Kopf und trug einen Straßburg-Kapuzenpulli aus dem Souvenirladen. Der O-Beinige trug einen blauen Anzug und saß mit übereinandergeschlagenen Beinen daneben. Ein Inbild der Harmlosigkeit.

»Dann hoffe ich, dass alles wieder gut wird. Ich muss mich allerdings entschuldigen, Madame. Für eine Rückerstattung muss die Stornierung mindestens vierundzwanzig Stunden im Voraus eingehen. In Ihrem Fall ...«

Grace beugte sich über den Tresen. »Wollen Sie wissen, warum ich wirklich gehen muss?«

»Ja, bitte.«

»Die beiden Männer da hinter mir verfolgen mich. Sie sind in mein Zimmer eingebrochen und haben dort eine Warnung für mich hinterlassen. Sie haben Bekannte in Tschechien ermordet und es so arrangiert, dass es wie ein Unfall aussieht, und ...«

»Wie bitte?« Die Rezeptionistin lugte mit weit aufgerissenen Augen an Grace vorbei. Dann sagte sie leise: »Könnten Sie das bitte wiederholen?«

Grace tat wie geheißen. Die Rezeptionistin griff zum Telefonhörer, flüsterte etwas, und im nächsten Moment tauchte aus einem Hinterzimmer eine weitere Frau auf, die sich Grace als Hotelmanagerin vorstellte und dann den Empfangstresen umrundete.

»Diese Gäste dort?«

»Das sind keine Gäste. Also, na ja, kann schon sein. Aber vor allem sind das Verbrecher. Mörder und Stalker.«

Die Managerin trat auf die beiden zu, und Grace lief ihr nach, auch wenn ihr in deren Nähe mulmig zumute war. Sie waren älter, als sie aus der Entfernung gewirkt hatten, aber es handelte sich ganz eindeutig um ein und dieselben Männer, die sie schon im Zug und auf dem Platz in Prag gesehen hatte. Unter Garantie hatte einer von beiden in ihre Toilette gepinkelt. Sie standen auf und hörten aufmerksam zu, was die Managerin zu sagen hatte.

Der Mann im Straßburg-Pulli legte sich die Hand aufs Herz und drehte sich zu Grace um. »Sie Arme! Es tut mir wahnsinnig leid, dass Ihnen so etwas passiert ist.« Er sprach mit leichtem Akzent, trotzdem war nicht zu überhören, dass er sein Französisch in Frankreich gelernt haben musste. »Sie müssen uns mit jemand anderes verwechseln.«

»Ich habe auf der Place de la Cathédrale gerade erst mit einem Polizisten gesprochen, und da haben diese Widerlinge dasselbe behauptet: *Das muss ein Missverständnis sein.* Aber wissen Sie was? Das Ganze ist kein Missverständnis. Ich rufe jetzt die Polizei.«

Der zweite Mann, der O-Beinige im Anzug, nickte der Hotelmanagerin zu. »Das wird sicher das Beste sein.«

Grace hatte keine Ahnung, wie man in Frankreich die Polizei rief, und auf der Gendarmerie-Karte war lediglich deren Adresse angegeben. Sie bat die Managerin um Hilfe. Die Nummer sei 112, antwortete die Frau ausdruckslos. Grace wählte und wartete.

Die Frau am anderen Ende schien dann Probleme zu haben, ihren Akzent zu verstehen, weil Grace zusehends mehr Fehler unterliefen, während ihr Puls beschleunigte und sie immer lauter sprach. Sie spürte die mitleidigen Blicke der Managerin und der beiden Männer auf sich.

Dann bat die Telefonistin darum, die Managerin zu sprechen.

»Das ist wirklich entsetzlich …« Der Mann im Kapuzenpulli hob in einer gekünstelt weibischen Geste die Hand an die Lippen. »Tut sie dir nicht auch leid, Eric?«

Grace übergab der Managerin das Handy, und die wandte sich ab und ging ein paar Schritte auf Abstand. Der o-beinige Mann, dessen Nase genauso krumm war wie seine Beine, zwinkerte Grace zu.

»Würden die Herren bitte hier warten?« Die Managerin hielt

das Handy ein Stück vom Ohr weg. »Madame, begleiten Sie mich doch bitte zu Ihrem Zimmer.«

»Natürlich.«

Grace folgte ihr die Treppe hinauf und dann den Flur entlang. Mit einem Generalschlüssel öffnete die Frau die Zimmertür und ließ Grace zuerst eintreten. »Bitte zeigen Sie mir die Warnung.«

»Mit Vergnügen.« Grace marschierte auf das Arbeitstischchen zu.

Der Artikel und die Matroschkas waren verschwunden.

Die Managerin war vor dem Bett stehen geblieben und flüsterte ins Telefon.

»Ist doch klar, was hier passiert ist.« Grace suchte im Blick der Managerin nach einem Hauch von Verständnis. »Sie sind wiedergekommen und haben die Sachen mitgenommen.«

»Haben Sie gehört?«, sagte die Managerin leise ins Telefon.

»Die versuchen, mich so hinzustellen, als wäre ich verrückt. Das machen sie immer mit uns, jedes Mal.«

»Mit uns?«

»Frauen.«

Die Managerin beendete das Telefonat und gab Grace das Handy zurück. »Ich kann wirklich nicht sagen, was hier passiert ist, aber …«

»Ich bin Journalistin und arbeite an einem Artikel, den diese Männer verhindern wollen. Sie sind schon in Prag in mein Zimmer eingebrochen und hier jetzt wieder. Die schicken mir auch Nachrichten. Wollen Sie sehen?«

Die Managerin seufzte. »Ich erstatte Ihnen gern den gesamten Zimmerpreis zurück.«

Grace lief ihr zum Foyer hinterher und wartete am Empfangsschalter, bis die Rezeptionistin die 112 Euro auf ihre Karte zurückgebucht hatte. Die Männer hatten sich wieder in ihre Zeitungen vertieft. »Warten Sie nur ab, die bleiben nicht hier im Hotel.«

Die Rezeptionistin sah ihre Chefin an.

»Die reisen auch ab, genau wie ich, Sie werden schon sehen.«

Als sie ausgecheckt hatte und die Schiebetür vor ihr aufglitt, rief der Mann im Straßburg-Pulli ihr hinterher. »Viel Glück, Madame. Und nicht vergessen: Sie sind nicht allein.«

18

NEW YORK – 1976

»Ich wollte nicht, dass die Party hier stattfindet, okay? Seien wir mal ehrlich: Das ist ein alter, hässlicher Raum, und New York hat Besseres verdient. Heute Abend soll der amerikanische Luxus gefeiert werden, und niemand, wirklich niemand will so was in einer zugigen Baracke tun. Aber wir konnten keinen Ballsaal in dieser bankrotten Stadt finden – he, sind wir schon bankrott, Herr Bürgermeister, sind wir schon bankrott? –, also keinen Ballsaal, bei dem die Türen breit genug gewesen wären, dass meine wunderschönen Autos durchgepasst hätten. Ich hatte gute Leute darauf angesetzt, die besten. Trotzdem: nichts. New York, die großartigste Stadt der Welt, ob bankrott oder nicht, hat so viel Besseres verdient.«

Elena hatte noch nie einen bizarreren Prolog zu einer Rede gehört. Der Redner hatte Blätter auf dem Pult vor sich liegen, aber er las nicht davon ab. Bestimmt war der Eigentümer oder Manager des New York Coliseum irgendwo im Raum anwesend und fühlte sich mies. Und warum sagte man solche Dinge über den Bürgermeister vor dessen Augen?

Auf den Tischen lagen Broschüren aus. Vorn war ein Foto von Anthony Craig abgebildet, der mit Autos und Frauen posierte. Darin stand, wie aus dem Familienunternehmen Craig Bearings, das Kugellager herstellte, unter der Leitung des neuen Geschäftsführers schließlich Craig International geworden sei.

Bizarr oder nicht, der Mann verstand es, ein Publikum für sich einzunehmen. Andererseits waren Elena und ihre Freundinnen aus Montreal nur hier an den hinteren Tischen, weil die Organisatoren Kara Modeling etwas Geld und einen Stapel Tickets spendiert sowie gratis Champagner und Gourmetessen in Aussicht gestellt hatten, wenn die Models Abendkleider trügen. Wenn Elena sich so im Raum umsah und die anderen jungen Frauen im Abendkleid betrachtete, dann kam sie zu dem Schluss, dass die Veranstalter wahrscheinlich jeder Modelagentur in New York einen Scheck und Eintrittskarten angeboten hatten.

»In Amerika erfundene Autos.« Craig schaute kurz auf seine Notizen, schien sich aber wieder dagegen zu entscheiden. Er trug einen dreiteiligen, roten Nadelstreifenanzug und dazu eine riesige Krawatte. Außerdem hatte er ständig damit zu kämpfen, dass seine Haartolle nicht verrutschte. »Wir haben den Luxus erfunden. Wir waren das. Vor uns hat er gar nicht existiert.«

Elena blickte sich weiter um und fragte sich, ob außer ihr noch jemand eine Ahnung von Europa hatte.

»Aber wir verlieren bei den Luxusautos. Wir sind faul geworden, faul und dumm. Als ich noch ein Kind war, da hat ein Cadillac noch etwas bedeutet. Und was bedeutet er heute, neben einem gefakten Luxuswagen, dem Monte Carlo, einer absoluten Fälschung? Lincoln hat sich mal wie Luxus angefühlt. Jetzt ist das ein Witz, Lippenstift auf einem Schwein, einem absoluten Schwein. Mein Vater, der heute Abend hier ist, mein Vater besaß 1956 einen Continental Mark II. Erinnerst du dich an den, Dad? Das war mal ein Luxusschlitten. Man hat sich reingesetzt und gespürt, dass all die harte Arbeit was gebracht hat. Das war *amerikanischer Luxus*. Und wisst ihr was, meine Freunde? Wir haben aufgegeben. Was ist ein Continental heute schon noch? Eine Schrottkarre. Wir bauen keine amerikanischen Luxusschlitten mehr, und wisst ihr, wer dahintergekommen ist? Die Deutschen.

Die Deutschen sind wieder da, meine Freunde, und *sie fegen uns vom Platz*. Die fegen uns vom Platz.«

Seit ihrem ersten Monat im Spezialprogramm in Prag hatte Elena gewusst, wonach sie suchte. Bislang war der ideale Mann jedoch eine Abstraktion gewesen. Fast jeder, den sie kennengelernt hatte und der Geld und Macht besaß, extrem ehrgeizig war, erwies sich als insofern *gesund,* dass er für sie und ihre Mission nicht infrage kam. Jean-Yves war ihr erster Fehler gewesen. Er war kein Egoist, kein Lügner, und seine Freunde erwiesen sich weder als heimliche Homosexuelle noch als insgeheim spielsüchtig.

Der Mann auf dem Podium war anders. Der Mann brannte vor Ehrgeiz. Es war jedoch auch ganz klar zu sehen, dass er sich nicht gut genug fand. Elena versuchte sich vorzustellen, wie oft er im Laufe des Tages in den Spiegel schaute. Sie wusste ganz genau, wie man mit einem solchen Mann reden musste.

Man schmeichelt ihm.

Er redete noch fast eine Stunde lang. Dabei beklagte er sich noch ein bisschen über den Veranstaltungsort, über die Straßen und Abwasserkanäle von New York, über die armseligen Verhältnisse in der ersten Klasse im Flugzeug, über Deutschland und seine Betrügereien, über die Japaner, die uns auch durchschaut hätten und vom Platz fegen würden, darüber, dass alle ehemaligen Feinde uns zum Narren hielten. Dann endlich zogen sechs außergewöhnlich große Frauen in weißen Satinkleidern die Tücher von drei Autos weg.

Craig applaudierte als Erster. »Ja!«, sagte er über die eigenen Kreationen. »Amerika hat wieder Luxus.«

Er lud das Publikum ein, die Autos anzufassen, sich hineinzusetzen, während eine andere Gruppe von Frauen, wieder in identischen weißen Kleidern, neue Broschüren austeilte, auf denen vorn jeweils wieder ein Porträt von Anthony Craig prangte.

Dann wurde das Abendessen serviert, und eine Band begann zu spielen.

Danika schenkte sich Champagner nach, es musste schon ihr viertes oder fünftes Glas sein. Sie hatte gerade ein Techtelmechtel mit dem persönlichen Assistenten von John J. Marchi, seines Zeichens Senator des Bundesstaats New York. Er hieß Carlos. Seine Familie war auf Kuba quasi eine Dynastie gewesen, bis Fidel Castro ihnen alles genommen und sie rausgeworfen hatte. Jetzt war Carlos wütend, aber auf andere Art als Anthony Craig. Außerdem vermutete Elena, dass er Danika misshandelte.

»Wie fandst du die Rede?«

Danika schaute in das gedruckte Programm. »Die hätte nur zehn Minuten dauern sollen. Ich bin am Verhungern.« Dann blickte sie um sich, damit keines der anderen Modelle sie hörte. »Was für ein Idiot. Kein Wunder, dass er dafür bezahlen musste, dass wir kommen.«

Sie saßen sehr weit hinten, weit weg von Anthony Craig, und es würde lange dauern, bis sie den ersten Gang serviert bekämen. Elena entschuldigte sich bei den anderen am Tisch, sie wolle sich die Hände waschen gehen. Dann nahm sie den langen Weg zu den Toiletten – an seinem Tisch vorbei.

Anthony Craig unterhielt sich gerade im Stehen mit Bürgermeister Beame, einem winzigen Mann mit grauem Haar und dunklen Brauen. Wenn die Leute vom Bürgermeister sprachen, hieß es immer: *Er hat den härtesten Job der Welt.*

Sie trat nahe genug zu den beiden, dass sie die Unterhaltung mithören konnte, während sie so tat, als suchte sie am Nachbartisch nach jemand.

»Das war Theater, Abe. Davon müssen doch gerade Sie was verstehen.«

»Aber ich sitze an Ihrem Tisch. Vor aller Augen. Und wir waren außerordentlich kulant Ihnen gegenüber …«

»Und mein Unternehmen gibt in dieser verdammten Stadt von Dieben und Mördern außerordentlich viel Geld aus. Sie müssen hier mal ausmisten, Bürgermeister Beame.«

Der Bürgermeister lachte kopfschüttelnd. Seine Frau, der das Ganze sichtlich unangenehm war, zog sanft an seinem Arm. Sie hatte bereits ihre Jacke und die Handtasche griffbereit.

»Sie mögen eine Menge ausgeben, Anthony, aber Sie verlangen auch einiges vom Rathaus. Ich meine, für einen freien Unternehmer …«

Elena nutzte den Moment und schlenderte langsam am Tisch vorbei, nahe genug, dass sie Anthony Craig am Arm streifte. Er blickte ohnehin bereits vom Bürgermeister weg, als hätte er das Interesse an ihm verloren. Der Bürgermeister würde die Entschuldigung, die er hören wollte, nicht bekommen, und Mrs. Beame wusste das.

Als ihre Arme sich berührten, griff Anthony Craig nach ihr. Sie tat, als würde sie das zunächst nicht bemerken, selbst als seine Hand schon auf ihrer Schulter lag.

»Danke, dass Sie gekommen sind«, sagte er. »Was halten Sie von den Autos?«

»Hübsch. Meinen Glückwunsch.«

»O mein Gott, ich liebe ihren Akzent. Meinen Sie nicht, Sie würden in einem von den Schlitten gut aussehen?«

»Vermutlich, Mr. Craig.« Elena blieb nicht stehen und drehte sich auch nicht um.

Er rief ihr noch irgendetwas über ihren Akzent und »diese osteuropäische Erscheinung« nach. Elena tat, als hörte sie das alles nicht, und kehrte an ihren Tisch zurück, wo gerade der Salatgang serviert wurde. Sie wollte sich eben setzen, als ein junger Mann in einem schwarzen Anzug vor ihr auftauchte.

»Mr. Craig möchte wissen, was Sie gern zu trinken hätten«, sagte er etwas atemlos.

Elena deutete auf die Champagnerflasche, die auf dem Tisch stand.

»Er schickt Ihnen noch eine.«

Sie lächelte und senkte den Blick. »Wenn er darauf besteht.«

Nun zückte der junge Mann ein kleines Notizbuch und einen Stift. »Darf ich um Ihren Namen bitten?«

Danika und die anderen am Tisch horchten auf.

»Warum sollte er das wissen wollen?«

»Mr. Craig möchte gern mit seinen Gästen in Verbindung bleiben, das ist alles.« Der Mann senkte die Stimme. »Mit VIPs wie Ihnen.«

Elena nannte dem Mann ihren Namen und buchstabierte ihn sogar. Als er sie fragte, ob sie aus New York komme oder Touristin sei, sagte sie ihm die Wahrheit: Sie sei hier, um angesichts der bevorstehenden Olympischen Spiele den amerikanischen Tourismus nach Montreal zu promoten. Am nächsten Tag gebe es dazu eine Veranstaltung im Plaza.

»Sie wohnen im Plaza?«, sagte der junge Mann.

Elena nickte.

»Tut mir leid, aber es ist mein Job, solche Sachen zu fragen. Vielen Dank, Miss … Klimentová.«

Elena und Danika blieben noch bis zur Suppe. Als die neue Flasche Champagner gebracht wurde, teilte Elena sie unter ihren Tischgenossinnen auf. Danika trank drei Gläser und begleitete sie dann zurück ins Plaza.

Auf dem Zimmer bestellten sie sich eine Kanne Pfefferminztee. Danika goss sich aus einem Flachmann, den sie in der Handtasche bei sich trug, Wodka in die Tasse. Dann erzählte sie Elena schließlich von Carlos und seinen Wutausbrüchen.

»Lass uns Sergej kontaktieren. Sag es ihm.«

»Sergej war letzten Monat hier. Ich habe es ihm schon erzählt.«

»Und …?«

»Und nichts, Elenka. Carlos wird bei den nächsten Wahlen für den Dritten Kongressbezirk kandidieren. Je verrückter er sich aufführt, desto besser. Das weißt du doch. Und wenn noch ein bisschen Gewalt im Spiel ist, noch besser.« Sie setzte sich kerzengerade hin, tat, als wäre sie völlig nüchtern, und machte Sergej nach. »Wir wollen ihn, und wir brauchen ihn.«

»Ich werde Carlos heute Nacht mit einem Schlagstock besuchen. Dann wird er sich zweimal überlegen, ob er dir noch mal wehtut. Wo steckt der Schweinehund?«

»In Washington.« Danika goss sich noch ein bisschen mehr Wodka in die Tasse.

»Mir tut das alles so leid.«

Danika pustete auf die Mischung aus Tee und Wodka. »Ich vermute, wir werden unser ganzes Leben damit verbringen, einander zu bedauern.«

Auf einmal klopfte es an der Tür. Elena guckte durch den Spion und sah einen Hotelpagen, der etwas Riesiges auf dem Arm trug. Sie öffnete, und er brachte einen Korb voller Früchte, Schokolade und Nüsse herein. Die beiden Frauen kicherten angesichts der schieren Größe des Präsents. Danika gab dem Pagen einen Dollar, während Elena die Karte aus dem Umschlag nahm.

Liebe Elena,
heute war ein großartiger Abend. Die Autos waren ein Hit. Sie werden sich wie verrückt verkaufen. Das Einzige was ich bedaure ist, dass ich Dich nicht besser kennenlernen konnte. Ich hoffe, das lässt sich nachhohlen.
Dein Anthony

Sie zeigte Danika die Karte.

»Das wird Sergej lieben«, sagte Elena. »Er hat sogar nachholen falsch geschrieben.«

»Du bist echt ein Glückspilz.«

Danika lachte, aber seit Elena mit dem Programm begonnen hatte, dachte sie zum ersten Mal, dass das vielleicht stimmte.

19

STRASSBURG – 2016

Auf dem Weg zum Straßburger Flughafen bat Grace den Taxifahrer in der Ortschaft Lingolsheim, rechts heranzufahren. Ihr Gesicht glühte, und ihr war schwindlig und flau. Wenn sie nicht sofort aus dem Wagen stiege, würde sie entweder ohnmächtig werden oder sich übergeben. Zwischen zwei weiß gekalkten Häusern inmitten wuchernder Farngewächse und Bodendeckern befürchtete sie schon, dass ihre Verfolger sie irgendwie vergiftet haben könnten.

»Madame?«, rief der Fahrer aus dem offenen Fenster. »Soll ich Sie ins Krankenhaus bringen?«

Sobald sie sich vornübergebeugt und die Hände auf die Knie gestützt hatte und ihr der Geruch des nassen Farns in die Nase stieg, fühlte sie sich ein wenig besser. Nein, sie hatten sie nicht vergiftet. Sie fühlte sich einfach nur genau so, wie die Männer wollten, dass sie sich fühlte. Eine hinreißende Frau und deren Vater waren bei einem Brand ums Leben gekommen, und es war Grace' Schuld. Sie musste würgen.

»Vielleicht sollte ich lieber weiterfahren …« Der Fahrer stieg aus und zog die hintere Tür auf, um ihre Tasche herauszunehmen.

»Nein, warten Sie«, sagte Grace. »Es geht mir schon wieder besser.« Es ging ihr alles andere als gut, aber diesen Fremden zu sehen, wie er ihre Tasche mitsamt Handy, Notizbuch und Laptop in der Hand hielt, jagte ihr das Adrenalin nur so durch die Adern. Sie stürzte auf ihn zu und schrie ihn an, er solle die Tasche abstellen. Der Fahrer ließ sie zu Boden gleiten und kehrte mit hocherhobenen Händen zu seinem Citroën zurück.

Als sie am Flughafen die Fahrt bezahlte, erhaschte sie im Rückspiegel einen Blick auf sich selbst. Ihre Frisur war völlig zerzaust, und auf ihrer Stirn schimmerte der Schweiß. Sie wischte ihn sich mit einem Taschentuch aus dem Gesicht und hielt vom Rücksitz aus nach ihren Verfolgern Ausschau. Was hatte Jean-Yves gleich wieder über derlei Leute gesagt? Dass sie *ohne jegliche Fähigkeit zur Empathie* seien.

Auch in der Schlange vor den Sicherheitsschleusen sah sie sich immer wieder um. Selbst hier hätte sie nach allem, was sie erlebt hatte, keine Chance bei der Polizei, die Männer anzuzeigen. Bis zum nächsten Flug nach Prag würde noch einige Zeit vergehen, sodass sie sich für die folgenden anderthalb Stunden in die Flughafenbar verkroch und dort mit dem Rücken zur Wand sitzen blieb. Die Karotten und Heidelbeeren hatte sie im Hotel liegen lassen. Obwohl sie kein bisschen hungrig war, wusste sie, dass sie dringend irgendetwas würde essen müssen. Sie bestellte sich einen Flammkuchen mit Zwiebeln und ein Mineralwasser. Auf Wein verzichtete sie lieber erst einmal.

Ihre Gedanken wanderten zu William. Würde er ebenfalls einem Unfall zum Opfer fallen? Und was war mit ihrer Mutter oder mit Jason und seiner Familie, mit Manon, mit Steadman Coe? Auch mit denen hatte sie gesprochen. Grace starrte immer noch auf den Flammkuchen, als eine Frau, die ihr irgendwie bekannt vorkam – nur woher? –, mit einem breiten Lächeln im Gesicht quer durch die Bar auf sie zukam.

»Du lieber Gott, Grace?« Die Frau war stark geschminkt und schien mit ihrem eng anliegenden roten Kleid eher für eine Cocktailparty als für einen Flug gekleidet zu sein. Sie hielt ein Glas

Weißwein in der einen und ein rotes Yves-Saint-Laurent-Täschchen in der anderen Hand. »Grace Elliott?«

Im selben Moment fiel es ihr wieder ein. »Tanya?«

»Was für ein *Zufall!*« Tanya deutete auf den Stuhl direkt gegenüber von Grace. »Bist du …«

»Allein? Ja. Bitte setz dich. Wow. Schön, dich zu sehen.«

Auch wenn das nicht eben der Wahrheit entsprach, war Grace dankbar für die Ablenkung. Tanya Bischoff war eine der Vorzeigestudentinnen in ihrem Abschlussjahrgang gewesen, im Master-Studiengang Journalismus, dessen Benotung eigentlich keine so große Rolle spielte. Im Journalismus hing der Erfolg vom jeweiligen Netzwerk ab: von Bekannten im ganzen Land oder auf der ganzen Welt, die einen potenziell beschäftigen konnten. Sie hatte Tanya zuletzt in Texas im Hilton von Galveston gesehen, wo sie das fünfzehnjährige Jubiläum ihres Studienabschlusses gefeiert hatten. Es waren nicht einmal zwanzig Exkommilitonen gekommen, und nur neun davon waren immer noch in der Branche tätig gewesen. Grace war hingefahren, weil sie in den ersten Jahren nach der Uni ein so schlechtes Networking betrieben hatte. Inzwischen hatte sie Jobroutine und keinerlei Scham mehr und würde jedem einfach jedwede Frage stellen. Das Problem war nur, dass ihr bei ihrem dringendsten Anliegen niemand helfen konnte, nämlich den *Flash* endlich hinter sich zu lassen.

Hatte sie damals in Galveston überhaupt mit Tanya gesprochen?

»Was machst du eigentlich hier in Straßburg?«, sagte Tanya. »Urlaub?«

»Nein, ich bin so was wie beruflich hier.«

»Beschäftigt der *Flash* inzwischen Auslandskorrespondenten?« Dass sie die Vorstellung urkomisch fand, konnte Tanya nur schlecht verhehlen. »Woran bist du denn gerade dran?«

»Ach, das wäre jetzt wirklich zu langweilig.« Grace spähte

über Tanyas Schulter, um sicherzugehen, dass die Verfolger nicht ebenfalls gekommen waren. »Und selbst?«

»Ich musste den Abschluss von ein paar Handelsverträgen covern.« Tanya gähnte. »Aber jetzt geht es weiter nach Paris, dann zu den Wahlen nach New York und Washington. He!« Sie zeigte mit dem Finger auf Grace. »Wir expandieren! Du bist nicht zufällig an einem eher klassischen Reporterjob interessiert? Als Hauptkorrespondent?«

»Für wen arbeitest du gleich wieder, Tanya?«

»RT.«

Grace schaffte es gerade so, ihre spontane Reaktion für sich zu behalten, indem sie mit der Plastikgabel im Flammkuchen herumstocherte. »Das ist doch Russia Today, oder?«

»So hießen die mal. Im Grunde wie die BBC, nur eben in einem anderen Land. Wir senden in englischer, französischer, spanischer Sprache. Sogar in arabischer, wenn das eher dein Ding wäre.« Sie lehnte sich über den Tisch. Auf ihrer Nase und unter den Augen hatte sie Sommersprossen, die hier und da durch ihr Make-up schimmerten. Grace spürte, wie die Panik von zuvor im Taxi wieder in ihr heraufkroch, aber sie schluckte sie hinunter und lächelte gezwungen, während Tanya weiter über ihren Arbeitgeber schwadronierte. Sie hatte nie auch nur eine Sendung gesehen oder einen Link angeklickt und von RT überhaupt nur von einigen Taxifahrern in Montreal gehört, die dazu neigten, alles Übel der Welt und alles Leid – inklusive des eigenen – der amerikanischen Böswilligkeit und Aggression zuzuschreiben.

»Das ist ja komisch«, sagte Grace. »Weltweit werden Redaktionen eingedampft. Nur eure expandiert?«

»Wir gehören zu einhundert Prozent einem staatlichen Medienkonzern, der unser höchstes Gut zu schätzen weiß.«

»Und das wäre?«

»Die Wahrheit natürlich.«

»Und du darfst einfach so Leute einstellen? Du kannst mir hier an einem Tisch in einer Bar in einem kleinen Flughafen in Ostfrankreich einfach so ein Jobangebot machen?«

Tanya zuckte die Achseln. »Die mögen mich. Die wollen mehr von mir.«

»Ich bin dreiundvierzig. Ist das nicht ein bisschen zu alt, wenn man vor der Kamera steht?«

»Und ich bin vierundvierzig. Die Leute sind ehrgeizig. Und gehen in die Vollen.«

Grace sah sich wieder in der Flughafenbar um. Diesmal kümmerte es sie auch nicht, ob es womöglich unhöflich wirkte. »*In die Vollen* … Was hast du ihnen von mir erzählt?«

»Pardon?«

Grace musterte das Gesicht ihrer einstigen Kommilitonin. »Wenn du jemand schmieren willst, dann musst du schon noch eine Schippe drauflegen.«

»Ich habe keine Ahnung, wovon du sprichst. Wir expandieren, und du bist eine gute Reporterin.«

»Woher willst du das wissen?«

Tanya legte beide Hände an den verzinkten Tisch und schob ihren Stuhl nach hinten. Dann stand sie auf und kippte den restlichen Wein in sich hinein. »Hätte ich gewusst, dass du so feindselig reagieren würdest …«

»Das sind Mörder, Tanya.«

»Ich weiß wirklich nicht, wovon du redest.« Sie sah Grace nicht einmal mehr an. »Ich habe einfach nur versucht, einer alten Freundin zu helfen.«

»Wir waren nie miteinander befreundet.«

Jetzt lächelte Tanya wieder. Ihre Zähne waren noch weißer als die von Violet Rain. »Du bist kein bisschen besser als ich, Grace. Tu also gar nicht erst so.«

»Ich nehme an, ich muss schon dankbar dafür sein, dass du mich nicht direkt abgestochen hast.«

Tanya legte die Hand auf ihre Handtasche. »Ich habe keine Ahnung, was gerade bei dir los ist, Grace, aber …« Sie wandte sich zum Gehen und fegte in ihrem roten Cocktailkleid zwischen den Tischen hindurch und dann über den Flughafenkorridor davon.

Grace bekam von ihrem Flammkuchen kaum einen Bissen hinunter. Am liebsten hätte sie ihre Mutter angerufen oder Manon, sogar noch mal Jason. Stattdessen zog sie ihren Laptop aus der Tasche, loggte sich ins Flughafen-WLAN ein und schlug alles nach, was sie über Spione, Sex, die StB, den KGB, Eisvögel und Überläufer finden konnte. Sie fand einen *Washington-Post*-Artikel von Michael Dobbs aus dem Jahr 1987 mit dem Begriff *Sexpionage* in der Überschrift.

> *Auf der langen Liste derer, die seit dem Zweiten Weltkrieg in KGB-Honigfallen getappt sind, stehen unterschiedlichste, prominenteste Namen. Die Liste enthält Männer wie Frauen, Junggesellen wie Eheleute, Jung wie Alt, Homo- wie Heterosexuelle, Militärattachés wie Journalisten und den Ersten Botschafter ebenso wie sein Sicherheitspersonal. Nicht ein einziger westlicher Bewohner Moskaus, ganz gleich welcher Couleur, scheint gegen den Charme der sowjetischen »Schwalben« und »Raben« immun zu sein – so der KGB-Jargon für jene professionellen Verführerinnen und ihre männlichen Pendants.*

Grace schrieb *professionelle Verführerinnen* und *Schwalben* in ihr Notizbuch. Dann vertiefte sie sich in die Geschichten einiger prominenter Männer, die in kompromittierende Affären mit bildschönen und klugen Frauen gelockt worden waren. Sie notierte sich auch einige Zeilen eines anderen Autors, John Barron, der zum Thema KGB geforscht und eines der Standardwerke zum Thema herausgebracht hatte.

> *Was kaum je wahrgenommen wird, ist aber doch, dass zu derlei Operationen wesentlich mehr gehört als die simple Liebesbeziehung zwischen Mann und Frau. Wir haben es mitnichten mit dem vereinzelten Mann aus dem Westen zu tun, der auf die vereinzelte russische Verführerin trifft. Wir haben es vielmehr mit einem isolierten Individuum zu tun, das einem gewaltigen Apparat mit enormer Sachkunde gegenübersteht: Sämtliche Umstände eines jeden Treffens werden vom KGB kontrolliert, der sein Opfer in die gewünschte Lage manövriert. Sexuelle Verführung und die Aussicht auf eine erfüllende Partnerschaft sind lediglich der erste Schritt über die Schwelle. Sobald der aber getan ist, kann sich der Rückzug als sehr schwierig erweisen.*

20

PRAG – 2016

Die Verfolger saßen nicht im Flugzeug nach Prag. Jetzt, wo Grace wusste, wer sie waren und wozu sie imstande waren, bezweifelte sie allerdings, dass sie per Linienverkehr reisten.

Sobald sie gelandet war, schlug sie die Adresse des FBI-Büros in Prag nach. Es befand sich im Gebäude der amerikanischen Botschaft in Malá Strana. Es war bereits spät am Abend, aber sie konnte sich nicht vorstellen, dass sie dort feste Öffnungszeiten hatten. Ihr Uber-Fahrer sprach kein Englisch. Sie saß allein auf dem Rücksitz des VWs in einer Wolke aus Lufterfrischer und Angst. Wenn sie in ihre Hotelzimmer hatten einbrechen können und sie in einer Bar am kleinen Straßburger Flughafen fanden, dann konnten diese Männer ohne jegliche Empathie auch ihre Mutter in Florida aufspüren.

Die amerikanische Botschaft residierte in einem sandfarbenen Gebäude an einem hell erleuchteten, kopfsteingepflasterten Platz. In den oberen Fenstern brannte noch sanftes Licht, und gegenüber parkten drei Luxuslimousinen: ein silberfarbener BMW und zwei große schwarze Craig-Limousinen. Am Eingang war niemand zu sehen, der Wache gehalten hätte, allerdings hatten zwei schwarz gekleidete Männer, die gegenüber im Schatten standen, den Platz im Blick. Sie war froh, sie zu sehen.

Grace drückte auf die Klingel neben der Tür.

»Ich bin Journalistin«, sagte sie, als ein Mann sich über die Gegensprechanlage erkundigte, womit er dienlich sein könne. »Ich werde bedroht.«

»US-Bürgerin?«

»Ja. Bedroht von Killern.«

Ein paar Sekunden später ging die Tür auf. Ein attraktiver Schwarzer in Army-Uniform stand in dem schmalen Eingangsbereich. Sie stellte sich als Journalistin vor, die an einer politisch sensiblen Geschichte arbeite und deswegen von ausländischen Agenten, die zwei tschechische Staatsbürger ermordet hätten, bedrängt und angegriffen worden sei.

»Mal langsam. Agenten?« Er schlug ein kleines Notizbuch auf und zückte einen Stift. »Woher wissen Sie, dass es sich um Agenten handelt?«

Ihre Stimme war zittrig geworden. Grace holte tief Luft. »Entschuldigung. Männer.«

»Also keine Agenten. Männer haben Sie bedrängt. Waren Sie schon bei der Polizei? Und was war das mit den zwei Morden?«

»Ich habe sowohl hier in Prag als auch in Straßburg, wo diese Männer mich verfolgt haben, mit der Polizei gesprochen. Außerdem hat es gestern in Mladá Boleslav gebrannt. In der Zeitung steht, es sei ein Unfall gewesen, aber glauben Sie mir, das stimmt nicht.«

»Und wie kommen Sie darauf?«

Ohne Namen zu nennen, erzählte Grace ihm von einem mächtigen Amerikaner, der von einer Frau verführt worden sei, die möglicherweise als Agentin gearbeitet habe, als sogenannte Schwalbe. Ob er schon mal von Schwalben gehört habe? Diese Frau, die Schwalbe, habe einen KGB-Decknamen, die Eltern ebenfalls, und obgleich Grace wisse, dass der KGB im Großen und Ganzen Geschichte sei, spiele das keine Rolle, womöglich sei es auch die StB gewesen und nicht der KGB, die beiden seien ohnehin eng miteinander verwoben.

Der Soldat sah sie abschätzend an. Sie hatte sich ein bisschen vergaloppiert und wünschte sich, sie könnte noch einmal neu anfangen. Aufgeschrieben hatte er sich nichts.

»Die Unversehrtheit der amerikanischen Wahlen steht auf dem Spiel!«

Mit einem leisen Seufzer verschwand er nach einer Weile in einem kleinen Büro. Mit einem dreiseitigen Formular auf einem Klemmbrett kehrte er wieder. »Beschreiben Sie hier drauf bitte Ihre derzeitige Situation.«

»Warten Sie.« Grace ahnte, was der junge Soldat von ihr hielt. »Wenn ich das fertig beschrieben habe, was passiert dann?«

»Dann schaut sich das morgen, wenn hier wieder gearbeitet wird, jemand an und nimmt anschließend Kontakt mit Ihnen auf.«

»Ich würde lieber mit jemand darüber reden, als das alles aufzuschreiben.«

»Und weshalb?«

»Weil das die Eigenart der Geschichte erfordert, an der ich arbeite.«

»Und diese Eigenart wäre …«

»Das hab ich doch gerade erzählt!« Grace drückte ihm das Klemmbrett wieder in die Hand. »Das Ganze ist hochbrisant, und ich bin in Gefahr.«

Wieder zückte er sein Notizbuch. »Für welche Zeitung arbeiten Sie?«

»Es ist für keine Zeitung …«

»Dann sind Sie freie Journalistin?« Mittlerweile klang er fast schon ermattet. »Arbeitslos?«

»Ich bin beim *National Flash* angestellt.«

Der Soldat runzelte die Stirn. Er hatte immer noch kein Wort notiert. Er gab ihr wieder das Klemmbrett. »Füllen Sie das Formular aus, Ma'am. Sagen Sie Bescheid, wenn Sie fertig sind.«

Grace starrte auf die drei Blätter hinab. »Könnten Sie mich

nicht hereinlassen, damit ich mit einem FBI-Agenten sprechen kann?«

»Nein, Ma'am.«

»Und eine Art Hinweistelefon haben Sie auch nicht?«

Er zeigte auf das Formular auf dem Klemmbrett. »Sie können das gleich hier ausfüllen oder aber online.« Er verschwand wieder in seinem Büro und kam mit einer Karte wieder. »Oder aber Sie rufen die Nummer hier an und hinterlassen dort eine Nachricht, wenn Ihnen das lieber ist. Dann ruft Sie zwischen Montag und Freitag jemand zurück, wenn er noch Fragen hat.«

»Wenn er noch Fragen hat?«

»Ja, Ma'am.«

Hinter dem Sicherheitsglas hingen im Erdgeschoss der Botschaft Lampen, die sanftes Licht verbreiteten, wie sie es auch schon von draußen gesehen hatte. Grace malte sich aus, wie sie jenseits der Sicherheitsbarriere mit einem Glas Whiskey in der Hand unter einer der Lampen in einem braunen Ledersessel saß. Dann stellte sie sich die unzähligen Leute vor, die weltweit mit ihren Geschichten in amerikanischen Botschaften aufkreuzten. Es gab einen Fachbegriff für die Gehirnwäsche, die diese Mörder, die dieser *riesige, unendlich routinierte Apparat* mit ihr anstellte: Gaslighting.

Aus der Außensicht, so wie der junge Soldat sie betrachtet hatte, musste es tatsächlich so wirken, als hätte sie jeden Sinn für die Realität verloren. Sie reichte ihm das Klemmbrett zurück.

»Einen schönen Abend noch, Ma'am«, sagte er, als sie auf die Straße hinauslief, und sie meinte, einen Hauch von Triumph herauszuhören.

Grace beschloss, zu Fuß zu ihrer Wohnung zurückzukehren. Es war ohnehin nicht weit. An der nächsten Kreuzung begann die Fußgängerzone, die zur Karlsbrücke führte. Noch ehe sie die

Kreuzung erreichte, sagte jemand »stopp«, als sie gerade aus dem Lichtkegel einer Straßenlaterne wieder in den Schatten wechselte. Niemand, der englisch sprach, würde das Wort so aussprechen.

Als sie sich umdrehte, trabten die beiden schwarz gekleideten Männer von der Botschaft hinter ihr durch die dunkle Straße und überquerten das Kopfsteinpflaster. An ihren Gürteln klapperten diverse schwere Gegenstände. Für den Bruchteil einer Sekunde, während die Männer immer noch durch die Dunkelheit liefen, glaubte sie, dass die beiden ihr zu Hilfe kämen, dass sie die Scharade im Eingangsbereich der Botschaft als solche erkannt hätten und sie zu Ledersesseln, weichem Licht, Whiskey und Gesprächen im Flüsterton einladen würden.

Allerdings auch nur für den Bruchteil einer Sekunde.

Sowie sie in den gelblichen Lichtkegel eintauchten, erkannte sie die beiden wieder. Sie drehte sich um und rannte los, aber die beiden waren schneller. Bevor sie nach Straßburg geflogen war, hatte Grace das Messer aus der Handtasche genommen, und im Rennen konnte sie ihre Schlüssel nicht finden.

Dann hatten sie Grace erreicht und brüllten sie an, stießen sie zu Boden, sodass sie erst auf den Knien, dann auf dem Bauch landete. Einer entwand ihr die Tasche, während der andere ihr die Hände hinter den Rücken riss. Es tat so weh, dass sie schon befürchtete, dass ihr Arm gebrochen war. Sie schlug sich das Kinn auf dem Kopfsteinpflaster auf.

Sie wollte um Hilfe rufen, aber dazu konnte sie nicht genug Luft holen.

Ein Stück weiter liefen Passanten vorbei. Grace versuchte wieder, um Hilfe zu rufen, und die Leute drehten sich um, machten aber keine Anstalten, ihr beizuspringen.

»Bitte«, schluchzte sie. »Helfen Sie mir!«

Ein Knie bohrte sich ihr in den Rücken. Sie war sich sicher, dass sie jetzt sterben würde, dass sie nie wieder mit ihrer Mutter oder mit ihren Freunden würde sprechen können. Sie würden sie umbringen, genau wie sie Katka und Trainer Vacek umgebracht hatten.

Sie musste an Jason denken – den hinreißenden, lieben Jason. Warum hatte sie mit ihm nie Kinder haben wollen? Jetzt würde sie einsam sterben, mit Straßensplitt zwischen den Zähnen und einem Knie im Rücken, in den dunklen Schatten irgendeiner Straße in Prag.

»Lassen Sie mich gehen, ich tue auch, was Sie sagen, bitte!«

Der Mann schob grob seine Hand unter sie und tastete sämtliche Taschen ab. Minzpastillen, Taschentücher, ein Hundekotbeutel. Kürzlich erst war sie mit Manons Yorkshire Gassi gegangen.

Dann ließen sie von ihr ab, und sie konnte sich umdrehen. Der O-Beinige zündete sich eine Zigarette an. Sein Partner mit den schönen Augen und der Kartoffelnase zog die im Notizbuch steckenden Ausdrucke heraus und stopfte sie sich in die Hosentaschen. Dann fummelte er an ihrem I-Phone herum.

»Die PIN, Grace.« Er klang leicht außer Atem. »Die PIN, und wir sind wieder weg. Sonst …« Er deutete einen Tritt mit seinem schweren Stiefel an.

»Ich rufe die Polizei!«

Der O-Beinige lachte.

»Die PIN, Grace.« Offenbar sprachen sie ihren Namen gern aus.

»Fickt euch doch!«, fauchte sie ihnen entgegen.

Im nächsten Moment machte der Mann, der ihr Handy und das Notizbuch in Händen hielt, einen Schritt nach vorn und trat sie mit dem schweren Stiefel zurück zu Boden. Dann stellte er den Fuß auf ihre Brust. Sie versuchte mit aller Kraft, ihn wegzuschieben und sich freizuwinden, aber vergebens. Sie bekam kaum noch Luft.

»Grace. Jetzt brauchst du nicht mehr mit dem FBI zu reden.«

»Oder mit sonst jemand«, sagte der O-Beinige.

Grace strengte sich an, den Stiefel des Mannes von sich wegzustemmen, damit sie wieder atmen konnte.

»Wir wissen, wer du bist. Wir wissen, wer dir alles am Herzen liegt. Und wir wissen, wohin du gehst.« Er hielt ihr Handy und das Notizbuch in die Höhe. »Nicht mehr lange, und wir wissen alles. Dann hast du für uns gar keinen Wert mehr. Es sei denn, wir tun uns zusammen. Ja? Und jetzt: Mit wem alles hast du über die Sache gesprochen?«

Der Mann nahm den Stiefel herunter, sodass sie Luft schnappen konnte.

»Die Story ist fertig. Und die Leute, denen ich sie geschickt habe, wenn die nichts von mir hören …«

Er setzte den Stiefel wieder auf ihre Brust. »Was für Leute?«

Hinter den Männern tauchten Lichter auf – Scheinwerferlicht. Da kam ein Auto. Der Mörder ließ den Stiefel von der Brust zum Gesicht wandern und trat so fest zu, dass ihre Nase vor Schmerz schier explodierte. Mit einem letzten Tritt krachte ihr Hinterkopf auf das Kopfsteinpflaster. Das Auto kam näher. Die beiden ließen von ihr ab und verschwanden nach links, weg von der Karlsbrücke.

Grace rappelte sich auf die Beine und schrie ihnen wüste Beschimpfungen hinterher. Sie war so wütend, dass sie nicht heulen konnte. Sie hatte Nasenbluten. Dann fuhr der Wagen – einer der Craigs von der Botschaft – langsam an ihr vorüber. Wer darin saß, konnte sie nicht erkennen.

Die Männer hatten sonst nichts aus ihrer Tasche entwendet. Ihr Geldbeutel und der Reisepass waren noch da, ebenso Ersatzunterwäsche, ein Deo, eine Bürste, Tampons, die Shampoo- und Haarkurfläschchen aus dem Four Seasons, ihr Lippenstift und der Augenbrauenstift. Taschentücher hatte sie keine mehr, also benutzte sie einen Slip, um das Nasenbluten zu stillen.

Anstatt wieder vergebens zur Botschaft zu laufen, um dort irgendein Formular auszufüllen, überquerte sie inmitten der Touristen langsam die Karlsbrücke und fragte sich, warum sie sie nicht umgebracht hatten. Wenn sie herausfänden, mit wem sie gesprochen hatte und dass sie ihre Story gar niemand geschickt hatte, dass es *überhaupt keine Story gab,* würden sie dann immer noch so nachsichtig mit ihr sein?

Zwischen all den Touristen entdeckte Grace einen hell erleuchteten Laden, der Handys, Handytaschen, SIM-Karten und sonstiges Zubehör verkaufte. Sie entschied sich für ein billiges Samsung und das kleinste Prepaid-Paket.

Als Steadman Coe ans Telefon ging, war es in Montreal später Nachmittag.

»Du bist im Büro?«, sagte sie.

»Bin ich. Wo steckst du? Die Nummer …«

»Ich bin immer noch in Prag, wo man mich gerade überfallen hat. Die Männer haben mich verfolgt, sie haben meine Notizen und mein Handy gestohlen. Ich weiß jetzt auch, dass sie sich in meinen Computer gehackt haben und wissen, woran ich arbeite. Ich bin echt so bescheuert.«

»Von welchen Männern sprichst du, Grace? Woran arbeitest du? Und was meinst du mit *überfallen?*«

»Steadman, hör gut zu. Ich bin an einer Story dran, an einer ganz großen.«

»Geht es um Violet Rain? Das ist keine Story, und ich muss es wissen, immerhin gehört sie mir, weil ich dafür gezahlt habe. Und wenn es immer noch um diese Buchidee geht, dann hab ich schon gesagt, nein, sie will das nicht. Josef Straka hat mir erzählt …«

»Ich war mit Elena in ihrer Heimatstadt und bin später noch einmal hingefahren. Ich habe dort Leute getroffen, die mir von

Elenas Kindheit erzählt haben und von einem Mann, einem Russen – ich glaube, der war beim KGB. Und ihre Eltern …«

»Was hat das alles bitte damit zu tun, dass du ausgeraubt worden bist?«

»Ich bin nicht *ausgeraubt* worden.« Grace hielt kurz inne und holte tief Luft. »Elena ist nicht die Person, für die wir sie halten, Steadman, und ich glaube, dass das hier für nächste Woche wichtig ist, für die Wahlen. Wenn wir Gas geben …«

»Wenn wir Gas geben, dann was?«

»Das hier könnte alles verändern. Die Leute, die mir von ihr erzählt haben, aus ihrer Heimatstadt, sind gestern bei einem Brand ums Leben gekommen.«

»Unfall?«

»Nein, definitiv nicht.«

»Warte, warte, warte. Ist das irgendein Russenscheiß?«

»Ja. Ich schreib alles auf, was ich bis jetzt habe, aus dem Gedächtnis, und schicke es dir.«

»Grace, nein! Wir reden darüber, wenn du wieder hier bist, aber du schreibst über die Sache nicht ein einziges verdammtes Wort! Erstens sind Anthony und Elena seit einer Million Jahren geschieden. Zweitens schert sich kein Mensch um Elena, auch wenn wir unser Bestes geben, sie den Leuten immer wieder ins Gedächtnis zu rufen. Und drittens – diese Russenscheiße? Vergiss es! Das ist ein Fake. Wir haben nicht dermaßen hart dafür gearbeitet, dass wir jetzt wegen ein paar dreckigen Gerüchten alles den Bach runtergehen lassen. Also: Komm einfach wieder her!«

»Ich fliege morgen nach Miami und besuche meine Mutter, anschließend komme ich auf direktem Weg zu dir. Und sperr am besten mein Handy, und melde es als gestohlen.«

»Du schreibst *kein Wort* darüber!«

Grace legte auf und blickte hinunter auf die düstere Moldau. Der britische Reporter, dem beim Sprung von der Clifton Suspension Bridge nachgeholfen worden war, geisterte ihr durch den Kopf. Erst jetzt dämmerte ihr, dass sie die ganze Zeit über so schwer atmete, als wäre sie gerade drei Stockwerke hochgerannt.

Gemeinsam mit Dutzenden Durchschnittstouristen, die ebenfalls spät unterwegs, jetzt aber wohl auf dem Weg zurück zu ihren Hotelbetten waren, überquerte sie die Brücke – nur dass die anderen kein Blut im Gesicht, keinen Stiefelabdruck auf der Brust und nicht den Geschmack von Kopfsteinpflaster im Mund hatten.

21

NEW YORK – 1977

Am Tag vor ihrer Hochzeit erklärte Elena Klimentová ihrem Verlobten, sie müsse in letzter Minute noch etwas einkaufen. Sie habe vergessen, Geschenke für ihre Brautjungfern zu besorgen: für Danika und zwei andere Kara-Mädchen, eine Russin und eine Slowenin. Anthony schien ihre Abwesenheit nicht zu kümmern. Die neuen Craig-Limousinen verkauften sich nicht gut, und er hatte Probleme, mit den Erwartungen von »weinerlichen, ungeduldigen, schwachen« Händlern in Posemuckel fertigzuwerden.

Zum Glück lief es mit den Kugellagern, jenem Teil des Unternehmens, der ihn am wenigsten interessierte, gut genug, dass der finanzielle Verlust bei den Autos noch keine Katastrophe darstellte.

Dank Elenas Bemühungen hatte er eingesehen, dass das Heiraten einer glamourösen Frau mit einem exotischen Akzent der Marke Craig helfen würde. Es war eine gute Story, und er verbreitete sie bereits: *Eine Olympia-Turnerin aus einer europäischen Autobauerdynastie wird vom Kommunismus zermalmt. Ihre Eltern, die nicht einmal für die Hochzeit ihrer einzigen Tochter das Land verlassen dürfen, darben in der Tschechoslowakei. Stundenlang müssen sie für Brot und Klopapier Schlange stehen! Aber hier ist sie, eine der Chefdesignerinnen bei Craig International.*

Anthony war noch nicht so berühmt, dass er Scharen von Pressefotografen anlockte, und niemand in der Stadt kannte sie. Daher spielte es keine Rolle, wohin Elena ging, nachdem der Fahrer sie vor Bloomingdale's hatte aussteigen lassen. Es waren nur zehn Minuten auf der Lexington Avenue nach Süden bis zum Hotel Beverly.

Das Beverly war ein hübsches, kunstvoll gestaltetes Hotel, aber es stand wohl auf niemands Top Ten. Elena glaubte nicht, dass Anthony einem Kunden oder Geschäftspartner erlauben würde, dort zu logieren. Wenn es ihr Hotel gewesen wäre, hätte Elena all die alten Vorhänge heruntergerissen, die Teppiche ausgetauscht und den Stuck ausgeleuchtet. Elena ging direkt zum Aufzug und drückte dort den Knopf für den zweiten Stock. Sergej hatte ihr beigebracht, wie sie sich an seiner Tür ausweisen konnte. Das Signal war: *klopf [Pause] [Pause] [Pause] klopf-klopf-klopf.*

Elena stand als emotionales Wrack vor der Tür. Seit über einem Jahr tat sie so, als ob alles bestens wäre, aber noch nie so intensiv wie in den vergangenen paar Wochen. Jedes Mal wenn sie in Tränen ausbrach, vermutete Anthony, der Grund sei, dass ihr Vater und ihre Mutter am wichtigsten Tag ihres Lebens nicht dabei sein konnten. Sie kannte nicht viele glückliche Frauen, aber es gab einige wenige, die alle eines gemeinsam hatten: Sie hatten sich bewusst für das Leben entschieden, das sie führten. Nichts machte eine Frau nämlich unglücklicher als das Gefühl, in der Falle zu hocken – der falsche Mann, Armut, Religion oder Tradition.

Danika war inzwischen mit Carlos verheiratet. Er arbeitete nach wie vor für den Senator, plante immer noch, fürs Repräsentantenhaus zu kandidieren, schimpfte sie weiterhin eine Hure, machte sie für seine Niederlagen verantwortlich und schlug sie, wenn er betrunken war. Danika trank genauso viel wie Carlos und brauchte Kokain, um Spaß zu haben, und Valium, um schlafen zu können. Sie war eine echte New Yorkerin geworden.

Es war seltsam, Danika zu ihrer Ehrenjungfrau und andere Schwalben zu weiteren Brautjungfern zu machen. Nichts, was sie taten, hatte auch nur im Geringsten mit Ehre zu tun, aber sie waren nun einmal ihre einzigen echten Freundinnen. Die einzigen, die verstanden.

Sergej würde natürlich das Gegenteil behaupten: bei ihrer Arbeit, ihrem Opfer, bei allem gehe es um Ehre.

Klopf [Pause] [Pause] [Pause] klopf-klopf-klopf.

Wenn Sergej unter seinem Decknamen nach New York kam, gab er sich als Geigenhändler aus, der einst nach Paris geflohen sei. Er kleidete sich dann wie andere westliche Männer in hässliche bunte Polyesterjacketts. Aber heute, in der vom Lampenlicht erhellten Ruhe seines Hotelzimmers, da trug er einen Anzug aus graublauem Wollstoff.

Sie hatte gehofft, es würde ihr guttun, Sergej zu sehen, doch jetzt fühlte sie sich sogar noch schlechter. Das Zimmer roch nach Whiskey. Das Hemd war ihm aus der Hose gerutscht, und was von seinem Haar noch übrig war, wirkte fettig und war wirr gekämmt.

Nachdem sie die Tür hinter sich zugemacht hatte, küssten und umarmten sie sich. »Sprich nicht lauter als so«, flüsterte er ihr auf tschechisch ins Ohr.

»Aber sie wissen doch nicht, wer du bist.«

»Sie könnten es wissen, Elenka.« Er ging zum Schreibtisch neben dem Bett, wo er eine Reiseschreibmaschine aufgestellt hatte. Rechts davon standen eine Flasche Jameson und zwei Gläser. Eines war halb voll, und rundherum sah man lauter Tropfen und kleine Pfützen. Sergej füllte das zweite Glas fast bis zum Rand und reichte es ihr.

»Auf die Liebe.«

Sie hob ihr Glas. »Auf die Liebe.«

Dann sagte keiner mehr etwas. Die Geräusche der Stadt unter ihnen, Hupen, Sirenen und irgendwelche Rufe, drangen durch die dünnen Scheiben herein. Sie hatte Sergej alles sagen, ihn anschreien wollen, sobald sie die schwere Tür geschlossen hatte. Aber da stand er: verschwitzt und mit schweren Beinen wie ein Boxer am Ende eines verlustreichen Abends. Er legte die linke Hand an ihr Gesicht. Sie dachte schon, er würde sie noch einmal küssen, aber er flüsterte ihr nur ins Ohr, dass keiner der anderen Professoren im Programm in ihr je das gesehen habe, was er erkannt habe. Es gebe hundert Schwalben in aller Welt, aber keine habe so viel erreicht wie sie. Sein Erfolg sei gesichert.

Elena wäre am liebsten wieder gegangen. Sie hatte sich das alles ganz anders vorgestellt. Sergej verwandelte sich allmählich in jemand anderes, was ihn nicht besser als Anthony machte. Jetzt zog er sein Jackett aus und knöpfte sich das Hemd auf. Mit keiner Faser ihres Körpers wollte sie, was er wollte.

»Sergej«, sagte sie. »Ich habe nicht so viel Zeit.«

Das stimmte nicht, und er wusste es. Als er sie grob packte, ließ sie das Glas mit dem Whiskey fallen. Er lachte. »Da hast du Glück. Ich brauche auch nicht viel Zeit.«

Als sie im sanften Licht unter ihm lag und sich wünschte, dass er sich beeilte, begann sie zu weinen. Kurz fürchtete sie, wie er darauf reagieren würde, aber er leckte ihr die Tränen von der Wange, als wäre das etwas, was er schon einmal getan hatte, bei einer anderen Frau am Tag vor ihrer Hochzeit.

Sie hatte ihr Tagebuch mitgebracht. Das mit der Liste der schwachen, scheiternden Männer, der bankrotten, der Männer, die sie angemacht hatten, und der insgeheim schwulen. Elena hatte sich nie als Agentin oder Spionin betrachtet. Schließlich war es nicht ihre Aufgabe, irgendwen auszuliefern oder zu kompromittieren. Es gab keine Schlägereien oder Schießereien. Sie hatte auch noch nie Gift angemischt. Verglichen mit anderen Frauen aus ihren gesellschaftlichen Kreisen in Manhattan war ihr Leben langweilig.

Als Sergej fertig war, saß er nackt und feucht neben ihr auf dem Bett, ein behaarter Humpty Dumpty.

»Braves Mädchen.« Er las im Tagebuch und nippte am Whiskey. »Das ist perfekter als perfekt.«

Je mehr sie erreichte, desto mehr würden auch ihre Eltern bekommen. Es gab echte Vorteile. Im September würden sie und Anthony in eine Penthouse-Wohnung mit vier Schlafzimmern und Blick auf den Central Park ziehen. Ein Zwei-Millionen-Dollar-Geschenk von Anthonys Eltern zur Hochzeit. Sie hatte bereits damit begonnen, das Apartment renovieren zu lassen. Anthony vertraute ihr völlig. Sie solle auch die Kinderzimmer schon planen. Er wünsche sich eine große Familie: fünf Kinder, vielleicht sechs.

»Wir möchten so viele Babys machen, wie wir können«, hatte Anthony bei einem Abendessen in Aspen zu seinem erfolgreichsten Händler und dessen Frau gesagt. »Seht euch die Frau an. Verdammt, seht mich an! Das ist doch unsere Pflicht.«

Elena wusste, was Sergej von ihr verlangen würde, wenn sie Anthony so reden hörte: Lob ihn, lach über seinen Humor. Das Ziel des Programms war geradezu schmerzhaft simpel: Mittler von Unordnung und Chaos in Amerika zu erzeugen und fördern, um die Demokratie als Waffe gegen sich selbst zu wenden.

Sergej nuschelte in sein Glas und winkte Elena zu, die schon fast wieder fertig angezogen war. »Geh nur. Heirate deinen Industriellen, bevor du zu alt bist. Lass uns entzweien. Lass uns gebieten.«

22

PRAG – 2016

William stemmte sich von den Steinstufen vor dem Gewürzladen hoch, wo er offenbar auf sie gewartet hatte, und machte einen zögerlichen Schritt auf sie zu. »Mein Gott, was ist denn mit Ihnen passiert?«

Sie schob die Hand in die Tasche, angelte die Schlüssel heraus und hielt sie wie eine Waffe in der Faust. »Was tun Sie hier?«

»Wir wollten zu Abend essen gehen …« Er wich leicht zurück. »Also, irgendwie … Das hier ist der einzige richtige Gewürzladen in der Altstadt, da hab ich einfach spekuliert. Und weil Sie nicht da waren, habe ich …«

»Haben Sie was?«

»Na ja, ich habe mir Sorgen gemacht, dass Ihnen etwas zugestoßen sein könnte. Nach allem, was wir gestern am Institut in Erfahrung gebracht haben, habe ich es ein bisschen mit der Angst bekommen. Und Sie haben auch so gewirkt.« William kam wieder auf sie zu. »Aus gutem Grund? Sie bluten ja.«

Grace war zu erschöpft, William Fragen zu stellen, um herauszufinden, ob er nicht ebenfalls irgendein Agent war oder ein Spion oder Verbrecher. Zum ersten Mal an diesem Tag spürte sie, wie hungrig sie war, und in der Wohnung hatte sie nichts zu essen. Ablenkungsmanöver hätten ohnehin keinen Zweck mehr, da die Verfolger alles von ihr wussten: wo sie untergekommen war, was sie herausgefunden und was sie sich notiert hatte.

»Ich hab Hunger. Gehen wir?«

»Klar. Sie meinen jetzt gleich? Ich will nicht unhöflich sein, Grace, aber vielleicht wollen Sie sich noch kurz frisch machen?«

Widerwillig ließ sie zu, dass William sie die Treppe hinaufbegleitete. Sie bat ihn, in der kleinen Küche der Airbnb-Wohnung zu warten, während sie sich im Bad waschen ging. Irgendwie hatte sie sich das Blut aus der Nase übers ganze Gesicht verschmiert, und ihre Frisur war komplett im Eimer. Auf ihrer Jacke und auf der Stirn prangten deutlich erkennbar Stiefelabdrücke. Das warme Wasser auf ihrem Gesicht fühlte sich so wohltuend an, dass sie unwillkürlich eine Mischung aus Schluchzen, Lachen und einem hysterischen Schrei von sich gab.

»Grace? Ist alles in Ordnung?«

»Ja. Danke.«

Sie zog Jeans und einen frischen Pullover an, und als sie mit William die Wohnung verließ, hatte sie das Messer wieder in die Handtasche geschoben.

In einem tschechisch-indischen Restaurant, das noch spät aufhatte, eines mit dunklen Holztischen, üppig goldfarben gepolsterten Stühlen und einer romantischen Beleuchtung, aßen sie zusammen zu Abend. Sobald sie sich in der Ecke des Gastraums niedergelassen hatten und mit Wassergläsern und Speisekarten versorgt waren, hielt Grace Ausschau nach Leuten, die sie beobachteten. Niemand saß so dicht in ihrer Nähe, als dass sie hätten belauscht werden können.

Auf dem Weg hatte Grace ihm erzählt, was sie tagsüber erlebt hatte, und seine Reaktion genau beobachtet. William schien aufrichtig entsetzt zu sein; dann wiederum mochte er bei seiner Ausbildung zum Spion auch dahingehend trainiert worden sein.

»Sie müssen damit aufhören. Und Sie müssen unbedingt noch mal zur Botschaft gehen.«

»Hat doch keinen Sinn. Die glauben, ich bin einfach nur durchgeknallt.« Sie sah ihn unverwandt an. Seine Brille war schmutzig. »Für wen arbeiten Sie wirklich, William?«

Er schob sein Wasserglas ein Stück zur Seite, um Platz zu schaffen, weil er beim Reden gern gestikulierte. »Sie glauben ernsthaft, ich hätte Sie zum Institut verfolgt, Sie dann widerwillig erst mit nach oben genommen und dann durch den strömenden Regen quer durch die Stadt, hätte Ihnen Milan vorgestellt und so getan, als wäre ich von Ihrer Geschichte derart fasziniert, dass ich ... Was bitte? Was sollte denn mein dunkles Tatmotiv sein?«

Sie zuckte die Achseln. »Vielleicht arbeiten Sie ja auch für die.«

»Für wen?«

»Keine Ahnung! Ich weiß es nicht! Bestellen wir Wein? Bis vor drei Tagen war ich einfach nur Redakteurin bei einer Klatschzeitschrift. Da hat sich keiner darum geschert, was ich geschrieben habe. Da hat niemand auch nur ein Wort davon geglaubt.«

»Nachdem die Männer Sie jetzt überfallen haben, nehmen die Leute von der Botschaft Sie ja vielleicht ernster«, sagte William behutsam. »Ich kann für Sie bürgen. Das alles ist es doch nicht wert, dass jemand verletzt wird. Oder Schlimmeres.«

»Ich habe keinen Beweis für den Überfall.«

»Ihr Gesicht ... Und die Polizei kann doch ...«

»Genau damit hab ich den Killern doch gedroht: dass ich die Polizei rufe«, sagte Grace. »Die haben mich nur ausgelacht. Die stehen da so weit drüber!«

»Weit drüber?«, sagte William.

»Die sind doch selbst gewissermaßen Polizisten.« Sie trank ihr Wasserglas leer. »Seit ich auf dem stinkenden Kopfsteinpflaster, auf dem ich schon geglaubt habe, dass ich gleich sterbe, wieder auf die Beine gekommen bin, denke ich nur noch darüber nach, *warum ich nicht gestorben bin.* Es wäre für die kinderleicht gewesen. Und die praktischste Lösung. Die einzige Erklärung, die ich dafür habe, ist doch, dass sie – oder *Sie, William?* – genauer wissen müssen, was ich in Erfahrung gebracht und mit wem ich gesprochen habe. Ich habe mit Ihnen und mit Milan gesprochen, mit Steadman, mit Elena selbst …«

»Gestern Abend nach dem zweiten Bier habe ich Milan angerufen und bin noch einmal zurück zu seinem Büro gelaufen. Ich war leicht beschwipst und hatte irgendwie das Gefühl, ich müsste mich mit ihm zusammentun. Wenn Sie sich online Punkt für Punkt Elenas Vita ansehen …«

Der Kellner, Ende zwanzig und mit einem wilden Haarschopf, trat zu ihnen an den Tisch und verbeugte sich leicht. William bestellte eine Flasche mährischen Muskat, einen Mopr, und eine schöne Mischung aus Tandoori- und traditionell tschechischen Leckereien.

Sobald der Kellner wieder weg war, lehnte sich William vor. »Das erste Problem scheint ihr Abschluss an der Karls-Universität zu sein«, sagte er leise. »Diesbezüglich ist nirgends etwas dokumentiert. Was also hat sie hier in Prag gemacht, gleich nachdem sie Mladá Boleslav verlassen hat? Nehmen wir mal an, sie hätte studiert. Was wäre das gewesen? Das zweite Problem: der Mann aus Straßburg. Der war angeblich Sportler, und die beiden sollen sich bei einem Wettkampf oder so kennengelernt haben. Und jetzt raten Sie mal. Bei allem Gerede über ihr Turntalent verschwindet sie 1968 von sämtlichen Startlisten. Da war sie achtzehn. Und zwischen 1969 und 1972, als sie den Franzosen kennengelernt haben soll …«

»Jean-Yves de Moulin. Ich habe ihn aufgesucht.«

»Tja, da hat sie den Unterlagen zufolge jedenfalls keinen einzigen Wettkampf mehr gehabt. Und tschechisch-französische

Begegnungen hat es auch keine gegeben. Entweder hat jemand die entsprechenden Dokumente entsorgt, was keinen Sinn ergeben würde, weil sie doch Teil der offiziellen Hintergrundgeschichte sind. Oder aber … das ist alles nie so passiert. Weder hat sie einen Magisterabschluss von der Karls-Universität, noch war sie je Leistungsturnerin.«

»Was es wiederum erschweren dürfte, der tschechischen Olympiamannschaft anzugehören.«

»Ganz genau. Also, wie ist sie dann nach Straßburg gekommen? Und warum ausgerechnet dorthin? Ich wünschte mir, Sie hätten mich mitgenommen.«

Der Kellner kam mit dem Wein zurück, entkorkte die Flasche und hielt William den Korken hin, damit er daran schnupperte. Dann goss er ihm ein Schlückchen ein. William ließ den Wein kurz kreiseln, steckte die Nase ins Glas, nippte daran und bedeutete dem Kellner, der Wein sei gut.

Nachdem sie einander in die Augen gesehen, zugeprostet und den ersten Schluck genommen hatten, schwiegen sie beide zunächst. Grace unterbrach die Stille. »Was soll ich jetzt machen?«

»Das einzig Vernünftige wäre, die Sache auf sich beruhen zu lassen«, sagte William. »Das Ganze ist brandgefährlich und ein Ding der Unmöglichkeit. *Es sind bereits Leute gestorben.* Die bringen Sie um, wann immer ihnen der Sinn danach steht. Außerdem hat Ihr Arbeitgeber Ihnen verboten weiterzumachen.«

Die Vorspeisen wurden serviert: ein Lachs-Garnelen-Curry, ein bisschen in Honigwein marinierte Wachtel und Wild-Pâté. Grace konnte es nicht fassen. Noch vor kurzem war sie sich sicher gewesen, dass sie sterben würde, und bloß eine Stunde später bekam sie Wachtel vorgesetzt.

»Sie hören nicht auf, habe ich recht?«, sagte William.

»So ist es. Ich fliege morgen erst kurz nach Miami und besuche meine Mutter. Von dort fliege ich dann weiter nach Montreal.«

»Wo Elena Klimentová gewohnt hat, bevor sie nach New York gezogen ist.«

»Genau.«

»Dort gehen Sie die Archive durch.«

»Klar.«

»Darf ich mitkommen?«

Grace antwortete nicht sofort. Der Wein zeigte bereits Wirkung, trotzdem war sie sich bei William immer noch nicht ganz sicher. Er hatte zwei geschlagene Stunden vor dem Gewürzladen auf sie gewartet, und das Ende Oktober. »Was meinen Sie damit?«

»Ich meine damit: Darf ich bitte mit Ihnen nach Montreal?« Er goss ihnen beiden Wein nach. »Ich bin Historiker. Ich erforsche totalitäre Regime, Volksbewegungen, Entwicklungen in der Politik. Elenas Exmann könnte schon bald Präsident werden. Ich bin bis Januar freigestellt, um an einem Forschungsprojekt zu arbeiten. Bis gestern dachte ich, ich wüsste, was das wäre – die Art, die von den Kollegen gelesen und dann sofort wieder vergessen wird. Aber das hier? *Das* ist ein Forschungsprojekt. Und ich könnte … Ihnen helfen? Sie beschützen?«

Sie sah ihn an.

»An der London South Bank University ist rein gar nichts verkehrt.« Er nahm die Brille ab, wischte sie mit seiner Serviette sauber und setzte sie wieder auf. »Ich habe immer gedacht, ich würde dort bis zu meiner Pensionierung bleiben, und das wäre auch völlig okay. *Okay.* Aber ich will ehrlich zu Ihnen sein, Grace. Viel lieber würde ich in Cambridge unterrichten, und das hier ist höchstwahrscheinlich die einzige Chance, die ich im Leben bekomme, die mich dort hinbringen könnte.«

23

HORKY NAD JIZEROU – 1978

Petr Kliment hielt seine sechs Monate alte Enkelin Kristína auf einem Stück Wiese am Ufer der Iser auf dem Schoß. Als Elena die Arme nach ihr ausstreckte, küsste ihr Vater das Baby auf die rundlichen Wangen, den kahlen Kopf und flüsterte ihm etwas in das winzige Ohr. Elena machte sich Sorgen, dass er die Kleine zu fest an sich drückte.

»Ich kann sie nicht hergeben, Elenka. Sie ist das hübscheste, am besten duftende Geschöpf der Erde.«

Noch nie zuvor hatte Elena Tränen in den Augen ihres Vaters gesehen.

Aber der Wagen wartete, und die Männer, die danebenstanden, waren ungeduldig, weil auch ihre Chefs in Prag ungeduldig waren.

Petr Kliment verbrachte immer mehr Zeit in ihrem Zuhause auf dem Land, südlich von Mladá Boleslav. Anfangs waren es nur die Sommer, aber jetzt, wo er nicht mehr so viel arbeiten musste, genoss er es, auch im Frühling und Herbst hier zu sein und zu angeln. Seine Frau Jana leistete ihm von Zeit zu Zeit Gesellschaft. Aber viel lieber hielt sie sich in Mladá Boleslav und in Prag auf, nachdem sie jetzt das Leben führen konnte, das ihr schon immer zugestanden hatte.

Es war angenehmer und schöner in ihrer Wohnung in der Oberstadt. Die Nachbarn schauten zu ihnen auf anstatt auf sie herab. Sie konnten in Prag in Hotels wohnen, sich sogar zehn Tage im Hotel Croatia in Duga Uvala leisten. Keiner ihrer Freunde verstand, was mit Elena passiert war, jedenfalls nicht genau, aber Mladá Boleslav war eine Stadt, in der getratscht wurde. Ihre Tochter hatte sich nicht *abgesetzt,* weil Petr und Jana weder in ein Arbeitslager noch ins Gefängnis gesteckt wurden. Im Gegenteil, Petr und Jana waren in die stille Elite Böhmens aufgestiegen. Sie kauften in den Tuzex-Läden ein und erstanden Bluejeans und Süßigkeiten mit der besonderen Währung, die hohen Parteimitgliedern vorbehalten war.

Wenn andere neidisch waren, kümmerte das Jana nicht im Geringsten. Sie war in eine besondere Schicht hineingeboren worden und jetzt wieder dorthin zurückgekehrt. Und was die Privilegien anging, die sie begehrten und die ihnen gewährt wurden, so war das doch auch nichts anderes, als auf dem Schwarzmarkt zu kaufen und zu verkaufen. Was jeder machte. Es gab eben viele Versionen des Sprichworts: *Wenn wir nicht den Staat bestehlen, bestehlen wir unsere Kinder.*

Wenn man es dir anbietet, nimm es – das war schon immer Janas Devise.

Elena nahm ihrem Vater das Baby ab. Er wischte sich kopfschüttelnd die Tränen weg. »Ich bin so traurig, Elenka. Das Gefühl geht nicht weg. Es wird immer schlimmer.«

»Traurig, weil wir wieder abreisen, *táto?* Kristína und ich kommen doch bald wieder.«

»Ich möchte dich ganz zurückhaben. Ich möchte, dass sie dich aus all dem entlassen.« Ihr Vater streckte die Hand aus und drückte ihren Arm. »Jetzt, wo du ein Baby mit einem von denen hast …«

»Mit einem von denen?« Sie lächelte. »Er ist mein Ehemann. Ich liebe ihn. Ich habe eine wichtige Arbeit, ich entwerfe Autos und …«

Ihr Vater ging langsam zum Haus zurück. Seine Schultern sahen noch gebeugter aus als sonst, als wüsste er genau, wann seine Tochter ihn anlog.

»Mach dir um ihn keine Sorgen«, sagte Jana. »Deine Arbeit ist sehr wichtig. Du kannst dich so glücklich schätzen, dass du all die Möglichkeiten hast. Und das hat auch uns so glücklich gemacht.«

Elena umarmte ihre Mutter und öffnete die hintere Tür des Škoda 120 GLS. Während sie früher keine Ahnung von Autos gehabt hatte, wusste sie jetzt alles darüber. Genau wie ihre Mutter sich von einem missgünstigen Niemand zur tschechischen Version einer Matrone der besseren Gesellschaft entwickelt hatte.

»Kommt ihr bald wieder?«, rief ihr Vater.

Jana verdrehte die Augen. »Wenn du es einrichten kannst, Elenka. Obwohl wir natürlich auch deinen geheimnisvollen Anthony sehr gern kennenlernen würden.«

Kristína war ein braves Baby und schlief fast sofort ein, während der Wagen aus dem Tal hinausfuhr. Es war eine holprige Straße, und obwohl der Škoda das allerneueste Modell war, sorgte die harte Federung dafür, dass das Kind in ihren Armen hüpfte. Anthony würde alle Einzelheiten erfahren wollen. Sie konnte schon hören, wie er vor Gästen schwadronierte: »Russland mag eine große Militärmacht sein. Gut möglich. Ich weiß es nicht. Wissen Sie es? Ich weiß nur eines mit Sicherheit: Wenn man nicht in der Lage ist, ein Auto zu bauen, das nicht der letzte Scheiß ist, wie zäh kann man da sein? Wie widerstandsfähig kann man da wirklich sein? Nach allem, was Elena mir über kommunistische Autos erzählt, hätten wir sie schon *gestern* angreifen sollen.«

Die Männer, die vorn in dem Škoda saßen, sprachen nicht mit ihr, was gut war, weil sie so auch Kristína nicht störten. Außerdem wusste Elena aus den Erfahrungen der letzten Jahre, dass solche Männer keine echte Macht hatten. Sie wussten das selbst. Wenn sie sich aus persönlicher Schwäche verpflichtet gefühlt hätten, das

Schweigen zu brechen und mit ihr über das Wetter, das Auto oder die Menschen im fernen New York zu reden, wäre das auch in Ordnung gewesen. Aber den Männern in diesem Škoda war es nicht gestattet, mit ihr über irgendetwas Folgenschweres zu reden.

Im Laufe des Programms hatte sie begriffen, dass der Kommunismus als politisches System ebenso unerheblich war wie der Kapitalismus. Die Revolution hatte Zaren durch Parteibonzen ersetzt. In New York schaffte es kaum einer von unten bis zur Spitze der Pyramide. Es war allerdings auch nicht völlig unmöglich. Sie hatte bei Galadiners Holocaustüberlebende getroffen, Verfolgte, die nur mit einem Koffer angekommen waren und inzwischen ein großes Vermögen angehäuft hatten. Aber solche Leute waren seltener als Wölfe im Central Park. Statistisch konnte man sie vernachlässigen. Trotzdem war eine derartige Leistung das Nobelste, was man gemäß amerikanischem Mythos erreichen konnte. Alle reichen Leute, die Elena inzwischen kannte, prahlten am liebsten damit, wie sie sich aus der Armut hochgearbeitet hatten, anstatt die Wahrheit über ihr Vermögen zu erzählen. Sogar Anthony gab gern vor, ein Selfmademan zu sein, weil man damit schlauer wirkte als jemand, der einfach ein profitables Familienunternehmen geerbt hatte. Auf die Weise war man amerikanischer.

In Moskau oder Prag war man wenigstens ehrlich, dachte sie. Es gab nur einen Weg an die Spitze der Pyramide. Man musste dort oben geboren sein, und man musste die Parteiregeln befolgen.

Oder man tat, was sie getan hatte.

Sie parkten vor dem Inter-Continental auf dem für Taxis und Fahrzeuge aus dem Fuhrpark des Hotels reservierten Platz.

Mit Kristína auf dem Arm durchquerte Elena das belebte, aber fast geräuschlose Foyer und ging zum Aufzug. Als die Aufzugtür sich vor dem Restaurant auf dem Dach öffnete, wurde sie dort von einer stämmigen, pausbäckigen Frau mittleren Alters begrüßt.

»Mrs. Craig? Ich bin das Kindermädchen, das für Ihre bevorstehende Besprechung engagiert wurde. Es ist mir eine Ehre, mich um die kleine Kristína zu kümmern, damit Sie sich ganz auf das Gespräch konzentrieren können.«

»Aber ...«

Das Kindermädchen griff bereits nach der Kleinen. »Keine Sorge, Mrs. Craig. Ich bleibe auf der Etage in Sichtweite. Sollte Kristína aufwachen, werde ich sie füttern.«

Es war zwar alles beleuchtet, und in der Mitte des Restaurants standen Kellnerinnen und Kellner in kleinen Gruppen bereit, aber es schien keine Gäste zu geben. Der Restaurantleiter führte Elena stumm zu einem Ecktisch mit Blick über die Moldau zur Burg.

Doch, da waren zwei Gäste.

Sergej erhob sich als Erster. Dann stand zögernd auch der Mann neben ihm auf. Im Spezialprogramm an der Universität nicht weit von hier hatten einige ihrer »Professoren« diesen Ausdruck im Laufe ihrer Karriere kultiviert: gänzlich ausdruckslos zu sein, nichts von sich preiszugeben. Sie hätte nicht sagen können, ob der Mann neben Sergej glücklich oder traurig, beeindruckt, enttäuscht, aufgeregt oder gelangweilt war.

Er ließ sie jedoch nicht aus den Augen, und das gab ihr ein Gefühl, das sie nur zu gut kannte: als wären ihm ihre innersten Geheimnisse bekannt. Sie wussten es. Sie wussten, wie sehr sie es hasste, was all das aus ihrem Vater gemacht hatte, den sie niemals mit ihrer Kleidung, mit Fotos von ihrer Wohnung in New York oder von ihren Häusern am Wasser, ihren Urlauben oder ihren prominenten Bekannten würde beeindrucken können. Genauso wenig wie ihrem Vater würde sie diesem Mann etwas vormachen können.

»Alexander Mironow.« Die Hand des Mannes war bleich und leicht feucht.

»Elena Craig.«

»Sergej hat mir eine ziemlich gute Geschichte über Sie und Ihren beeindruckenden Ehemann erzählt. Bitte setzen Sie sich.«

Das tat sie, und sogleich tauchte ein Kellner mit einer Flasche Champagner auf. Er öffnete sie und füllte die Gläser. Gleichzeitig erschien eine Kellnerin mit Crackern und einer schwarzen Paste – Tapenade.

Mironow wandte den Blick nicht von ihr ab.

Falls man sie wegen einer Verfehlung exekutieren wollte, beruhigte Elena sich, hätten sie sich mit ihr am Flussufer getroffen, wo niemand sie sehen konnte, nicht in einem nagelneuen Restaurant voller Kellnerinnen und Kellner. An eine Frau, die sie zu ermorden gedachten, würden sie keinen Champagner verschwenden. Der Champagner und die Tapenade wurden ihr serviert, weil sie wussten, dass sie Straßburg und Montreal nur schweren Herzens verlassen hatte. Vielleicht wartete auch schon eine Portion *escargots* mit Baguette und Elsässer *choucroute* auf sie. Für eine andere Frau aus dem Programm, eine andere Schwalbe, hätten sie vielleicht eine Flasche Brunello di Montalcino nebst *bruschette al pomodoro* oder *fish and chips* und englisches Stout servieren lassen.

Der heiße Nachmittag ging in einen langen, warmen Abend über. Einige Fenster waren geöffnet, und eine leichte Brise wehte durchs Restaurant. Es drangen auch Stimmen von Familien und Kindern herauf, die unten am Fluss oder über die Brücke in der Ferne spazierten. Elena drehte sich um, weil sie sich vergewissern wollte, dass das Kindermädchen und Kristína noch da waren.

Sergej hob sein Champagnerglas. »Auf Elena Craig.«

»Danke.« Auch sie griff nach ihrem Glas.

»Auf Anthony Craig«, sagte Mironow.

Sie tranken. Im Lokal lief keine Musik, was einer der Gründe dafür war, dass Elena sich so seltsam fühlte. Das lag nicht nur an der Stille und der steifen Atmosphäre, dem Kindermädchen und ihrem Baby fern von ihr. Unsichtbare Ameisen krabbelten ihr über den Körper, solange Mironow sie ansah, und er schien den Blick nicht von ihr abwenden zu können.

»Erzählen Sie mir von Craig«, sagte Mironow.

»Sergej dürfte Ihnen doch bereits alles über ihn erzählt haben.«

»Sergej ist dem Mann aber nie begegnet. Ich will das von Ihnen hören.«

Es passierte nicht zum ersten Mal, dass Elena dem KGB Bericht erstattete, aber das hier war etwas anderes. Nichts Offizielles. Sergej und dieser Mironow waren keine Führungspersonen. Noch nicht. Sie waren Verschwörer. Keiner von beiden machte sich Notizen oder gab ihr das Gefühl, sie werde bestraft, wenn ihr ein Fehler unterlaufe.

Trotzdem versuchte sie, so präzise wie möglich zu antworten und sich darauf zu konzentrieren, was Sergej und Mironow hören wollten: dass sie noch nie einem selbstbewussteren Menschen begegnet sei, dem es gleichzeitig so an Selbstvertrauen mangle. Er sei wohl der ehrgeizigste und gleichzeitig am wenigsten disziplinierte Mann in New York. Und er habe keine Geheimnisse, sondern spreche laut aus, was immer ihm in den Sinn komme, und das gegenüber jedem. Eine Menge seiner Gedanken seien Lügen. Er sei rachsüchtig, verzeihe aber auch schnell. Ihn zu loben und ihm zu schmeicheln sei das Einzige, was man dafür zu tun habe.

»Was hält seine Umgebung von ihm?«, sagte Mironow.

Es schmerzte Elena, das sagen zu müssen. »Sie verachtet ihn als strohdummen, angeberischen Emporkömmling. Er hat Geld von seinem Vater bekommen, der auch schon ein Emporkömmling war. Dann heiratet er eine dumme Blondine aus der Tschechoslowakei, die nicht einmal ordentliches Englisch spricht. Anthony glaubt, sein Publikum, der Markt für seine Produkte, sei ein Kader reicher und mächtiger Männer, Aristokraten. Aber da irrt er. Die Männer, die seine Autos kaufen, sind hoffnungslose Streber.«

»Weiß er das?«

»Ich glaube schon. Tief in seinem Herzen. Ja.«

»Und kränkt ihn das?«

»Sein Stolz bedeutet ihm alles.«

Mironow tunkte einen Cracker in die Tapenade und aß ihn geräuschvoll. »Bedenke stets, dass ein weiser Mann mit gesenktem Kopf geht, bescheiden wie Staub.«

»Ich verstehe nicht ganz.«

Sergej lachte. »Das müsstest du eigentlich verstehen, Elena. Alexander ist zwar kein großer Verehrer von Amerika, aber er verehrt da eine bestimmte Fernsehserie. *Kung Fu.*«

»Die wird dauernd wiederholt.«

»Und Alexander zitiert eben gern freimütig daraus.«

»Ich studiere alte Kampftechniken.« Mironows Gesicht hatte im Schein der Dämmerung eine seltsame Farbe angenommen. »Tatsächlich bin ich selbst Kung-Fu-Meister.«

Elena wusste nicht, was sie dazu sagen sollte, also nahm sie sich ein bisschen Tapenade. Der Kellner kehrte zurück, um die Gläser nachzufüllen. Seine Hand zitterte dabei.

Sergej hüstelte, um anzukündigen, dass er etwas sagen wolle. »Erzähl Alexander mehr über die Ambitionen deines Anthony.«

»Wenn die richtige Person ihm sagt, er solle etwas tun, etwas herstellen, dann wird er das tun.«

»Und wer wäre die richtige Person?«

»Jemand, den er bewundert«, sagte Elena. »Ein erfolgreicher Kapitalist, jemand mit ›altem Geld‹. Der Geschäftsführer oder Vorstand eines Medienunternehmens: Für so jemand würde er alles tun. Den Kugellagern und dem Automobilgeschäft den Rücken kehren und aus vollem Herzen in die Produktion von Kloschüsseln einsteigen. Sollte der Eigentümer der *New York Times* sich mit ihm befreunden und ihn einen Titan der Geschäftswelt nennen, ein Genie, und ihm dann raten, in die Toilettenbranche einzusteigen, dann glaube ich, dass Anthony das machen würde.«

»Ist er untreu?«, sagte Mironow.

»Er ist der größte Schürzenjäger Amerikas.«

»Besteht das Risiko, dass er Sie verlässt?«

»Nein.«

Sergej mischte sich ein. »Elena weiß mit ihm umzugehen. Sie wird sich nicht von ihm scheiden lassen. Das ist eher eine Partnerschaft, eine Geschäftspartnerschaft, als eine Ehe.«

Elena gehörte aktuell zum Designteam für die Serie von Craig-Autos, die 1980 auf den Markt kommen sollten. Sie hatte die Farben der Karosserien bestimmt und das Design im Innenraum. Der Craig Swift, das neue »Damenauto«, basierte zu achtzig Prozent auf ihren Entwürfen. Von innen wie von außen.

Doch was Sergej gesagt hatte, stimmte nicht gänzlich. Anfangs hatte Anthony sie umworben. Er hatte Unterricht im Skilanglauf genommen und auf Urlaub in der Karibik zugunsten einer kalten Woche in Colorado verzichtet. Trotz allen Seitensprüngen war er Elena gegenüber auf seine Weise loyal, und auf Kristína war er stolz, auch wenn er sie selten sah.

Anthony und Elena hatten beide Vorwände gefunden, nicht miteinander zu schlafen.

»Nichts deutet darauf hin, dass CIA oder FBI irgendetwas über Sie wissen. Zumindest nicht, soweit wir das in Erfahrung gebracht haben und gemäß den Akten, zu denen wir Zugang haben.« Mironow blickte zu Sergej und dann wieder zu ihr. »Haben die Sie jemals kontaktiert, Mrs. Craig?«

»Nie.«

»Ich weiß, dass Sie eine intelligente und fähige Frau sind«, sagte Mironow und sah sie weiter eindringlich an. »Aber Sie werden sich, wenn die Dinge weiter fortschreiten, noch dümmer stellen müssen als bislang.«

»Warum?«

»Sie sind Tschechin. Craig hat Sie geheiratet, weil Sie hübsch sind, nicht wegen Ihrer Intelligenz. Sie sind ein ›Trophäenweibchen‹, eine ästhetische Überlegung, das Statussymbol eines reichen Mannes.«

»Das muss nicht so sein. In Amerika können Frauen …«

»Wenn Sie zu klug sind, Mrs. Craig, und alle wissen, wie dumm er ist …«

»Ich glaube nicht, dass alle das wissen.«

»Unterbrechen Sie mich nie«, sagte er ohne jede Verärgerung im Blick. »Niemals.«

Elena verstand nicht, was los war.

»Es tut mir leid, Mrs. Craig. Das ist für eine Frau Ihres Alters und mit Ihrer Intelligenz, die in New York lebt, wahrscheinlich nicht schön zu hören, aber wir sind ausschließlich an Ihrem Mann interessiert. Und wir haben große Geduld. Er besitzt ein enormes Potenzial für uns, und das werden wir für nichts und niemand riskieren. Haben Sie verstanden?«

Elena blickte in ihr Champagnerglas, auf die Bläschen darin. Wen meinte er mit *wir*? Der Mann war nicht anders als Sergej ein Niemand im KGB. Jung und durchtrieben, aber bis auf weiteres machtlos. Das hier war ja noch nicht einmal eine richtige Besprechung. Ein Champagnerbläschen platzte und traf ihre Hand. Sie wünschte sich weg von diesem Ort. Sie wollte Anthony alles erzählen, damit der … Nein, es gab nichts, was er tun könnte. Abgesehen davon: Wenn sie Anthony alles gestand, würde er nur die Gefahr für sich selbst, für seinen Ruf sehen.

Vor der Zentrale in Moskau gab es kein Entrinnen, auch nicht vor Sergej und seinem neuen Mann, diesem Mironow. Es gab kein Dorf im südafrikanischen Dschungel, wo man sie nicht finden und vernichten könnte, von der Upper West Side Manhattans ganz zu schweigen. Sie würde an einer Überdosis Drogen, einem Herzschlag oder bei einem Autounfall sterben.

Man würde ihre Eltern eliminieren. *Kristína*.

»Mrs. Craig, sagen Sie uns doch, wie Sie unsere Pläne verstanden haben.« Mironow füllte ihr Champagnerglas und seines. Sergej gab er nichts. »Seien Sie ganz offen zu uns. Erklären Sie uns, warum Sie in New York sind, verheiratet mit diesem Trottel, und wohin Sie ihn bringen werden.«

Trotz Champagner war ihr Mund trocken.

»Eisvogel«, sagte Mironow streng. »Wir warten.«

24

MIAMI – 2016

Übermüdet und vor Sorge am Ende ihrer Kräfte, kaufte Grace sich am Flughafen in Miami zuallererst eine neue SIM-Karte mitsamt Prepaid-Guthaben. Dann schickte sie Jason ihre neue Nummer und teilte ihm mit, wo er sie finden würde. Noch während sie am Ausgang wartete, googelte sie die London South Bank University School of Law and Social Sciences und fand Williams Foto auf der Seite des Lehrpersonals. Auf dem Bild waren seine Haare frisch geschnitten, und in seinem offenen, breiten Lächeln lag nicht der Hauch von Verschwörung oder Gefahr. Er war Privatdozent für Geschichte, und in seiner Kurzvita von zwei Absätzen waren seine akademischen Abschlüsse, seine Veröffentlichungen sowie seine Spezialgebiete verzeichnet: Totalitarismus und Revolution.

Nicht dass das irgendetwas bewiesen oder aus der Welt geräumt hätte. Einen halbwegs findigen Agenten würde es wahrscheinlich keine zehn Minuten kosten, sich einen Namen und die dazugehörige Hintergrundgeschichte auszudenken, und gerade mal einen Vormittag, eine Webseite für eine Uni zu programmieren. Bis zu diesem Moment hier könnte alles, was sich so natürlich angefühlt hatte, komplett inszeniert sein: ihre Begegnung, der Kollege Milan mit der Einstein-Frisur, das Bierlokal, das Abendessen in dem tschechisch-indischen Restaurant, der merkwürdige Moment vor dem Gewürzladen, wo sie beschlossen hatte, ihn nach dem Abendessen nicht noch mit in ihre Wohnung zu nehmen. Seine galante Erwiderung: »Vielleicht lernen wir uns ja in Montreal ein bisschen besser kennen.«

Gute Nacht, gute Nacht, schlaf gut, du auch, *bon voyage*. Es hatte sich angefühlt, als hätte er auf der mittelalterlichen Gasse seine wahren Ambitionen hinter dem banalen Abschiedsgeplänkel verstecken wollen. Sie hatte ihrem Bauchgefühl trotzdem nicht trauen wollen, weil seit dem Sommer 2012 niemand sie mehr auch nur irgendwie spürbar angeflirtet hatte.

Endlich kam ihr Koffer, mit neuen Kratzern und Wunden, und sie zog ihn hinter sich her in die Hitze, die hier zwischen Regenzeit und Trockenperiode herrschte. Nach dem Prager Nieselgrau war der Nachmittag schier unmöglich sonnigen, wolkenlosen Überschwangs hier in Miami fast schon zu viel für sie. Wann hatte sie eigentlich zuletzt eine ganze Nacht ordentlich durchgeschlafen? Durch die offenen Fenster blitzblanker, brandneuer Autos dröhnte Latinopop. Niemand, nicht ein Mensch, trug hier eine Daunenjacke. Sie verstand sehr wohl, warum ihr Exmann, ihre Mutter und 21 Millionen andere Menschen sich in Florida so pudelwohl fühlten; trotzdem verbarg sich für Grace hinter der gleißenden Helligkeit dieses Landstrichs nun auch eine gewisse Düsternis.

Fünf Minuten später fuhr Jason in seinem schneeweißen Buick-SUV an den Bordstein. In Shorts und einem künstlich ausgebleichten gelben Beach-Hemd sprang er vom Fahrersitz. Er lief um die Schnauze des Wagens herum, nahm sie in die Arme und drückte ihr ein Küsschen aufs Ohr. »Du siehst großartig aus.«

»Ich sehe alt aus. Meine Nase ist rot und geschwollen. Und ich stinke. Trotzdem danke.«

»Was ist mit deinem Kinn passiert?«

»Aufgeschlagen.«

»Hä? Wie?«

»Auf Kopfsteinpflaster.«

Jason kümmerte sich um ihren Koffer. In dem glänzend schwarzen Buick-Interieur mit den eleganten Armaturen, das nach Leder und fabrikneuem Plastik roch, war es zehn Grad kühler als draußen. Noch ehe sie ihren Exmann fragen konnte, ob er die Klimaanlage ein bisschen herunterdrehen könne, hörte sie einen zweistimmigen Minichor. »Hallo, Tante Grace!«

Die beiden Mädchen, acht und zehn Jahre alt, steckten in Prinzessinnenkleidern.

»Hallo, Claire! Hallo, Kellie!« Grace war auf einmal ziemlich unwohl zumute. Die Mädchen waren nicht Teil ihres Plans gewesen. »War heute Halloweenparty in der Schule?«

»Ganz genau.« Kellie, die Zehnjährige, sah sie ernst an. »Rate, wer ich bin.«

»Eine Prinzessin?«

»Ja, aber welche?«

»O Süße, die kenne ich doch alle nicht mehr.«

»Elsa aus der *Eiskönigin*.«

»Stimmt. Du siehst ganz genauso aus.«

Die Mädchen fingen sofort an, »Let It Go« zu singen, während sie in den hektischen Flughafenverkehr einfädelten, und Jason erkundigte sich vorsichtig, ob sie nicht bitte allmählich ein anderes Lied singen könnten. »Es ist ja auch erst das fünfzehnte Mal, dass ihr das heute singt.«

»Können wir die Klimaanlage ein bisschen runterdrehen, Jay?«

»Und ich bin Arielle.« Claire trällerte kurz ein anderes Lied. »Kennst du die? Die *Meerjungfrau*? Ich spiel sie, wo sie mal für eine Weile keine Meerjungfrau mehr ist.«

»Weil sie sich falsch entschieden hat.« Als Kellie sich nach vorn lehnte, knisterte ihr Polyesterkleid. »Kannst du die Musik lauter machen, Daddy?«

Sobald Jason Taylor Swifts »Shake It Off« lauter gedreht hatte, fingen die Mädchen auf dem Rücksitz an, zu grooven und mitzusingen. Sie fuhren auf die Interstate. Jason, Caitlyn und ihre Töchter wohnten in Coral Springs in einem Haus direkt am Meer, etwa eine halbe Stunde vom Heim von Grace' Mutter in Pompano Beach entfernt. Grace' Ex besuchte die hinreißende Elsie Elliott wesentlich häufiger als sie selbst, was bei Telefonaten immer wieder zur Sprache kam und auf den Selfies zu sehen war, die Jason seiner einstigen Schwiegermutter zu verschicken half.

Während seine Töchter ganz bei Taylor Swift waren, stieß er Grace mit dem Ellbogen an. »Wie hast du dir denn bitte das Kinn am Kopfsteinpflaster aufgeschlagen? Und was hast du ausgerechnet in Prag zu tun gehabt?«

Bei ihrer Trennung damals war es nie um Fremdgehen, Geheimnisse oder Schnüffeleien gegangen. Nachdem sie drei Jahre verheiratet gewesen waren, hatte Jason Kinder haben wollen, sie nicht. Zumindest nicht gleich. Sie hatten beide die dreißig hinter sich gelassen, und er war allmählich nervös geworden. Er hatte sich sein Leben auf eine ganz bestimmte Weise ausgemalt: als Fußballtrainer, in Elternsprechstunden, mit einem Tränchen im Auge bei Zeichentrickfilmen, beim Ins-Bett-Bringen der Kinder – und Taylor-Swift-Songs trällernd in einem weißen, amerikanischen SUV neuesten Modells. Außerdem war er bereit gewesen, jederzeit aus Montreal wegzuziehen: die Sprache, die Mode, die Politik … An ihrem fünften Hochzeitstag hatte er Grace auf eine Dienstreise nach Vermont begleitet, wo sie dann einen Tag mit dem Schreiben eines Artikels und drei mit ihm verbrachte. In einem Sushi-Restaurant in Burlington, wo die Schneeschmelze bereits eingesetzt hatte, hatte er ihr eröffnet, dass er mehr brauche als ein Vielleicht, sowohl was Kinder als auch was Montreal angehe, aber ein Vielleicht war alles gewesen, was sie ihm hatte bieten können.

Bei einer Karaffe mit warmem Sake war Grace selbst überrascht gewesen, als sie vorgeschlagen hatte, dass sie sich trennen und stattdessen einfach nur noch Freunde sein sollten. Jason war in Tränen ausgebrochen, sie nicht. Kein Jahr später hatte er in New York Caitlyn kennengelernt, die in der Wohnungsbaufirma ihres Vaters tätig war. Wenig später zogen sie gemeinsam nach Coral Springs, weil Caitlyn dort beruflich weiterkommen konnte, weil das Klima dort angenehmer war – und wegen der North Broward Preparatory School.

Bevor Grace seine Frage nach ihrem zerschundenen Kinn und Prag beantwortete, warf sie einen Blick in den Außenspiegel. Hinter ihnen fuhr ein schwarzer SUV.

»Könntest du demnächst unvermittelt runterfahren und dann wieder rauf auf die Interstate?«

»Spinnst du?«

»Die Geschichte, an der ich da gerade arbeite, die passt gewissen Leuten nicht. Und die versuchen jetzt, mich einzuschüchtern.«

»Wer tut das?«

»Die Leute, über die ich schreibe.«

»Für den *National Flash*? Dem glaubt doch sowieso keiner ein Wort. Außerdem darf man so was nicht. Man darf einen amerikanischen Bürger in Ausübung seines Rechts auf Redefreiheit nicht bedrohen. Unsere Verfassung ist da ziemlich eindeutig. Warst du damit schon bei der Polizei?«

Sie klappte die Sonnenblende nach unten und inspizierte ihr Kinn. Die Wunde sah aus wie eine große Spinne. »Ich glaube, das waren Polizisten, die dahintergesteckt haben, tschechische Polizisten.«

»Und? Erzähl es unseren.«

»Hab ich versucht. Die wollten, dass ich Formulare ausfülle.«

»Dann füll die Formulare aus, Grace. Sag mal, du wirst mir wahrscheinlich nicht erzählen dürfen, woran du da arbeitest …«

Sie warf einen Blick über die Schulter. Der schwarze SUV war immer noch hinter ihnen. Natürlich, halb Florida fuhr diese großen, schwarzen SUVs. »Fahr bei nächster Gelegenheit ab.«

Die Mädchen konnten auch den kompletten Text zu »Bad Blood« auswendig mitsingen. Grace lehnte sich zurück. Sie hatte sich fest vorgenommen, ruhig zu bleiben.

»Kellie, müsst ihr in der Schule gar keine Schuluniform tragen?«

»Doch, Tante Grace, aber deshalb ist heute auch so was Besonderes. Heute durften wir den ganzen Tag verkleidet rumlaufen.«

»Weil wir nämlich noch wegen Süßes oder Saures losgehen dürfen.« Claire sprach mit ihren acht Jahren immer noch gern ein bisschen wie ein Baby.

»Aber für jede von euch nur drei unterschiedliche Süßigkeiten, verstanden, Mädels?« Jason zwinkerte Grace zu. »Den Rest stecken sie in eine Tasche und hängen sie draußen in unseren Eukalyptusbaum. Und in der Nacht kommt dann die Tauschfee.«

»Die tauscht unsere Süßigkeiten in Bücher um.« Kellie verschränkte die Arme. »Ich weiß auch nicht, warum.«

Auf Höhe der Ives Estates fuhr Jason von der Interstate ab. Der schwarze SUV fuhr ihnen hinterher.

»Fahr langsamer, Jason, bitte.«

Sie kamen an Kosmetikstudios, Fast-Food-Läden, Repairshops für Computer und Pfandhäusern vorbei.

In ihrer Kindheit im frostigen Bloomington hatte Grace sich Florida immer als einen einzigen endlosen Strand vorgestellt, mit makellos weißen Gebäuden, Palmen, Swimmingpools und schillernden Jungs jedweder Hautfarbe. Als ihre Mutter beschloss hierherzuziehen, war Grace beim Anblick derlei langweiliger Straßenzüge aus ungepflegten Häusern und Palmsträuchern entsetzt gewesen.

»Bieg da rechts ab.«

»Grace …«

»Bitte, Jason, jetzt!«

Jason hob untertänig die Hände und bog dann in eine Ringstraße ein, die von Trailern und trailerartigen Gebäuden gesäumt war, vor denen Männer und Frauen auf weißen Plastikstühlen Bier tranken. Vor diversen Bauten standen gleich mehrere Fahrzeuge, und zwar direkt auf dem Rasen inmitten der tropischen Vegetation, nur dass die Fahrzeuge wenig fahrtüchtig aussahen. Der heiße Wind überzog alles mit einer dünnen Staubschicht. Selbst bei geschlossenen Fenstern und voller Dröhne Taylor Swift konnte Grace hören, wie sich das Pärchen auf dem Treppchen eines der Trailer anbrüllte. Kellie und Claire starrten sie im Vorbeifahren interessiert an. Jason seufzte. Unwillkürlich musste Grace wieder an ihre letzten zwei gemeinsamen Monate denken. Da war er bereits nach New York gezogen, hatte aber darauf bestanden, dass sie sich alle zwei Wochen in einem Hotel weiter nördlich trafen, um *sicherzustellen,* dass die Scheidung wirklich das war, was sie beide wollten.

»Was dir da passiert, was immer es ist, es liegt in deiner Hand, das zu ändern, Grace. Das kann niemand sonst tun. Nur du. Und du bist einflussreich.«

Der SUV hinter ihnen bog ebenfalls ab.

»Okay.« Grace bemühte sich, nicht panisch zu klingen oder auch nur verschreckt. »Jetzt fahr zurück auf die Interstate.«

Jason steuerte wieder die Ives Dairy Road an. »So langsam machst du mir Angst.«

»Schon gut. Alles gut.«

»Wie lange bleibst du überhaupt? Kommst du mal zum Abendessen vorbei? Eventuell nicht gleich heute, bei all dem Halloweentrubel, aber vielleicht morgen?«

Der SUV war erst drei, dann vier Wagen zurückgefallen. »Ich bin nur für ein paar Stunden hier.«

»Warum buchst du nicht um? Nimmst dir ein paar Tage frei? Caitlyn weiß in Coral Springs in der Wellnessszene ganz gut Bescheid. Ein paar Tage Spa tun doch nicht weh. Ich würde mich freuen, dir die zu spendieren, sozusagen als vorgezogenes Weihnachtsgeschenk.«

Der SUV war jetzt wieder direkt hinter ihnen.

»In dem Jahr, wo wir uns getrennt haben, ist mir das auch passiert, in diesem verrückten New York, bevor ich Caitlyn kennengelernt habe. Da habe ich einfach zu viel gearbeitet. Ich habe nur noch im eigenen Kopf gelebt, du weißt schon. Meine Welt, so wie ich sie gesehen und erlebt habe, hatte mit der *echten Welt* da draußen nicht mehr viel zu tun. Mit der wahren Energie, wenn du verstehst, was ich meine, mit all dem, was wir fühlen, aber nicht sehen, und ich weiß, das klingt jetzt nach Hokuspokus, gerade in deinen Ohren, Grace, aber …«

Im Außenspiegel erkannte Grace in dem SUV die beiden Typen aus Prag und Straßburg wieder. Ihr krampfte sich der Magen zusammen. Sie waren weder vorsichtig noch diskret, diesmal *wollten* sie, dass Grace sie sah. Der Beifahrer, der mit den schönen Augen, tat so, als würde er etwas aufschreiben. Vielleicht schrieb er auch etwas auf: Jasons Autokennzeichen.

Grace stellte sich vor, wie sie online darüber stolperte oder einen zusammengefalteten Ausdruck in ein paar Matroschka-Puppen zugespielt bekäme. Tragödie an Allerheiligen, Kohlenmonoxidvergiftung in einem Haus in Coral Springs, Florida: Jason, Caitlyn, Kellie und Claire Kroeker.

»Kannst du mich hier rauslassen?«

»Was? Hier auf der Interstate?«

»Es war ein Fehler, dich da mit reinzuziehen, ein egoistischer Fehler. Ich war übermüdet und völlig verängstigt, als ich dich angerufen habe. Ich wollte mich wahrscheinlich nur sicher fühlen, als würde endlich wieder etwas ganz normal laufen. Die Männer haben mich schon in Prag und Straßburg verfolgt, und jetzt verfolgen sie mich wieder.«

»Sind die auch der Grund, warum du dir das Kinn aufgeschlagen hast?«

Die Mädchen hatten aufgehört mitzusingen.

»Daddy?«, sagte Kellie. »Was ist denn los?«

»Ich bringe dich zur Polizei in Carol Springs.«

»Fahr von der Interstate ab.«

»Grace, nein.«

»Jason, die Mädchen sind nicht mehr sicher.«

Sie war zu laut gewesen. Kellie lehnte sich vor, so weit ihr Gurt es erlaubte. »Welche Mädchen sind nicht mehr sicher? Wir?«

Jason schüttelte den Kopf und starrte mit zusammengebissenen Zähnen stur weiter geradeaus in den Verkehr auf der I-95. Vor der Ausfahrt nach Hollywood, Florida, setzte er demonstrativ den Blinker. In Hollywood, Florida, war Grace noch nie gewesen.

»Warum sind wir nicht mehr sicher? Daddy?« Kellie schlug ihm auf den Arm. »Daddy?«

»Setz dich bitte wieder normal hin, und sei jetzt still, Prinzessin. Wir unterhalten uns später darüber.«

Kellie tat wie geheißen. Claire fing in ihrem Kindersitz an zu weinen.

»Das hab ich nicht so gemeint, Mädels.« Für einen solchen Augenblick war Grace ganz grässlich unvorbereitet. Mit Kindern sprach sie sonst immer wie mit Erwachsenen. »Ich bin im Moment einfach keine sonderlich gute Gesellschaft … Ich hab nicht gemeint, dass ihr mit mir nicht *sicher* wärt, sondern bloß, dass es *ungut* ist, mit mir im Auto zu sitzen, und das fühlt sich eben unsicher an.«

»Kannst du das noch mal sagen, Tante Grace?«, sagte Kellie. »Ich hab's nicht kapiert.«

Jason fuhr wieder von der Interstate ab, und wieder fuhren sie über eine Nebenstraße, die von Ladengeschäften, Schulen und hier und da von Palmen gesäumt war.

»Einfach irgendwo rechts.«

»Einfach irgendwo rechts.« Ungläubig wiederholte Jason, was sie gesagt hatte. »Grace, darf ich dir mal was sagen, ohne dass du gleich wütend auf mich wirst?«

»Wie soll ich denn darauf antworten?« Grace sah zu, wie der SUV immer näher kam.

»Du hast dich kein bisschen verändert. Du bist kein bisschen erwachsener geworden. Ja, das braucht Mut. Aber wir stehen inzwischen mitten im Leben, und allmählich sollte uns klar geworden sein, dass nichts so läuft, wie wir es wollen, solange wir nicht selbst die Initiative ergreifen. Montreal tut dir nicht gut. Es war dort auch für mich nicht gut. Es ist für keinen Amerikaner gut. Ich sage das jetzt nur, weil ich es sowieso schon einmal gesagt habe und weil es aus tiefstem Herzen kommt: Du bist zu gut für den *National Flash*.«

»Kannst du links abbiegen und dann ein bisschen Gas geben?«

»Ich wollte wirklich immer nur helfen.«

»Bieg langsam links ab, ganz cool, und dann gib Gas. Wenn ich stopp sage, halt an. Ich ruf dich an, wegen dem Koffer. Es tut mir wirklich leid, dass ich dir das hier antue.«

Inzwischen heulten beide Mädchen hinten leise vor sich hin.

»Ihr Süßen, ich mach das irgendwie wieder gut, okay?«

»Okay, Tante Grace«, sagte Kellie unter Tränen.

Jason bog links ab.

»Und jetzt Gaspedal durchtreten!«

Er tat wie geheißen. Sie waren in einer etwas besseren Straße gelandet.

»Stopp!«

Jason stieg so abrupt auf die Bremse, dass der Buick auf der sandigen Straße leicht ins Schleudern kam.

»Ich hab euch lieb. Das tut mir alles so leid. Und danke!« Sie warf die Beifahrertür auf, und Jason fuhr bereits an, noch bevor Grace sie wieder zuschlagen konnte. Sie spurtete über die nächstbeste Auffahrt an einem Haus vorbei und kletterte über den Maschendrahtzaun dahinter. Auf dem nächsten Grundstück saßen ein Mann und eine Frau in ihrem Garten mit den Füßen in einem Planschbecken: beide grauhaarig, beide mit Bierflasche in der Hand. Hinter sich konnte Grace das Brüllen eines Motors und Reifen quietschen hören.

»He«, sagte der Mann. »Wer sind Sie?«

Grace war seit Jahren nicht mehr so schnell gerannt. Es war brütend heiß, und die Brust und der Kopf taten ihr bereits weh, aber das war immer noch besser als die Übelkeit. An der nächsten Straße standen ein paar Männer vor einem schmuddelig weißen Haus um einen Wagen mit offener Motorhaube herum.

»Leute, darf ich durch euren Garten abkürzen?«

»Im Leben nicht«, sagte ein fetter Kerl mit Harley-Davidson-Shirt und Dolphins-Kappe.

Sie lief trotzdem geradewegs weiter, und der Mann fluchte hinter ihr her, als sie die geschotterte Auffahrt und einen weiteren Zaun hinter sich legte. Sie durchquerte einen zum Glück leeren Garten und landete in einer ruhigen Sackgasse. Am Ende der Straße entdeckte sie zwei Taxis vor dem Schnapsladen dort. Mit letzter Kraft rannte sie darauf zu und winkte mit beiden Armen.

Bei beiden Taxis stand die Fahrertür offen. Die Fahrer, die zuvor noch miteinander geplaudert hatten, starrten ihr jetzt entgegen. Der Mann zur Rechten – schwarzes Haar, grau melierter Bart – lehnte sich heraus. »Taxi? Wohin?«

»Weg von hier.« Sie beugte sich nach vorn und presste sich die Hand aufs Herz.

Als sie wieder aufblickte, schien keiner der beiden Männer erpicht darauf zu sein, sie von hier wegzubringen.

»Russische Killer.« Sie zeigte in alle Richtungen, weil sie nicht wusste, wo sie gerade steckten. »Die sind hinter mir her, in einem SUV, und …«

Der Bärtige klatschte einmal in die Hände, stieg aus und zog die hintere Tür für sie auf. »Steigen Sie ein, Lady.«

25

NEW YORK – 1984

Im Rahmen einer peinlichen Zeremonie war Elena 1982 zum Senior Vice-President für Design der Automobilabteilung von Craig International ernannt worden. Die New Yorker Presse hatte sich wochenlang darüber mokiert. Wie sollte eine dämliche ausländische Hausfrau auch nur im Entferntesten dazu in der Lage sein, den Amerikanern etwas zu verkaufen, was sie nicht wollten?

Daraufhin engagierte Anthony eine PR-Firma, die ihre Story verbreiten sollte: Olympionikin, vor den Kommunisten geflohen, Angehörige einer langen Dynastie weiblicher Führungskräfte in der Automobilindustrie. Bald verging kaum ein Monat, in dem nicht irgendwo ein Foto oder ein Artikel über das ordinäre, aber auch glamouröse junge Ehepaar Craig erschien.

Irgendwann passierte es fast jede Woche: Elena in einem Cocktailkleid, Elena, wie sie im Central Park ein perfektes Rad schlug, die unermüdliche Elena mit Töchterchen Kristína im Entwicklungslabor.

An drei Tagen die Woche leitete sie die Designabteilung in Manhattan, manchmal auch öfter. Außerdem arbeitete sie im Entwicklungslabor auf Long Island. Man konnte das luxuriöseste Auto der Welt ja nicht einfach nur *zeichnen:* Man musste darin sitzen.

Wo sie eigentlich wirklich sitzen wollte, das war in ihrer Wohnung, um mit Kristína zu spielen. Anthony hatte nie eine Windel gewechselt oder einer Puppe seine Stimme geliehen, nie hatte er eines von Kristínas Kaffeekränzchen mit Spielzeuggeschirr besucht, aber es war einfach nicht möglich, ihm deshalb ein schlechtes Gewissen zu machen. Schließlich waren die meisten Aspekte des Elternseins doch ineffiziente Zeitvergeudung. Und er war Tausende Dollar pro Stunde wert. Eine Nanny konnte das alles für hundert Dollar am Tag erledigen.

Und zwar eine gute Nanny. Die beste.

Er begann frühmorgens mit der Arbeit und war normalerweise erst spätabends fertig. Im Verlauf eines Tages reiste er quer durchs Land und zurück nach New York, und das oft zweimal wöchentlich. Heute war der erste Abend nach zwölf Tagen, an dem sie nicht zu einem Geschäftsessen, einer Gala oder einer Fundraising-Veranstaltung gingen.

Als an diesem Dienstagabend Anthonys Assistent mit zwei Schachteln von Pizza Hut auftauchte, jubelte und tanzte Kristína. Es war das, was gemeinsamer Zeit als Familie bei ihnen noch am nächsten kam: einmal Peperoni, einmal Drei-Käse. Dazu Sancerre für Mami und Cola light für Daddy.

Im Fernsehen liefen die Nachrichten.

Walter Mondale, der ehemalige Vizepräsident, hatte die Vorwahlen in Iowa gewonnen und führte weit vor den anderen Demokraten, die es mit Reagan aufnehmen wollten.

»Seht euch diese Augen an.« Anthony aß im Stehen, die Hände fettig, weil er den Käse von der Pizza pickte und den meisten Teig übrig ließ. Er zeigte mit dem Teigrand auf den Bildschirm. »Irgendwas stimmt nicht mit Mondales Augen. Er ist ein Langweiler, bin ihm mal begegnet, der Scheißer hört nicht auf zu reden, bewegt den Mund nicht beim Sprechen und pfeift irgendwie komisch, wenn ein S vorkommt, aber diese Augen. Schlauer Kerl, schlau und langweilig. Aber die Augen lassen ihn dämlich aussehen. Mondale mit den dämlichen Augen. Reagan ist so dämlich, wie Mondales Augen aussehen, aber jetzt kommt der Unterschied: *Er hat Ahnung vom Showbusiness*. Er ist ein Kinoheld. Was glaubt Mondale eigentlich, was das hier ist? Debattierclub? Wer hat diesem Stock eingeredet, dass er überhaupt für irgendwas kandidieren soll? Wenn Jesse nicht schwarz wäre, würde er es mit ihm aufnehmen. Aber wisst ihr was? Er ist schwarz. Hast du gehört, wie Jesse die Juden genannt hat? Elena, he, hallo? Das stand heute in der *Times*. Hast du's gehört?«

Kristína kletterte auf ihren Schoß. Die Süße wollte ein Stück Peperoni von Mamis Pizza stibitzen. Natürlich hatte Elena den Artikel gesehen. »Nein.«

»Nein was? Meinst du nein zum Kind oder nein zu der Sache mit Jesse?«

»Zu Jesse.«

»Itzigs nennt er sie! Und das wurde mitgeschnitten, dieser bekloppte Arsch.«

»Deine Sprache, Tony.«

»Weißt du was? Jesse ist schon tot. Er könnte genauso gut sofort Platz für Mondale mit den dämlichen Augen machen. Ich sollte kandidieren.«

»Du musst kandidieren, Liebling. Das ist deine Bestimmung.«

»Und dann ist da noch Reagan. In Posemuckel würden die auch seine Leiche wählen. Da spielt es keine Rolle, was er sagt. Der könnte auch ein Bilderbuch vorlesen. Und Mondale denkt, Otto Normalverbraucher wird ihn wählen? Träum weiter, dämliche Augen.«

»Wenn du für die Präsidentschaft kandidierst, wirst du wie Reagan sein.«

Anthony deutete mit dem Pizzarand auf sie, warf ihn dann in eine der Schachteln und nahm sich noch ein Stück mit Peperoni.

Auch davon zog er den Belag ab, rollte ihn zusammen und stopfte ihn sich in den Mund.

»Dafür wird Mr. Otto Normalverbraucher dich lieben, Tony. Du bist ein heimlicher Wilder.«

Elena war der einzige Mensch, der ihn Tony nennen durfte. Er fand, das klinge italienisch und unbedeutend, ein bisschen nach Zwerg oder einem Olivenölvertreter aus dem Jahr 1962. »Sag das noch mal.«

Auch wenn sie keine Depression durchlitten hatte, wie manche Frauen sie nach einer Geburt erlebten, war Elena monatelang von einer gewissen Traurigkeit befallen gewesen. Es lag nicht nur an ihrer Ehe, der Aussicht, den Rest des Lebens an einen Mann wie Anthony gebunden zu sein. Sie hatte den Kontakt zu Danika verloren, die in ein Leben aus Drogen und Chaos abgestürzt war, weil Sergej ihr nicht erlaubt hatte, sich von Carlos scheiden zu lassen. Sie verschwand eines Nachts im November, nachdem sie Elena noch von einem Münztelefon aus angerufen hatte. Danikas Ehemann war nicht so erfolgreich, dass man damit zufrieden war, aber auch nicht so schlimm, dass sie ihn hätte verlassen können – noch nicht. Die Verbindungen von Carlos' Familie waren Sergej eine Menge wert.

Elena hatte ihre Freundin überreden wollen auszusteigen, einfach wegzulaufen. Aber sie wussten beide, dass es kein Aussteigen gab. Nirgends, wo man hinlaufen könnte.

Man hatte Danikas Leiche im East River gefunden. Carlos hatte auf einer Pressekonferenz unter Tränen gesprochen und Danikas Kampf gegen die Pillen und ihren Tod als Chance genutzt, sich als Soldat im Kampf gegen Drogen zu präsentieren. Dabei wusste Elena, dass er sie mit jeder Tablette und jedem Pulver bekannt gemacht hatte.

Am Morgen nach dem Pizzaabend flog Elena in Anthonys Challenger mit drei ihrer engsten Freundinnen nach Bozeman in Montana. Alle waren Schwalben, zwei aus der Ukraine, eine aus Bulgarien.

Die Lone Mountain Ranch war der beste Ort, in Amerika Langlauf zu betreiben. Elena war nie eine große Skiläuferin gewesen, aber sie hatte das vom Alter von vier Jahren an immer mit ihrem Vater und den Großeltern getan. Die vier Frauen, waren vom Champagner in dem kleinen Jet leicht beschwipst, aber die kalte, trockene Bergluft machte sie wieder munter.

Die Holzhütte mit den vielen hellen Balken und den sechs Schlafzimmern lag im Schnee. Im Kamin brannte ein Feuer, und sie unterhielten sich darüber, dass das alles für sie eine sauberere, schönere und besser riechende Version ihrer jeweiligen Heimat sei. Nach dem Abendessen zogen sich die anderen alle ihre Pyjamas an, um zusammen einen Film anzusehen: *Lockere Geschäfte*. Sie machten Popcorn in der Mikrowelle.

»Ich glaube, ich gehe noch eine Runde spazieren«, verkündete Elena, als die anderen es sich schon auf der Couch gemütlich gemacht hatten.

Bist du dir sicher? Ich begleite dich! Du solltest da draußen jetzt nicht allein herumlaufen!

Natürlich konnte Elena keine Gesellschaft gebrauchen, und keine der Frauen wollte sie wirklich begleiten. Sie hatten zusammen insgesamt schon drei Flaschen geleert, und die Temperatur war im Schatten der Berge schon deutlich unter den Gefrierpunkt gefallen. Keine war sich sicher, ob die Bären noch Winterschlaf hielten oder nicht.

Seine Hütte lag nur zehn Gehminuten durch den Schnee entfernt. Die Vorhänge waren geschlossen, und sie schaute ein letztes Mal in ihre Tasche, ob sie auch alles dabeihatte. Sie machte sich nicht die Mühe, den geheimen Klopfcode zu verwenden, sondern schloss die Eingangstür einfach auf und ging ins Schlafzimmer. Bläuliches und orangefarbenes Licht fiel auf den Körper auf dem Bett. Der war bis auf die weiße Unterwäsche und die Socken nackt. Im Kamin brannte ein Feuer, und im Fernsehen lief *Cheers*.

Grußlos zog Elena ihren Anorak aus und setzte sich neben ihn aufs Bett.

Sergej hatte das Treffen schon vor einem Monat verlangt. Er war gerade erst aus Moskau zurückgekehrt. In der Zentrale hatte der Leiter der Ersten Hauptverwaltung den Leitern der einzelnen Standorte deren Arbeit vorgehalten. Er war wütend gewesen. Es gab viele recycelte Storys in den Nachrichten und unhaltbare Gerüchte, aber Sergej und seine Kollegen hatten kaum verwertbare Geheimdienstinformationen geliefert. Sie versuchten nach wie vor, auf der Denkweise der Sechzigerjahre basierend Informanten aufzutreiben. Kaum jemand in Amerika oder Großbritannien liebäugelte noch mit dem Kommunismus, und diejenigen, die es taten – meist geschiedene Professoren –, hatten keinen Zugang zur Macht. Das waren die Hinterletzten der Gesellschaft. Komplett nutzlos.

Von nun an spielte es keine Rolle mehr, ob ihre Informanten irgendeine Affinität zu den Gründungsideen der Sowjetunion hatten.

Sergej imitierte den Mann, der der Ersten Hauptverwaltung vorstand. »Das ist eine neue Welt, und wir brauchen neue Strategien. Wir werden stark sein. Wir werden kreativ sein. Wir werden siegen, weil wir bereit sind, alles zu versuchen, alles zu tun. Sie werden uns nicht kommen sehen.«

»Das klingt wie Tony. Nur mit Akzent.«

»Du kennst sie, Elenka. Was sie meinen Eltern antun könnten. Meiner Frau. Wenn ich Glück habe, werde ich in einem Salzbergwerk in Surgut enden.«

»Ich habe gehört, Surgut soll im August sehr schön sein.«

»Ist es nicht.«

»Das war ein Scherz.«

»Du bist so eine Amerikanerin geworden. Ich merke nicht mal, wenn du einen Scherz machst.«

In der vergangenen Woche und auf dem Flug hierher hatte sie sich daran zu erinnern versucht, wie es gewesen war, in Sergej verliebt zu sein. Ihr oberstes Ziel damals: ein Zuhause in Prag oder Moskau und eine Bleibe auf dem Land, eine Datscha am Schwarzen Meer. Die Kinder in ihren Träumen waren immer von ihm gewesen.

»Ich habe was zu trinken mitgebracht«, sagte sie jetzt.

»Ich habe was zu trinken.« Sergej griff nach dem Glas neben dem Bett und trank den letzten Schluck Whiskey aus. Elena nahm ihm das leere Glas ab und trug es in die Küche. In ihrer Tasche hatte sie sechs kleine Fläschchen Wodka aus dem Flugzeug und eine Flasche Tomatensaft.

»Hast du schon mal Bloody Mary getrunken?«

Elenas Hände zitterten. Sergej schaute von der anderen Seite des Zimmers zu ihr herüber.

Das Licht in der kleinen Küche befand sich über dem Herd. Sie goss vier Fingerbreit Wodka in zwei große Wassergläser und füllte mit Tomatensaft auf. In einen Plastikbeutel hatte sie Tabasco und Worcestersauce gepackt, Selleriepulver, zwei Stangen Bleichsellerie – und einen winzigen Behälter mit Rizinsalz. Danika hatte es nach der Chromatografiemethode hergestellt, die sie in Prag gelernt hatten. Aus einem Brei aus Rizinussamen und einigen Chemikalien, die ihr Drogendealer aufgetrieben hatte. Elena hatte es für sie für den Tag aufbewahrt, an dem ihre Freundin den Mut aufbringen würde, es ihrem Mann unter sein Koks zu mischen.

Sie öffnete die Phiole. Er würde stundenlang leiden. Sie wollte, dass er litt.

»Komm her, Elenka«, rief Sergej.

»Was brauchst du von mir? Ich meine, wie kann ich helfen?

Irgendwas mit Anthony?« Sie streute es hinein und rührte um. Mehr Wodka. »Möchtest du eine Selleriestange?«

»Ich habe schon zu Abend gegessen.« Sergej machte den Fernseher aus. »Wir brauchen keine schicken Drinks.«

Sie brachte die Bloody Marys auf einem Tablett. Er setzte sich im Bett auf und sah im flackernden orangefarbenen Licht des Kaminfeuers besser aus. Seine Haltung war gerade, sein Blick auf sie gerichtet.

»Die glauben, dass Reagan einen Präventivschlag plant«, sagte er. »Auf Militäreinrichtungen in Moskau und Leningrad.«

»Ist das … ist das etwas, was ich für dich rausfinden soll?«

»Stell das Tablett hin.«

Sie setzte es auf seinem Schreibtisch ab, neben dem ins Russische übersetzten Roman von Gabriel García Márquez und dem Stapel Zeitungen: die *Times*, die *Post*, der *Guardian*.

»Tut er das, Sergej?«

»Glaubst du, der Mann, der in *Bedtime for Bonzo* den Papa gespielt hat, möchte für alle Zeiten als derjenige in Erinnerung bleiben, der die Welt zerstört hat?«

Sie hatte Probleme, sich zu konzentrieren. »Anthony hat von Jesse Jackson gesprochen. Wir hatten Abendessen mit Mario Cuomo, Ed Koch …«

»Es wird bald einen neuen Generalsekretär geben, Elenka. Und zwar jemand, der sich mehr für die Wirtschaft als für Ideologie interessiert.«

»Und …«

»Und dein Anthony ist kein Kommunist. Man kann ihn nicht umdrehen. Würde er ein politisches System entwerfen, wäre es eine absolutistische Monarchie. Zumindest wenn er der Monarch wäre.«

Wenn Anthony sich schon einmal mit seiner Tochter unterhielt, dann nur um ihr zu sagen, dass sie das hübscheste und klügste Mädchen Amerikas sei. Niemand könne je hübscher oder klüger sein als Kristína. Weil sie eine Craig sei. *Du wirst die zähste Verhandlerin in New York sein. Du wirst sie killen. Sie zerstören. Du wirst jeden Abend in den Nachrichten sein. Die Königin. Die Königin!*

Mit sechs Jahren: die Königin.

Sergej griff nach der Bloody Mary ohne Selleriestange und führte das Glas an die Lippen. Gerade wollte er davon trinken, doch dann stellte er es auf den Nachttisch.

»Zieh dich aus.«

»Was?«

»Du hast mich gehört.«

Elena lachte. »Du benimmst dich seltsam.«

»Zieh dich aus.«

Sie knöpfte ihre Bluse auf.

»Langsam.«

Elena ließ die Strickjacke von einer Schulter rutschen.

»Benimm dich nicht wie eine Hure. Zieh dich einfach aus.«

Im Flugzeug hatte sie versucht, nicht an seinen Tod zu denken. Jetzt wollte sie ihm beim Sterben zusehen.

Sergej setzte sich gerade auf und griff wieder nach der Bloody Mary. »Würde er nach Moskau kommen?«

»Wer? Anthony?«

»Der bevorstehende Wandel bedeutet Chancen für ausländische Investoren.«

Sie wollte, dass er trank. Wenigstens einen Schluck.

»Unsere Lizenz von Fiat könnte jederzeit auslaufen. Ich rede jetzt nicht von Luxusschlitten. Einfach von … Autoproduktion. Wir können sicherstellen, dass es für ihn profitabel wird.«

Elena hatte jetzt nur noch ihren BH und den Slip an. Obwohl sie sich seit Kristínas Geburt ziemlich angestrengt hatte, die zusätzlichen Pfunde wieder loszuwerden, wollte sie sich hier im Feuerschein am liebsten bedecken.

Trink.

»Also?« Er hielt die Bloody Mary nach wie vor in der Hand.

»Es passt nicht zur Marke, Sergej. Kommunistische Autos. Vielleicht Volkswagen …«

»Wir würden nicht den Namen Craig benutzen. Es würde ein anderer sein. Du kannst dir den Namen ausdenken.«

»In der Autobranche läuft es nicht gut. Die Kugellager halten Craig International am Leben.«

»Wir könnten auch ein Kugellagergeschäft arrangieren.«

»Er hasst das Geschäft mit den Kugellagern.«

»Okay, dann doch Autos.«

Trink, verdammt noch mal.

»Erinnerst du dich an Alexander Mironow, in Prag?«

»Natürlich.«

»Er ist besessen von deinem Anthony.«

»Aber Alexander ist nicht wichtig.«

»Das wird er sein. Zieh den BH aus.«

Sie tat es.

»Und den Slip.«

Elena war verlegen und griff deshalb nach der Decke auf dem Bett.

»Rühr dich nicht.«

»Was? Warum?«

Sergej ließ sich Zeit dabei, in seiner Unterwäsche und den braunen Socken vom Bett aufzustehen. Mit dem Drink in der Hand ging er um sie herum. Wieder versuchte sie, ins Bett zu klettern. Diesmal brüllte er. »Scheiße noch mal, rühr dich nicht!«

Was auch immer geschah, niemand würde es hören. Eine ganze Weile stand er hinter ihr, aber sie drehte sich nicht um. Dann griff er mit dem Glas in der einen Hand um sie herum und hielt sie mit der anderen fest.

»Ich muss es dir nur ins Gesicht schütten. Es müsste nur in deine Nase geraten, nur eine Spur davon, und das würde reichen.«

»Wovon redest du, Sergej?« Elenas Stimme bebte.

»Beug dich vor.«

»Bitte. Nein.«

»Du weißt, dass ich es jederzeit mit dir, deiner Tochter, deinen Eltern tun kann.«

»Sergej, ich habe nichts …«

»Maul halten. Ich will nicht mal, dass du die Wahrheit sagst. Wir haben dich nicht dazu ausgebildet, die Wahrheit zu erzählen. Bist du wütend wegen Danika? Rachsüchtig? Denkst du, du bist die Nächste?«

Er hatte jetzt seine Unterwäsche ausgezogen, nicht aber die Socken. Er ließ sie los und stellte den vergifteten Drink neben ihr auf den Nachttisch. Sie konnte am Atemgeräusch erraten, was er tat. Dann stieß er ohne Vorwarnung in sie hinein.

Sie zog die Decke vom Bett an ihr Gesicht, um einen Schluchzer zu ersticken.

»Denkst du, du bist die Nächste, Elenka? Da hast du recht. Vergiss nicht, wo dein Platz ist und wozu du hier bist, sonst wirst du definitiv die Nächste sein.«

26

MIAMI – 2016

Der Taxifahrer stammte aus Aserbaidschan. Er liebte es, Gas zu geben, und er hasste die Russen. Grace hielt durchs Rückfenster nach dem SUV Ausschau, während ihr der Fahrer vom Schwarzen Januar erzählte, wo die Russen in Baku einmarschiert waren und seinen Vater auf offener Straße ermordet hatten. Und wofür? Für nichts und wieder nichts. Es war 1990 und der Kommunismus da schon Geschichte gewesen.

»Und Lady«, sagte er. »Haben Sie vom Massaker von Chodschali gehört?«

Von dem SUV immer noch keine Spur. Grace hatte den Fahrer gebeten, in Richtung Pompano Beach und Seniorenheim ihrer Mutter zu fahren. Sie wollte ihre Verfolger nicht dorthin führen, aber sie wussten ja ohnehin, wo sie sie finden würden.

»Nein«, sagte Grace. »Hab ich nicht.«

»Die ganze Welt müsste darüber Bescheid wissen!« Sie waren jetzt mit gut hundertzehn Sachen auf dem South Federal Highway, dem Highway 1, unterwegs, nicht mehr auf der Interstate, und ihr Fahrer wechselte in einem fort die Spur. Zu beiden Seiten standen dürre Palmen, Lagerhäuser und billige Wohnblocks. »Die Russen und Armenier haben mehr als hundertsechzig Aserbaidschaner umgebracht. Ihr Amerikaner habt ja keine Ahnung. Ihr glaubt, nach der Berliner Mauer war alles Sonnenschein? Das war 1992, gute Frau!«

Vor der Schule in Dania Beach mussten sie an einer roten Ampel halten. Dreißig, vierzig kostümierte Schulkinder überquerten den Highway. Hinter ihnen schoss der schwarze SUV heran und blitzte im Sonnenlicht.

Die Panik packte sie wieder. »O Gott, nein. Wie haben die uns gefunden?«

Der Fahrer warf einen Blick in den Rückspiegel. »Das sind die Arschlöcher?«

»Vielleicht sollte ich aussteigen und zu Fuß weiterrennen …«

»Die Russen haben Drohnen, Lady. Da hilft Ihnen rennen rein gar nichts.«

»Ich will Sie nicht in Gefahr bringen.« Das letzte Kind hatte gerade den Highway überquert, da schaltete die Ampel auf Gelb.

»Mich in Gefahr bringen?« Sobald die Ampel Grün zeigte, trat er das Gaspedal durch. Der neuere, wesentlich leistungsstärkere SUV hatte keine Probleme, zu ihnen aufzuschließen. »Zeigen wir denen mal zur Abwechslung, was Gefahr ist.«

Grace war noch nie so schnell gefahren. Am liebsten hätte sie sich die Augen zugehalten oder wäre ins nahe Meer gerannt oder hätte in einem vorbeirasenden Best Western eingecheckt und drei Tage durchgeschlafen. Sie sehnte sich nach ihren alten Sorgen zurück: sich wie eine Versagerin zu fühlen, ihren Job zu verlieren, Johnny Depps Gefühle zu verletzen. Stattdessen rasten sie so schnell an einer IHOP-Filiale und an einem geschäftigen kleinen Imbiss namens Dairy Belle vorbei, dass die Leute, die dort neben dem Parkplatz Schlange standen, sich nach ihnen umdrehten.

Der SUV kam zwischenzeitlich auf nicht einmal mehr einen Meter heran. Der Typ mit den schönen Augen und der hässlichen Nase hatte hinter der Windschutzscheibe eine Pistole auf sie gerichtet. Grace rutschte in ihrem Sitz nach unten.

Während sie mit schwindelerregender Geschwindigkeit unterwegs waren, sprach ihr Fahrer in aller Seelenruhe weiter von seinem

Vater, der unbewaffnet gewesen sei und den die Russen inmitten einer größeren Menschenmenge einfach wie irgendein Tier abgeknallt hätten. »Mein Vater, der ist für nichts und wieder nichts umgebracht worden. Schlimmer als irgendein Tier. Tiere werden immerhin umgebracht, um Wurst draus zu machen. Er wollte nichts als Freiheit.«

Grace wählte den Notruf.

»Was für einen Notfall möchten Sie melden?«, fragte der Mann in der Leitung.

»Ich fahre gerade in einem Taxi den Highway 1 in Richtung Norden«, erklärte Grace. »Bewaffnete Männer in einem SUV verfolgen uns.«

»Bleiben Sie ganz ruhig, Ma'am. Können Sie den SUV beschreiben?«

Grace wollte gerade zu der Beschreibung anheben, da nahm der Mann mit den schönen Augen wieder die Waffe hoch und grinste. Er schien das Ganze für ein Spiel zu halten. Sie ging wieder in Deckung.

»Lady«, sagte der Fahrer. »Legen Sie auf!«

»Was? Warum?«

»Weil sie vielleicht zuhören.«

Grace legte auf. Bei annähernd hundertdreißig Sachen lehnte der Fahrer sich in aller Ruhe zur Seite, machte das Handschuhfach auf und angelte eine Waffe heraus.

»Wenn ich *jetzt* sage, machen Sie das Fenster auf und zielen.«

»Zielen?«

»Zielen Sie auf den Fahrer. Wenn ich es sage.«

Sie fuhren auf eine Baustelle mit Absperrgittern und Zäunen zu. Grace ließ das Fenster herunter. Der sonst vierspurige Highway verengte sich links zu nur noch zwei Spuren, die von schweren Betonbarrieren gesäumt waren; zur Rechten befand sich eine tiefe Baugrube. Aus der Gegenrichtung kamen ihnen Autos entgegen.

Grace hätte schreien wollen. Wie sollte der Fahrer es bei dem Tempo durch den engen Abschnitt schaffen – links Gegenverkehr, rechts schwerer Beton?

»Jetzt!«

»Jetzt was?«

»Zielen Sie!«

Grace richtete die Pistole auf den Fahrer im SUV und schrie dabei aus Leibeskräften. Aus westlicher Richtung fiel Sonnenlicht in das Auto, und sie konnte die Fassungslosigkeit in seinem Gesicht sehen. Dann – einen Wimpernschlag lang – die Angst.

Während das Taxi im nächsten Augenblick bereits die Baustelle hinter sich gelassen hatte, kam der SUV kurz ins Schlingern. Der Beifahrer wollte noch ins Lenkrad greifen, aber es war bereits zu spät: Der SUV streifte den Beton, schoss in die Luft und überschlug sich. Auf einem abgesperrten, leeren Abschnitt des Highway 1 landete er schwer beschädigt auf dem Dach.

Der Taxifahrer ging vom Gas und blieb schließlich stehen. Er öffnete seine Tür und Grace ihre. Sie stiegen aus und besahen sich das Wrack. Als der Wagen auf dem Boden aufgeschlagen war, hatte es grässlich geknirscht. Die Fenster waren zersplittert. Inzwischen zischte der Wagen nur noch vor sich hin. Den Mann mit den schönen Augen und seinen Kumpan konnte man im zerknautschten Wrack nicht erkennen.

»Sind Sie okay, Lady?«

Sie umarmte ihn. Er war etwa in ihrem Alter und roch nach seinem Kirsch-Lufterfrischer. »Ich danke Ihnen. Es tut mir so leid.«

»Wenn die Arschlöcher noch nicht tot sind, dann werden sie sich das jetzt wünschen.« Bei Grace' Umarmung war er stocksteif geworden. Das schien ihn nervöser zu machen, als mit einhundertdreißig über einen Highway zweiter Ordnung zu brettern.

Sie hatte in gerade einmal ein paar Tagen vier Tote auf dem Gewissen, schoss es Grace durch den Kopf.

Hinter dem schwarzen SUV hatten sich die ersten Helfer eingefunden. Ein Mann schrie andere an, sie sollten auf Abstand bleiben.

»Wir fahren lieber weiter, Lady. Pompano Beach?«

»Ja, Sir. Danke.«

Mit einem Blick auf die Pistole auf der Rückbank argwöhnte Grace, dass ihre beiden Verfolger womöglich bloß schwer verletzt, aber nicht gestorben waren. Vielleicht hatten sie Frauen und Kinder, die von ihnen abhängig waren. Sie waren früher selbst Kinder gewesen.

Als sie in nördlicher Richtung zur Interstate losfuhren, explodierte der SUV hinter ihnen.

Jason wartete bereits neben seinem weißen Buick auf sie. Ihr Koffer stand neben ihm auf dem Bürgersteig. Nachdem sie die Taxirechnung beglichen und ihrem aserbaidschanischen Fahrer fünfzig Dollar Trinkgeld in die Hand gedrückt hatte, bestand Grace darauf, ihn zum Abschied noch einmal zu umarmen.

»Ich sollte Ihnen Trinkgeld geben, Lady«, sagte er und wand sich aus ihren Armen. »Jetzt ist mein Vater stolz auf mich.«

Als er davonfuhr, zeigte Grace auf den Buick. »Sind die Mädels noch drin?«

»Sind sie«, sagte Jason. »Ich bringe sie heute noch in die Traumaberatung.«

»O Gott ...«

»Mach dir keine Gedanken. Ich habe ihnen erklärt, dass Tante Grace psychische Probleme hat und dass wir Mitleid mit dir haben müssen. Sie haben heute ein neues Wort gelernt. Paranoid.«

»Schönes Wort.« Sie fiel Jason um den Hals. »Du bist wirklich einer von den ganz Guten. Und ich bin so froh, wie es für dich so gekommen ist. Für dich und Caitlyn. Eure Töchter. Sie sind fantastisch, und es macht wirklich den Eindruck, dass … Ich meine … Das hätte ich nie geschafft.«

»Klar hättest du«, sagte er. »Du kannst alles schaffen.«

Grace drückte ihn noch fester und klammerte sich ein bisschen zu lange an ihn. »Okay. Sicher, dass du das hier für mich tun kannst?«

»Natürlich. Mach einfach halbwegs schnell. Sobald es dunkel wird, werden die Mädels losziehen wollen, um ihre gratis Süßigkeiten einzusammeln, die sie nicht essen dürfen.«

Sie trabte auf den Eingang des Gebäudekomplexes zu. Vaucluse by the Sea.

»Grace?«

Sie drehte sich noch einmal zu ihm herum. »Ja?«

»Muss ich mir Sorgen machen?«

»Nein, absolut nicht.« Sie schenkte ihrem Exmann ein gezwungenes Lächeln. »Ich bin sofort wieder da.«

Im staubtrockenen Innenhof standen ein paar Palmen und Kakteen; nirgends Pflanzen, die wirklicher Pflege bedurft hätten. Die Pumpe, die den Brunnen in der Mitte versorgen sollte, war schon vor acht Monaten kaputt gewesen.

Ihre Mutter war vor dem Winter in Minnesota geflüchtet und wäre um kein Geld der Welt irgendwo hingezogen, wo es noch kälter war, gar in ein anderes Land, nur um näher bei Grace zu wohnen. Stattdessen kam Grace einmal im Monat zu Besuch, was sogar nicht allzu kompliziert war. Nachdem die Hälfte aller Rentner aus Quebec in Florida überwinterte, gab es täglich Direktflüge zwischen Montreal und Miami.

Pompano Beach war von der Immobilienkrise schwer in Mitleidenschaft gezogen worden, und nach wie vor lag die Arbeitslosenquote bei über dreizehn Prozent, eine Menge Häuser standen hier leer, und nur deshalb konnte sich Grace das Vaucluse by the Sea überhaupt leisten. Allerdings war der benachbarte Strandbereich inzwischen eine einzige riesige Baustelle, nachdem er jahrelang wie der traurigste Ort in ganz Broward County ausgesehen hatte. Grace rechnete insgeheim damit, dass die monatlichen Kosten alsbald steigen würden. Doch selbst unter den aktuellen Bedingungen musste sie sich beschämt eingestehen, dass der Ort mitsamt dem missmutigen Pflegepersonal, den neuntklassigen Ärzten, die hin und wieder vorbeischauten, dem Achtzigerjahremobiliar und dem Geruch von Chlor, Medikamenten und Ausscheidungen das Beste war, was sie ihrer Mutter angedeihen lassen konnte. Es würde nicht mehr lange dauern, bis ihre Mutter vollständig erblindete, nachdem ihr Diabetes über Jahre hinweg falsch behandelt worden war. Erst im Juli hatte sich Grace ein paar andere Pflegeheime im Norden Miamis angesehen und hinterher gedacht, dass das womöglich der melancholischste Tag ihres Lebens gewesen war.

»Liebling!« Mit ausgebreiteten Armen kam Elsie Elliott aus ihrer Wohnung. Als Grace inmitten eines Rings aus Kakteen die Hand ihrer Mutter nahm, suchte die endlich in der richtigen Richtung nach Blickkontakt.

Das einzig halbwegs Gute am nachlassenden Sehvermögen ihrer Mutter war, dass sie die Wunde an Grace' Kinn nicht sehen konnte und auch nicht, wie abgekämpft und derangiert sie darüber hinaus war.

Nachdem sie Grace umarmt und ihr ein Küsschen gegeben hatte, nahm die Mutter sie am Arm. »Du musst mir erzählen, wie es in Europa war. Essen wir zusammen zu Abend? Im Einkaufszentrum gibt es einen Mexikaner, das Dos Amigos, das haben zwei Bekannte von mir eröffnet.«

Grace manövrierte sie zurück in das Zweizimmerapartment, das immer noch leicht nach dem Zigarettenrauch längst ausgezogener Mieter roch. »Mama, wir müssen deine Sachen packen.«

»Warum denn das?«

»Du bleibst für ein paar Tage bei Jason und seiner Familie.«

»Na, aber ganz sicher nicht!«

Grace verriet ihr lediglich das Allernötigste, während sie die Tasche ihrer Mutter packte: dass sie an einer Story arbeite, die gewisse Leute an der Macht überaus wütend machen dürfte, und dass sie bereits bedroht worden sei. »Wenn die Sache erst veröffentlicht ist, bringe ich dich sofort hierher zurück.«

»Aber wenn die über mich Bescheid wissen, Liebes, dann wissen die doch bestimmt auch über Jason Bescheid.«

»Es ist trotzdem besser so. Ich würde dich sonst ja in einem Hotel einquartieren, aber über deinen Namen können sie dich sowieso finden. Das hier ist die beste Lösung.«

»Hat Jason eine Waffe?«

Grace seufzte. »Er ist ein Mann, und er lebt in Florida. Natürlich hat er eine Waffe.«

27

MONTREAL – 2016

Zurück am Flughafen musterte Grace die Rentner, Familien und dunkelbraun gebrannten *Québécois*, die wie sie auf den Flug um 23.55 Uhr warteten. Niemand in der Menge sah klar erkennbar so aus, als hätte er die Russen ersetzt, die mit großer Sicherheit auf dem Highway 1 verbrannt waren. Drei, vier Mitflieger hatten Halloweenkostüme an, allerdings waren sie zu jung und zu fröhlich, als dass sie ihre neuen Verfolger sein konnten.

Von der Nummer ihrer neuen SIM-Karte schrieb sie Nachrichten an Steadman Coe, Manon und William. Kurz bevor sie einnickte, rief sie im Flugzeug noch einmal das Elena-Dokument auf ihrem Laptop auf und ergänzte alles, woran sie sich noch von ihrem gestohlenen Notizbuch und den Ausdrucken erinnern konnte. Als sie erschöpfter denn je zuvor in ihrem Leben in Montreal landete und ihr Handy einschaltete, fand sie eine Nachricht von Coe vor, die er nachts um 4.22 Uhr geschickt hatte:

Um 8 im Büro, nicht verhandelbar danke

Nachdem sie erst ohne jede Erklärung fast eine Stunde lang auf dem Rollfeld und dann noch einmal an der Einreisekontrolle hatte warten müssen, blieb keine Zeit mehr, erst noch nach Hause zu fahren. Also nahm Grace sich ein Taxi, das sie auf direktem

Weg in die Redaktion in der Altstadt brachte. Es war vor sieben, und das alte Lagergebäude lag noch dunkel da. An ihrem Arbeitsplatz klappte sie den Laptop auf und stellte sich vor, wie sie das Ganze unter Termindruck für die Titelstory der *Times* fertig schrieb.

Wie würde sie den Vorspann formulieren? Geschlagene zehn Minuten lang starrte sie auf den leeren Bildschirm und die Notizen, die sie sich im Flugzeug gemacht hatte. Sie konnte mit Sicherheit lediglich sagen, dass Elenas Eltern neben anderen russischen Informanten und Agenten im Cibulka-Band standen, dass der Deckname von Elenas Mutter Vrba gewesen war, dass Unterlagen entfernt oder vernichtet wurden. William hatte ihr außerdem erzählt, dass Elena nie einen Abschluss von der Karls-Universität erhalten hatte. Sie konnte nichts, was sie über Elena in Erfahrung gebracht hatte, mit dem Brand in Verbindung bringen, bei dem Trainer Vacek und seine Tochter Katka ums Leben kamen, und wahrscheinlich würde man ihr weder in Prag noch in Moskau von offizieller Seite Rede und Antwort stehen. Über die Männer, die sie verfolgten, bedrohten, angriffen und bestahlen, würde sie auch nicht schreiben können, weil sie keinen Schimmer hatte, wer, geschweige denn in wessen Auftrag sie unterwegs waren. Außerdem war da noch Sergej Sorokin. Wer zum Teufel war der Mann?

Kürzlich in der ehemaligen Tschechoslowakei entdeckte Dokumente belegen eine Verbindung zwischen Elena Craig, Exfrau des Präsidentschaftskandidaten Anthony Craig, und der Staatssicherheit ihres Heimatlandes zu Zeiten des Kalten Krieges, der StB.

Grace wusste genau, was ihre Professoren in Austin davon halten würden: Es gab nicht genügend Material, das diese *Verbindung belegte*. Anstatt jedoch die Verbalphrase zu präzisieren, sie gewagter oder den kompletten Eingangssatz noch einmal ganz neu zu formulieren – und die Schlagworte *Spionage* oder sogar *Schwalbe* zu benutzen –, schrieb sie fürs Erste einfach weiter.

Über dem Sankt-Lorenz-Strom ging die Sonne auf. Aus dem nordwestlichen Eckchen des Lofts, wo die Gamedesigner gern früh mit der Arbeit begannen, erwachte rumpelnd französischer Hip-Hop zum Leben, der irgendwann so laut wurde, dass sie nicht mitbekam, wie sich Steadman Coe von hinten an sie heranpirschte. Bis sie das Spiegelbild seines kahlen Schädels auf ihrem Bildschirm entdeckte, hatte er bereits viel zu viel mitlesen können.

»Was soll das verdammt noch mal sein?«

Sie klappte den Laptop zu. »Nichts.«

»Das ewige Plädoyer der Unschuldigen. Los, mitkommen!«

Mit dem Laptop unter dem Arm lief sie hinter ihm her in sein Büro.

Labor Day lag bereits zwei Monate zurück, und sie befanden sich im nördlichsten Teil der nördlichen Hemisphäre, dennoch trug Coe immer noch einen hellen, sommerlichen Anzug. Sein Rasierwasser roch ganz leicht nach Moschus, und er trug nagelneue Schuhe. Dass sie über die Schuhsituation ihres Arbeitgebers Bescheid wusste, trug nur zusätzlich zu Grace' Verdruss bei.

An der Tür drehte er sich zu ihr um, und Grace blieb stehen. Sein frisch rasiertes Kinn glänzte im Neonlicht. »Hast du in letzter Zeit mal in den Spiegel geguckt?«

»Ehrlich gesagt nicht, nein.«

»Denk ich mir.«

Das große Arbeitszimmer ging nach Südosten, sodass man von hier aus die aufsteigende Sonne beobachten konnte. Anstatt sich zu setzen, was er sonst immer tat, wenn sie irgendein dämliches Feature oder ein aktuelles Gerücht, sein Sexleben oder die Marotten der Konzerneigentümer besprachen, blieb Coe stehen und drehte er sich von ihr weg zur Sonne.

»Mach die Tür zu.«

Sie tat wie geheißen.

»Grace, du bist gefeuert.«

»Wie bitte?« Sie suchte nach einem Hinweis darauf, dass er einen Scherz gemacht hatte, aber sie konnte es bis hinab in den Bauch spüren: Er meinte es ernst. »Warum?«

»Insubordination.«

»Was redest du, Steadman? Ich bin so loyal, dass es an Doofheit grenzt.«

»Du arbeitest für den *National Flash*. Du bist auf meine Kosten nach Prag geflogen.«

»Ich bin auf Elenas Kosten nach Prag geflogen.«

»Im Auftrag meiner Zeitschrift. Und statt den Job zu machen, den du machen sollst, rückst du Elena wegen einem Buchprojekt auf den Leib, das komplett jenseits deiner vertraglichen Verpflichtungen liegt.«

»Welcher Vertrag denn?«

»Jenseits deines … Aufgabenbereichs.«

»Das erfindest du jetzt, und es hat sehr wohl mit meinem Aufgabenbereich zu tun. Je genauer ich über sie Bescheid weiß, umso besser treffe ich ihre Tonlage. Und meinen anderen Verpflichtungen komme ich termingetreu nach.«

»Du bist gefeuert. Mit Stand heute Morgen um Viertel vor acht liegen drei Monatsgehälter Abfindung auf deinem Konto.«

»Steadman.« Sie schlug mit der flachen Hand auf seinen Schreibtisch. »Dreh dich um und sieh mich an!«

»Nein.«

»Was soll das?«

Er schüttelte den Kopf.

»Erzähl mir bitte, was hier los ist. Steckt der *Flash* in Schwierigkeiten? Ist …«

Er flüsterte etwas Unverständliches vor sich hin.

»Wie bitte? Was war das gerade, Steadman?«

»Bitte verschwinde jetzt. Es tut mir leid.«

»Ist das jetzt ehrlich wahr?«

Coe legte kurz beide Hände ans Fenster und nahm sie wieder herunter. Zwei feuchte Abdrücke blieben auf der Scheibe zurück.

»Und es gibt nichts, was ich sagen könnte, damit du es dir noch mal anders überlegst?«

»Nein.«

»Weil das hier nicht deine Entscheidung ist. Stimmt's?«

Endlich drehte er sich um. Grace kannte Steadman Coe seit vielen Jahren. Sie hatte ihn noch nie verängstigt erlebt.

»Sie können dir nichts anhaben, Steadman. Je mehr Leute Bescheid wissen, desto sicherer sind wir, und …«

»Grace, du kapierst es einfach nicht. Das hier ist nicht mehr Journalismus.«

»Was ist es dann?«

Er schüttelte den Kopf und wies zur Tür.

Ein paar gerahmte Fotos – eines von ihrer Mutter und von Jason, eines von Zip und der Katze, die sie vor Zip gehabt hatte – waren das Einzige, was sie von ihrem Schreibtisch mitnahm. Als sie mit dem restlichen Aufräumen fast fertig war, tauchte Coe auf, um den Karton mit ihren Habseligkeiten für sie nach unten zu tragen.

Er sagte kein Wort, sie ebenso wenig, weder im Loft noch im Aufzug. Im Eingangsbereich begegneten sie keinem weiteren Kollegen. Sofern nicht gerade Produktionstag war, fing hier niemand vor zehn Uhr an.

Draußen auf der Straße wartete Coe mit ihr, bis sie ein Taxi herangewinkt hatte. Es war ein kühler, regnerischer Morgen, und vom Fluss heulte ein entmutigender Wind herauf.

Vor ihnen hielt ein roter Prius.

Sie hatten einander nie umarmt und würden das auch nie tun. Coe stellte den Karton auf den Rücksitz und sagte leise: »Lass es auf sich beruhen, Grace.«

»Ich lasse es ganz gewiss nicht auf sich beruhen, und das solltest du auch nicht.« Diesmal musste sie sich nicht ermahnen, aufrecht zu stehen. »Was haben sie dir angedroht?«

Für einen kurzen Moment sah es aus, als würde Coe die Frage beantworten. Dann war der Moment vorbei, und er steuerte den Eingangsbereich des alten Lagergebäudes an, ohne sich noch einmal umzudrehen. Grace war drauf und dran, ihm nachzurufen, was für ein Feigling und Schuft er sei, aber irgendwie mochte sie Coe auf gewisse Weise und wusste, dass derlei Beschimpfungen sie nicht weiterbringen würden. Noch während sie die hintere Taxitür aufzog, überlegte sie es sich anders.

»Du Feigling!«, schrie sie. »Du Schuft!«

Als er die Eingangstür aufmachte, schien er tatsächlich ein wenig zu schrumpfen.

Sowie der Prius sich in den Verkehr eingereiht hatte, checkte sie ihr Handy. Sie hatte eine Nachricht von William bekommen.

> Gerade gelandet, ziemlich erschöpft. Bereit loszulegen? Wo soll ich hin?

Zu mir schrieb sie und teilte ihm ihre Adresse mit. Sie war selbst zu erschöpft, sich einen anderen Treffpunkt auszudenken.

Dann richtete sie ihren privaten Mail-Account auf dem neuen Handy ein und rief E-Mails ab. Die jüngste stammte von Jean-Yves de Moulin und enthielt einen Anhang. Er hatte ihr in förmlichstem Französisch geschrieben, dass er aus einer Art morbider

Obsession heraus in den Tagen nach der »Scheidung« verfolgt habe, was mit Elena weiter passiert sei. Der Anhang entpuppte sich als die Kopie einer Seite aus dem *Montreal Herald* vom 7. Februar 1975. Grace vergrößerte sie, und ihr Blick fiel auf das Foto von Turnerin und Glamourgirl Elena Straka.

> *»Ich nehme nicht mehr an Wettkämpfen teil. Ich bin jetzt Mannequin und gehe arbeiten – beides sind für mich unterschiedliche Dinge –, und ich habe ein Privatleben mit meinem Ehemann.«*

William hatte ihr in der Zwischenzeit mehrere hochgradig britische Nachrichten hinsichtlich ihres Treffens geschickt.

> Meine Absichten sind rein professionell, und ich habe keinerlei Skrupel, ein Hotel zu nehmen. Könntest du mir eines empfehlen?
>
> Ich befürchte, Skrupel war nicht ganz der richtige Begriff.
>
> Grace, natürlich wüsste ich es zu schätzen, wenn die Einladung weiter bestünde. Authentisch wohnen in Montreal. Welch Ehre! Ha, ha.
>
> Wenn sich das für dich aber auch nur im Entferntesten unbehaglich anfühlen sollte …

Grace ging gar nicht erst auf all das ein und schickte ihm lediglich das JPEG mit dem Zeitungsausschnitt aus dem *Herald*. Er schrieb sofort zurück.

Ehemann? Du liebe Güte. Elena Straka? Kommen wir an das Zeitungsarchiv ran? Meinst du, Straka würde mit uns sprechen? Weißt du, wo er wohnt?

Grace lehnte sich auf dem Rücksitz zurück. Erstmals seit dem Abgang von der Uni war sie arbeitslos. Sie wusste genau, wo Josef Straka wohnte, und sie freute sich bereits darauf, ihm einen Besuch abzustatten – gemeinsam mit William.

28

HORKY NAD JIZEROU — 1986

Die Luft in Böhmen war so sauber, dass man sie schmecken konnte. Jeden Abend schliefen Elena und Kristína in der Stille des Landsitzes ihrer Eltern ein und wachten mit dem Gesang der Vögel wieder auf. Es gab keinen Straßenverkehr, keine Sirenen, keine Schüsse, keine Verrückten, die auf den Straßen herumschrien.

Elena machte sich schon seit Jahren Sorgen um ihren Vater, doch am Tag vor ihrer geplanten Abreise sah er so gequält und abwesend aus, wie sie es noch nie erlebt hatte. Zwar war Petr Kliment kein Verrückter, der auf den Straßen schrie, aber gesund war er auch nicht.

»Wir leben zwei getrennte Leben, Elenka.« Ihre Mutter Jana schlug auf dem Liegestuhl im Garten die Beine übereinander. Es war ein sonniger Spätnachmittag, und sie tranken eine Kanne Eistee. »Ich bleibe in der Stadt, und er bleibt hier. Mit seinen Angelruten und seinen dreckigen Stiefeln.«

»Glaubst du, er ist einsam?«

Jana sah Elena an. »Er hat doch den Hund.«

Kristína streifte in kurzen Jungenhosen und T-Shirt mit Petr und seinem Hund, einem deutschen Jagdhund namens Hektor, am Fluss entlang. Nach drei Wochen Tschechoslowakei auf dem Land waren Kristínas Arme voller Mückenstiche und ihre Knie voller Schorf.

»Machst du dir keine Sorgen um ihn, Mami?«

»Natürlich tue ich das. Er sagt Dinge.«

»Was für Dinge?«

»Das ist nicht unser Haus, Elenka. Nicht richtig. Die können uns hören, das weißt du doch. Dein Vater war einmal diszipliniert. Jetzt bringt er alles in Gefahr.«

»Inwiefern? Was sagt er denn?«

»Dass er um dich hätte kämpfen sollen. Dass du dich seiner Überzeugung nach in so einer Art amerikanischen Hölle befindest.« Jana blickte sich um, als könnte jemand sie belauschen. »Er sagt Sachen über Anthony, über Sergej.«

»Ich werde mit ihm reden.«

Ihre Mutter lächelte, als wäre das Problem schon gelöst. »Sollen wir zu Bier wechseln? Ich könnte eins vertragen.«

Elena ging ins Haus, um Bier zu holen. Die Sonne schien in die Küche, die groß genug für ein Personal gewesen wäre, das ein Essen für zwölf Personen zubereitete. Einer der Advokaten Kaiser Franz Josephs hatte es sich im ländlichen Horka an der Iser als Alterssitz bauen lassen, und es war im Familienbesitz geblieben, bis die tschechoslowakische Regierung es konfisziert hatte. Jana hatte es mit all der Opulenz eingerichtet, die einer Familie mit guten Verbindungen zur Verfügung stand. Innerhalb des kommunistischen Systems ergaben das Haus und der Grundbesitz keinen Sinn, aber es war weit genug von Prag und sogar von Mladá Boleslav entfernt, sodass niemand es als Symbol von Aristokratie und Gier denunziert hatte. Abgesehen davon, jeder, der sich die Mühe machte, etwas über das Anwesen zu erfahren, würde begreifen, dass es der Familie Kliment von Mächten zur Verfügung gestellt worden war, die man lieber nicht infrage stellte. Zumindest nicht öffentlich.

Am Abend – ihrem für jenes Jahr letzten in der Tschechoslowakei – ging Elena, nachdem Kristína im Bett war, mit ihrem

Vater am Fluss spazieren. Petr hatte darauf bestanden, seine Enkelin zuzudecken und ihr vorzusingen, bis sie eingeschlummert war. Die beiden verband eine besondere Beziehung: Sie sprach mit ihm tschechisch und zeigte echtes Interesse an seiner Leidenschaft fürs Landleben.

»Mami sagt, du verbringst die meiste Zeit allein.«

Er zuckte die Achseln.

»Ist alles in Ordnung, *tatínku*? Du wirkst traurig.«

Der Fluss floss gemächlich um eine Biegung, und ein Tier – vielleicht eine Bisamratte – glitt ins Wasser. Hektor raste zu der Stelle und bellte. Der Hund war so gut ausgebildet, dass Petr nur mit den Fingern schnippen musste, damit er aufhörte und an die Seite seines Herrchens zurückkehrte.

»Traurig ist nicht das richtige Wort.«

»Ist es wegen Kristína? Weil du sie nicht oft genug siehst?«

»So habe ich mir mein Leben als Großvater nicht vorgestellt.«

»Es tut mir leid, dass wir so weit weg sind.«

»*Dir* tut es leid?« Er nahm ihre Hand in seine und brachte sie dazu, stehen zu bleiben. Er war noch keine sechzig, hatte aber schon etwas von einem alten Mann an sich. Das Gesicht war vom Draußensein, selbst im Winter, ständig gebräunt, und er war schlank und muskulös. »Mein Schatz, ich bin derjenige, dem es leidtun muss. Unendlich leidtut. Das ist alles meine Schuld.«

»Was meinst du damit?«

»Ich habe zugelassen, dass er dich geholt hat. Dass er dich mitgenommen hat.«

»Du hattest keine Wahl. In dem Moment, wo er gekommen ist, war doch schon alles entschieden.«

»Ein mutiger Mann kämpft um seine Kinder.«

»Dann wärst du jetzt im Gefängnis oder wahrscheinlich schon tot. Und Mami und ich würden immer noch leiden.«

»Ich glaube an die Republik. Das tue ich wirklich.«

»*Tati* …«

»Aber sieh doch, was sie aus dir gemacht haben.«

Sie lachte. »Ich wohne in einem Penthouse in New York. Ich leite das Designteam eines großen Automobilherstellers.«

Petr zog die Augenbrauen hoch. »Elenka. Ich weiß, was du bist.«

Sie nahm seine Hand und drückte sie. Sie setzten ihren Weg fort.

»Meine einzige Aufgabe war es, dich zu beschützen, und da habe ich versagt. Ich weiß, dass du mir die schlimmen Dinge verschweigst, die sie dir antun. Aber ich kann sie mir vorstellen. Ich sehe es an der süßen Kristína, dem Ergebnis von alledem, und sie werden mit ihr das Gleiche machen. Sie gehört denen genau wie wir alle.«

»Ich weiß nicht, was du dir da ausdenkst, *tati,* aber es ist falsch. Ich liebe meine Tochter und empfinde meine Arbeit als Herausforderung. Sie verlangen nicht viel von mir.«

»Was, wenn du versagst, wenn Anthony versagt? Was ist mit deinen Interessen? Denen von Kristína? Je mehr du sie liebst, je mehr wir sie lieben …« Er ließ Elenas Hand los, holte ein Papiertaschentuch hervor und wischte sich über die Augen. »Elenka, die können einem all das im Handumdrehen nehmen. Die können uns alle verschwinden lassen, wenn sie finden, dass wir auch nur das kleinste Risiko für sie darstellen.« Er blieb stehen und sah ihr ins Gesicht. Ihm flossen die Tränen. »Was ich zugelassen habe, ist unerträglich. Wenn ich abends die Augen schließe, stelle ich mir vor, dass ich ihn jage und umbringe.«

Elena durchfuhr ein Angstschauer. »Sprich das niemals laut aus, bitte, *tatínku.*«

»Wenn wir diese Männer nicht bezwingen, Elenka, dann werden sie uns bezwingen. Es ist unerträglich, ganz unerträglich.«

Sie nahm wieder seine Hand. »Hör zu. Man kann sie nicht bezwingen. Aber ich ertrage das gern für uns alle. Nur bitte kein Wort mehr darüber. Versprichst du mir das? Nie wieder.«

29

MONTREAL – 2016

In der Saint-Christophe stieg Grace die Außentreppe zu ihrer Wohnung im ersten Stock hinauf, und als sie die Tür öffnete, wehte ihr Gasgeruch entgegen. Ihr alter Ofen war undicht, aber sie roch das Gas immer nur, wenn sie nach ein paar Tagen Abwesenheit in die Stadt zurückkehrte. Für sie stand der flüchtige Gasgeruch für Montreal, genau wie die landessprachlichen Schimpfwörter, das Kreuz auf dem Hügel, den sie hier Berg nannten, und die festen süßen Bagels, die es hier im Viertel gab.

»Zip?« Sie ließ den Karton, in dem ihre komplette Karriere steckte, auf den Küchentisch plumpsen. »Mieze?«

Es sah Manon nicht ähnlich, aber hatte sie Zip vielleicht bei einem ihrer Fütterungsbesuche versehentlich rausgelassen? Zip war eine reine Wohnungskatze, dann wiederum war die Saint-Christophe für streunende Katzen ein außergewöhnlich sicheres Revier. Selbst wenn Zip wochenlang draußen wäre, würde irgendjemand sie füttern. Grace schloss die rückwärtige Tür zur Feuerleiter auf und schüttelte geräuschvoll die Packung mit den Biolachs-Leckerli, auf die viel zu viel ihres Einkommens draufging.

»Zip!«

Grace lauschte nach dem vertrauten Klingeln des Glöckchens an Zips Halsband, bevor sie erneut nach ihr rief. Auf der Feuerleiter nebenan saß ihr unmittelbarer Nachbar Sekou, ein Bildhauer aus Mali, und rauchte. Grace fragte ihn auf französisch, ob er ihre Katze gesehen habe.

»Ist das die fette rote?«

»Ja.«

»Ich kann ja mal Ausschau halten.«

Grace schob die Tür zu und durchquerte die Küche zum Flur. Dann schüttelte sie die Packung auch an der Vordertür. »Zip!«

Nichts. Sie schrieb eine Nachricht an Manon.

Wann hast du Zip zuletzt gefüttert?

Manon antwortete binnen Sekunden.

Vor zwei Tagen? Gestern? Wann haben wir telefoniert? Warum, ist sie noch fetter geworden?

Grace schnappte sich den Besen aus dem Küchenkabuff und hielt ihn wie einen Speer vor sich. Ihr Magen war schon in Miami übersäuert gewesen und erst recht in Steadman Coes Büro, doch jetzt fühlte es sich an, als hätte sie Rasierklingen verschluckt. Langsam näherte sie sich dem Schlafzimmer. Vielleicht hatte Zip sich ja versehentlich irgendwo eingesperrt? Manon hatte Grace' Bett gemacht und die Kissen kunstvoll arrangiert.

Von Zip keine Spur.

»Bitte, bitte, bitte nicht«, wisperte Grace.

Im Bad steuerte sie schnurstracks die Toilette an. Der Deckel war unten. Sie hob ihn hoch. Kein Stalkerpisse-Willkommensgeschenk.

Erleichtert ließ sie sich auf dem Toilettendeckel nieder – und hielt jäh inne. Den Duschvorhang zog sie nie vor die Wanne. Sonst sah das Bad noch kleiner aus, als es eh schon war. Sie zählte die Sekunden zwischen den Tropfen, die vom Duschkopf fielen. Alle zwölf Sekunden. Manon hatte ihr Geschirr gespült und das Bett gemacht, aber hundertprozentig hatte sie hier kein Bad genommen.

Aus der Wohnung war kein anderes Geräusch zu hören, aber Grace war sich nicht mehr sicher, ob sie sowohl die Vorder- als auch die Hintertür verriegelt hatte. Kurzerhand schloss sie sich im Badezimmer ein. Dann hielt sie mit der rechten Hand den Besen im Anschlag. Mit der linken griff sie in den Wachstuchvorhang und riss ihn zur Seite. Ihre orangerote Katze schwamm an der Oberfläche.

In Jeans und Pullover stieg sie schluchzend über den Badewannenrand in das kalte Wasser. Die Wanne war so voll, dass Wasser auf den Holzboden schwappte, aber das war Grace egal. Sie nahm Zip in den Arm und erzählte ihr, was sie ihr immer erzählte: dass sie die Beste sei, ihre allerbeste Freundin.

Es klingelte an der Tür. Dann noch einmal.

Grace stieg aus der Wanne und lief triefnass mit Zip im Arm zur Wohnungstür. Sie öffnete sie und stand zitternd im Eingang. Genau wie es der Wind hatte vermuten lassen, waren aus dem Regen nasse Schneeflocken geworden.

William stellte seine Reisetasche auf der Außentreppe ab. Dann breitete er die Arme aus und machte Anstalten, sie und Zip zu umarmen, überlegte es sich aber sofort anders, schlüpfte an ihr vorbei und rannte in die Wohnung. Er rutschte in einer Pfütze aus, redete auf Grace ein, redete mit sich selbst und kam dann mit zwei Handtüchern zurückgerannt. Eines legte er Grace um die Schultern, die keines seiner Worte wahrgenommen hatte. Dann entwand er ihr Zip mithilfe des zweiten Handtuchs, wickelte die Katze ein, die steif wie ein Brett war, und legte sie behutsam auf den blauen Samthocker, den Grace auf dem Flohmarkt St-Michel gefunden hatte.

Kurz sahen sie beide reglos auf Zip hinab. Dann rannte William wieder los, zog seine Tasche herein und schloss die Wohnungstür. Im Bad leerte er die Wanne und ließ sie dann wieder volllaufen, während er nonstop weiter vor sich hin brabbelte. Er nahm sich weitere Handtücher, um den Boden trocken zu wischen, und zog Grace dann ins Bad, wo das Fenster und die Spiegel jetzt dicht beschlagen waren. Er bedeutete ihr, die nassen Klamotten auszuziehen. Sie ließ sich von ihm helfen.

Erst als Grace in der heißen Wanne lag, stiegen die Trauer und der ganze Frust so richtig in ihr auf, und sie erlaubte sich schließlich loszuheulen. Zip war vier Jahre lang ihr Haustier gewesen. Seit sie ein kleines Kätzchen war.

»Und alles nur, weil ich so egoistisch bin«, schluchzte sie.

»Was? Blödsinn.«

»Die haben mich gewarnt. Und ich hab nicht drauf gehört.«

»Du glaubst, die haben das gemacht?«

»Eine Katze ersäuft sich nicht selbst, William. Sie haben schon Katka und Trainer Vacek umgebracht. Sie haben versucht, mich umzubringen. Sie haben es sogar ganz deutlich gesagt: *alle, die mir am Herzen liegen.*«

Sie würde Zip nicht mehr zum Leben erwecken können. Drei Monatsgehälter Abfindung würden nicht lange reichen. Wenn sie das Buchprojekt einstellte, würde sie ihren Job zurückkriegen, ihre Mutter, Jason und seine Familie beschützen und wieder ruhig schlafen können. Sie könnte William einfach wegschicken, ihm all das ersparen, das Ganze abblasen. Irgendwer andres würde darauf stoßen, jemand von *60 Minutes* oder vielleicht Seymour Hersh, und Grace würde es lesen oder sehen und sich wieder genauso fühlen, wie sie sich seit ihrem Uniabschluss gefühlt hatte: Irgendeines Tages würde sie doch noch ihre Chance bekommen.

Sie wickelte sich in ihr Badetuch und lief hinüber ins Schlafzimmer. Was wäre schon dabei? Sie könnte einfach einen Zettel schreiben: *Ihr habt gewonnen, ich gebe auf,* ihn an ihre Wohnungstür tackern, sich unter der Bettdecke verkriechen und eine Woche lang durchschlafen.

»Grace. Alles in Ordnung?«

»Nein.«

Es verstrich eine geschlagene Minute. Weil die alten Bodendielen unter seinem Gewicht knarzten, wusste sie genau, dass William immer noch draußen im Flur stand. Seit ihrem vierzigsten Geburtstag war ihr hin und wieder, immer wenn sie kurz vor dem Einschlafen gewesen war, der Gedanke gekommen, dass sie die großen Entscheidungen in ihrem Leben alle bereits getroffen hatte. Auch wenn sie sich selbst immer als jung genug betrachtet hatte, noch einmal neu anfangen zu können, als Rechtsanwältin oder Lehrerin oder Geschäftsführerin eines Technikkonzerns, war dieser naive, hoffnungsvolle Teil ihres Lebens mittlerweile vorbei. Sich selbst neu zu erfinden, das funktionierte doch bloß im Kino. Das war's. Ab jetzt würde sie sich nur noch in dem kleinen, abgesteckten Areal tummeln, das sie sich selbst eingerichtet hatte.

Neben dem Bett lag das Paar schlanker Boxhandschuhe aus dem Selbstverteidigungskurs für Frauen im YMCA. Grace hatte sie sich im Rausch der Endorphine direkt nach Abschluss des Anfängerkurses gekauft. Von albernem Ehrgeiz erfasst, hatte sie die anderen Teilnehmer umarmt, sich für den Folgekurs angemeldet und sich die Boxhandschuhe gekauft.

William klopfte sacht an die Tür. »Soll ich einfach gehen?«

In ihrem Ikea-Ankleidespiegel in der Innentür ihres Kleiderschranks sah Grace genauso fertig und geschlagen aus, wie sie sich fühlte. Selbst jetzt noch verspürte sie den Impuls, nach Zip zu rufen und mit ihr zu kuscheln. Sie sah sich nicht häufig nackt an – also, nicht richtig –, und auch diesmal wandte sie lieber den

Blick ab. Sie hatte sich eine Naturlatexmatratze geleistet und ein Gänsefederbett, und ihre weiche Flanellbettwäsche hatte ihr über viele Jahre gute Dienste getan. Selbst hier in Montreal im eisigen Winter hatte sie nie darin gefroren.

Sie könnte ganz einfach *ja, sorry, geh* sagen und sich unter die Decke verziehen. Ohne Schlafanzug. Genau danach lechzte ihr Körper. Stattdessen stellte sie sich gerade hin und reckte das Kinn vor. Nein, sie hatte den Wagemut oder die Selbstsicherheit ihrer Jugend noch nicht verloren. Beides war immer da gewesen, gleich unter der Oberfläche, und hatte nur darauf gewartet, umschmeichelt oder heraufbeschworen oder mit Macht ans Licht gezerrt zu werden. Genau so machten andere Leute Diäten oder hörten auf zu rauchen: Nächste Woche, redeten sie sich ein. Für alle Zeit nächste Woche. Grace würde es jetzt sofort angehen.

William klopfte wieder. »Darf ich reinkommen?«

»Einen Moment noch.« Sie legte sich für sie beide den Rest ihres Vormittags zurecht. »Könntest du kurz bei der Wohnung unter mir anklopfen? Da wohnt der Hausmeister. Er kann halbwegs Englisch. Frag ihn doch bitte, ob du dir bei ihm eine Schaufel borgen dürftest.«

30

MONTREAL – 2016

An einem schönen Herbsttag tummelten sich Hunderte an und um den Parc La Fontaine. Bei einem unangenehmen Schneesturm am 1. November war es dort komplett verwaist. Grace wollte den Park ungern irgendwie besudeln, also grub sie das Loch in den sandigen Boden zwischen den Pflanzen am Ufer des Tümpels. Sie legte Zip in ihr Grab und blieb dann noch eine Weile andächtig stehen.

»Willst du noch etwas sagen?«, sagte William.

Grace schüttelte den Kopf. »Zip wusste, was ich für sie empfunden habe.«

William griff zur Schaufel und beerdigte Zip. Währenddessen malte sich Grace allerhand Racheszenarios aus. Ein Mördertrupp war in Florida bereits in Flammen aufgegangen, aber dort draußen gab es noch mehr Männer ohne jegliche Fähigkeit zur Empathie.

Bis zur Grande Bibliothèque war es zu Fuß eine Viertelstunde, inklusive des kurzen Zwischenstopps bei Grace' Haus, wo sie die Schaufel zurückgaben. Der herumwirbelnde nasse Schnee beeinträchtigte die Sicht, und William musste regelmäßig die Brille abnehmen und die Gläser trocken reiben. Grace hielt nach Hinweisen auf die Katzenmörder Ausschau. Ihr eigenes Gemüsemesser war nicht annähernd so gut wie das Küchenmesser aus dem Prager

Airbnb, trotzdem, scharf genug wäre es, und sie fieberte regelrecht darauf hin, ihnen zu begegnen.

Die Grande Bibliothèque war ein gestreiftes Monstrum von einem Gebäude. Grace war schon unzählige Male dort gewesen, beruflich ebenso wie privat, weil sie an ihrem Heimweg von der Redaktion lag und sowohl während der heißesten als auch der eisigsten Abende im Jahr eine willkommene Zuflucht bot. Grace hatte dort Romane und Zeitschriften gelesen, Vorträge gehört und manchmal auch einfach nur inmitten des in Beige gehaltenen Interieurs gestanden, aus dem Fenster geglotzt und ihren Gedanken nachgehangen.

An einem jener Abende hatte sie Manon kennengelernt, die damals Gesangsstunden genommen hatte. Sie hatte Grace einen Flyer für ein kleines Drei-Lieder-Konzert in die Hand gedrückt, das sie gemeinsam mit ihren Mitschülern in einem winzigen Bistro an der Rue Saint-Denis geben würde. Nach dem Konzert hatten sie noch etwas zusammen getrunken, und wie sich herausstellen sollte, hatten sie neben den Büchern auch noch eine Scheidung und die Vorliebe für Wein gemeinsam und schwankten beide fröhlich zwischen Intro- und Extrovertiertheit.

Sowie Manon sie hinter ihrem Schreibtisch entdeckte, riss sie die Augen auf und sprang über die Absperrung, die die Archivare von den Besuchern trennte. Sie fiel ihrer Freundin um den Hals, und obwohl Grace immer noch Kopfschmerzen hatte, nachdem sie sich in der Badewanne so heftig ausgeheult hatte, kamen ihr prompt wieder die Tränen.

»Sie haben sie umgebracht.« Sie erstickte ihr Schluchzen in Manons Rollkragenpulli.

»Wer? Wen?«

»Zip. Meine liebe Zip. Ich weiß nicht, wer es war, aber wenn ich denjenigen finde …«

»Himmel, Grace, was soll das heißen? Ich verstehe nicht.«

»Ich auch nicht, Manon, nicht richtig … Aber sobald ich es sagen kann, erzähle ich es dir.«

William reichte Grace ein frisches Taschentuch und schüttelte Manon dann die Hand. »William Kovály von der London South Bank University. Grace und ich arbeiten zusammen.«

»Und woran, Monsieur Kovály?«

»Sagen Sie doch bitte William.«

»Sprechen Sie französisch?«

»Nein, Madame.«

Unter anderen Umständen hätte Manon im nächsten Moment auf französisch zu einer Tirade über Williams Alter, Größe und Attraktivität angehoben und die hiesige Überzeugung zitiert, derzufolge die große Nase auf gewisse andere Qualitäten schließen lasse – ganz zu schweigen von dem fehlenden Ehering. Aber Zip war tot, und Grace heulte sich immer noch die Augen aus.

Sie erzählten Manon, was sie suchten, und sie wies ihnen den Weg in ein kleines, aufgeräumtes Büro. Grace überflog wieder die E-Mail von Jean-Yves de Moulin und das Zeitungsinterview mit Elena, in dem sie ihren Ehemann erwähnt hatte. Die Aufgabe klang kinderleicht: Sie würden sämtliche Eheschließungen im Großraum Montreal aus den Jahren 1972 bis 1977 durchsehen. Manon schlug die Namen Elena Klimentová, Elena de Moulin und sowohl Elena Straka als auch Josef Straka nach. »Tut mir leid. Kein Treffer.«

»Aber wenn Elena und Josef geheiratet haben, müsste das doch in deiner Datenbank auftauchen, oder?«

»Definitiv. Es sei denn, jemand hat den Eintrag entfernt, bevor alles digitalisiert wurde.«

»Entfernt?«

Manon zwinkerte ihr zu. »Lass mich das kurz überprüfen.«

Sie griff zum Hörer und wählte. Eine Weile lang unterhielt sie sich leutselig mit demjenigen am anderen Ende.

Grace drehte sich zu William um, der die langen Beine übereinandergeschlagen hatte. Seine Füße wirkten zu groß für den Körper. Unwillkürlich musste sie daran denken, wie er vor ihrer Wohnung gestanden hatte, wie er mit ihr und Zip umgegangen war. Er war definitiv zu Empathie fähig. Für einen kurzen Augenblick hätte sie sich am liebsten nach ihm ausgestreckt.

Dann hörte sie wieder zu, was Manon am Telefon besprach, und während er wieder seine Brille putzte, bat William sie zu übersetzen. Sie erklärte ihm, dass Manon mit dem Hauptstandesamt spreche, das sich am Rande der Ville de Québec befinde.

Im nächsten Moment legte Manon die Hand über die Sprechmuschel. »Wir haben ein Problem.«

»Und welches?«

»Moment.« Dann folgten für eine Weile diverse Kombinationen aus *ja, verstehe* und *merkwürdig,* zu guter Letzt ergänzt durch ein *Oh là là là là.* Manon bedankte sich bei dem Kollegen.

Als sie auflegte, hatte sie die Augenbrauen kraus gezogen.

»Was?«

»Die Akten zu den Namen, die du mir gegeben hast, sind samt und sonders leer. Nur zu Monsieur Straka gibt es ein paar Angaben aus den letzten Jahren.« Sie blickte auf ihre Notizen hinab. »Er hat 1979 und dann 1985 noch einmal geheiratet. Zweimal geschieden. Keine der Frauen heißt Elena.«

»Und die leeren Akten ...«

»Der Inhalt wurde entfernt, *mon chou.*«

»Und weiß man, von wem?«

Manon schüttelte den Kopf. »Da gibt es nicht viele, die dazu berechtigt wären.«

»Und trotzdem hat es jemand gemacht.«

»Der *premier ministre* wäre einer davon. Gott? Ein Einbrecher? Ein Katzenmörder? Ach, Grace, womit hast du es da nur zu tun?«

*

Es schneite nach wie vor, also organisierten sie sich eine Uber-Mitfahrgelegenheit, um ihre nächste Station abzuklappern, den Redaktionssitz des Montrealer *Heralds*. Durchs Rückfenster versuchte sie zu erkennen, ob jemand sie verfolgte, allerdings konnte sie gerade einmal zwei Autolängen weit sehen.

Auf dem Weg zum Parc La Fontaine hatte sie William erzählt, was mit den beiden Verbrechern in Florida geschehen war. Auf der Rückbank flüsterte er ihr jetzt zu: »Was glaubst du, für wen die gearbeitet haben?«

»Keine Ahnung. Jean-Yves de Moulin aus Straßburg glaubt, dass er in Gefahr ist und ich es ebenfalls bin – und ich nehme an, William, du bist es auch –, bis das Ganze öffentlich wird.« Sie überflog die Notizen von ihrem Besuch bei Manon. »Mein Artikel wäre schon zur Hälfte fertig, wenn ich ihn irgendwo anbieten könnte …«

»Wenn du ihn anbieten könntest? Ich bin ja nun kein Verleger, aber ich würde ihn auf der Stelle kaufen!«

Ihr Wagen hielt vor dem Redaktionsgebäude der Zeitung. Sie rannten hinein, und Grace fragte ohne Umschweife nach Lucy. Lucy war Vollzeit-Archivarin beim *Herald* gewesen, aber 2010 hatte man ihre Arbeitszeit auf einen Tag pro Woche zusammengestrichen, und aus Lucy wurde eine Teilzeit-Aushilfe, die sämtliche Zusatzleistungen einbüßte. An den übrigen vier Tagen in der Woche arbeitete sie im Grunde *ehrenamtlich* für einen Konzern, der einem Hedgefonds-Konsortium gehörte, das Kanadas renommierteste Presseorgane zu Abstotterern von New Yorker Großkrediten gemacht hatte. In Grace' Augen war das fast schon kriminell dumm. Nach zwei Gläsern Wein bei einem ihrer vierteljährlichen Frauen-im-Medienbusiness-Netzwerktreffen im Upstairs hatte sie Lucy das auch direkt gesagt. Warum, Lucy? Warum tust du so etwas für diesen grässlichen Konzern, diese grässlichen Leute?

Sie bekam eine simple Antwort, und danach wurde es erst einmal still. »Warum? Weil ich nichts anderes habe.«

Grace hatte die Antwort beeindruckt, aber die nachfolgende Unterhaltung war derart hartherzig abgelaufen, dass Lucy ihr die Frage nie verziehen hatte. Beim darauffolgenden Treffen hatten sie an entgegengesetzten Tischenden gesessen.

An jedem anderen Tag wäre es Grace unangenehm gewesen, sie hier aufzusuchen und um einen Gefallen zu bitten. Sie lehnte sich gegen den Marmortresen. Hier in der Innenstadt gab es Marmor im Überfluss, sodass niemand in derlei Gebäuden sich noch darum scherte. Wenn Grace irgendwie an ein Vermögen käme und wüsste, wie sie es vermehren könnte, würde sie all den vernachlässigten Marmor aufkaufen, einmal gut durchmischen und damit in Florida irgendetwas Fantastisches hochziehen. Sie nahm die Hände vom Tresen. Sie waren von einem Film feuchten Staubs überzogen.

Dann ging die Fahrstuhltür auf. Lucy brachte gut und gern drei Zentner auf die Waage. Ihre Haare sahen aus wie ein welker Weihnachtsstern, und sie trug ein wallendes hawaiianisches Kleid.

»Lucy, wie geht's?«

»Kriminell dumm. So hast du es doch ausgedrückt, oder? Daran hat sich nicht viel geändert.«

»Ich war bescheuert, dass ich das damals gesagt habe.«

»Was kann ich für dich tun?«

»Ich brauche etwas aus eurem Archiv.«

»Klar. Dafür gibt's Formulare, das Raussuchen dauert zwei bis drei Wochen und kostet einen Fixbetrag.«

»Lucy, bitte ...«

»Bitte was, Grace?«

William trat dazwischen und stellte sich mit einem leichten Diener vor. »Madame Lucy, Grace und ich sind an etwas ziemlich ... Beispiellosem dran. Meine Universität hat mich hierhergeschickt, aus London, um ein gewisses Rätsel zu verfolgen. Eine der Spuren hat uns zum *Herald* geführt, also sozusagen zu Ihnen, Lucy …« Er legte ihr den Arm um die Schulter. »Sagen Sie uns einfach, wie viel Sie in der Stunde verlangen und wir verdoppeln dann den Betrag.«

»Kovály? Sind Sie mit den Koválys aus West Island verwandt?«

Williams Arm lag immer noch auf ihrer üppigen Schulter. Er schob sie an den Aufzügen vorbei um die nächste Ecke.

Ein paar Minuten später waren sie wieder da. Lucy drückte auf den Fahrstuhlknopf. Sie sah Grace nicht an. »Ihr habt eine Stunde.«

Oben angekommen, dauerte es nicht annähernd so lange. In Lucys Datenbank erzielten sie zwischen 1972 und 1977 diverse Treffer für Elena Klimentová, Elena Straka und Josef Straka. Die Artikel selbst und die Fotodaten waren allerdings nicht auffindbar. Sie konnten nicht einmal den Artikel finden, den Jean-Yves de Moulin geschickt hatte.

Lucy stand im Gang zwischen zwei Metallregalen, in denen das Material hätte liegen müssen, und schüttelte den Kopf.

»Das kann doch gar nicht sein.«

»Und warum nicht?« Grace trat auf sie zu.

»Weil ich die Einzige bin, die hier Zutritt hat. Ich bin die Einzige, die jemals hier ist. Ich weiß genau, wo das Zeug liegen müsste. Wenn irgendjemand hier Ordner mitnehmen wollte …« Sie drehte sich zu Grace herum. »Dann wäre das ich. Es gibt hier nur mich.«

»Wann hast du angefangen, hier zu arbeiten?«

»Da war ich neunzehn. Direkt nach den Weihnachtsfeiertagen 1971.«

»Tja.« William seufzte. »Zumindest sind die Leute gründlich.«

»Wer? Was für Leute denn? Ihr wisst, wer das war, stimmt's?« Sie sah William an.

William trat nah an sie heran, wie um sie zu beruhigen. »Wenn hier jemand einbrechen wollte, Lucy, oder wenn irgendwer einen Kollegen bestechen wollte, damit er am Wochenende hier reinkommt, wie würde derjenige die Ordner finden und mitgehen lassen?«

»Nur ich hab die Passwörter.«

»Und vor der Digitalisierung?«

Sie führte Grace und William zu einem hellen Holzschrank und bat die beiden, sich kurz wegzudrehen, solange sie die Ziffernkombination in das Zahlenschloss eingebe. Einen Augenblick später zog sie ein Karteischubfach heraus. »Das hier ist seit Jahren nicht mehr benutzt worden. Und es hat in all den Jahren nur eine weitere Person gegeben, die hierzu die Kombination kennen würde: den Chefredakteur.« Sie zog eine Karteikarte heraus. »1985 wurde hier alles digitalisiert. Wir haben damals einfach nur die Informationen hier ins System eingegeben.«

»Hätten die Ordner selbst theoretisch schon damals leer gewesen sein können?«

»Möglich.« Lucy steckte die Karte ins Schubfach zurück, schob es hinein und verdrehte dann das Zahlenschloss, um den Schrank zu verriegeln. Sie wandte sich davon ab, zog einen großen Drehstuhl zu sich heran und setzte sich. »Einer von den Chefredakteuren war ein echter Gangster. Der muss es gewesen sein, unter Garantie. Einer aus dem Goldenen Zeitalter, wo die Typen noch alle dauerhaft betrunken waren. Das ist die einzig mögliche Erklärung. Außer …«

»Außer was?« Grace setzte sich auf die Tischkante.

»Im vergangenen Frühjahr war die Polizei hier. Die wollten sich umsehen, durften mir aber nicht sagen, worauf sie aus waren.«

»Die Polizei hier aus Montreal?«

»Ich kann es nicht …« Sie raufte sich die wirren Haare und schlug dann den Blick nieder. »Womöglich die RCMP? Oder wie heißt die kanadische Version von der CIA? Die kommen nie im Fernsehen. Wenn sie im Fernsehen wären, wüssten wir es. Dieses Drecksland …«

»Waren das Männer oder Frauen?« Grace hatte ihr neues Notizbuch gezückt. »Kannst du dich noch daran erinnern, was sie anhatten? Wonach haben sie gesucht? Was haben sie erzählt?«

»Sie meinten, es wär eine Polizeiangelegenheit.«

»Hast du sehen können, was sie gemacht haben?«

In den folgenden fünf Minuten versuchte Lucy zu schildern, wie die Männer ausgesehen und was sie getan hatten. Grace schrieb minutiös mit, während Lucy in ihrem Drehstuhl immer kleiner und zerknirschter aussah und ihren entsetzlichen Verlust betrauerte. Sie wirkte beklommen und ging nicht allzu sehr ins Detail. »Sie haben gesagt, dass ich über ihren Besuch mit niemand reden darf. Sie meinten, das könnte …«

»Ihre Ermittlungen gefährden?«, sagte William. »Klar haben sie das gesagt.«

Als sie mit dem Aufzug wieder nach unten fuhren, wollte Grace von William wissen, was er zu Lucy gesagt habe, um sie dazu zu bringen, ihnen zu helfen.

Er schob sich die schwere Brille über den Nasenrücken, beugte sich vor, um sich in der verspiegelten Aufzugwand zu betrachten, und fuhr sich mit den Fingern durch das schwarze Haar. »Ich habe ihr gesagt, dass sie uns helfen würde, Anthony Craig zu stoppen.«

31

MOSKAU – 1987

Elena und Anthony Craig schauten im Hotel National aus dem Fenster von Zimmer 107. Er litt unter einer Erkältung im Endstadium und wischte sich dauernd mit einem dünnen Taschentuch, das er am Berliner Flughafen gekauft hatte, über die Nase. Das ließ ihn – in Elenas Augen – fast schon slawisch wirken. Ihr zugeteilter Reisebegleiter Juri kam offiziell vom staatlichen Tourismusbüro, aber ihrer Ansicht nach wusste er zu viel über die Eigenheiten seiner amerikanischen Kundschaft, als dass er irgendetwas anderes als ein frisch eingestiegener KGB-Beamter sein konnte.

Sie kannte den Plan, wusste, was als Nächstes kam, und es gefiel ihr nicht.

Zu Hause in New York hätte Anthony diesem Juri inzwischen schon mehrfach Bescheid gegeben, er könne ihn mal kreuzweise, aber hier befanden sie sich in der nobelsten Suite des nobelsten Hotels in Moskau, mit Blick auf den Kreml, der jetzt in der Nachmittagssonne vor ihnen lag. Und zwar als Gäste der sowjetischen Regierung.

Freunde hatten Anthony gewarnt, dass die Kommunisten schnell beleidigt seien. Deshalb tat er jetzt so, als interessierten ihn Juris Kommentare zu Lenin und dessen Frau Nadeschda Krupskaja, in deren Zimmer sie gerade logierten. Er gab auch vor, alles über Pablo Neruda und Anatole France zu wissen, die ebenfalls schon hier genächtigt hätten.

»In welchem Jahr war das noch mal, Juri, die große Show?«

»Unsere Revolution fand 1917 statt. Alle Anführer der neuen Regierung haben während der folgenden Monate im Hotel National gewohnt, weil der Kreml bei den Kämpfen beschädigt wurde. Lenin persönlich. Trotzki, Dserschinski …«

»Okay, okay.« Anthony winkte mit dem schmutzigen Taschentuch ab und schaute wieder aus dem Fenster zum Kreml. »Ich kann mir diese ganzen *Skis* sowieso nicht merken, aber danke, Kumpel, es ist eine große Hilfe, das zu wissen.«

Elena saß auf der Bettkante und lachte. Sie wusste, dass Männer und Frauen in dem hässlichen Betonklotz nebenan, dem Intourist-Hochhaus, sie belauschten. Sie stellte sich vor, dass sie Kopfhörer trugen und einander jetzt ansahen. So also klingt ein überkandidelter Kapitalist? Es war lange her, dass man ihr beigebracht hatte, in einem Raum versteckte Wanzen aufzuspüren, fünfzehn oder sechzehn Jahre, aber sogar sie fand die Abhörgeräte hier auf Zimmer 107 lausig verborgen: Sie befanden sich im Spiegelschrank des Badezimmers und an den Nachttischlampen. Die Videokameras über dem Bett und im Salon waren ebenfalls sichtbar. Man musste nur nach oben schauen.

»Dürfte ich Ihnen sonst noch mit irgendetwas behilflich sein, Mr. Craig?« Juri legte die Hände wie zum Gebet aneinander. »Mit irgendwelchen Fakten?«

»Was meinst du damit? Fakten? Ich bin ein Autotyp und liebe Autos. Sie sind eigentlich das Einzige, worüber ich nachdenke, aber der Platz hier – das ist eigentlich nur eine riesige Straße mit ein paar plumpen Klötzen drum herum. Und die Autos da unten alle! Elena, die sind ja sogar noch hässlicher, als du erzählt hast. Rülpsende Diesel. Mein Gott. Und der Rote Platz? Wo ist denn das Rot, von dem ihr dauernd faselt? Und das hier soll der tollste

Platz sein? Das ist doch eine Hauptstadt, Juri. Seid doch mal stolz. Lebt mal ein bisschen. Weißt du, was die Aussicht verschönern würde?«

Juri trat neben ihn ans Fenster.

»Ein Baum oder zwei, das wäre was.«

»Ich sehe, was Sie meinen.«

»Schau mal da runter! Warum lächelt da keiner? Es ist doch Sommer. Habt ihr hier nicht zehn Monate im Jahr Winter?«

Anthony riss das Fenster auf und brüllte über die sieben oder acht Spuren der Mochowaja und das Motorenkonzert hinweg: »Lebt mal ein bisschen!« Dann schloss er das Fenster und wischte sich wieder über die Nase. »Und was hat es mit dem ganzen verdammten Beton auf sich? Man könnte irgendwie auch mal aus anderem Zeug bauen.«

Juri blickte Elena fragend an. Sie zuckte nur die Achseln.

»Heute Abend, Mr. Craig, werden Sie einige sehr wichtige Leute aus Politik und Wirtschaft treffen, aus Industrie und Automobilproduktion. Ich werde Ihnen einen kurzen Überblick geben.« Juri griff in die Jackentasche und zog einen Umschlag heraus. Er räusperte sich und faltete einige Blätter umständlich auseinander. »Viele der Männer und Frauen haben wichtige Funktionen in der Kommunistischen Partei und stehen Mr. Gorbatschow sehr nahe.«

Elenas Aufgabe bei dem heutigen Abendessen bestand darin, der sowjetischen Führung zu versichern, dass sie eine Autofabrik in Russland aufmachen würden, wenn die Bedingungen günstig genug seien und die Marke komplett unabhängig von Craig International. Dann sollte das Gespräch wie selbstverständlich auf Anthonys politische Ambitionen zusteuern. Bürgermeister von New York? Vielleicht. Gouverneur? Vielleicht, aber in Albany? Das sei nur schwer vorstellbar. Wenn man die Hauptstadt des Bundesstaats doch nur an die Küste Floridas verlegen könnte.

Irgendwann würde einer der Anwesenden sagen: »Und wie wäre es mit Präsident der Vereinigten Staaten?«

Es war kein Staatsgeheimnis, dass die Sowjets mit Ronald Reagan unglücklich waren, der ja auch kein junger Mann mehr war. Sergej sprach ambivalent über Gorbatschow. Der Kommunismus in seiner gegenwärtigen Form werde nicht, könne nicht ewig überdauern. Gorbatschow und seine Leute studierten den Kapitalismus und die Möglichkeit eines friedlichen Übergangs, ernsthaft und sorgsam. Sie hatten im Stillen mit den Amerikanern Gespräche über mögliche Szenarien geführt. Es gab nur ein beherrschendes Thema für alle auf der sowjetischen Seite des Verhandlungstisches: *Diese Veränderungen durften das russische Volk oder die russische Seele auf keinen Fall demütigen und degradieren.*

Doch indem er *perestrojka* und *glasnost* so durchschaubar anstrebe, habe Gorbatschow seine Schwäche eingestanden. Sergej hatte es den »Kniefall vor Amerika« genannt.

Und was hatte Reagan getan? Er hatte arrogante Forderungen gestellt, mit Ausrufezeichen, von Berlin aus. Ausgerechnet Berlin! Einer Stadt, deren Menschen *heute Amerika regieren* würden, wären die sowjetische Stärke und die sowjetischen Opfer im Großen Vaterländischen Krieg nicht gewesen.

Aber es bewies, was Reagan wusste. Durch das Sieb der Trunkenbolde und Überläufer des KGBs waren genug geheimdienstliche Informationen durchgesickert: Die sowjetische Streitmacht war ein hochgespielter Witz. Die amerikanische Strategie, den Staat durch den Rüstungswettlauf in den Bankrott zu treiben, war aufgegangen. Der Kommunismus oder das, was sie als Kommunismus bezeichneten, war gescheitert.

Im Hotel National auf Zimmer 107 wandte sich Anthony seufzend vom Fenster ab. Er legte Juri einen Arm um die Schulter und führte ihn zur Tür. »Das ist nicht böse gemeint, aber ich bin gut in Besprechungen. Es gibt eine Menge Sachen, in denen ich gut bin. Würdest du nicht auch sagen, Elena?«

Sie nickte.

»Aber am besten bin ich, wenn ich mit einem Haufen Fremden verhandle, um ein gutes Geschäft zu machen. Wenn irgendwer mit einem Zimmer voller Kommunisten einen Deal hinkriegt, bin ich der Typ. Alles klar? Echt vielen Dank für die Sachen als Anstandswauwau und dass ihr Elenas Ding organisiert habt.«

»Die Kreml-Besichtigung«, sagte Juri.

»Genau, Kumpel. Echt was Besonderes. Aber jetzt werde ich erst mal ein Nickerchen machen. Komm in vier Stunden wieder, okay? Und dann höre ich mir an, was du von all den Leuten erzählst, von allen *Skis* und *Ows*, die du für mich finden kannst. Aber jetzt packe ich das einfach nicht. Okay? Wie heißt du noch mal?«

»Juri«, sagte der Juniorspion zum zwölften Mal.

»Nerve ich dich eigentlich, Juri? Das wär nämlich nicht meine Absicht hier.«

»Nein, Mr. Craig. Das versichere ich Ihnen.«

Als er gegangen war und die Tür wieder zu, breitete Anthony ungläubig die Arme aus. »Die sind so steif.«

»Heute Abend werden sie viel Wodka trinken und um einiges lockerer sein«, sagte Elena. »Sie sind in deiner Gegenwart einfach nervös, Tony. Die meisten sind noch nie einem Amerikaner begegnet, und schon gar nicht einem reichen und berühmten Amerikaner, einem mächtigen.«

Er durchquerte den Salon und trat wieder ans Fenster. »Das leuchtet mir ein.«

»In Russland gibt es nur eine Sorte Macht. Politische Macht. Du repräsentierst eine andere Sorte, und daran sind sie einfach nicht gewöhnt.«

»Ich habe Erfolg mit diesem wundervollen Ding hier.« Er tippte an seinen Kopf und putzte sich abermals die Nase. »Nimmst du

Alicia mit, wenn du dir die Leichen von den toten Roten ansehen gehst?«

»Ich glaube nicht, dass man sie wirklich sehen kann. Es ist ein Mausoleum.«

»Das ist jetzt nicht böse gemeint, aber diese Slawen sind schon ganz schön gruselig.«

Alicia war Elenas Assistentin und wahrscheinlich ihre beste Freundin. Anthony war scharf auf sie und gab sich nicht die geringste Mühe, das zu verheimlichen.

»Hat er irgendwelche abartigen Fantasien?«, hatte Sergej sie gefragt, als sie in seinem Geigengeschäft an der West 68th Street die Reise nach Moskau geplant hatten.

»Wie zum Beispiel?«

»Irgendwas mit körperlichen Ausscheidungen oder mit Tieren? Mag er es, anderen wehzutun oder sich wehtun zu lassen?«

»Er ist sehr konventionell. Natürlich mag Anthony es, wenn man ihm ständig versichert, dass er der beste Liebhaber der Weltgeschichte ist. Genauso wie der beste Autohersteller. Wenn er sich mehr Zeit dafür genommen hätte, dann wäre er auch noch der größte Golfspieler aller Zeiten.«

Würde das Zimmer seltsam riechen, wenn sie zurückkam? Während sie und Alicia über den Roten Platz und durch den Kreml spazierten, würden drei von »Juris netten jungen Freundinnen« vorbeikommen, um Anthony zu unterhalten. Die Videokameras würden alles aufzeichnen. Ihr einziger Trost war, dass er sein Erkältungsvirus unter den Besucherinnen verteilen würde.

Jetzt, wo Elena Ende dreißig war und eine gesunde, wundervolle Tochter hatte, spielte das, was er trieb, keine so große Rolle mehr für sie. Sie hatte Kristína. In zehn Jahren Ehe mit ihm, in der Geschäftspartnerschaft mit ihm, hatte sie gelernt, wie man ein Unternehmen aufbaute. Sie hatte zwar keine Liebe, aber Ideen. Sie hatte Einfluss.

Jetzt, wo sie selbst in Moskau war, konnte sie fast nicht glauben, dass sie sich einst vorgestellt hatte, hier zu leben. Anthony hatte recht. Es war trostlos, und die Leute wirkten allesamt schlecht gelaunt. Selbst mit einer Wochenend-Datscha am Schwarzen Meer hätte sie ihr Leben unmöglich in Moskau verbringen können.

Elena wusste, wer heute Abend auf der Gästeliste stand. Sie hatten darüber gesprochen, Gorbatschow höchstpersönlich einzuladen, aber das hätte zu Hause zu viel Aufsehen erregt.

Als man in Langley von der Geschäftsreise erfuhr, waren zwei CIA-Leute bei ihnen in New York aufgetaucht, um sie zu briefen. Sprechen Sie nicht über Politik. Machen Sie keine finanziellen Zusagen, bis Sie wieder zu Hause sind und wir Ihnen behilflich sein können. Geben Sie nichts Persönliches über sich preis.

Elena hatte darauf bestanden, bei dem Gespräch mit der CIA anwesend zu sein, damit sie verhindern konnte, dass die Rede auf scharfe russische Mädchen kam, die naive westliche Männer kompromittieren könnten.

Es klopfte. Elena schaute durch den Türspion und sah Alicia in einem schlichten weißen Kleid und mit Hut. Sie zog sich eine leichte Strickjacke über und setzte ihre Sonnenbrille auf. »Viel Vergnügen, Tony.«

»Es ist nur ein Mittagsschlaf.«

»Vielleicht passiert ja irgendwas Interessantes, während ich weg bin«, sagte sie und öffnete die Tür.

Er schaute bereits wieder aus dem Fenster, mit den Gedanken in weiter Ferne, bei dem, was er vielleicht erobern würde.

32

MONTREAL – 2016

Aus den Außenlautsprechern an der Sainte-Catherine dudelte »Baby It's Cold Outside«. Grace und William waren auf dem Weg zu Josef Strakas Wohnung. Der 1. November galt im Handel offiziell als Beginn der Weihnachtssaison, und die Ladenbesitzer dekorierten Bäume und hängten Girlanden auf. Der erste Schnee machte jetzt schon Ernst. Sie gingen die Rue Peel hinauf. Vor dem Eingang von Chez Alexandre et fils schlitterte ein weißer Lieferwagen in einen anderen weißen Lieferwagen.

Die Fahrer stiegen aus. In New York wären sie einander an die Gurgel gegangen, aber die beiden hier – mit ihren sicheren Tarifverträgen – zündeten sich lediglich eine Zigarette an und wechselten die jeweils örtliche Variante von *eh bien*.

Grace hatte dem Wachmann beim *Herald* zwei Dollar gegeben, um mit seinem Handy ein Ortsgespräch führen zu dürfen. Sie hatten zwei Telefonnummern für Josef Straka in Erfahrung gebracht. William wählte die Festnetznummer und legte wieder auf, sobald Straka drangegangen war.

Über die Rue Sherbrooke liefen sie in Richtung Südwesten geradewegs gegen den Wind in einen heftigen Schneesturm hinein. Allmählich blieb der Schnee auch auf den Bürgersteigen liegen. Grace hakte sich bei William unter. Als sie am Ritz-Carlton vorbeikamen, wo mit blauem Chemiegranulat gestreut worden war,

war es zwar nicht länger glatt, trotzdem hielt William ihren Arm weiter fest. Sie sahen aus wie frisch Verliebte.

Über dem Eingang zum Acadia, wo Josef Straka wohnte, war ein schwarzes Vordach angebracht. Darunter schüttelten und klopften sie sich den nassen Schnee aus den Haaren und von den Jacken.

»Es ist schon ewig her.« Anstatt ihm in die Augen zu sehen, musterte Grace die Ärmel ihrer schwarzen Wollstoffjacke. »Zig Jahre, dass ich zuletzt mit einem Mann Händchen gehalten hab.«

»Das tut mir ganz entsetzlich leid, Grace.«

Ein Gentleman in einem Pelzmantel zog die goldbeschlagene Tür für sie auf und bedeutete ihnen, an den Empfangstresen zu treten. »Madame Elliott und Begleiter? Ich sage Monsieur Straka Bescheid, dass Sie kommen.«

»Wir werden gar nicht erwartet ...«

»Monsieur Straka bekommt eine Menge Besuch.«

Während der Portier zum Hörer griff, reichte er ihnen zwei weiße Handtücher, mit denen sie sich die Haare abtrocknen konnten. Die Handtücher rochen entfernt nach Schwimmbad.

Auf dem Weg zu den Aufzügen erzählte Grace William mehr über Straka: dass er höflich und förmlich sei und in Montreal ein kleinerer Geldgeber, dafür umso größerer Spendenbeschaffer im Bereich verstaubter europäischer Kunst. Seine Wohnung lag im obersten Stockwerk. Während der Aufzug langsam hochfuhr, richtete Grace ihr Aufnahmegerät ein. »Irgendwie muss er zu ein und derselben Zeit wie sie die Tschechoslowakei verlassen haben, zur härtesten, gefährlichsten Zeit, zu der man hätte gehen können. Die ganzen Ordner und Akten über ihn und Elena fehlen doch aus einem bestimmten Grund. Meine Vermutung wäre, dass er im damaligen Regime, noch vor dem Niedergang des Kommunismus, eine gewisse Rolle gespielt hat, und von dieser Rolle darf niemand erfahren. Was wäre deine Hypothese?«

»Er hat keinen Eintrag in Cibulkas Listen. Keine Ahnung, was das für uns heißt.«

Josef Straka stand bereits in der offenen Tür. Das weiße Haar sah frisch gekämmt aus, und er trug ein gestärktes Oberhemd unter einer schwarzen Strickjacke zu beigefarbenen Chinos und Slippern. »Madame Elliott.«

»Monsieur.«

»Wie schön, Sie wiederzusehen.«

William sagte etwas auf tschechisch, dem Straka beipflichtete. Dann übersetzten sie es für Grace: Der Schnee in Montreal sei echter Schnee, nicht wie die Kümmerform, die sie aus Prag kannten. Dann hob Straka zu einer Gilles-Vigneault-Imitation an und sang: *»Mon pays, ce n'est pas un pays, c'est l'hiver.«*

Grace übersetzte William die Zeile aus dem klassischen *Québécois*-Lied: »Mein Land ist kein Land, es ist der Winter.«

Übersetzt klang es schrecklich banal.

Sie kicherten höflich darüber und gaben einander die Hand, während Straka auf Grace' Notizbuch und das Aufnahmegerät hinabblickte. Noch hatte er sie nicht hereingebeten. Hinter der Wohnungstür konnte Grace strahlend weiße Wände, einen dunklen Holzboden und ebenso dunkle Holzmöbel sowie Statuen und abstrakte Gemälde sehen. Jenseits der riesigen Fenster der exklusiven Eigentumswohnung wirbelte und tanzte der Schnee.

»Was kann ich für Sie tun?«, sagte er schließlich.

»Ich schreibe ein Buch über Ms. Craig, ihre Lebensgeschichte.«

Er verschränkte die Arme. Das Lächeln war aus seinem Gesicht verschwunden. Allerdings sah er nicht überrascht aus. »Das wird sie nicht erlauben. Das wird niemals autorisiert werden.«

»Autorisiert?«, sagte sie.

»Inwieweit kollidiert die Sache mit Ihrer Rolle beim *National Flash,* Madame Elliott?«

Es war seine Art, ihr zu verstehen zu geben, dass er von ihrer

Kündigung wusste. Grace schaltete das Aufnahmegerät ein. »Als ich erfahren habe, dass Sie beide einmal verheiratet waren, Monsieur Straka, war ich wirklich überrascht. Das hatte ich nicht gewusst – und das nach all den Unterhaltungen mit mir und den Interviews, die sie mir gegeben hat.«

»Es stimmt ja auch nicht. Wir waren nicht verheiratet.«

»Aber dem *Herald* gegenüber hat Elena selbst angegeben …«

»Dort waren Sie gerade, ja? Bitte zeigen Sie mir doch, was Sie dort gefunden haben.«

»Woher wissen Sie, dass wir gerade dort waren, Monsieur?«

Straka sah auf die Uhr. Es war offensichtlich, dass er sie schleunigst wieder loswerden wollte.

»Egal. Wie Sie sicher wissen, ist in den Archiven nichts zu finden.« Grace entsicherte ihr Handy und klickte die E-Mail von Jean-Yves de Moulin an. »Trotzdem habe ich hier eine Kopie.«

Straka nahm seine Brille ab und überflog den Artikel. »Das da ist ganz klar eine Fälschung.«

»Wie kommen Sie darauf?«

»Ich habe zu der Zeit hier gelebt. Elena ebenfalls. Aber wir waren nicht miteinander verheiratet. Irgendjemand hat das da verfasst, um Sie in die Irre zu führen. Heutzutage sind ja praktisch schon Neunjährige veritable Grafikdesigner.«

»In der Datenbank vom *Herald* sind diverse Artikel registriert. Nicht nur der hier, sondern auch noch andere. Nur dass die Artikel selbst nicht mehr da waren.«

»Fake-Treffer. Um Sie in die Irre zu führen.«

Jetzt zückte auch William sein Notizbuch. »Wir haben auch die Provinzarchive konsultiert, Mr. Straka. Auch dort haben einmal Akten zu Ihrer Ehe mit Ms. Craig gelagert, die nun ebenfalls verschwunden sind.«

»Es hat nie Akten zu meiner Ehe mit Madame Craig gegeben, weil wir nie miteinander verheiratet waren.« Strakas wütende

Stimme hallte von den Wänden im Treppenhaus wider. »Wir sind Sandkastenfreunde, und soweit ich weiß, dürfte die Regierung von Quebec an derlei Verbindungen kein Interesse haben.«

»Wie sind Sie aus der Tschechoslowakei entkommen?«

Straka drehte sich langsam zu Grace herum. Sein Lächeln war wieder da, auch wenn es diesmal anders aussah als sein Wetterlied-Willkommenslächeln. »Vorsichtig.«

»Könnten Sie das genauer ausführen?«

»Nein, ich meine Sie, Madame Elliott. Seien Sie vorsichtig, was Sie jetzt sagen.«

»Monsieur Straka. Die Tschechoslowakei gibt es nicht mehr. Es ist doch sicher nicht mehr von Belang, wie Sie dort herausgekommen und in Kanada gelandet sind. Es muss für Sie enorm schwierig und dramatisch gewesen sein. Der Stacheldraht und die Tretminen, die Grenzposten mitsamt Sturmgewehren und Hunden …«

»Das sind Märchen, Madame Elliott. Das Land zu verlassen war in Wahrheit nicht sonderlich schwer.«

»Haben Sie für die StB gearbeitet?«

Straka machte einen Schritt zurück und griff zur Tür, um sie zu schließen.

»War Ihre Ehe Teil eines geheimen Schlachtplans?« Grace trat vor und stellte den Fuß in die Tür. »Nur dass ich es irgendwie immer noch nicht ganz verstanden habe. Inwiefern haben Sie oder Elena von dieser Ehe profitiert?«

»Es reicht, Madame Elliott.«

»Es sei denn, Sie wären ein Liebespaar gewesen …«

»Wir haben Sie in Cibulkas Listen nachgeschlagen«, sagte William.

An Strakas Schläfen schwollen die Adern. So zornig er auch wirkte, Grace hatte trotz allem das Gefühl, in seinem Gesicht den Hauch einer Niederlage zu erkennen. Mit der Hand an der schweren Tür schien er kaum merklich in sich zusammengesackt zu sein. »Sie widern mich an, wie Sie ehrbare Leute in den Dreck ziehen wollen. Ich habe für diese Stadt und dieses Land so viel geleistet und nie jemand wehgetan.«

»Ich werde die Story bekommen«, sagte Grace. »Darauf können Sie sich verlassen. Sie können Einfluss darauf nehmen, wie Sie darin davonkommen, indem Sie uns ein Interview geben – oder eben nicht.«

Er holte tief Luft, und für einen kurzen Moment dachte Grace schon, dass er sie gleich hereinbitten würde.

»Sie werden die Story nicht bekommen«, sagte er. Er beugte sich zu ihr vor und schaltete ihr Aufnahmegerät aus. Dann wisperte er so leise, dass sie es selbst kaum verstehen konnte: »Vorher bringen die Sie um.« Er drehte sich von ihr weg. »Guten Tag, Madame Elliott.«

William hatte sich bereits zum Treppenhaus gewandt, während Grace noch einmal verhinderte, dass die Tür zuschlug. »Wer sind *die?*«

Straka machte einen Schritt nach vorn und legte ihr die Hände auf die Schultern, als würde er sich gleich zu ihr beugen und ihr ein Geheimnis verraten. Dann schubste er sie unversehens rückwärts ins Treppenhaus. Sie stieß mit William zusammen und landete unwürdig auf dem Hosenboden.

Die Tür fiel ins Schloss.

Für eine Weile war es fast unheimlich still im Treppenhaus. Irgendwo schrillte ein Bohrer. William zog Grace auf die Beine, und sie glättete die zerknitterten Seiten ihres Notizbuchs. Dann starrten sie eine Weile seine Wohnungstür an, als drohte von dort Gefahr. Schließlich ging Grace zum Fahrstuhl und drückte den Knopf.

»Grace?«

»Ja?« Die Fahrstuhltür glitt auf.

»Ist das normal, dass man gesagt bekommt, man könnte für eine Story ... umgebracht werden?«

Grace schüttelte den Kopf. Sogar in der Winterjacke war ihr kalt. Unten durchquerten sie den eleganten Eingangsbereich des Acadias, wo der Portier sie wieder ansprach: »Madame Elliott, Monsieur Kovály ...«

»Woher kennt der meinen Namen?«, flüsterte William.

Der Portier deutete auf den Mann und die Frau, die sich von den beiden Stühlen im Eingangsbereich erhoben. Sie waren beide groß gewachsen und sahen sportlich aus, hatten beide hohe Wangenknochen und eine fahle Gesichtshaut. »Die Herrschaften haben auf Sie gewartet.«

33

MLADÁ BOLESLAV – 1990

Während sie mit ihrer weinenden Tochter neben sich am Grab des Vaters stand, beobachtete Elena ihren Mann. Der Pfarrer predigte auf tschechisch, in einer Sprache, die zu lernen Anthony sich nie die Mühe gemacht hatte. Er konnte nicht einmal hallo und auf Wiedersehen sagen, schon gar nicht danke. Anfangs hatte er ihren Akzent noch als süß bezeichnet, die Sprache selbst fand er jedoch rau und unangenehm – Bauerngegrunze nannte er es. Das Französische sei ein Zeichen von Klasse. Das Holländische und das Deutsche klangen für ihn schlau. Die slawischen Sprachen, die er alle in einen Topf warf, hielt er für Zeichen einer verkümmerten Kultur eines verkümmerten Volkes. So etwas sagte er vor ihr, unter Leuten, bei Abendessen. *Anwesende ausgenommen, Liebling.*

Anthony machte wieder die typische Grimasse mit seinen Lippen. Er schürzte sie verächtlich, während er auf den Sarg hinabblickte. Elena stellte sich vor, was er dabei dachte – *ein guter Sarg, der beste, den man für Geld in diesem Scheißland kaufen kann.* Wenn er sich derzeit die Quartalszahlen von Craig International ansah, machte er auch so ein Gesicht.

Woran auch immer er gerade denken mochte, während ein paar Flocken trockenen Schnees um ihn herumwirbelten, Elena war sich absolut sicher, dass es weder ihr Vater noch Kristína, noch sie war.

Kristína hatte bisher jeden Sommer ihres Lebens im »Haus ihrer Großeltern« am Fluss verbracht. Ihr Großvater war ihr Vater, weit mehr als Anthony das je sein würde. Anthony war bislang viel zu beschäftigt gewesen, ihr irgendetwas beizubringen, und auch noch richtig stolz darauf. *Sie lernt an meinem Beispiel, von meinem Business, meiner Arbeit, und das muss reichen. Ihr Vater ist ein großer Mann, einer der größten. Das wusstest du, als du mich geheiratet hast. Deshalb hast du mich ja geheiratet.*

Deshalb hatte sie ihn geheiratet.

Jahrelang hatte Elena sich Sorgen um ihren Vater gemacht, der sich so quälte. Petr Kliment glaubte fest, er habe seine Tochter und damit auch seine Enkelin ins Elend gestürzt, und hatte das auch seiner Frau Jana und Elena gegenüber geäußert.

Hatte er diese Dinge, diese Wahrheiten, auch vor anderen ausgesprochen? Die Frage hatte Elena um den Schlaf gebracht. Immer wenn mitten in der Nacht das Telefon klingelte, bekam sie schreckliches Herzklopfen, weil sie sich plötzlich sicher war, dass er den falschen Leuten zu viel erzählt hatte.

Damit war es nun vorbei. Die Sowjetunion würde bald zerfallen. Sie war keine Schwalbe mehr. Sie war frei. Der Dissident Václav Havel war jetzt Präsident der Föderativen Republik. Das neue Motto des Landes lautete *Pravda vítězí:* Die Wahrheit siegt. Doch dann musste sie an Danika und ihre eigenen schwarzen Tage denken, den Höhepunkt ihres Lebens, und nichts schien mehr wahr zu sein.

Als der Ostblock im Jahr zuvor zu bröckeln begann, war ihr erster Gedanke, dass sie bald nach Hause könnte. Dass sie Anthony ihre Tochter wegnehmen und nach Hause zurückkehren würde. Petr wusste von dem Plan. Sie hatten ihn auf einem Spaziergang mit Hektor im Sommer besprochen, und er war außer sich vor Freude gewesen. Nach zwanzig Jahren Gefängnis würde seine Tochter endlich ein freies Leben führen.

Jetzt konnte ihm niemand mehr etwas antun.

Kristína würde bald dreizehn sein. Elenas größte Sorge bestand darin, dass ihre Tochter vergessen könnte, was Petr Kliment sie gelehrt hatte. Nicht, *eine kleine Kommunistin zu sein,* wie Anthony es ausdrückte, sondern den Rhythmus des Lebens um sie herum zu achten, andere Menschen und die Atmosphäre im Wald, das, was Gott früheren Generationen von Tschechen bedeutet hatte.

Elena spürte auf einmal, hier am Grab ihres Vaters, Wut bei dem Gedanken aufwallen, dass Anthony es nie für nötig gehalten hatte, ihn einmal hier in der Tschechoslowakei zu besuchen.

Es war nun schon über ein Jahr her, dass Elena zuletzt von Sergej gehört oder ihn gesehen hatte. Sie fantasierte davon, dass man ihm heimlich, still und leise im Hof eines russischen Gefängnisses den Prozess machte und ihn henkte. Aber gleichzeitig wusste sie, dass jemand wie Sergej nie gehenkt wurde.

Sie hatte schon nicht mehr mit einem Anruf ihres Vaters wegen gerechnet, da kam er. In New York, auf dem Flug, in der Wohnung ihrer Mutter und jetzt an seinem Grab konnte sie nicht aufhören, an sein starkes Herz zu denken. Ihr Vater war so jung gewesen!

Jana würde mit ihnen nach New York kommen. Die Tschechoslowakei war kein Ort mehr für sie. Insbesondere jetzt nicht, wo Leute, die es unter den Kommunisten zu etwas gebracht hatten, nachts aufwachten, weil andere Ziegelsteine in ihre Fenster warfen. Eine ihrer Freundinnen, eine offizielle Vertreterin der Partei in Prag, war von einer Gruppe Frauen angepöbelt worden. Die hatten sie geohrfeigt und angespuckt.

Für Petr Kliment war die Entscheidung Kommunismus oder Kapitalismus irrelevant gewesen. Niemand hatte ihn angeschwärzt. Er starb mit dreiundsechzig, als er in seiner Werkstatt gerade ein neues Regal baute. Elena stellte sich seine letzten Minuten vor, wie er allein in der Kälte und Dunkelheit lag.

Ein Herzanfall war nur ein Herzanfall, wenn der Arzt ihn bestätigte. Zum Begräbnis war der Arzt nicht erschienen.

Anthony neben ihr seufzte. Das war einfach zu viel für ihn, zuhören zu müssen, wenn jemand anderes redete, noch dazu in tschechischer Sprache. Der Automobilbereich hatte nie Gewinne abgeworfen. Sie hatten inzwischen die Grenzen ihrer Kreditfähigkeit erreicht, und irgendwann in ein oder zwei Jahren würden sie anfangen müssen, größere Unternehmensteile zu veräußern. Berater von McKinsey waren geholt worden, um mit dem Management zu reden, aber Anthony hatte sie als Feiglinge ohne Fantasie beschimpft. Er hasste Berater, und er hasste Banken. Der Deal mit den Sowjets, damals 1987, war trotz Elenas und Sergejs sorgsamer Vorbereitung gescheitert. Anthony hasste es schon, sich in Long Island und New Jersey an Vorschriften zu halten.

»Das ist genau das Problem, das wir in Amerika lösen müssen, und zwar nicht nur für Craig«, erklärte er den Leuten von McKinsey. »Wir würden nämlich gar nicht so verdammt viel Kapital brauchen, wenn ihr Schlauberger rauskriegen würdet, wie wir Steuern und Vorschriften umschiffen können. Das wird hier bald schlimmer als in Moskau sein. Elena, erzähl denen mal, wie das war, in Moskau eine Fabrik zu bauen!«

Und immer wenn sie es denen mal erzählen wollte, wurde sie gleich wieder von Anthony unterbrochen. Er konnte die Geschichte von all den dämlichen Vorschriften in Moskau besser, schneller und ohne Akzent erzählen.

»Aua, Mama.« Kristína im schwarzen Prada-Mantel schaute mit vom Weinen geröteten Augen zu ihr hoch. Elena hatte die Hand ihrer Tochter zu fest gedrückt.

Der Pfarrer war verstummt.

Anthony nickte mit gespielter Trauer. »Endlich.«

Elena warf Erde auf den Sarg, ebenso Kristína. Anthony tat es ihnen gleich, weil er sich von der Trauergemeinde beobachtet fühlte. Als sie langsam zu den schwarzen Autos zurückgingen, die sie zurück zum Hotel in Prag bringen würden, legte Anthony den Arm um Elena.

»Wer kommt eigentlich in diese Mausoleums rein, diese kleinen Steinhäuser?«

»Vor dem Kommunismus waren das alle, die es sich leisten konnten«, sagte sie.

»Weißt du was, scheiß drauf. Ich werde jemand darauf ansetzen. Wir können doch eins für deinen Dad bauen lassen. Eins aus so hellem Stein wie diese alten Kirchen. Und wenn wir ihn dafür wieder ausbuddeln müssen, dann nur zu. Was meinst du? Du willst doch auch nicht, dass die Leute da vorbeigehen und denken, Anthony Craig ist knickerig.«

»Es spielt keine Rolle«, sagte Elena.

»Weißt du was? Ich glaube schon.« Er hieß sie stehen bleiben, drehte sie um und zeigte auf die Grube hinter ihnen, die ein paar Männer bereits zuschaufelten. »Wir verdienen was Besseres.«

Die mausoleumsartigen Gräber standen etwas abseits und bildeten sozusagen eine Prachtstraße toter, einstmals reicher Leute.

»In so was gehört jemand von seinem Rang, Elena.«

»Mein Vater hat sich nie um Ränge geschert.«

»Du aber. Wir aber. Lass uns dafür sorgen, dass er als Mann der richtigen Sorte in Erinnerung bleibt.«

Kristína ging allein und unterhielt sich mit dem Pfarrer. Es würde eine düstere Version von Leichenschmaus im Dachrestaurant des Inter-Continentals geben.

Die hatten ihren Vater umgebracht. Da war Elena sich sicher. Wo würden solche Männer sich verstecken? Männer, die jeden anderen überall finden konnten?

Anthony würde nicht bis zum Leichenschmaus bleiben. Er hatte ein Flugzeug gechartert, das ihn nach Frankfurt bringen sollte, wo am nächsten Tag ein Termin bei der Deutschen Bank anberaumt war. Im Auto sprach er davon, dass es ein großartiges Begräbnis gewesen sei, aber dass sie Petr ein schönes Mausoleum bauen lassen müssten. Vielleicht gleich mit genügend Platz für die alte Jana, wenn die mal starb.

»Du entwirfst es, Elena«, sagte Anthony mit stolzgeschwellter Brust, als würde das Mausoleum ihren Vater wieder lebendig machen. »Du sagst mir, wie du es willst, und so wird es gemacht. Das Ganze ist verdammt noch mal schon so gut wie geritzt.«

Sie seufzte. »Na gut.«

»Eine schöne Krypta, die tausend Jahre hält. Wir können ein Schild daran anbringen lassen: errichtet von der Familie Anthony Craig.«

Kristína, die der Unterhaltung nur zur Hälfte zugehört hatte, unterbrach ihn. »Er würde bestimmt lieber bei den Tieren in der Erde sein.«

»Wer bringt ihr eigentlich bei, so zu reden?« Anthony zeigte mit dem Daumen auf Kristína. »Lernen die Kinder das hier jeden Sommer, im Kommunisten-Camp?«

»Dad!«

Am Hotel in Prag ließ Anthony den Portier seine Koffer in den Wagen laden. Er küsste Elena und seine Tochter. »Tolle Beerdigung. Ihr habt toll ausgesehen. Kristína: umwerfend. Deine Haare sind umwerfend so. Hast du gesehen, dass die Presse da war? Man sucht keinen Blickkontakt, wenn die einen fotografieren. Du schaust weg und schaust traurig, denn das erwarten die Leute, klar? Traurig bei traurigen Anlässen, fröhlich bei fröhlichen.«

Zwei Stunden später, nachdem die Reden auf dem Leichenschmaus vorbei waren, führte Elena ihre Tochter zum Aufzug, wo ein Mann mit Hut und dunklem Anzug sie erwartete. Sie erkannte ihn zuerst gar nicht. Er hatte noch mehr zugenommen und dunkle Schatten unter den Augen.

»Mein herzliches Beileid, Mrs. Craig. Ihr Vater war ein sehr guter Mensch.«

Sie nickte nur, als wäre er ein Fremder, und ließ zu, dass er ihr unbemerkt ein Stück Papier in die Handtasche schob.

Drei Stunden später – Kristína schlief schon – verließ Elena das Hotel. Sergej saß im Schiff der St.-Nikolaus-Kirche, wo niemand Notiz von ihm nehmen würde.

Elena rutschte neben ihn in die Bank und grub die Fingernägel in ihre Handflächen, während er ihr zehn Minuten lang flüsternd seine Pläne mitteilte.

»Ich will aufhören.«

»Ja. Das wissen wir. Und wie du weißt, funktioniert es so aber nicht.«

»Mir ist egal, ob es so nicht funktioniert, Sergej. Solange es StB und KGB gab, habe ich getan, was von mir verlangt wurde. Jetzt nehme ich meine Mutter mit nach New York. Und meinem Vater könnt ihr nicht mehr drohen.«

Sergej lehnte sich mit einem angedeuteten Lächeln zurück.

»Habt ihr ihn umgebracht?«

»Natürlich nicht. Ich habe ihn letzten Monat aufgesucht. Aus irgendeinem Grund war er – genau wie du, Elena – davon überzeugt, es wäre *vorbei*. Ihr wärt uns los. Eure Schulden wären beglichen. Er sagte, du würdest Craig verlassen und zurück nach Mladá Boleslav ziehen.«

»Und?«

»Petr kannte die Regeln, Elenka, und er hat von ihnen profitiert. Er hat ein Leben gelebt, das für fast niemand in diesem Land vorstellbar war. Und das alles deinetwegen. Außerdem hat er dich hintergangen. Ich kann dir gar nicht sagen, wie oft ich ihn vom Reden abhalten musste, um ihn vor sich selbst zu beschützen. Ich war in all den Jahren der Beschützer deines Vaters. Aber letzten Monat musste ich ihm die Wahrheit sagen. Nichts ist vorbei. Für dich, für deinen Anthony fängt es gerade erst an. Das hat Petr nicht gut aufgenommen.«

Sie stand auf.

»Elena, dein Vater hatte keinen Herzanfall. Der Feigling hat sich erhängt. Vrba hat daraufhin das Richtige getan. Sie hat mich angerufen.«

»Du lügst! Und nenn sie gefälligst nicht so.«

»Du solltest in einer Kirche nicht herumschreien.«

Elena wollte ihn ohrfeigen, aber er packte sie am Handgelenk und drückte fest zu. Sie versuchte, sich ihm zu entwinden. »Ich werde ihn verlassen. Ich bin fertig.«

»Ach, Elenka.« Sergej holte tief Luft und grinste übers ganze Gesicht, dann ließ er sie los. »Du und Anthony und die hübsche Kristína, ihr seid erst dann fertig, wenn wir es sagen.«

34

MONTREAL – 2016

Die Frau war einer der schönsten Menschen, denen Grace je begegnet war, mit sahniger Haut, strahlenden grünen Augen und kupferrotem Haar.

»Mr. Kovály. Ms. Elliott. Mein Name ist Roberta McKee.« Sie zeigte auf den Mann neben sich, der einen hellen Kaschmirmantel trug. »Das ist Bradley Tebb.«

Der Mann nickte. Es war etwas mehr als ein Nicken, fast schon eine Verbeugung. McKee hielt Grace eine Visitenkarte mit einem Ahornblatt darauf hin: französisch auf der einen, englisch auf der anderen Seite.

»Wir arbeiten für den Canadian Security and Intelligence Service, Bezirk Quebec.«

Grace musterte die Karte eingehend.

»Wir gehen einem Hinweis nach, den wir von unseren Freunden im Nationalarchiv in Sainte-Foy erhalten haben.«

Der Portier beugte sich über seine Marmorrezeption und beobachtete sie.

»Hätten Sie vielleicht eine Stunde Zeit zum Plaudern, Ms. Elliott und Mr. Kovály? Wir haben unser Büro nicht weit von hier, in der Nähe vom Centre Bell.«

Bradley Tebb sah weder aus wie ein Bradley Tebb, noch war er so angezogen oder bewegte sich so. Grace war zwar keine Expertin für Kanadier, aber sie hatte lange genug in Montreal gelebt, dass sie merkte, wenn da irgendwas faul war. »Wir sind gerade sehr beschäftigt. Vielleicht können wir für den späten Nachmittag einen Termin ausmachen?«

»Ehrlich gesagt, Ms. Elliott, stehen wir gerade auch ziemlich unter Zeitdruck.« McKee klopfte etwas schmelzenden Schnee von ihrer schwarzen Jacke. »Draußen wartet bereits ein Wagen. Und ich verspreche Ihnen, dass es inklusive Fahrt nicht länger als eine Stunde dauern wird.«

Grace wechselte ins Französische. »Wo genau befindet sich Ihr Büro?«

»Überhaupt nicht weit«, sagte McKee auf französisch. »Nur einen Katzensprung entfernt.«

Bradley Tebb hatte immer noch nichts gesagt. Er ging ihnen jetzt voraus, und zwar seitwärts mit einem nach vorn ausgestreckten Arm. Als wäre er ein Zauberer, der ihnen gleich den schwebenden Kopf zeigen würde. William und Grace folgten Tebb, McKee ging hinter ihnen. Bei dem Wagen handelte es sich um einen schwarzen Audi mit getönten Scheiben. Die Warnblinker leuchteten.

Grace trat unter dem Vordach hervor. Die Temperatur war noch weiter gefallen, und der Wind trieb den Schnee schräg durch die Straße. Sie deutete in den Schneesturm. »Was für ein Wetter, was?«

»Was für ein Wetter.« Tebb nickte. »Ja.«

Bei der Rue Sherbrooke handelte es sich um eine vierspurige Straße. Die Fußgängerampel zeigte Grün, und der Sekundenzähler bis zum Wechsel war gerade bei der Sechs. Grace packte William am Ärmel und zog ihn schnell mit sich über die Straße zum gegenüberliegenden Ritz-Carlton. McKee und Tebb waren jung und sportlich, aber bis sie reagierten, war das Countdown-Signal schon bei der Zwei angelangt. Grace hoffte, die beiden würden wissen, dass mit den Autofahrern in Montreal nicht zu spaßen war. McKee schrie irgendetwas, aber in dem Wind und dem Verkehrslärm konnte Grace es nicht verstehen.

Die kostümierten Pagen im Ritz-Carlton begrüßten sie wie Royals. Grace drehte sich um und sah die Umrisse von McKee und Tebb im Schneetreiben. Sie standen mit verschränkten Armen neben dem Audi.

»Was war das denn?« In dem ganz in Weiß und Gold gehaltenen Foyer war William immer noch so außer Atem, dass er kaum sprechen konnte. »Wer sind die?«

»Der CSIS ist tatsächlich der kanadische Geheimdienst, aber ihr französischer Akzent ist falsch, auf der Visitenkarte war keine Brailleschrift, und dieser Mann, Bradley, hatte sogar einen falschen englischen Akzent.«

»Wer könnte das dann sein?«

»Sieh sie dir an.«

William trat an eine der Türen und spähte hinaus. »Es ist schwer zu erkennen. Der Wagen ist … weg.«

Neben den Türen war es zu laut, weshalb Grace ein paar Schritte weiter ins Foyer unter die Kronleuchter ging. Es war noch keine dreizehn Uhr, aber es sah aus und fühlte sich an, als würde gleich die Dämmerung hereinbrechen. Grace rief die Nummer von McKees Karte an.

»Das war sehr übereilt. Was haben Sie vor, Ms. Elliott?« Am Telefon versuchte sie gar nicht erst, ihren osteuropäischen Akzent zu verbergen.

»Ich weiß, dass Sie nicht vom CSIS sind. Roberta McKee! Was für ein bescheuerter Name.«

»Sie werden sich in schlimme Schwierigkeiten bringen.«

»Aber wir haben nichts getan.«

Die Frau flüsterte ihrem Partner etwas zu, wohl eine Wegbeschreibung. Grace konnte nicht sagen, welche Sprache sie benutzte, aber es klang russisch.

»Habt ihr meine Katze ermordet?«, rief sie.

Aber es war schon zu spät. Die angebliche Roberta McKee hatte aufgelegt.

William führte sie noch weiter ins Foyer, wo niemand sie belauschen konnte. »Russische Spione, russische Mafia«, sagte er. »Alles Jacke wie Hose, das kann ich dir versichern. Der FSB, der SWR, die GRU, die legen alle derselben Institution gegenüber Rechenschaft ab wie die Banden. Genau genommen demselben einen Mann gegenüber: Alexander Mironow.«

»Was?«, sagte Grace. »Der Präsident?«

»Genau der. Und der hat sie alle zu dem gemacht, was sie sind. Sollten die beiden von eben … Grace, die werden uns einfach umlegen. Das mit Zip tut mir schrecklich leid, aber dich will ich nicht verlieren.«

»Mich verlieren?«

»Schau mal, die Polizei können wir nicht rufen. Und auch sonst niemand. Glaub mir, nichts und niemand kann die aufhalten. Oder denkst du, das FBI hat das nicht versucht?«

Ein groß gewachsener und geradezu unsympathisch gut aussehender Schwarzer in einem Anzug kam auf sie zu und sprach leise mit ihnen, während er eine Hand auf Williams Arm legte. »Monsieur. Madame. Ist alles in Ordnung? Kann ich Ihnen irgendwie behilflich sein?«

»Nein, Monsieur.« Grace bemühte sich, seiner *politesse* zu entsprechen. »Ich danke Ihnen unendlich.«

»Sind Sie heute Abend Gäste im Ritz-Carlton?«

»Leider nicht.«

»Dann sind Sie zum Nachmittagstee hier?«

»Nein, Monsieur.«

Der Hotelangestellte legte die Handflächen aneinander. »Können wir Ihnen heute Nachmittag noch in irgendeiner Form behilflich sein? Für Sie im Maison Boulud reservieren? Ihnen vielleicht ein Taxi rufen?«

»Jeder sollte so höflich sein, wenn er Leute rauswirft.«

Der Hotelmann verbeugte sich und wies zum Ausgang.

In dem Taxi zurück zur Saint-Christophe schwiegen beide. Grace musste an ihre erblindete Mutter in Jasons nach Febreze duftendem Gästezimmer in Coral Springs denken, wie sie am helllichten Nachmittag auf das Läuten hin die Haustür öffnen und Roberta McKee und Bradley Tebb anlächeln würde.

Vor ihrer Wohnung bat sie den Fahrer, noch ein Stückchen weiter zu fahren. Sie wollte noch nach Katzenmördern Ausschau halten, bevor sie hineingingen.

Gerade als sie dem Fahrer sagen wollte, er solle anhalten, bog der Audi von der Rue Sherbrooke langsam in die Saint-Christophe ein. Grace unterdrückte mit vorgehaltener Hand einen Schrei. Es war ein Schrei aus Furcht, Wut und Erschöpfung. Als sie gerade nach Montreal gezogen war, hatte es einmal eine so heftige Küchenschabenplage in der Wohnung gegeben, dass der Vermieter den Kammerjäger rufen musste. Noch Jahre später plagten sie Albträume. Darin krochen aus allen Abflüssen gleichzeitig Scharen von Schaben, und obwohl sie von einem Zimmer ins andere rannte, konnte sie nichts dagegen tun. Die Insekten waren einfach zu schnell, zu schlau und zu entschlossen. Außerdem waren es viel zu viele.

Von dem Schrei drang noch genug zwischen ihren Fingern hindurch, dass William und der Fahrer kurz zusammenzuckten.

»Fahren Sie weiter«, sagte William.

»Fahren Sie weiter«, wiederholte Grace auf französisch.

»Madame?«

»Fahren Sie bitte.«

»Wohin?«

»Geradeaus. Einfach weiter. Los!«

Roberta McKee und Bradley Tebb hielten vor Grace' Haus und sprangen aus dem Audi. Jean-Yves de Moulin hatte recht. Jetzt, wo sie – wer auch immer sie sein mochten – wussten, was sie wusste, war niemand mehr sicher, bis die Story veröffentlicht war. Das konnte nicht bis nach der Wahl warten.

Sie musste Elena treffen. Sofort.

»Hast du deinen Pass bei dir?«

William schaute in seine Laptoptasche. »Habe ich. Aber meine Waschsachen sind …«

»Zum Flughafen, *s'il vous plaît*.«

35

LONDON – 1992

Die Wiedergeburt von Craig International begann in einem separaten Speisezimmer im Hotel Connaught in Mayfair. Elena war so nervös, dass sie nicht an Essen denken konnte. Sie starrte auf die flackernden Kerzenleuchter auf dem Tisch, nachdem die Frühlingssonne jetzt untergegangen war, während ihr Mann aus dem Fenster auf den Carlos Place blickte. Anthony war ebenfalls nervös, aber Elena hatte noch nie erlebt, dass er das zugegeben hätte, und er tat das auch heute nicht. Stattdessen zupfte er die Krawatte zurecht, betastete die Frisur und sah alle dreißig Sekunden auf die Armbanduhr. Als die Gäste schon eine Viertelstunde Verspätung hatten, stand er auf. »Niemand in New York kommt zu einem Meeting mit Anthony Craig zu spät. Keiner.«

Das stimmte absolut nicht. Der Bürgermeister, der gerade noch einmal für das Amt kandidieren wollte, war vor weniger als einer Woche ganze vierzig Minuten zu spät zu einem Abendessen erschienen.

»Tony, setz dich wieder. Wir brauchen sie.«

Er tat wie geheißen, schlug dabei aber mit der Faust auf den Tisch. Der Kellner erschien gerade mit einem Glas Pinot gris für Elena und einer Cola light für ihren Gatten.

»Werden Ihre Gäste bald eintreffen, Mr. und Mrs. Craig?«

»Das möchte ich denen verdammt noch mal raten«, sagte Anthony.

Das war für den Kellner offensichtlich zu viel an Emotion. »Sehr gut, Sir.«

Die Wände in dem schwach beleuchteten Privatraum waren aus weißem Stein. Im Kamin prasselte ein Feuer. Außer dem riesigen Tisch, der für vier Personen gedeckt war, gab es in dem Raum noch eine Couch, einen niedrigen Tisch und eine Bar. Anthony lümmelte auf seinem Stuhl, machte ein böses Gesicht und betrachtete die draußen vorbeifahrenden Autos. Enttäuscht registrierte er, dass es keine Craigs waren – *BMW, BMW, Mercedes, Range Rover* –, und sah wieder auf die Uhr.

Es war Sergejs Idee gewesen, dass die Financiers spät erscheinen sollten, um gleich Dominanz zu demonstrieren. Er und Elena hatten den Abend monatelang vorbereitet und bis zum letztmöglichen Augenblick gewartet, um ihn anzusetzen. Die Kreditgeber von Craig International fingen an, ihre Darlehen abzurufen, und Anthony schlief schlecht. In der *New York Times* war eine Story erschienen, und jetzt begannen die Boulevardblätter zu berichten: unbezahlte Rechnungen, juristische Auseinandersetzungen, das Ende der Achtziger und das Ende von »amerikanischem Luxus«.

Wenn alles erfolgreich verliefe, dann würde das Meeting Elenas letzte Aktion als Ehefrau von Anthony Craig sein. Danach könne sie – mit gewissen Einschränkungen – tun, was sie wolle, das hatte Sergej ihr versprochen. Sie könnten ein völlig neues Arrangement ausmachen. Sie dürfe sich natürlich auch scheiden lassen.

Um zehn vor acht trafen ihre Gäste ein. »Wir bitten um Entschuldigung«, sagte der kahlköpfige Mann um die fünfzig. Mit dem Ohrring und der dicken Brille mit dem blauen Gestell sah er aus wie ein Friseur oder ein Mitarbeiter von Elton John, jedenfalls nicht wie ein Bankier. »Es war ein sehr komplizierter Tag.

Aber welch ein Vergnügen, Sie endlich kennenzulernen, Mr. Craig.« Er streckte die Hand aus. »Ich bin David Saposchnik.«

Anthony ließ sich Zeit, die verschränkten Arme voneinander zu lösen. »Wie geht's, David?«, sagte er schließlich leise.

»Ich bin derjenige, der von Tel Aviv aus telefonisch mit Ihrem Team zusammengearbeitet hat. Und das hier ist mein Partner Rafael Riwkin.«

Riwkin wiederum war derjenige, auf den es bei dem Treffen ankommen sollte. Er trug einen konservativen dunklen Anzug und eine schwarze Krawatte. Das Haar war ordentlich gescheitelt. Nach den Zeitungsartikeln über ihn hatte Elena einen virileren, charismatischeren Mann erwartet. Er war ruhig und so klein, dass er fast wie ein Kind wirkte, als er Anthony gegenüber auf dem schweren Eichenstuhl Platz nahm.

Nachdem das Händeschütteln und die männlichen Begrüßungsrituale vorüber waren, richteten sie ihre Aufmerksamkeit auf Elena. Saposchnik war überaus höflich und zuvorkommend zu ihr.

Riwkin hielt sich nicht mit Smalltalk auf, was Anthony sichtlich ärgerte. Es missfiel ihm auch, dass Riwkin darauf bestanden hatte, sich auf halber Strecke in London zu treffen. Und erst recht behagte ihm nicht, dass Riwkin ein 31-jähriger Milliardär war.

»Ich mag Ihren Stil, Rafael. Ich mag ihn sehr. Zu Hause in New York und selbst hier in London ziehen die jungen Leute sich an wie Obdachlose. Grunge nennen die das. Ein paar von den Jungs, die wir frisch aus Harvard, Stanford, Yale und Wharton einstellen. Das war meine Uni, Wharton, die beste. Die machen ihren Abschluss und kommen zu uns zum Arbeiten, sehen aber aus, wie wenn sie direkt aus dem Knast kommen – von wegen Ivy League. Aber Sie … Sie haben den Craig-Look.«

Riwkin sah seinen glatzköpfigen Geschäftspartner kurz irritiert an, dann wieder Anthony. »Danke.«

»Falls die Dinge jemals über den Jordan gehen und Sie was brauchen …«

»Wir sind Ihren Vorschlag mehrmals durchgegangen, Mr. Craig.«

»Sofort zum Geschäftlichen kommen.« Anthony lehnte sich zu Elena, als wollte er ihr ein Geheimnis anvertrauen. »Das erzählt man sich über euch Leute, dass ihr für Unsinn nichts übrighabt. Ich mag das. Ich mag das sehr. Ich sollte mehr Geschäfte in Israel machen. Zum Teufel, das sollten wir alle. Der Deal, den ihr in Russland gemacht habt, ihr und ein paar von den anderen Jungs? Der ist an der Wall Street Legende. Elena, da kannst du eine Ölfirma, die eine Billion Dollar wert ist, für zehn Eier kaufen, wenn du die richtigen Connections hast. Sie, Rafael, und Ihre Connections. Sie sind nur der Strohmann, richtig? Knabe eigentlich. Also, wem gehören Sie?«

Riwkin starrte ihn an.

»Zu Hause in Amerika mussten wir von Grund auf anfangen. So habe ich das gemacht. Du fängst bei null an, schmeißt dich an Banker ran, kriegst einen Kredit, sicherst ihn, zahlst ihn mit Zinsen zurück, baust Kapital auf, gehst ein Risiko ein, legst an Wert zu. Das braucht seine Zeit. Was, Elena?«

»Ja.«

»Heutzutage kann ein Bursche wie Sie nach London kommen und wie ein Mann von Welt aussehen, wie ein Banker, ein *Kapitalist* – nicht wie ein jugendlicher Gangster, stimmt's? Nicht bös gemeint, Rafael. Ich hoffe, Sie nehmen das nicht persönlich.«

»Wie Sie schon sagten, Mr. Craig. Sofort zum Geschäftlichen.« Riwkin sah Saposchnik an, der neben ihm saß, und nickte.

Der ältere der beiden übernahm jetzt das Reden. »Nach allen objektiven Maßstäben, Mr. Craig, ist der Automobilbereich von Craig International ein Fehlschlag.«

»Nur wenn man objektiv ein Arschloch ist.«

»Mr. Craig. Der Bereich hat nie Gewinne gemacht.«

»Wir führen ein privates Familienunternehmen. Wie können Sie da sagen, wir hätten nie Gewinne gemacht? Wer sind Sie? Wie heißen Sie noch mal?«

»David Saposchnik.«

»Also, David. Sehe ich für Sie aus, als hätte ich keine Gewinne gemacht?«

»Die Schulden, die Sie haben, Mr. Craig, sind …«

»Das ist wunderbar. Sag es ihm, Schatz. Hast du je unter den Schulden gelitten, die unser wunderbares Unternehmen von Zeit zu Zeit hat?«

Elena wollte nicht, dass er das hier kaputt machte. Dass sein Ego es ihm unmöglich machte zu sehen, wie er seinen Bankrott noch abwenden konnte. »Tony, lass uns doch erst einmal hören, was Mr. Saposchnik und Mr. Riwkin zu sagen haben.«

Der Kellner erschien, um die Getränkebestellung für Riwkin und Saposchnik aufzunehmen. Saposchnik erledigte das für sie beide: zwei Gläser von was auch immer Mrs. Craig da trinke.

»Wenn ich recht verstanden habe, dann bleiben Sie beide auch zum Abendessen.« Der Kellner widmete seine ganze Aufmerksamkeit den Russen. »Ich weiß, dass die Herrschaften gerade erst eingetroffen sind, aber vielleicht darf ich die Gelegenheit nutzen …«

Riwkin hob die Hand und unterbrach ihn. »Ich werde nicht zum Essen bleiben. Nur mein Geschäftspartner.«

»Genau.« Anthony reckte das Kinn. »Wir auch nicht. Wir haben noch eine andere Verabredung zum Abendessen.«

Elena seufzte. Natürlich hatten sie keine andere Verabredung.

Nachdem der Kellner wieder gegangen war, holte Saposchnik einen zusammengehefteten Bericht aus der Aktentasche und legte ihn auf den Tisch. »Wir sind bereit, Ihnen dieses Darlehen hier zu gewähren.«

»Um Sie zu retten«, sagte Riwkin.

Anthony sprach jetzt Riwkin direkt an. »Hör mal, du Scheißer.

Wir brauchen nicht gerettet zu werden. Ich habe mit der Deutschen Bank geredet, und wenn die mir bessere Konditionen bietet, dann wird es mich freuen, dir und Space Oddity hier zu sagen, dass ihr euch zurück nach Tel Aviv scheren könnt.«

»Wir kennen die Deutsche Bank, Mr. Craig.« Riwkin lehnte sich so weit über den Tisch, dass Elena sein süßliches Haargel riechen konnte. »Und wir wissen, dass die Ihnen keinen Pfennig leiht. Nicht ohne unsere Bürgschaft. Wir sind quasi die Eltern, die den Kredit für ihren nicht vertrauenswürdigen Sohn mit unterschreiben.«

»Wer ist der Dreckskerl?« Anthony wandte sich an Elena. »Ist das zu glauben? Hat irgendwer jemals so mit mir geredet?«

Saposchnik räusperte sich und legte beide Hände flach auf den Tisch. »Ihnen mag nicht gefallen, wo Mustela Capital herkommt, Mr. Craig. Aber es ist eine Tatsache, dass wir unser Geschäft verstehen.«

»Tja, von meinem Geschäft scheinen Sie jedenfalls einen Dreck zu verstehen.«

Saposchnik seufzte. »Wir wissen, dass Sie in Schwierigkeiten stecken. Wir wissen, dass Ihr Automobilbereich ein Desaster ist.«

Riwkin lachte. »Vielleicht das schlimmste, das ich je gesehen habe.«

»Lassen Sie es uns so klar wie möglich ausdrücken.« Saposchnik sprach jetzt ganz langsam und ruhig. »Sie sind auf dem besten Weg in den Bankrott, Mr. Craig, Ihr Unternehmen und Sie selbst – als Privatperson. In den Bankrott und die Demütigung. In Anbetracht der Zahlen, die Sie uns geschickt haben und die – so traurig es ist, das sagen zu müssen – auch noch schrecklich geschönt sind, wird unser Angebot besser sein als alles, was Sie sonst kriegen können. Das kann ich Ihnen absolut garantieren. Lassen Sie uns also nicht länger um den heißen Brei herumreden. Wollen Sie Ihr Familienunternehmen verlieren? Mr. Craig?«

»Fuck you.«

»Beantworte die Frage, du Kindskopf«, sagte Riwkin.

In der nächsten Minute herrschte Schweigen, und Elena konnte sehen, wie Anthonys Zorn in Resignation umschlug. Schließlich sagte er: »Nein.«

Saposchnik streckte den Arm aus und berührte ihn am Handgelenk. »Wollen Sie in aller Öffentlichkeit scheitern? Ihre Tochter beschämen?«

»Nein.«

»Möchten Sie, dass Ihr Unternehmen wächst und weltweit expandiert?«

»Wer will das nicht.«

»Mr. Craig. Möchten Sie der Mann sein, der zu werden Sie immer gehofft haben? Der Mann, über den ich in Ihrer Autobiografie gelesen habe? Der Mann, der Sie in den Klatschkolumnen zu sein vorgeben?«

»Sie sind kein Milliardär«, sagte Riwkin. »Das ist alles totaler Bullshit.«

»Mr. Craig, wir interessieren uns nicht für Ihre Automobilproduktion. Wir interessieren uns auch nicht für Ihre Kugellager.«

»Was machen wir denn dann hier? Hä?« Anthony sah Elena an. »Was soll das?«

»Ihre Autos und Kugellager, Ihre bankrotten Geschäfte in den Bereichen Schmuck, Privatjets, Sport und Fernsehen, Ihr Unsinn mit den Junk Bonds – das sind alles keine Produkte, die wir wollen. Mr. Craig, Sie sind das Produkt. Nur Sie. Wir sind heute Abend hier, um Ihnen alles zu geben, was Sie sich am meisten wünschen. Alles, was Sie am liebsten sein wollen.«

»Um einen gewissen Preis.« Riwkin lächelte jetzt wie ein Löwenbändiger, wenn das Publikum jubelte.

Der Kellner brachte den Wein. Elena bestellte noch ein Glas für sich, Anthony verlangte eine weitere Cola light. Seine rechte

Hand zitterte. Elena hatte ihn in der Vergangenheit schon wütend erlebt, aber Wut war für ihn eine Unterkategorie von Freude. Diesmal war es anders und schlimmer, als sie erwartet hatte. Sie befürchtete, er würde aufstehen und das Hotel verlassen, den Grosvenor Square überqueren und in der Versenkung verschwinden.

Elena wusste, dass sie den Abend retten musste. »Sagen wir, die Vorgeschichte, warum wir hier sind, spielt keine Rolle. Mr. Riwkin, Sie verfügen über Kapital. Wir brauchen Kapital. Wenn wir zusammenarbeiten, dann kann Craig International mit der Investition von Mustela Capital etwas Großartiges aufbauen. Wir verstehen Ihre Bedingungen, auch wenn sie uns nicht zusagen. Wenn diese Bedingungen an die Öffentlichkeit kämen, wäre es, aufgrund Ihrer Verbindungen, schlecht für uns.«

Riwkin nippte an seinem Wein, lehnte sich dann zurück und klopfte Saposchnik auf die Schulter. »Das macht Spaß, David.«

»Ich bin nur so ehrlich, wie Sie es gewesen sind. Und Sie haben ganz recht, Mr. Saposchnik und Mr. Riwkin. Wir haben unsere gute Verhandlungsposition eingebüßt.« Elena nahm die kühle Hand ihres Mannes von seinem Colaglas und drückte sie für alle sichtbar. »Aber Sie, ein dreißigjähriger Israeli mit Verbindungen zu einer korrupten Regierung in Russland und wer weiß zu wem noch …«

Riwkin lachte.

»Sie sind unsere einzige Hoffnung.«

Diesmal war die Stille, die im Raum herrschte, deutlich angenehmer. Elena hatte sie gefiltert und bereinigt.

»Ich glaube, er ist einunddreißig«, sagte Anthony nach einer Weile und dann zu Riwkin: »Ich habe gelesen, dass Sie einunddreißig sind.«

Saposchnik hob sein Glas. »Auf die Zukunft von Craig International.«

Was gab es da zu feiern? Das würde Elena denken, wenn sie

zwei Stunden später oben im Hotel im Bett lag. Ob ihr Mann verstanden hatte, was er Rafael Riwkin schuldete, für wen der arbeitete und wen der repräsentierte und wie es sein konnte, dass der mit dreißig Milliardär war?

»Vielleicht nehmen wir Sie ja nie in Anspruch.« Saposchnik berührte Anthony am Handgelenk, als sie gemeinsam den Privatraum verließen. »Aber wir könnten Sie in Anspruch nehmen.«

Elena konnte Anthony nicht in die Augen sehen. Sie nahmen einen immer in Anspruch.

Falls ihr künftiger Exmann mit seiner neuen Situation unzufrieden war, verlor er trotzdem kein Wort darüber. Nicht in dem Privatraum und nicht später am Abend in ihrer eleganten Suite oben im Connaught. Er schlief tief und fest, und als er aufwachte, freute er sich über das frische Kapital. Das Geld würde über die Banken zu ihm gelangen, während seine neuen Partner sich hinter einem sehr modernen System aus Private-Equity-Gesellschaften verbargen. Seine Anwälte und deren Anwälte würden alles wasserdicht machen, und absolut niemand hätte Zugang zu den Ursprüngen von irgendwas.

»Das ist ein wunderschöner Deal«, sagte Anthony am Morgen in dem eleganten alten Foyer, während sie darauf warteten, dass sein Wagen eintraf.

»Ich freue mich für dich.«

»Wir haben das zusammen geschafft, schon vergessen? Diese Jungs waren deine Kontakte.«

»Eigentlich nicht, Tony. Das waren nur Freunde von Freunden. Wäre es nicht um *dich* gegangen, hätte ich auch nichts ausrichten können. Niemand hätte das dann können.«

»Du darfst niemand von dem Meeting erzählen.«

»Ich weiß, Tony.«

»Niemand rettet Anthony Craig.«

»Niemals.«

Er blickte durch die Türen des Hotels nach draußen. Jeden Moment musste der Wagen da sein, der ihn zum Flugplatz bringen würde. Anthony konnte sie anlügen, weil er wusste, dass sie die Lüge als solche erkannte. Sie hatte am Abend zuvor am Tisch gespürt, wie er neben ihr gezittert hatte, als Saposchnik die Bedingungen ihres Arrangements erklärte. Sollte er den Vertrag brechen, würde Mustela Capital jedes verfügbare finanzielle und juristische Mittel nutzen, ihn und seine Familie zu zerstören. Sie würden ihm alles von Wert wegnehmen. Sie würden *Einzelheiten* über ihn veröffentlichen. In dem Privatraum hatte Elena erwartet, dass Anthony die Augen kneifen, die Stirn runzeln und sich über den Tisch beugen würde, um zu fragen: »Was für Einzelheiten?«

Aber Anthony fragte nicht.

»Mr. Craig.« Der Hoteldirektor deutete eine Verbeugung an. »Ihr Wagen ist eingetroffen, Sir.«

Ein mächtiger, voll kapitalisierter Mensch hatte keine Eile. Anthony nickte dem Direktor zu. »So habe ich das noch nie gesehen. So wie dieser, wie hieß er noch mal, der Schwule es sieht.«

Elena wartete einfach.

»Was hat der gleich wieder gesagt?« Anthony sprach mit seiner Version eines israelischen Akzents. »›Wir interessieren uns nicht für Autos. Das einzige Produkt, das uns interessiert, sind Sie.‹ Das gefällt mir. Es stimmt nämlich. Der hat einen guten Riecher, dieser kahlköpfige Scheißer.«

36

MONTREAL – 2016

Auf einem der Fernsehbildschirme im Houston Avenue Bar & Grill am Gate 77 des Montreal-Trudeau International Airport sagte ein bärtiger Mann mit Fliege, dass Anthony Craig niemals gewählt würde.

»Glauben Sie mir, dieser Kandidat *wollte* niemals gewinnen.«

Es war schwer, irgendetwas zu verstehen, weil andere Fernseher ein Eishockeyspiel mit den Montreal Canadians übertrugen, Durchsagen in beiden Landessprachen ertönten und Leute an den Nachbartischen in der Bar sich geräuschvoll unterhielten. Grace und William mussten daher die Untertitel lesen.

»Stellen Sie sich vor, Ihnen gehören – Ihnen *gehören* – fünfunddreißig Prozent der amerikanischen Wählerschaft und ein gutes Stück davon in Kanada und Europa. Wir reden hier von Millionen wütender und enttäuschter Menschen, die über Geld verfügen und Ihnen jedes Wort glauben. Autos? Wer interessiert sich schon für Autos? Nur Diktatoren und Rockstars wollen seine albernen kugelsicheren Autos. Denen gefallen seine *Ideen,* sein schlichter, verrückter Zorn. Die spalten sich vom Rest des Landes ab, und Anthony Craig gibt ihnen Asyl. Er wird der CEO von Craig Broadcasting. Das ist bereits in Arbeit.«

»Kann das stimmen?« William presste den Rand seines Bierglases an die Schläfe, als würde ihm das beim Denken helfen.

Grace zuckte die Achseln. »Er selbst mag vielleicht nicht gewinnen wollen, aber viele andere Leute wollen es. Mächtige Leute.«

Die Interviewerin von CNN, eine Blondine in apricotfarbener Jacke, übte sich in Zynismus. Warum sollte jemand all diese Mühen auf sich nehmen, um zu verlieren?

»Sehen Sie sich unseren gegenwärtigen Präsidenten an: höflich, intelligent, überlegt. Ob man ihn mag oder nicht, er konnte nichts erreichen! Es ist unmöglich. Das Präsidentenamt ist der schlimmste Job der Welt. Wenn er in fünf Tagen verliert, dann werden Anthony Craig und seine Armee wütender Weißer aus dem ländlichen Amerika und den Vorstädten – das, was die Medienelite, zu der auch Sie gehören, Überflugstaaten nennt – dieses Land *besitzen*. Das ist Anthony Craigs wahre Macht.«

Die Journalistin warf ihrem Gast vor, eine Verschwörungstheorie zu entwickeln. Grace wirbelte auf ihrem Hocker herum, um aus der Bar zum Bereich der Abflüge Richtung USA zu spähen.

»Es hat keinen Sinn, nach ihnen Ausschau zu halten, Grace. Das ist doch ihr Job, sich unsichtbar zu machen, wenn sie es wollen.« William deutete auf den Fernseher. »Ich hoffe, dass der Mann recht hat.«

»Ich auch.«

»Dein Buch wird deutlich weniger wert sein, wenn er nicht gewinnt.«

»Aber dann werden weniger Leute meine Mutter umbringen wollen.«

Danach herrschte Schweigen zwischen ihnen, und sie hörten in der Flughafenbar nur das Weihnachtsmusikgedudel, Eishockey, CNN, Besteck, das auf Tellern klirrte, und Geplauder übers Wetter. Warum reagierten Kanadier eigentlich erstaunt, wenn es im November schneite?

Grace hatte eine E-Mail an Elena geschrieben und deren beide Assistentinnen in cc gesetzt. *Ich weiß, dass Sie sehr beschäftigt sind, aber Sie zu treffen, selbst wenn es nur für eine Stunde ist, entscheidet über Leben und Tod*. Dann recherchierte sie Hotels und Restaurants in Midtown Manhattan. Die Abfindung würde nicht ewig reichen, aber sie hatte noch nie so viel Geld auf einmal auf ihrem Konto gesehen. Also reservierte sie einen Tisch für ein spätes Abendessen im Upland, wo die angesagten Autoren verkehrten, und durchforstete das Internet nach einem romantischen Boutique-Hotel. Es gab da eines in der Bowery, auf das sie scharf war, seit sie vor Ewigkeiten in einem Reisemagazin beim Zahnarzt Bilder davon gesehen hatte.

Über Lautsprecher wurde der Beginn des Boardings bekannt gegeben. Sieben Gates von ihnen entfernt. William stürzte sein Bier hinunter. Grace ließ ihres stehen.

Sie waren gerade einmal zehn Minuten in Richtung New York geflogen, als William bereits ans Fenster gelehnt leise schnarchte. Er hatte Grace vorgewarnt, dass es ihm im Flugzeug immer so gehe. Die Vorstellung, ein Bett mit einem schnarchenden Mann zu teilen, war nicht gerade aufregend, aber das Geräusch, das er machte, hatte etwas so Animalisches, dass ein Schauer der Vorfreude sie überlief. Nach dem Abendessen würden sie duschen. Dann würden sie zwischen die duftenden weißen Laken aus Baumwolle mit hoher Fadenzahl schlüpfen. Was danach passierte, spielte gar keine so große Rolle. Abenteurer mittleren Alters und gegenseitige Erforschung hinter dreifach verriegelter Zimmertür! Der Gedanke an einen warmen nackten Körper im Bett neben ihr ließ Grace trotz allem aus Vorfreude fast ohnmächtig werden.

Zunächst hatte er seine silberne Computertasche fest umklammert. Jetzt war William leicht zur Seite gerutscht, hielt sie nur noch locker, sodass es aussah, als würde die Tasche im nächsten Moment hinunterfallen. Grace nahm sie ihm behutsam ab. Weil es ein internationaler Flug war, beschloss sie, ein Heineken zu bestellen, um sich für das stehen gelassene Bier zu entschädigen. Eine andere Frau, zwei Reihen weiter, hatte sich eines bestellt, und Grace konnte es schon bis zu sich riechen.

Aufgekratzt von dieser Entscheidung, öffnete sie den Reißverschluss von Williams Tasche und spähte hinein.

William besaß das neueste, leichteste Mac-Book. Daneben lag eine beigefarbene, mit Papieren gefüllte Mappe. Grace beobachtete William kurz, ob er auch sicher schlief, dann zog sie die Mappe heraus.

Die erste Seite war auf tschechisch. Es sah aus wie eine aus dem Web ausgedruckte Story mit Überschriften, Untertiteln und einem abgeschnittenen Foto von Elena. William hatte manches unterstrichen und Notizen hinzugefügt. Trotz seiner Klaue konnte Grace das Wort *ledňáček* entziffern. Eisvogel. Die nächsten fünf Seiten waren ähnlich: ausgedruckte Webseiten.

Ganz unten im Stapel fanden sich zusammengeheftet gänzlich andere Papiere. Sie sahen offiziell aus, wie das Memo einer Firma oder der Vertrag einer Kanzlei. Grace vermutete, dass es die Antwort auf eine tschechische Anfrage für sein Buch über den Arabischen Frühling war. Die Flugbegleiterin nahm jetzt in der Reihe vor ihr die Bestellungen auf. Es war ein Delta-Flug, also scherte die Frau sich einen Dreck um die in Kanada gesetzlich vorgeschriebene Zweisprachigkeit.

Gerade als Grace die Unterlagen in die Tasche zurückschieben und sich ein Heineken bestellen wollte, entdeckte sie am unteren Ende der ersten Seite des Memos ihren Namen. Er fand sich auch auf der zweiten Seite, gleich mehrmals. Auf dem dritten Blatt prangte ein Foto von ihr, das zu einer erfolglosen Klatschkolumne gehörte, die sie 2011/2012 für den *Flash* geschrieben hatte. Das Memo umfasste fünf Seiten, und ihr Name tauchte überall auf: Elliott, Elliott, Elliott, und sonst ganz viel Tschechisches. Sie entdeckte auch den Namen ihrer Mutter. Austin und

Florida sprangen ihr ins Auge, *National Flash,* Elena Craig. *Elena Craig anonymní spisovatel.*

In Klammern: Ghostwriter.

»Madame?«, sagte die Flugbegleiterin zum zweiten Mal. »Kann ich Ihnen etwas zu trinken anbieten?«

»Vielleicht einfach einen Tomatensaft.«

»Mit Eis? Einem Spritzer Zitrone?«

»Pur, bitte.«

Es war kein langer Flug: anderthalb Stunden in der Luft. Eine Weile fiel Grace die Bezeichnung nicht ein, aber dann wusste sie sie wieder: Dossier. Jemand hatte ein offizielles Dossier über sie angelegt. Für diesen ruhigen Mann, der tat, als wäre er schüchtern, und der sich einige Mühe gegeben hatte, eine hässliche Brille und einen einigermaßen hipstermäßigen Pullover aufzutreiben, die ihn genau zwischen hinreißend und unattraktiv platzierten.

Sie schaltete die Lampe über ihrem Platz ein und fotografierte jede Seite des Dossiers. Dann schob sie alles zurück in Williams Tasche und sah ihm ein bisschen beim Schlafen zu. Der Mund stand offen, und ein Spuckefaden zog sich über das Kinn bis zum Hals.

Möglicherweise würde Elena nicht mit ihr reden. Grace packte ihren eigenen Laptop aus und öffnete das Dokument, das sie in Montreal begonnen hatte. Angetrieben von Wut und Herzschmerz, schrieb sie daran weiter. Obwohl ihre Schreibmuskeln für Nachrichtenartikel etwas verkümmert waren, dauerte es nicht lange, bis sie einen ersten Entwurf fertig hatte.

Sie waren keine zwanzig Minuten mehr vom LaGuardia entfernt, da rührte William sich. Er schlug die Augen auf und lächelte sie an. Das Lächeln wirkte echt. Sie klappte ihren Laptop zu.

»Ich bin eingenickt.« Er wischte sich die Spucke vom Kinn. »Wo sind wir?«

»Im Landeanflug«, sagte sie und hoffte, dass er die Enttäuschung aus ihrer Stimme nicht heraushörte.

»Sorry. Ich mag es nicht, wenn ich so wegdämmere. Ich war ein unruhiges Baby, und meine Eltern sind oft im Auto mit mir herumgefahren, um mich zu beruhigen. Mehr steckt wahrscheinlich nicht dahinter.«

Grace zupfte einen Fussel von seiner Schulter. »Wir sind alle sensible Geschöpfe.«

Er ergriff ihre Hand und küsste sie. Dann lachte er, als wäre es das Albernste, was er je getan hatte.

37

NEW YORK – 1994

Die Berichterstattung der Boulevardpresse über ihre Scheidung hatte Elena Craig berühmt gemacht, und zwar nicht nur in New York, sondern in der ganzen Welt. In den zwei Jahren, seit sie Anthony mit einer von MC Hammers Background-Tänzerinnen »erwischt« hatte, war es Elena gelungen, ihr eigenes Spa-Business aufzubauen. Sie blieb im Vorstand von Craig International, hatte die Aufsicht über die Designabteilung und war so eine Art Freundin für ihren Exmann. Sie sprachen fast täglich miteinander, oder zumindest hörte sie sich täglich an, was er zu reden hatte. Manche Frauen zogen sich nach der Scheidung von einem Mann wie Anthony Craig in die tröstliche Anonymität irgendeines Küstenstädtchens oder in ein Bergdorf zurück.

Das wurde Elena nicht gestattet.

Deshalb war sie zunächst auch nicht überrascht, dass ein Journalist ihr im Russian Tea Room auf dem Weg zur Toilette auflauerte. Er war übergewichtig und verschwitzt. »Verzeihen Sie, dass ich Sie hier belästige, Mrs. Craig, aber ich habe schon vergeblich Nachrichten bei Ihrer Assistentin hinterlassen.« Der Mann, der mit britischem Akzent sprach, hatte rotblondes Haar und rote Flecken im Gesicht. »Jake Haynes. Ich schreibe für die *Daily Mail.*«

Sie ergriff seine fleischige Hand.

»Ich warte gerne hier hinten, Mrs. Craig, bis Sie und Ihre Freundinnen mit dem Tee fertig sind. Danach können wir uns vielleicht unterhalten.«

Die prachtvolle Enthüllung der neuen Craig-Modelle sollte in zwei Wochen stattfinden. Bis dahin sollten die Designs geheim bleiben. Ihr erster Gedanke war, dass ihm jemand Fotos davon zugespielt hatte. »Worüber denn, Mr. Haynes?«

»Ihre Vergangenheit.«

Auf der Damentoilette versicherte Elena sich zunächst, dass sie allein war, dann rief sie von ihrem Handy aus Sergej an. Der riet ihr, die Ruhe zu bewahren, alles zu leugnen und den Journalisten so lange wie möglich im Restaurant festzuhalten.

Es fiel ihr schwer, sich danach auf ihre Freundinnen und den üblichen Klatsch zu konzentrieren. Elena war die einzige von ihnen, die arbeitete. Die anderen fanden es absurd, dass sie sich das antat. Ehrenämter im Vorstand irgendwelcher bedeutender kultureller Einrichtungen, das konnte man ja noch verstehen, weil es glamourös war. Da gab es Eröffnungsfeierlichkeiten und Benefizveranstaltungen. Doch der Stress mit der Leitung einer expandierenden Firma, mit Angestellten, die man ausbilden und managen musste, Immobilien, mit denen man sich herumschlug, und mit Steuern, die zu zahlen waren: Warum sich über all das den Kopf zerbrechen?

Als das Mittagessen vorbei, Wangenküsse ausgetauscht und die nächste Verabredung in die Kalender eingetragen war, tat Elena so, als müsste sie noch einmal auf die Toilette, und gesellte sich dann zu dem Journalisten an dessen Tisch in einer dunklen Ecke.

»Was kann ich für Sie tun, Mr. Haynes?«

»*Ledňáček*. Ich bin mir sicher, dass ich das falsch ausspreche, aber es bedeutet doch Eisvogel, nicht wahr?«

Sobald er ihr die Unterlagen zeigte, war Elena klar, dass die ihm jemand zugespielt haben musste. Er hatte noch viel mehr als nur ihren Codenamen, und alles war korrekt: ihre Rekrutierung, die Beteiligung ihrer Eltern, Jean-Yves de Moulin, ihre Jahre in Montreal, viele Seiten über Anthony und seine Kontakte zu Entscheidungsträgern sowie seine eigenen politischen Ambitionen. Sergej fand sie nirgends erwähnt und auch nichts über die Rettung von Craig International. Dafür gab es Akten über ihre Mutter unter dem Codenamen Vrba, die sie entsetzten.

Elena erfuhr erstmals etwas über Anthonys Tochter Alina, aber sie konnte rechnen. Alina war neun Monate nach dem Moskaubesuch 1987 zur Welt gekommen. Demnach hatte Kristína eine Halbschwester in Moskau. Die Tochter einer Prostituierten.

»Das ist eine freie Erfindung, Mr. Haynes.«

»Können Sie das beweisen, Mrs. Craig?«

Elena lachte. »Ich glaube, es ist Ihre Aufgabe zu beweisen, dass es wahr ist, Mr. Haynes. Ich versichere Ihnen, dass es das nicht ist und dass sich derjenige, wer auch immer Ihnen das gesteckt hat, schmutziger Tricks bedient hat. Sollten Sie auch nur ein Wort davon veröffentlichen, dann werden meine Anwälte Sie und Ihre Zeitung vernichten.«

»Das klingt ja wie eine persönliche Drohung, und das im Land des Ersten Zusatzartikels zur Verfassung.« Er lehnte sich zurück, verschränkte die Arme über dem Bauch und musterte sie mit einem selbstgefälligen Grinsen. Es kam Elena vor, wie wenn er mehr Bartstoppeln an seinem Hals als im Gesicht hatte. Sie konzentrierte sich darauf und versuchte, sein Alter zu erraten – siebenundfünfzig vielleicht? –, um nicht in atemlose Panik zu verfallen.

Er trug keinen Ehering. »Haben Sie Kinder, Mr. Haynes?«, fragte sie so ruhig, wie es ihr eben möglich war.

»War mir leider nicht vergönnt.«

»Verheiratet?«

»Dreimal. Im Moment bin ich aber Junggeselle.«

»Dann stellen Sie sich einfach vor, wie es wäre, eine Frau und ein Kind zu haben, die Sie lieben. Stellen Sie sich vor, was eine derartige Unterstellung ihnen antun würde.«

»Ich schreibe seit meinem zwanzigsten Lebensjahr für die Boulevardpresse, Mrs. Craig. Offen gestanden ist es nicht mein Job, Spione zu schützen, weil ich sonst die Gefühle von irgendwem verletzen könnte.«

Elena musste sich zwingen, am Tisch sitzen zu bleiben, Blickkontakt zu halten und klar zu denken. Sie dachte an Kristína, wie es im letzten Jahr an ihrer Highschool für sie sein würde. Wie würde sie die Universität als Tochter von zwei Leuten schaffen, die des Hochverrats angeklagt waren? Elena dachte an das Mittagessen, das sie gerade beendet hatte, an La Cure Craig, an das Automobilgeschäft und an ihre Mutter.

»Spione? Machen Sie sich nicht lächerlich, Mr. Haynes. Alles, was ich damit sagen will, ist, dass ein wenig Mitmenschlichkeit nicht schaden könnte.«

Er musterte sie nur und sagte nichts.

»Ihre …« Elena musste aufpassen, dass sie nicht durchdrehte. »Ihre Zeitung, wird die den ganzen Unfug veröffentlichen?«

»Ich habe das Material noch niemand gezeigt. Ich wollte, dass Sie es zuerst sehen.«

Als ihr Handy klingelte, fühlte sie sich, als hätte ihr jemand einen Rettungsring zugeworfen, einen legitimen Grund, den Blick von diesem Journalisten abzuwenden. »Hallo?«

»Ist er noch da?«, sagte Sergej.

»Ja.«

»Wir stehen draußen. Also, Elenka, wir sind deine Anwälte. Ja? Wir werden ihn zu einer Besprechung bei La Cure Craig einladen. Wir müssen ihn nur irgendwie in den Wagen lotsen. Hast du das verstanden?«

»Ja.«

»Bleib ruhig. Du interessierst dich für das, was er gefunden hat, dafür, wo es herkommt, aber es ist Müll. Müll, ja?«

»Absoluter Müll.« Elena sah Haynes an und lächelte.

»Wir kommen in einer Minute rein.«

»Bis gleich.« Elena holte tief Luft. »Heute Nachmittag steht noch ein Treffen mit meinen Anwälten an, wo wir ein paar Immobilientransaktionen bezüglich meiner Spa-Unternehmungen durchgehen wollen.«

»La Cure Craig.«

»Sie kennen es? Möchten Sie mich begleiten? Zu dem Treffen mitkommen? Ich hätte gern, dass meine Anwälte sich das Ganze ansehen, damit wir wissen, wer da draußen versucht, unseren Ruf zu beschädigen. Da Sie journalistisch nichts weiter damit anfangen werden können, möchten Sie ja vielleicht über Ihre erste Maniküre schreiben.«

Der Journalist blickte auf. Sergej und seine Leute waren eingetroffen.

Zwei Wochen später beging Jake Haynes im Hotel Algonquin Selbstmord, und zwar mit einer Mischung aus gutem Scotch, Antidepressiva und Schlaftabletten. Noch in derselben Woche durchforsteten Teams die Akten in Prag, Moskau und Montreal, um zu tilgen, was es dort zu tilgen gab. Dabei stießen sie auch auf den Mann, der Haynes die Unterlagen verkauft hatte. Auch er fiel alsbald der Kombination aus Alkoholismus und psychischer Erkrankung zum Opfer.

Mit dem Relaunch von Anthonys Automobil-Business gingen die ausländischen Bestellungen kugelsicherer Craig-Limousinen und -SUVs durch die Decke: erst in Russland, dann im Nahen Osten, in China und Venezuela. Ein paar Hip-Hop-Stars kauften sie für ihre Musikvideos, Fans kopierten sie, und das genügte schon, damit Craig Internationals Automobilzweig sein erstes gewinnbringendes Jahr abschloss. Bei der Frankfurter Automobilausstellung 1995 lernte Anthony Craig ein junges Model aus Moldawien kennen. Als er Elena anrief, um ihr von seiner neuen Freundin zu erzählen, gratulierte sie ihm einfach und nahm dann einen großen Schluck Wein.

38

NEW YORK – 2016

In der Warteschlange für die Taxis am Flughafen LaGuardia stornierte Grace die Reservierung fürs Abendessen und buchte zwei Einzelzimmer in einem Holiday Inn Express. Sie war inzwischen alles durchgegangen, was William seit ihrer ersten Begegnung in der Eingangshalle des Instituts für das Studium totalitärer Regime gesagt oder getan hatte, und sah alles in einem neuen Licht.

Ihr Fahrer, auf dessen Namensschild am Armaturenbrett *Lilesa* stand, steuerte in den Nebelregen hinein. Glenn Gould spielte seine Goldberg-Variationen, womit Grace in einem gelben New Yorker Taxi nicht gerechnet hätte.

»Ist das die Aufnahme von 1981?« William beugte sich interessiert vor.

»Ja, Sir«, sagte Lilesa.

»Er summt beim Spielen.«

»Ja, Sir. Ich mag die Einspielung sehr. Sie ist sehr menschlich.«

William legte einen Arm um Grace. »Sehr menschlich«, sagte er.

Grace hätte ihn am liebsten weggestoßen, geohrfeigt, zur Rede gestellt, angeschrien. Stattdessen legte sie eine Hand auf seine.

»Wenn dein Buch fertig und erschienen ist, vielleicht magst du dann ja mit mir nach London kommen«, sagte William.

Hör auf. Bitte hör auf, dachte Grace. Ich habe dir vertraut.

»Ich meine, was hält dich denn hier in Amerika? Deine Mutter, schätze ich. Na ja, wir könnten sie auch umziehen lassen. Zugegeben, das Wetter in England ist nicht gerade verlockend. Na gut, es ist grässlich. Aber wie wir ja gerade erlebt haben, ist es in Montreal auch nicht so wahnsinnig spitzenmäßig. Dafür haben wir ein ordentliches Gesundheitswesen. Und selbst wenn es mal nicht ganz so ordentlich ist, kostet es immerhin nichts. Vielleicht können wir es uns, wenn wir zusammenlegen, sogar leisten, sie in eine bessere Einrichtung zu geben als in Florida? Wenn es einen Garten oder einen Park in der Nähe gibt, umso besser. An den Wochenenden könnten wir dort mit ihr spazieren gehen. Du hast doch erwähnt, dass du deiner Mutter Prag zeigen willst, solange sie noch etwas sehen kann: ein Flug von London, mit einer dieser Billiglinien – praktisch für lau.«

Grace' Mund war ganz trocken geworden. Sie brachte es nicht über sich, ihn anzusehen.

»Du könntest einen neuen Job bei einer Zeitung annehmen oder einfach als freie Journalistin arbeiten oder ein weiteres Buch schreiben. Wir könnten in meiner Wohnung leben oder zusammenlegen und uns etwas Besseres leisten. Mit zuverlässigeren Installationen. Ach, die englischen Wasserleitungen. Die werden dir nicht gefallen!«

Eine Träne rollte über Grace' Wange. Sie wischte sie weg und schaute aus dem Fenster, damit William es nicht sah. Sie musste sich mit aller Kraft zusammenreißen, dass sie ihn nicht wegen der Dossiergeschichte und seiner wahren Identität zur Rede stellte. Wie konnte er es wagen!

Der Taxifahrer drehte die Klaviermusik leiser und sagte etwas über den Verkehr auf dem Grand Central Parkway. Er stellte eine Frage, aber Grace konnte nicht antworten, weil sie nicht wollte, dass William hörte, wie ihr zumute war.

»Ich bin mir sicher, das geht in Ordnung.« William reckte einen erhobenen Daumen in Lilesas Richtung. »Wir vertrauen Ihrem Instinkt und Ihrer Erfahrung, Sir.«

Das stand jetzt sicher nicht im Handbuch für überragende Spionagetechnik, tadelte Grace sich, tränennasse Augen vor einem Mann zu verbergen, der so tat, als wäre er der Beinah-Lover.

»Ist alles okay, Grace?«

»Ja, alles prima. Danke. Ich musste nur gerade an meine Mutter denken.«

Der Taxifahrer hatte mit seiner Verkehrseinschätzung recht behalten. Ein Minivan war von hinten auf einen Imbisswagen aufgefahren, auf dessen Seite das Tadsch Mahal abgebildet war. Am romantischsten Ort von New York, im Halbdunkel des Queens-Midtown-Tunnels, streckte William die Hand aus, berührte ihr Gesicht und küsste sie. Grace ließ es zu. Der Tunnel war lang, und es herrschte zähflüssiger Verkehr, folglich küssten sie sich lange. Grace vergaß, wo sie waren und was sie über William herausgefunden hatte. Sie wünschte sich einzig und allein, dass der East River nie enden möge. Wenn sie nie in Manhattan ankämen, konnten sie bis in alle Ewigkeit ein Liebespaar sein, eingehüllt in den Gestank von Kohle und Auspuffgasen und in das Summen und das Klavierspiel von Glenn Gould.

Irgendwann hatten sie den Tunnel passiert und tauchten in die Lichter der Stadt ein. Unter dem Schild Downtown-Crosstown-Uptown hielt Grace es nicht mehr aus. Sein Atem, seine Nase, seine langen Finger, das Geräusch ihrer sich berührenden Brillen: Alles war Betrug. Sie stieß ihn so heftig von sich, dass er mit dem Hinterkopf an die Fensterscheibe knallte.

Er rieb sich den Kopf und starrte Grace erst unverständig, dann wissend an. »Warte, Grace …«

»Denk nach, bevor du etwas sagst, William. Falls das dein wahrer Name ist.«

In der schmalen West Thirty-ninth Street ging es chaotisch zu.

Sie kamen an einer Cocktailbar vorbei, wo sich Grace am liebsten den ganzen Abend allein betrinken wollte.

»Grace. Du musst mich anhören.« Williams Stimme klang schrill und panisch. »Ich werde dir alles sagen.«

Ein Stück weiter von der Bar stand eine Gruppe junger Männer in T-Shirts Zigarette rauchend vor einem Irish Pub. Der Taxifahrer machte einen Bogen um einen Mann in einer blauen Regenjacke, der mit seinem silberfarbenen Imbisswägelchen unter einem Schirm stand und Hotdogs verkaufte. Endlich hielten sie vor dem Holiday Inn. Der Bürgersteig war eine offene Baustelle, weshalb man auf der Hotelseite nur schwer aus dem Taxi aussteigen konnte.

Glenn Gould spielte jetzt so schnell, dass man seine Stimme nicht mehr hörte. William wollte bezahlen, aber Grace streckte ihre Kreditkarte an ihm vorbei. »Ich hatte dir ein Zimmer gebucht, weil ich dachte, so stark zu sein, dass mir egal ist, dass du ein Spion bist. Ich dachte, ich könnte schlau aus dir werden und mich schützen, irgendwie alles im Griff zu haben, vielleicht sogar irgendwie mit dir zusammen sein. Aber es ist mir nicht egal, dass du ein Spion bist und nur so getan hast, als würdest du mich mögen. Also kannst du jetzt reingehen und denen sagen, dass du kein Zimmer brauchst, und dann dahin gehen, wo Leute wie du hingehen. Vielleicht in die russische Botschaft?«

Das Klavier war inzwischen wieder so leise, dass Grace Glenn Gould wieder summen hören konnte. Weil sie nicht auf William einging, stieg er aus und lief um den Wagen. Kalter Wind blies ins Innere. Der Fahrer dankte für das Trinkgeld, sprang hinaus und wollte William etwas fragen.

William ignorierte ihn, riss die Tür auf und kauerte sich vor Grace. Er war blass und klang angespannt. »Grace, du hast recht. Ich war nicht ganz ehrlich, aber ich garantiere dir, was immer du denkst, ist falsch. Wenn du mich angehört hast, wirst du alles anders sehen.«

»Sagen das nicht alle Betrüger?« Grace wich tiefer ins Wageninnere zurück. »Ich habe dir geglaubt, dass … du mich magst. Ich habe dir geglaubt, dass du mir helfen willst. Mein Gott, du warst dabei, als ich meine Katze begraben habe. Wie kannst du Leuten so was antun?«

»Lass uns reingehen. Ich werde dir ein paar Sachen zeigen. Ist das ein Vorschlag?«

»Du bist im Flugzeug eingeschlafen, William. Ich habe deine Sachen schon gesehen.«

William streckte ihr die Hand hin, um ihr aus dem Taxi zu helfen. »Das hast du noch nicht gesehen.«

»Hau ab, Iwan. Und fass mich nicht an!«

»Wir haben uns gerade noch geküsst.«

»Ich habe meine Meinung eben geändert.«

William seufzte und trat einen Schritt zurück. Grace stieg aus. Der Taxifahrer fragte William, ob sie tatsächlich ohne Gepäck in New York angekommen seien.

»Es ist eine seltsame Reise«, sagte William traurig.

Dann passierte alles wie in Zeitlupe. Grace dachte zunächst, es läge am Schlafmangel oder an der Unterzuckerung, dass ihr Gehör nicht richtig funktionierte. Das Geräusch begann als ein Grummeln, leiser als die Klaviermusik, und wurde lauter, sobald sie ausgestiegen war.

»He!«, rief der Hotdog-Mann.

Eine schwarze Limousine war aus der Baustelle hinter dem Würstchenwagen herausgeschossen und kam jetzt dröhnend die Straße herauf. Grace dachte zuerst, dass es sich um ein ziviles Polizeifahrzeug ohne Sirene auf dem Weg zu einem Einsatz handelte. Aber es gab nicht nur keine Sirene, sondern der Wagen hielt direkt auf sie zu.

Der Fahrer schrie auf und hechtete auf die Motorhaube seines Taxis. William rief ihren Namen und packte sie mit beiden

Armen. Sie wollte sich ihm entwinden, aber er war zu stark. »Komm her!« sagte er, und sie dachte, er wolle ihr wehtun, und schloss die Augen.

Aber er wollte ihr nicht wehtun. Stattdessen wurde sie, völlig hilflos wie ein Kind, hochgehoben und herumgewirbelt, bis sie hinter der Stoßstange des Taxis zwischen zwei Autos auf der Straße landete.

Grace fiel nach hinten und schrammte mit einem Ohr über den Boden, während die Limousine am Taxi vorbeiraste und William überfuhr.

39

NEW YORK – 2016

William wollte sich gerade von der Limousine wegdrehen, da wurde er von ihr erfasst. Mit dem Kopf und den Schultern krachte er erst auf die Motorhaube, dann gegen die Windschutzscheibe. Die Limousine brauste davon, und er wurde in die Höhe geschleudert. Sein schlaffer Körper schlug Kapriolen und landete dann mit einem schrecklichen Geräusch auf der Straße.

Grace' Ohr blutete. Sie schrie seinen Namen und krabbelte zwischen dem Taxi und dem Wagen dahinter zu ihm. Auf seinem Gesicht war auch Blut. Er hatte die Augen geschlossen. Grace nahm seine Hände in ihre und versicherte ihm, alles werde wieder gut. Es spielte jetzt keine Rolle mehr, wer er war. Als das Auto ihn überfuhr, hatte er einen Schuh verloren. Ihr fiel auf, dass er unterschiedliche Socken trug.

Hinter ihr wurde laut gerufen. *Notruf. Krankenwagen. Ist hier ein Arzt? Hat sich jemand das Nummernschild gemerkt?* Dann waren überall Beine und Stimmen, und Grace wünschte sich, sie würden die Klappe halten, weil sie seinen Puls fühlte. Dann legte jemand die Hände auf sie und nannte sie Liebes. »Ich bin Ärztin«, sagte die Frau.

Dann kniete sich eine weitere Frau auf die andere Seite neben William. Zuerst schien das in Ordnung zu sein, doch dann erkannte Grace, dass sie überall waren.

»Nein!«, schrie sie. »Weg von ihm!«

Jemand hielt sie zurück, während sie versuchte, die Frau, die sich als Ärztin ausgab, daran zu hindern, dass sie William wehtat. Niemand begriff, wovon sie redete. Dass sie alle verfolgt und beschattet würden.

»Ma'am, Sie stehen unter Schock«, sagte ein Mann. Sein Gesicht war viel zu nahe an ihrem, sodass sie ihn wegstieß.

Jetzt waren Sirenen zu hören, und sie wollte nicht, dass sie näher kamen, weil es bedeutete, dass er nicht mehr aufstehen würde.

»Es tut mir leid«, sagte die Ärztin.

Grace nahm wieder Williams Hand und presste das Ohr, das nicht blutete, an seine Brust. *Haltet alle mal die Klappe!* Außer den Sirenen hörte sie nichts.

Auch die Polizei war eingetroffen. Als sie versuchte, sich an den Polizisten vorbeizuschieben, um sicherzugehen, dass die Sanitäter echt waren, schrie einer von ihnen ihr ins Gesicht, sie solle *verdammt noch mal* Platz machen.

Lilesa, der Taxifahrer, war mit ihrer Handtasche und Williams Laptoptasche zur Stelle. Er gab ihr beides und drückte ihr ein Papiertaschentuch aufs Ohr. »Die hatten es auf Sie abgesehen«, sagte er. »Der Wagen kam erst angerauscht, als Sie ausgestiegen sind.«

Eine Menge Menschen drängten sich auf dem Bürgersteig: Männer von der Baustelle, Sanitäter, Polizei und Leute aus dem Hotel. Grace war sich sicher, dass der Killer in dem Auto nicht der einzige war. Jetzt deuteten ein paar Leute auf sie, und schon kamen zwei uniformierte Polizisten, ein Mann und eine Frau, auf sie zu.

Sie waren beide um die dreißig und ziemlich groß. »Wir haben gehört, dass Sie in Begleitung des Herrn waren, als er überfahren wurde«, sagte die Frau.

Grace nickte. Sie versuchte zu erkennen, ob irgendwas an den beiden seltsam war. Die Polizistin sprach mit einem überzeugenden Brooklyn-Akzent.

»Wir haben zusammengearbeitet.«

»Wie heißt er?«

Grace blickte um sich und entdeckte zwei Männer in Anzügen, die an der Scheibe des Holiday Inns lehnten und sie von dort aus beobachteten. Einer trug einen weichen Filzhut. »William Kovály.«

»Könnten Sie das bitte buchstabieren?«, sagte der Polizist.

Auf einmal schoben sich zwei andere Männer durch die Menge und blieben neben den Polizisten stehen. Der eine trug Jeans und ein Sportsakko, der andere – er hatte einen gestutzten Spitzbart – einen blauen Anzug, der ein bisschen zu groß wirkte. Der mit dem Bart zückte ganz kurz eine Erkennungsmarke und stellte sich vor. Der andere scheuchte die Uniformierten weg. Bevor auch er seinen Namen sagen konnte, war Grace zurückgewichen und hatte sich umgedreht. Sie bahnte sich einen Weg durch die Menge.

»Warten Sie!«, rief der Detective mit dem Bart.

Grace rannte ans Ende des Blocks, überquerte die Straße und bog nach recht in die Sixth Avenue ein. Doch da hatte der im Sakko sie bereits eingeholt. »Wo wollen Sie hin?«

Sie wusste, dass es nur ein weiterer Verfolger war, und knallte ihm Williams Laptoptasche an den Kopf. Sie rannte weiter die Sixth Avenue hinauf, schlängelte sich zwischen den Passanten durch und überquerte die kreuzenden Straßen. Dabei kümmerte sie sich nicht um rote Ampeln und schrie die Autofahrer an, die sie offensichtlich überfahren wollten. Sie hörte Schritte und Rufe hinter sich, konnte im Windgeheul aber nichts verstehen.

Grace lief in den Bryant Park, wo sich auf dem Weihnachtsmarkt eine große Menschenmenge tummelte. Die Schule war schon vorbei, und Kinder und ihre Kindermädchen drängelten sich zusammen mit Frischverliebten auf der Eisbahn. Es gab keine naheliegenden Verstecke, weil die Bäume und Sträucher ihr Laub abgeworfen hatten. Also kaufte sie sich an einem Kiosk eine schwarze Strickmütze, auch wenn die vierzig Dollar kostete. Sie zog sie sich tief in die Stirn und ließ sich mit dem Strom der Touristen treiben.

Grace sah, dass der angebliche Detective mit dem Bart und die uniformierte Polizistin den Weihnachtsmarkt durchkämmten. Sie zog sich die Jacke aus und knotete sie sich um die Taille. Dann suchte sie die außergewöhnlich luxuriöse öffentliche Toilette im Park auf. Sie schloss sich in eine Kabine ein und setzte sich auf die Klobrille. Kein echter Detective würde ihr nachjagen. Es gab schließlich zahlreiche Zeugen für Williams Tod. Jemand hatte sogar die Ziffern des Nummernschilds gerufen.

Die Toilette im Bryant Park war ein beliebter Ort. Frauen und Mädchen kamen und gingen, lachten und beklagten sich, redeten freimütig über Männer und Jungs.

Grace lehnte sich zurück, schloss die Augen und ließ sich Williams Tod noch einmal durch den Kopf gehen. Sie musste an den schwarzen Socken denken und an den blauen, der ihm ein Stück vom Fuß gerutscht war. Wo war sein Schuh hingeflogen? Sie dachte auch an Katka und deren Vater, und an Zip. Wäre Grace nicht so egoistisch gewesen und hätte sie Elena bei einer Flasche Champagner auf der Fahrt von Prag nach Mladá Boleslav einfach nur über das richtige Benehmen beim Weihnachtsdinner und Tipps zum Onlineshopping interviewt, dann würden alle noch am Leben sein. Ihr kamen die Tränen, und sie wollte sich beherrschen, doch dann wurde ihr klar, dass eine öffentliche Toilette mitten in Manhattan eigentlich ein legitimer Platz zum Weinen war. Sie ließ die Tränen laufen.

Sie blieb ungefähr eine Stunde auf der Toilette im Bryant Park, weinte, hasste sich selbst und Elena, machte sich Sorgen um ihre Mutter, ihre Finanzen, ihre unvermeidliche Ermordung. Als sie endlich zu gehen bereit war, hatte sie sich die Adresse des Polizeireviers Midtown South herausgesucht. Zu Fuß lag das eine Viertelstunde entfernt. Sollten die Detectives echt gewesen sein, müsste sie sie dort treffen und hätte eine absolut vernünftige Erklärung für sie. Dann spritzte sie sich noch ein bisschen kaltes Wasser auf ihre geröteten Augen und das blutverkrustete Ohr, bevor sie ihr Haar unter die Mütze schob.

Vielleicht würden die Detectives sogar Vorschläge dazu haben, wie man ihre Mutter beschützen könnte. In ihrem Hotelzimmer heute Abend würde sie den Entwurf ihrer Geschichte weiter ausarbeiten, dann am Morgen ein Taxi zum One World Trade Center nehmen und sie an den *New Yorker* verkaufen.

Es war vorbei.

Sie öffnete die Tür in die Dunkelheit, die inzwischen hereingebrochen war. Die kühle Luft im Park umfing sie, während ihre Augen sich an die anderen Lichtverhältnisse anpassten. An dem schmiedeeisernen Tor stand niemand, der auf sie wartete. Grace schaute noch einmal auf ihr Handy, um sich den Weg zur Polizeiwache einzuprägen, und ging dann nach links.

Obwohl er im Schatten stand, kam ihr der Mann hinter dem steinernen Bogen bekannt vor. Sie wich vom geplanten Weg zur Wache ab und lief entlang der Forty-second Street tiefer in den Bryant Park hinein. Vorbei an den Tischtennisplatten und auf die Verkaufsbuden zu. Als sie ihre Schritte beschleunigte, tat er das Gleiche. Als sie sich kurz umblickte, fiel ihr wieder ein, wo sie ihn schon gesehen hatte: Er war einer der Männer, die an der Scheibe des Holiday Inns gelehnt hatten.

Grace holte tief Luft, wie ihr Lehrer im Kurs für Selbstverteidigung es ihr beigebracht hatte. Denn wenn wir in Panik geraten, hören wir auf zu denken. Sie wollte den richtigen Moment zum Losrennen abpassen. Da stand eine Gruppe chinesischer Touristen mit einem Reiseleiter, der einen kleinen Lautsprecher benutzte. Sie spurtete um die Leute herum, damit die Gruppe dem Mann den Weg verstellte.

Die hatten William am helllichten Tag umgelegt, auf einer

belebten Straße. Und wenn er sie nicht aus dem Weg gestoßen hätte, dann hätten die auch sie umgebracht. Sie drängte sich durch die Menge, die den Eisläufern zusah, und querte den Park diagonal. Dann bog sie wieder rechts ab, um den Mann zu verwirren, falls er sie überhaupt sah. Am südlichen Ende der Eisbahn war die Beleuchtung schummriger. Sie näherte sich dem Kinderkarussell und suchte den Park mit seinen kahlen Baumreihen wieder nach einem möglichen Versteck ab, als sie plötzlich mit jemand zusammenstieß. Grace prallte von dem Mann ab und landete auf dem Hintern. Sie hatte ihre Handtasche in der einen Hand, Williams Laptoptasche in der anderen. Es war der zweite Mann, der vor dem Holiday Inn an der Scheibe gelehnt hatte, der mit dem Filzhut.

Hinter ihr kam sein Partner atemlos angerannt.

Die Stühle im Park waren alle leer. Blätter wehten übers Pflaster. Kinder und Eltern waren entweder beim Eislaufplatz oder beim Karussell. Der Mann, mit dem sie zusammengestoßen war, der mit dem Hut, zog eine Waffe. »Du hast dich gut geschlagen, Grace.«

»Moment mal. Das können Sie nicht machen.« Sie warf mit ihrer Handtasche nach ihm, aber er schlug sie einfach weg. Williams Laptoptasche war zu schwer, sodass sie sie im Sitzen nur gegen die Knie ihrer Angreifer schleudern konnte. Die Tasche flog einfach zwischen ihnen hindurch ins Laub. Grace schob sich auf dem Pflaster rückwärts, während die beiden Männer sich vor ihr aufbauten. Beide hatten jetzt eine Waffe in der Hand, und es schien ihnen egal zu sein, dass jemand sie sehen könnte.

»Wir können alles machen, was wir wollen«, sagte der Mann mit dem Filzhut. Er schaute sich nach beiden Seiten um, dann zielte er.

Grace schloss die Augen, und obwohl sie außer bei Hochzeiten und Beerdigungen nie in die Kirche ging, sprach sie ein Gebet. Es poppte zweimal, nicht viel lauter als die Bälle bei den Tischtennisplatten. Außerdem waren da ja noch die Freudenschreie der Kinder beim Karussell und die Eisbahn. Es tat auch nicht weh, zumindest vorläufig noch nicht.

Als sie die Augen aufschlug, vernahm sie einen doppelten dumpfen Aufprall. Die beiden Männer lagen am Boden, und der Filzhut kullerte in einem Halbkreis davon. Roberta McKee stand hinter ihnen. Mit ihrer behandschuhten Hand griff sie nach Grace' Tasche und Williams Laptoptasche.

»Stehen Sie auf. Wir gehen.«

40

SOTSCHI – 2014

Elena beobachtete den Mann mit der Nummer 11, den mit Abstand langsamsten und kleinsten Spieler auf dem Eis. Seine Mannschaftskollegen in den roten Trikots schoben ihm den Puck zu, damit er aufs Tor schießen konnte. Keiner der Abwehrspieler des gegnerischen weißen Teams kam auch nur in seine Nähe, wenn er den Puck hatte, obwohl sie sonst immer jeden in die Mangel nahmen, der in seinem Besitz war. Eine Roboterkamera verfolgte jede Bewegung der Nummer 11, egal ob der Spieler gerade den Puck hatte oder nicht. Fotografen aus aller Welt tauchten ihn in ein Blitzlichtgewitter, wann immer er ein Tor erzielte.

Alexander Mironow, Präsident der Russischen Föderation, hatte sich auf die Olympischen Spiele in Sotschi vorbereitet, indem er sich verkleidet und selbst zum Star dieser mit über 50 Milliarden Dollar Kosten teuersten Winterspieleshow aller Zeiten gemacht hatte. Obwohl die Eröffnungsfeier in weniger als einem Monat stattfinden sollte, war der Bolschoi-Eispalast eines der wenigen wirklich fertigen Gebäude. Aber das spielte jetzt keine Rolle. Im Eispalast, der Ähnlichkeit mit einem funkelnden Fabergé-Ei hatte, war Mironow Russland, und Russland war wieder da: großartig, reich, geheimnisvoll, mächtig.

Als einer der besten Eishockeytorwarte der Welt Mironow erlaubte, ein Tor zu schießen, jubelte eine kleine Schar von VIPs und russischen Journalisten. Hoch über dem Eis, in einer Luxusloge mit Catering, applaudierte auch Elena höflich.

»Wenn Anthony als Gouverneur für New York kandidiert hätte, dann hätte er verloren.« Sergej Sorokin warf sich eine Praline in den Mund. Anders als sein Chef spielte er nicht Eishockey, ging nicht zur Jagd und praktizierte auch kein Judo. Im Verlauf der letzten zehn Jahre war er in Elenas Augen zu einem Walross angewachsen. »Das hätte ihn gekränkt.«

»Du hast so viel Zeit in Amerika verbracht, aber du kapierst es immer noch nicht«, sagte Elena. »Er kann verlieren und trotzdem gewinnen, nämlich indem er seine Marke weiter ausbaut.«

»Wir haben seine Marke für ihn aufgebaut, Elenka. Genau wie deine. Ohne uns wäre er bankrott gewesen, auch wenn ihm das nur halb bewusst ist. Und ich glaube, seine Marke hat nichts mit Verlieren zu tun.«

Elena seufzte. Sie wollte nicht an Mustela Capital denken und schon gar nicht darüber sprechen. »Okay, Sergej.«

»Unser Anthony mag nicht der größte Geschäftsmann der Welt sein, aber im Vermarkten ist er tatsächlich brillant.« Sergej zeigte nach unten auf Mironow, der gerade die Glückwünsche seiner Teamkollegen und seiner Bewunderer hinter der Bande entgegennahm. Das Spiel war zu Ende. »Wie Alexander. Manche Männer verstehen die Wünsche einfacher Menschen instinktiv.«

»Aber Craig war einmal eine Luxusmarke.«

Sergej lachte. »O bitte. Elenka, du bist doch Europäerin. Das war nie ein Luxuslabel.«

Elena hörte sich an, was Sergej alles über das Geschäft ihres Exmannes zu sagen hatte. Dass Craig-Kunden und Craig-Fans die ungehobelten Reichen waren oder diejenigen, die meinten, Reichtum zu *verdienen,* obwohl es ihnen an Intelligenz oder Antrieb mangelte, etwas dafür zu tun. Diese Menschen waren nach Sergejs Definition weiß, zornig, vom aktiven Wahlrecht ausgeschlossen und verschuldet. Sie kauften sich einen Craig auf Kredit, fast nie gegen bar. Craigs waren die am häufigsten geleasten Autos aller Zeiten – weil das die mit Abstand billigste Methode war, an einen heranzukommen. Die Ausfallquoten dieser Leasinggeschäfte waren außergewöhnlich hoch.

»Unsere Umfragedaten ergeben, dass zwischen fünfundzwanzig und dreißig Prozent der amerikanischen Wähler für ihn stimmen werden, wenn er 2016 kandidiert. Sofern er den Mut hat, ihnen zu geben, was sie wollen. Und ich kann dir sagen, Elenka, das Ganze hat nichts mit Luxus zu tun.«

»Womit hat es denn dann zu tun?«

Es klopfte an der Tür. Sergej stand auf, und auch sie erhob sich. Elena war bereits drei Mal durchsucht worden, und man hatte ihr das Handy abgenommen. Grunzend bewegte Sergej sich zur Tür.

Draußen standen mindestens fünf Leibwächter, schwer bewaffnete Männer mit kurz geschorenem Haar und in schwarzen Anzügen, unter denen hautenge Trikots hervorschauten. Alexander Mironow betrat die Luxusloge im Eishockeydress; an den Füßen trug er schwarze Oxford-Schuhe. Neben Sergejs verweichlichtem Körper wirkte Mironows umso gestählter. Er wartete darauf, dass Elena die Loge durchquerte und ihn zur Begrüßung küsste. »Unser wunderbarer Eisvogel«, sagte er an Sergej gerichtet.

Sergej klatschte in die Hände, was Elena nur lächerlich fand.

»Ich liebe die tschechische Frau.« Mironow nahm seine Ellbogenschützer ab, während Elena und Sergej an ihre Plätze zurückkehrten. »Ich liebe das tschechische Volk. Drollig, wie ihr euren Machtwechsel nennt. Die Samtene Revolution. Eine Revolution nach meinem Geschmack. Nicht ein Spion, weder von uns noch von euch, ins Gefängnis oder gar in irgendeiner finsteren Gasse erschossen. Gute Seelen, die Tschechen. Stehen meinem Herzen wirklich nah.«

Elena fand ihn unerträglich. »Sie meinen also, wir sind unterwürfig.«

»Ich meine, dass ihr euch nicht von Gefühlswallungen vom rechten Weg abbringen lasst. Ich habe viel zu viele Völker gesehen, die sich für leere Prinzipien unnötigerweise ruiniert haben. Ihr Tschechen seid dafür zu umsichtig.«

Elena wollte sich nicht für seine Worte bedanken, weil das Ganze keinesfalls ein echtes Kompliment von ihm war. Er bereitete sie nur vor. Jedes Wort, das er sagte, jeder Schachzug zielte darauf ab, künftig irgendetwas damit zu erreichen.

Sie wischte ihre Gedanken beiseite und lächelte. »Dank euch beiden bösen Russen bin ich inzwischen schon vierzig Jahre von meiner guten tschechischen Seele getrennt.«

»Sie sind, dank uns, jetzt eine Amerikanerin.« Mironow nahm die Flasche mit dem rumänischen Weißwein aus dem Eiskübel und füllte Elenas Glas. Dann öffnete er zwei Flaschen Bier, eine für sich, eine für Sergej, und hob die eigene in die Höhe. »Auf Amerika.«

Sowohl Sergej als auch Elena wiederholten den Spruch – »auf Amerika« – und prosteten ihm zu.

Dann herrschte im Bolschoi-Eispalast eine Stille, die Elena nicht brechen wollte. Mironow hatte sie eingeladen, als Teil der VIP-Delegation das olympische Dorf in Sotschi zu besuchen. Und zwar als inoffizielle Botschafterin der Vereinigten Staaten und der Tschechischen Republik. La Cure Craig hatte Filialen in Moskau und Sankt Petersburg. Warum nicht auch in Sotschi?

Mironow schien das Schweigen und die Anspannung im Raum zu genießen. Schließlich stellte er sein Bier ab und nickte Sergej zu.

»Der Präsident und ich haben über deine Situation gesprochen«, sagte Sergej. Er griff in seine Tasche und zog eine Akte heraus. Als er sie aufschlug, war das Foto einer jungen Frau im

Pelzmantel zu sehen. »Alina wird den Präsidenten zu einigen Events hier in Sotschi begleiten.«

All der vergangenen Zeit zum Trotz ärgerte sie das immer noch. »Weiß Alina, dass sie Tonys Tochter ist?«

»Nein. Aber wir denken, dass es an der Zeit ist, Anthony von ihr zu erzählen.«

»Sie werden es ihm noch vor den Olympischen Spielen sagen.« Mironow zeigte mit seiner Bierflasche auf Elena. »Wenn er sie mit mir sieht, hier im Stadion, soll er wissen, was er uns schuldet. Nämlich mehr als nur Geld.«

»Warum soll ausgerechnet ich es ihm sagen?«

Sergej ruckelte sich vor und stützte die Ellbogen auf die Knie. Er wirkte leicht verlegen. »Dieser ganze Mangel an Disziplin, das ist einerseits seine größte Stärke, aber … na ja, es macht uns ein bisschen Angst.«

Mironow räusperte sich und bedeutete Sergej zu schweigen. »Anthony ist ein unkonventioneller Kopf, aber in seinem tiefsten Herzen ist er ein einfacher Mann, ein stolzer Mann«, sagte er. »Er denkt in vielem wie die Leute auf der Straße, selbst wenn er das nie so bezeichnen würde. Und bei all seinen vielen wundervollen Makeln ist unser Anthony Craig kein Vollidiot. Ich verstehe Ihre Zurückhaltung, Elena. Vielleicht machen wir alles mit Zuckerbrot, ganz ohne Peitsche. Vorläufig ermutigen wir ihn, 2016 anzutreten. Wir greifen ihm unter die Arme. Auf unsere Weise.«

»Und die wäre?«

»Durch eure wunderbaren amerikanischen Institutionen und Erfindungen. Moderne Demokratie, moderne Medien, moderne Technologie – das sind eure trojanischen Pferde. Und die werden wir nun gegen euch verwenden.«

»Tony kann unmöglich einfach so eine Wahl gewinnen.«

»Er wird gewinnen«, sagte Sergej.

»In Cibulkas Listen gibt es ein paar Angaben über meine Eltern.

Menschen außerhalb dieses Raums wissen, woher ich komme, und haben genug in der Hand, dass man mich wegen Hochverrat einsperren könnte. Allein in Mladá Boleslav gibt es zehn Leute …«

Mironow zog einen der weichen Sessel nahe an ihren heran. Plötzlich roch alles nach frischer Farbe und eben ausgepacktem Plastik: der Wein, ihr Sessel, das Gebäude, der Atem des russischen Präsidenten. Seine Stimme war sanft. »Jeden Tag veröffentlicht irgendwer irgendetwas über mich und meine Vergangenheit, was mich wegen Hochverrat ins Gefängnis bringen könnte. Jeden Tag, mein Eisvogel. Wir stammen aus dem KGB, ich war Direktor des FSB.« Er lachte.

»Und was, wenn sie Beweise haben, wie Jake Haynes? Beweise für das, was ich an der Universität, in Straßburg, in Montreal wirklich gemacht habe? Bandaufnahmen?«

»Es gibt keinen Beweis. Und sollte noch etwas vorhanden sein, dann haben unsere mächtigen Feinde das produziert. Volksfeinde.«

Der kommunistische Ausdruck setzte sich wie ein Ohrwurm in ihrem Kopf fest. Elena lehnte sich zurück. »So mag das vielleicht in Russland funktionieren. In Amerika ist das anders.«

Mironow trank sein Bier aus und stand auf, um sich ein neues zu öffnen. »Sie werden sehen. Lassen Sie uns über die Zukunft reden. Wie können wir Ihnen dabei behilflich sein, Ihrem Mann zu helfen, der mächtigste Mann der Welt zu werden?«

41

NEW YORK – 2016

Grace schaute aus dem Fenster ihrer Einzimmersuite im Plaza. Es war zu dunkel, als dass man die Aussicht auf den Park hätte besonders genießen können.

Hinter ihr saß Roberta McKee auf dem Bett.

»Ich kann verstehen, warum Sie das schreiben wollen.« Roberta goss ihre halbe Flasche Champagner aus der Minibar in ein Wasserglas. »Sie sehen sich schon bei CNN, wo Sie mit Anderson Cooper plaudern. Ja? Die Boulevardschreiberin, aus der eine Investigativjournalistin wurde. Aber dazu wird es nie kommen.«

Grace wandte sich vom Fenster ab und setzte sich in den cremefarbenen Sessel neben dem Bett. Ihre Hände waren immer noch kalt und zitterten, obwohl sie sie fünf Minuten lang unter warmes Wasser gehalten hatte.

»Und wenn ich zur Polizei gehe …«

»Wird man Sie wegschicken. Und das nächste Mal im Bryant Park werde ich nicht zur Stelle sein, um Sie zu retten. Genauso wie ich nicht da sein werde, um Ihre Mutter oder Ihren Exmann zu retten. Oder Ihre Freunde in Montreal. Ich weiß, dass das für Sie aufregend sein muss, weil Sie etwas entdeckt haben. Ms. Craigs Generation war nicht so vorsichtig. Da hat man noch Aufzeichnungen gemacht, *physische Aufzeichnungen*. Das meiste davon ist inzwischen vernichtet, wie Sie wissen. Ganz ehrlich, Grace, wenn Sie zur Polizeiwache gehen, wird man Sie als 9/11-Truther zu den Akten nehmen und sich, noch während Sie wieder gehen, über Sie lustig machen.«

»Das FBI könnte Ms. Craig einbuchten.«

»Sie einbuchten?« Roberta lachte. »Innerhalb einer Stunde hätte sie alle Leute im Hoover Building auf der Liste für Gratisbesuche in ihrem Spa. Grace, das FBI kann gar nichts für Sie tun. Jeden Tag verschwinden mehr Beweise. Diejenigen, die mit solchen Storys wie Sie ankommen, geraten selbst in Misskredit und werden lächerlich gemacht. Sie gelten dann als paranoide, hysterische Frau, *die von einem Boulevardblatt gefeuert wurde*.«

Grace berührte ihr aufgeschürftes Ohr. Sie traute Roberta zwar nicht, aber sie hatte auch keinen Grund, der Polizei oder dem FBI zu trauen. »Wie soll ich wissen, dass nicht Sie meine Katze umgebracht haben?«

Roberta zuckte die Achseln. »Ich schätze, gar nicht. Aber Sie wissen mit Bestimmtheit, dass ich Sie hätte töten können, und zwar mehrmals. Sie wissen, dass ich Ihnen das Leben gerettet habe. Ms. Craig wollte, dass Bradley und ich Sie beschützen. Für den letzten Journalisten, der versucht hat, die Story zu schreiben, ist es nicht so gut ausgegangen. Natürlich hatte er auch Dokumente. Nicht nur den Müll, den Sie gefunden haben. Und die Zeiten haben sich geändert. Sie könnten das auf Facebook stellen, die Akten, das Zeug aus Cibulkas Listen, was Ihnen passiert ist. Die meisten würden es einfach nur verrückt finden. Aber ein paar Leute ...«

Als Roberta mit dem Parkservice beschäftigt gewesen war, hatte Grace im Auto die Aufnahmeapp ihres Handys gedrückt. Nachdem Roberta die Männer erschossen hatte, war ihr erster Impuls gewesen, wegzulaufen und immer weiter zu laufen, bis sie wie geplant die Polizeiwache erreichte. Als sie Arm in Arm an dem Karussell vorbeigegangen und Roberta ihr »ruhig, ganz ruhig, und immer schön lächeln« zugeflüstert hatte, da hatte sie ihr jedoch auch etwas gesagt, womit Grace nicht gerechnet hatte: *William hat Sie geliebt.*

William hatte also für Elena gearbeitet. Allerdings hatte er nicht gewusst, dass Roberta und ihr Partner Bradley Tebb *neben* Elena arbeiteten. Schwalben und Raben gehorchten einem Chef, waren sich hinsichtlich der Methoden jedoch nicht immer einig. Sie schmiedeten Allianzen, und Roberta und Bradley gehörten zur gleichen Ebene wie Elena. Sie war lediglich deren Mentorin.

Die gemeinsamen Chefs hatten Grace eliminieren lassen wollen, nachdem sie entdeckt hatten, was die Journalistin auf ihrem Computer und ihrem Handy hatte und mit wem sie kommuniziert hatte. Elena hatte da aber eine elegantere Lösung vorgeschwebt.

Im Auto hatte Roberta ihr Screenshots von Kurznachrichten gezeigt, die William an Elena geschickt hatte. Sein Plan sah vor, Grace und ihre Mutter mit nach England zu nehmen, wenn alles beendet wäre. Grace bat nun Roberta, die Screenshots noch einmal sehen zu dürfen. »Warum hat er es mir nicht einfach erzählt?«, sagte Grace, nachdem sie alles gelesen und sich ausgemalt hatte, was für ein Leben sie hätten führen können.

»Er wollte es Ihnen heute erzählen. Dasselbe, was ich Ihnen jetzt auch erzähle. Nur hatte er keine Gelegenheit mehr dazu.«

»Aber letztlich gehören Sie alle dem russischen Geheimdienst an.«

»Ich ja«, sagte Roberta. »William nicht. Er hat nur für Elena gearbeitet.«

»Sie haben die Chefs erwähnt. Wenn Elena der Chef von William war, wer ist dann Ihrer?«

»Das spielt für Sie keine Rolle.«

»Sergej Sorokin?«

Roberta stellte das Wasserglas mit dem Champagner weg. »Woher kennen Sie den Namen?«

Grace erzählte ihr von Katka und deren Vater, von dem Brand in Mladá Boleslav.

»Sie haben keinerlei Unterlagen über ihn, ja? Keinen Beweis?«

Grace schüttelte den Kopf.

»Tja, jetzt verstehe ich, warum die Sie tot sehen wollten.«

»Wer ist er?«

Roberta hob abwehrend die Hände.

»Im Bryant Park gibt es Kameras. Die werden sehen, wie Sie die Männer erschossen haben.«

»Darum wurde sich gekümmert.« Roberta hielt inne und nahm einen Schluck Champagner. »Elena Craig wurde wann eine Schwalbe? In den frühen Siebzigern? Und trotzdem ist sie immer noch hier. Einen Steinwurf vom Weißen Haus entfernt.«

»Aber die Umfragen zeigen, dass er nächste Woche gar nicht gewinnen kann.«

»Ich bin mir sicher, dass sogar Monsieur Craig höchstpersönlich denkt, dass er verlieren wird. Aber wissen Sie was, Grace? Das wird er nicht. Haben Sie nicht auch die Bekanntgabe der Ergebnisse des Brexit-Referendums gesehen? Die Moderatoren werden den Abend vollkommen zuversichtlich beginnen, weil sie alle auf tollen Schulen und Universitäten waren und die einzigen Menschen, die sie kennen, so wählen, dass der Status quo geschützt und erhalten bleibt. Unsere Leute, unsere heimlichen Verbündeten, anständige Männer und Frauen in ganz Amerika, die wollen den Status quo zermalmen und zerstören, weil es da nichts zu beschützen gibt. Dahinter sind Sie auch schon gekommen, ja? Oder war es Ihr ausgesuchtes Ziel, nach der Uni in Kanada zu arbeiten? Für eine Supermarktpostille? Sie sind dazu da, sich ständig Sachen zu kaufen, nur dass Sie sich die nicht leisten können, und daran wird sich nie etwas ändern. Sie sind in den sozialen Medien unterwegs, ja? Für viele von uns gibt es nichts Aufregenderes, als *alles in die Luft zu jagen.*«

Grace musste daran denken, wie Steadman Coe immer von *ihrer* Leserschaft gesprochen hatte, die sie zu bedienen habe. Sie wäre nie auf den Gedanken gekommen, dass es sich um die gleichen Leute handelte, von denen die angebliche Roberta McKee jetzt sprach.

»Sie sind zehn Jahre älter als ich, Grace, und Sie haben nichts. Niemand erinnert sich daran, was Sie irgendwann einmal geschrieben haben. Sie haben kein Geld. Sie haben keine Aktien. Ihre kranke, fast blinde Mutter lebt in erbärmlichen Verhältnissen. Dabei haben Sie hart gearbeitet. Sie waren fügsam. Sie sind immer wählen gegangen, sogar per Briefwahl, und haben sich in gleich zwei Ländern für wohltätige Zwecke engagiert. Bald kommen Sie in Ihre zweite Lebenshälfte, voller Angst davor, was Sie hinterlassen, vor dem Tod, und wenn Sie nicht verrückt sind – was Sie natürlich nicht sind –, werden Sie allmählich verstehen, dass dieser Traum, dieses Lotterieticket in der Tasche jedes anständigen Amerikaners, von Anfang an eine Lüge war. Grace, Sie hatten nie eine Chance.«

Roberta zog einen Hefter aus der Mappe, die neben ihr auf dem Bett lag. Schon bevor Grace ihn entgegennahm, wusste sie, um was es sich handelte. Vorn drauf waren Fotos von üppigen Gärten, einem Swimmingpool und Terrassen. Alles erinnerte an Fünfsternehotels.

»Es heißt *The Grove*.«

Im Hefter lagen Hochglanzprospekte zu Lifestyle, Gesundheitsservice und zur Community. Die Anlage befand sich in Florida, nahe den Everglades.

»Es gibt weltweit keine bessere Einrichtung. Man bezahlt einmalig 250 000 Dollar für eine lebenslange Mitgliedschaft und danach 7 000 Dollar monatlich. Dafür erhält man das beste Essen, die beste medizinische Versorgung, ein herrliches Apartment mit einem Schlafzimmer und allen nur denkbaren Annehmlichkeiten.

Natürlich kann uns nichts Glückseligkeit im Alter garantieren, aber das hier kommt dem schon verdammt nahe, meinen Sie nicht, Grace?«

»Es ist sehr hübsch.«

Roberta packte einen weiteren Hefter aus. Er war schlicht weiß. Als Grace ihn aufschlug, lag darin ein Kontoauszug auf ihren Namen bei der Zürcher Kantonalbank. Auf dem Konto befanden sich offenbar dreieinhalb Millionen Schweizer Franken.

»Was ist das?«

»Der Schweizer Franken steht ein bisschen besser als der US-Dollar, also sind es vielleicht 3,7 Millionen. Sie müssen natürlich noch die Gebühren berücksichtigen, wenn Sie es in die hiesige Währung umtauschen wollen. Außer Sie möchten nach Zürich umziehen. Vielleicht wäre Genf noch besser. Da spricht man französisch.« Sie beugte sich vor und deutete auf das Logo der Zürcher Kantonalbank. »Das ist eine der sichersten Banken weltweit.«

Grace blickte zu ihr hoch. »Und das alles für …«

»Jetzt kommt das Beste. All das dafür, *nichts zu tun*. Glückwunsch, Grace. Sie haben uns geschlagen. Wir haben uns bemüht, Sie aufzuhalten, aber es ist uns nicht gelungen. Und hier sitzen Sie jetzt und bekommen Ihre Belohnung.«

»Und dann werden die aufhören, mich umbringen zu wollen?«

»Ms. Craig hat Einfluss auf die Chefs. Sie wird sie davon überzeugen, dass Sie über mehr verfügen, als wir denken. Dass Sie es irgendwo vergraben haben und Ihr Tod dafür sorgen würde, dass es ans Licht kommt.«

Grace starrte auf die Zahl, die vielen Nullen, und stellte sich vor, was sie damit alles anfangen könnte: eine Wohnung in Miami South Beach kaufen, nahe genug für Besuche bei ihrer Mutter, aber weit genug weg, dass sie es auf einen Besuch pro Woche beschränken konnte. Sie könnte an all die Orte reisen, die sie noch nicht gesehen hatte: Frankreich, Kenia, Thailand, Argentinien. Sie könnte sich im seriösen Journalismus engagieren, um ihr Gewissen zu beruhigen, nachdem sie das Geld genommen hatte.

»Und wenn ich es nicht nehme? Wenn ich zum FBI gehe?«

»Dann werden die Craigs Sie verklagen. Und darin sind die richtig, richtig gut, und sie verfügen über unendliche Ressourcen.« Roberta stand vom Bett auf und streckte sich. »Sie werden jeden Abend mit der Sorge zu Bett gehen, dass nachts um drei Uhr ein Anruf kommen könnte. Wegen Ihrer Mutter. Ein Sturz, ein Versehen mit den Insulinspritzen, ein Koma. Wie werden Sie sich in öffentlichen Verkehrsmitteln, in Restaurants – sofern Sie sich die noch leisten können – fühlen oder auch nur, wenn Sie an normal aussehenden Leuten auf der Straße vorbeigehen? Immer werden Sie sich fragen: Wer sind diese Leute wirklich? Was könnten die mir antun?«

Grace schüttelte den Kopf. »Es muss doch ein schreckliches Gefühl sein, Menschen ständig mit Gewalt oder dem Tod zu drohen.«

»Heute Abend bin ich hier, um eine reiche Frau aus Ihnen zu machen, eine freie Frau, die ihrer lieben Mutter ein Leben in Würde, Gesundheit und Glück ermöglicht. Ihre eigene Regierung kann Sie nicht beschützen. Ich kann es. Und das verschafft mir enorme Freude.«

»Sie können auch nicht aussteigen, nicht wahr? Die besitzen Sie genauso wie Elena.« Grace betrachtete die Fotos von The Grove.

»Meine Eltern haben ein gutes Leben. Ich habe ein gutes Leben. Es ist eine Entscheidung, die ich getroffen habe, auch wenn es nicht das Leben ist, das ich angestrebt habe.«

»Man hat Sie rekrutiert. Genau wie Elena.«

Roberta griff in Grace' Handtasche und nahm sich das Handy und das Notizbuch. »So wussten wir übrigens immer, wo Sie waren. Dank den hübschen Telefonen und Ihrer Kreditkarte.« Mit der anderen Hand griff sie nach Williams Laptoptasche.

»He!«

»Ein Deal ist ein Deal, Grace. Besorgen Sie sich ein paar neue Geräte. Alles, was Sie benötigen, um an das Geld zu kommen, ist in dem Hefter. Und morgen erhalten Sie per E-Mail eine Bestätigung über den Platz für Ihre Mutter. Ab Montag hat sie ihn. Warum fliegen Sie nicht erster Klasse nach Miami und überraschen sie?«

»Wo gehen Sie jetzt hin?«

Roberta blieb an der Tür noch einmal stehen. »Das ist Ihr Zimmer. Es ist viel hübscher als das im Holiday Inn Express und entspricht eher Ihrem neuen Status.« Sie zwinkerte ihr zu. »Tut mir leid, dass ich Ihren Champagner getrunken habe. Bestellen Sie sich noch einen, wenn Sie möchten. Der geht auf uns.«

42

NOWYJ RIM – 2016

Der Fahrer von Sergej Sorokin war verkatert. Der Großteil der Stadt war wohl verkatert, dachte Sergej, weil das morgendliche Verkehrsaufkommen auf der Schnellstraße Rubljowo-Uspenskoje in beide Richtungen ungewöhnlich schwach war. Der fliegende Adler des Craig-Logos auf dem Lenkrad machte ihm solche Freude, dass er auf der Rückbank nach rechts rückte, um ihn besser sehen zu können, während sie in den Westen Moskaus fuhren. Die besseren hohen Regierungsbeamten fuhren Craigs. Als das Auto erstmals auf den Markt gekommen war, hatten die Leute sich über den Craig Ne Plus Ultra und den schlechtesten Namen in der Geschichte des Automobils lustig gemacht, doch inzwischen war es ein weltweiter Bestseller. Schließlich handelte es sich um das größte, am wenigsten benzinsparende und opulenteste amerikanische Auto und das erste serienmäßig kugelsichere. Mit seinen 145 000 Dollar kam es billiger als ein weniger luxuriöser Mercedes, den man nachträglich mit entsprechendem Glas, Kevlar, Stahlplatten und ballistischem Nylon ausstatten musste.

Er hatte zeitig in einem ruhigen Café gefrühstückt. Direkt neben einem großen Lokal, wo man Flaschen, Dosen, Kotze und andere Spuren der ausgeuferten Party noch nicht beseitigt hatte. Nach so vielen Jahren der Russlandphobie galt der neu gewählte

Präsident der Vereinigten Staaten von Amerika als ein Freund des Kremls.

Als Mironows Präsident.

Mit seinen einundsiebzig Jahren – hoffnungslos feist, grotesk reich und so was Ähnliches wie glücklich – überlegte Sergej, was er der Nachwelt hinterließ. Der President-elect Anthony Craig *war* sein Vermächtnis. Aber wenn dessen Wahl mit der russischen Renaissance zusammenfiel, die er so herbeigesehnt hatte, dann wünschte er sich immer stärker, dass seine Enkel einmal seine Rolle dabei verstehen und feiern sollten. Er stellte sich eine bescheidene Statue seiner selbst vor, am Park-Ville-Tor der Rubljowka, fünf Minuten von seinem Zuhause entfernt. Zu viele der jungen Oligarchen, denen er beim Aufstieg geholfen und als deren Mentor er fungiert hatte, hatten ihre Villen in der Rubljowka über die Jahre aufgegeben. Mit dem heutigen Tag würden sie beginnen, nach Hause zurückzukehren. Mit ihren Ambitionen und ihrem Kapital.

Eine Angestellte des besten Blumenladens in ganz Moskau war im Café vorbeigekommen, und das Bukett neben ihm auf dem Rücksitz duftete betörend. Auf der Heimfahrt nach der anstehenden Besprechung würde Sergej bei der Parfümerie im GUM einen Zwischenstopp einlegen und seiner neuen Frau Swetlana ein Geschenk besorgen. Er kaufte gern Chamade von Guerlain. Einen Duft, der nach dem Trommelsignal bei Napoleons Rückzug aus Moskau benannt war.

Sie verließen die Schnellstraße und fuhren in den Wald nahe dem Präsidentenpalast. Der Fahrer fragte, ob er das Fenster des Craigs öffnen dürfe, um den strengen Blumenduft zu vertreiben. Obwohl es ein kalter Morgen war, hatte Sergej Mitleid mit ihm. Und er bedauerte es nicht. Die hereinströmende Waldluft war kühl und sauber, wohl weil es gerade die Zeit zwischen herbstlicher Zersetzung und absolut tödlicher Winterkälte war.

Die Mauern rund um Nowyj Rim ragten mehr als sechs Meter in die Höhe. Überwachungstechnik und Sicherheitsmaßnahmen waren außerordentlich. Am Tor inspizierten drei Männer in Anzügen und langen, schwarzen Mänteln den Wagen, während ein vierter mit ebenfalls vor Erschöpfung geröteten Augen sich mit dem Fahrer unterhielt.

Der Palast war blassgelb mit weißen Säulen. Während das Auto darauf zurollte, näherten sich von rechts zwei Frauen mit für einen Ausritt gesattelten Pferden. Sergej erkannte eine der beiden und winkte. Auf dem Gelände gab es ein schönes Gewächshaus und einen Hühnerstall. Präsident Mironow hielt sich am liebsten in Nowyj Rim auf, weil es hier viel sicherer war als in jeder anderen Residenz oder den Präsidentenbüros im Kreml. Hier konnte niemand seine Gespräche belauschen.

Sergej war immer gern durch den Kreml spaziert, der während des Großteils seiner Karriere das Zentrum des weltweiten Kommunismus gewesen war. Puristen hätten vielleicht auf den Irrsinn und die Dekadenz dieses Zarenpalasts verwiesen. Doch soweit Sergej wusste, hatte noch nie jemand, der auch nur einen Quadratzentimeter des Kremls beherrschte, je vorgeschlagen, ihn abzureißen, das Gold zu Münzen umzuschmelzen oder alles zum Ruhm des Proletariats zu verscherbeln.

Mironow war ein klügerer Politiker als alle Präsidenten oder Generalsekretäre vor ihm. Und so bemühte er sich wenigstens, seinen Reichtum und Wohlstand zu verbergen und als Ergebnis privater Cleverness darzustellen – und nicht als Folge seiner Funktion als erster Staatsdiener der Russischen Föderation. Wenn Journalisten es gewagt hätten, hinter den Kauf und die Konstruktion von Nowyj Rim zu blicken, dann hätten sie festgestellt, dass am Ende einer langen Reihe von Scheinfirmen eine schlichte Transaktion im Namen des Geschäftsmannes und Investors Alexander Mironow stand.

»Nimm drei Aspirin und schlaf«, sagte Sergej, als der Fahrer ihm die Tür öffnete.

»Danke, Chef.«

Links neben dem Palast schraubte ein Mechaniker an Mironows Helikopter. Irgendwann im Laufe des Tages würde er nach Moskau fliegen müssen.

Mironow kam nicht heraus, um Sergej zu begrüßen. Dafür nahm ihn ein Agent des Geheimdiensts an der Eingangstür in Empfang und führte ihn in den Palast. Ihre Schritte hallten auf dem polierten Fußboden.

»Der Präsident schwimmt gerade. Stört es Sie, ihn im Schwimmbad zu treffen?«

»Natürlich nicht.«

Sergej zog sein Jackett aus und betrat den Aufzug, während der Agent etwas in ein verstecktes Mikrofon flüsterte. Auf halbem Weg nach unten war der Geruch von Chlor stärker als der Blumenduft. Sie passierten noch eine weitere Sicherheitskontrolle und kamen dann in den Fitnessbereich. Nachdem eine Karte durch ein Lesegerät gezogen worden war, standen sie neben dem Pool.

Mironow hatte soeben eine Bahn beendet. Er machte eine Pause. »Sergej. Hast du nicht Lust zu schwimmen? Ich habe Badehosen.«

»Nein, mein Freund. Aber danke.«

»Sind die Blumen für mich?«

»Gratulation.«

Bei allem, was Mironow tat oder sagte, ging es letztlich um Macht. Er war Mitte sechzig, nicht viel jünger als Sergej, aber er sah aus und agierte wie ein außerordentlich fitter Fünfzigjähriger. Es gefiel Mironow, die körperlichen Unterschiede zwischen ihnen zu betonen. Sergej war sich sogar sicher, dass sein alter Freund das Treffen aus dem Grund hier inszenierte. Nichts, was den Präsidenten betraf, war beliebig oder Zufall.

Mironow stemmte sich aus dem Wasser. Der Agent legte ein weißes Handtuch auf einen Stuhl, blickte sich noch ein letztes Mal um und verließ dann den hermetisch abgeriegelten Raum. Auf dem Weg zum Sprudelbad las Mironow das Handtuch auf.

»Als ich heute Morgen die Nachrichten aus Amerika gehört habe, musste ich an den Moment denken, wo du mir zum ersten Mal von unserem Eisvogel und ihrem Ehemann erzählt hast.« Mironow senkte sich in das dampfende Wasser. »Unser erstes gemeinsames Treffen ist mir in guter Erinnerung.«

Sergej lächelte. »Im Inter-Continental in Prag.«

»Ein herrlicher Tag. Eine herrliche Frau. Escargots! Trotz der Scheidung und ihren gelegentlichen Verfehlungen war sie eine perfekte Spionin und du der beste Betreuer aller Zeiten. Bravo.«

Sergej setzte sich an den Rand der Wanne.

»Als die amerikanischen Sender endlich Craigs Wahlsieg vermeldet haben und ich all die zornigen Männer in Golfkleidung mit den gereckten Fäusten gesehen habe – unsere ureigenen amerikanischen Soldaten –, da war mein erster Gedanke: Das ist alles zu perfekt, das ist das raffinierteste Komplott in der Geschichte der Staatskunst – und dass er uns irgendwie zerstören wird.«

Sergej richtete sich auf. »Ich wüsste nicht wie, Alexander.«

Als sie sich kennengelernt hatten, war Mironow schon fast kahl gewesen. Inzwischen besaß er nach mehreren Transplantationen einen überzeugenden Schopf. Die mageren Beine ließen die breite Brust irgendwie seltsam wirken, aber in der Wanne war der Präsident nichts als ein Torso.

»Er ist ein Monstrum des Chaos. Völlig undiszipliniert und damit ein unzuverlässiger Verbündeter. Er sagt und tut, was ihm in den Sinn kommt.«

Sergej war noch nie eines seiner Besitztümer entglitten, trotzdem wollte er dem Präsidenten über sein Telefonat vom Vorabend mit Elena nicht reinen Wein einschenken, wo sie sich die Seele aus dem Leib geheult hatte. »Wir haben doch beide Enkelkinder«, hatte sie gesagt. »Sergej, was haben wir nur getan?«

Mironow wischte sich mit dem weißen Handtuch die Stirn.

»Du musst dir um ihn keine Sorgen machen«, sagte Sergej. »Genieß das Geschenk. Wenn er irgendetwas über Elena ausplaudern würde, über uns, wäre das Selbstmord. Und außerdem gibt es keine Beweise.«

Mironow zog eine Pistole aus den Falten des Handtuchs, zielte auf Sergej und drückte zweimal ab. Er stieg aus der Wanne, während Sergej hineinsackte.

»Nein. Jetzt nicht mehr.«

43

MIAMI – 2018

Wenn sie nicht für eine Story auf Reisen war, fuhr Grace einmal pro Monat von Miami herauf, um mit ihrer Mutter zu Abend zu essen. Am Freitagabend war in The Grove immer Taco Night. Anfangs kam sie wöchentlich, und sie saßen an einem Zweiertisch. Im Laufe der Zeit musste Grace jedoch mühsam einen Platz für sich an einem Achter- oder Zehnertisch ergattern und stellte fest, dass sie ihre Mutter nur von einem lustigeren und freieren Abend mit ihren Freunden abhielt.

An diesem Abend spielte eine Mariachi-Band aus Ocala auf der kleinen Bühne im Freien. Die Kellner servierten jedem, der wollte, süffigen Tequila. Im August hatte bereits eine Verkostung von *reposado* und *añejo* stattgefunden. Gegessen wurde auf einer prachtvollen Terrasse mit Blick auf einen üppigen Garten und einen Teich. Immer mal wieder tauchte in dem Teich ein Alligator auf, und dann schaffte es die Seniorenresidenz ihrer Mutter in Central Florida in die Lokalnachrichten.

Grace betrachtete ihre Mutter, die mit ihren Freundinnen »Cielito Lindo« mitsang. In den Jahren seit der letzten Wahl war Elsie Elliott ein anderer Mensch geworden. Ein Arzt aus dem Team in The Grove hatte sich ihrer angenommen und innerhalb weniger Monate ihren Diabetes so eingestellt, dass ihr Sehvermögen sich besserte. Sie konnte sogar eine ihrer absoluten Lieblingsbeschäftigungen wiederaufnehmen: die Lektüre von Krimis und Liebesromanen.

Zu ihrem Geburtstag im September war Grace wie versprochen mit Elsie nach Prag geflogen, und sie hatten im Four Seasons logiert.

Gerade als die Mariachis mit ihrer Zugabe begannen, meldete Grace' Telefon summend einen Anruf. Für die Zugabe hatte man ihre Mutter und zwei andere Damen als Chor auf die Bühne gebeten. Grace ignorierte den Anruf und sah ihrer Mutter zu, wie sie, angeheitert vom Tapatio Añejo, vor dem Mikrofon schunkelte und vor ihren neuen besten Freunden sang: gute, attraktive, reiche Menschen in hübschen, weißen Kleidern, cremefarbenen Chinos und Button-up-Hemden, mit hübschem Schmuck und Markenuhren.

Am Ende des Liedes applaudierten alle, und ein Mann namens Barry, von dem sie befürchtete, er könne der Freund ihrer Mutter sein, erhob sich zu stehenden Ovationen. Grace hatte die Nummer des Anrufers nicht erkannt, aber sie hoffte, dass es einer der Redakteure war, mit denen sie in Verbindung stand, der an einem Freitagabend verzweifelt eine Killer-Story an eine nicht so verzweifelte freie Journalistin vergeben wollte.

Sie spazierte in den Garten, um ihre Mailbox abzuhören. »Ich bin morgen geschäftlich in Miami. Können wir zusammen Abend essen?«

Es war Elena.

Sie verabredeten sich im La Vaquera, einem argentinischen Restaurant in South Beach, zu Fuß eine halbe Stunde von Grace' kleinem orangefarbenen Ranchhaus an der Michigan Avenue entfernt.

Als Grace am nächsten Abend das Lokal betrat, bat der Kellner um einen Lichtbildausweis und führte sie dann durchs Restaurant und die Treppe hinauf. Sie war erst ein Mal zum Brunch hier gewesen und kannte den separaten Bereich mit freiem Blick auf Strand und Meer – wo es bereits dunkel war – gar nicht. Elena saß allein in dem riesigen Raum und blickte über das rege Treiben auf der Terrasse im Erdgeschoss hinweg.

Sie stand sofort auf. »Duše moje.«

Ein glatzköpfiger weißer Riese von einem Mann fragte höflich, ob er Grace auf Waffen und Abhörgeräte untersuchen dürfe. Ihr Handy nahm er an sich.

Die Durchsuchung war außerordentlich gründlich und nicht mit dem Sicherheitscheck an Flughäfen zu vergleichen. Als der Mann fertig war, entschuldigte er sich für die Unannehmlichkeit und ließ die beiden allein.

Sogleich erschien ein Kellner mit Champagner.

»Ich war so frei.« Elena inspizierte die Flasche. »Es ist ein Larmandier-Bernier Terre de Vertus Premier Cru.«

Grace wusste, dass sie beeindruckt sein sollte. »Oh.«

»Ein großartiger Jahrgang, 2009.«

»Vielen Dank, Ms. Craig. Und was für ein herrlicher Platz.«

»Für dich alles, duše moje.« Während der Kellner noch die Flasche öffnete und den Korken dezent knallen ließ, stand Elena auf und küsste Grace auf die Wangen. In ihrem für die Jahreszeit nicht ganz passenden hellen Leinen hätte sie, nach Grace' Einschätzung, wunderbar ins The Grove gepasst. Die warme Brise bewegte ihre weite Hose und das offene Haar. Sie hatten zwei Jahre zuvor zuletzt miteinander gesprochen. Auf der Rückbank einer Craig-Limousine in Mladá Boleslav. Elena sah müder und älter aus, als Grace sie je gesehen hatte. Auch ein bisschen aufgedunsen. Beinah so alt, wie sie wirklich war. Das Zittern der linken Hand war neu. Nachdem der Kellner ihre Gläser gefüllt hatte, wollte er sich zurückziehen.

»Sie können gleich anfangen, das Essen aufzutragen«, sagte Elena.

»Oh. Sehr wohl, Ma'am. Was … möchten Sie denn essen?«

»Wir sind zu zweit.« Elena legte eine Hand auf die von Grace. »Sagen Sie dem Küchenchef, er soll uns beeindrucken.«

»Wunderbar. Wunderbar, Ma'am.«

Während Anthony Craig an die Macht kam, war Elena unsichtbar geblieben. Von Zeit zu Zeit las Grace über sie, dass sie nach wie vor eine vertraute, inoffizielle Ratgeberin des Präsidenten sei.

Was Grace an ihr immer am meisten bewundert hatte, war noch vorhanden: ihr Selbstvertrauen, ihre Haltung, ihre Eleganz und ihr Charme.

Aber da war auch etwas Neues.

»Es muss aufregend sein, mit ansehen zu dürfen, wie Ihre Familie … die freie Welt beherrscht.«

Elena lächelte weder, noch nickte sie. »Der Mann, der dich durchsucht hat, mein Bodyguard, er arbeitet für die Regierung. Ich habe ihn gebeten, den Raum vorher auf Wanzen zu prüfen, damit wir offen sprechen können. Dein kleines Haus, duše moje, ist es hübsch?«

»Das ist es, vielen Dank.«

»Und deine Mutter? Ist sie glücklich?«

»Sehr glücklich. Und gesund. Sie ist wie verwandelt.«

Elena nahm einen Schluck von dem teuren Champagner. »Verstehst du jetzt, warum wir tun mussten, was wir getan haben?«

Grace dachte an den Komfort und die Sicherheit ihrer Mutter, an ihren eigenen Wohlstand und die einsame Zufriedenheit ihres jetzigen Lebens. Sie könnte sie jede Nacht gegen eine explosive Sorge eintauschen. Die Sorge, dass man ihr die Mutter nahm oder ihr eigenes Leben mit einem vergifteten Drink oder Essen endete oder dass ein Nadelstich an einem Flughafen, den sie kaum spürte, sich zu einem Dämon aus Schmerz, Leid und Finsternis entwickelte. Sie verstand ganz klar, warum sie *tun mussten, was sie getan hatten.*

»Ich kann mir vorstellen, dass die Entscheidung noch einfacher ist, wenn man eine Tochter hat.«

»Sie ist einfacher und komplizierter, duše moje. Weil es dann gar keine Frage mehr ist. Man unterwirft sich, weil man für das eigene Kind sowieso alles tun würde. Verstehst du?«

»O ja.«

Von unten klang eine mit Tanzrhythmen unterlegte Chacarera herauf, während sie beide an ihrem Champagner nippten und über die Paare auf der Terrasse hinwegblickten.

»Weiß eigentlich irgendjemand, was Sie erreicht haben, Elena?«

Sie zuckte die Achseln. »Mein guter Freund Josef Straka natürlich. Inzwischen weißt du ja auch von meiner Beziehung zu Sergej.«

»Ich weiß, dass es ihn gibt. Aber ich weiß sonst gar nichts über ihn.« Grace verspürte den Impuls, sich Notizen zu machen, aber warum und wozu? Es war ja vorbei.

»Er ist tot.«

Grace wusste nicht, ob sie kondolieren sollte.

»Du steckst mit mir in meinem Gefängnis.«

»Ich lebe ein Leben, das ich sonst niemals geführt hätte.«

»Es ist ein Fluch. Das wirst du noch sehen. Eine langsame Infektion, die alles verschlingt. Weißt du, für sie sind wir nichts. Sergej hat uns seine Besitztümer genannt. Diese Männer, die uns besitzen, die haben tatsächlich nur ein einziges Ziel, und das möchten sie gerne noch zu ihren Lebzeiten erreichen.«

»Und zwar?«

»Das Oberste zuunterst zu kehren.«

»Was meinen Sie damit?«

»Uns auf so kunstvolle Weise zu zerstören, duše moje, dass wir gar nicht merken, was passiert. Wir spüren den Dolch nicht, wenn er eindringt. Wir verbluten nur langsam.«

»Wir?«

»Die haben dich und mich, meine Tochter. Und natürlich auch ihn.«

Grace musste an all das denken, was seit der Wahl passiert war. Es fühlte sich wie ein Staatsstreich in Zeitlupe an.

Elena deutete auf die Terrasse voller Liebespaare und auf den dunklen Strand, wo tapfere Nachtjogger geräuschlos barfuß liefen. »Sie haben uns alle.«

Grace musste an ihre Mutter denken, wie sie im Foyer des Four Seasons in Prag an einem Glas mährischen Weins genippt und ihrer Tochter dabei stolz zugezwinkert hatte. Ihre Mutter glaubte, das Geld für das neue Leben verdanke sie einem Buchprojekt, irgendwas Geheimem. Einem Ghostwriting-Auftrag.

»Eines Tages wird irgendwer dahinterkommen.« Elena drehte ihr Champagnerglas auf der Tischplatte in sanften Kreisen. »Du bist ja auch dahintergekommen.«

»Roberta McKee meinte, es werde nichts hinterlassen. Keine Spur.«

»Kennst du meinen Decknamen?«

»Sie sind so hübsch, die Eisvögel. Ein guter Name für Sie.«

»Das sind sie wohl. Deshalb haben sie mich, hat Sergej mich rekrutiert. Ich war so hübsch.«

»Und eine Athletin.«

»Eine mittelmäßige Athletin. Gerade schlau genug, gerade dumm genug. Ich hatte Freundinnen, schlauere Freundinnen, die es nicht geschafft haben.«

»Was meinen Sie damit?«

»Ich meine, dass sie tot sind. Sie konnten nicht ertragen, was ich ertragen habe.«

»Das Leben einer legendären Multimillionärin?«

Elena schüttelte den Kopf. »Werd erwachsen, duše moje.«

Der erste Gang wurde serviert: kleine Fleischstücke in Chimichurri-Sauce, ein bisschen Chorizo und eine Art Grünkohlsalat. Alles duftete köstlich, und sie lobten den Kellner, der noch ihre Champagnergläser nachfüllte. Grace war eigentlich nicht mehr hungrig. Der Sicherheitsmann tauchte auf und blickte sich um, anscheinend um sicherzugehen, dass sich kein Ninja unter der schwarzen Schürze des Kellners hereingeschlichen hatte.

Als sie wieder unter sich waren, bemerkte Grace, dass Elena wohl ebenso wenig Appetit hatte wie sie selbst.

»Wie viele gibt es davon, von Frauen wie Ihnen und Roberta? Schwalben?«

»In den Siebzigerjahren waren es in Amerika zwanzig oder dreißig.« Sie klang verdrießlich. »Inzwischen sind es wahrscheinlich fünfhundert.«

»Ms. Craig, heißt das nicht, dass Sie gewonnen haben?«

Elena gluckste, aber nicht wie über etwas Lustiges. »Ich nehme Tabletten gegen Depression. Die schwemmen mein Gesicht auf.«

»Warum wollten Sie mich eigentlich sehen?«

Elena blickte wieder auf die Terrasse hinunter. »Weißt du, vor der Wahl, da habe ich versucht, dir zu helfen. Aber ich musste vorsichtig sein.«

»William.«

»Du konntest doch nicht einmal Tschechisch. Er wusste, wo zu finden war, was gefunden werden musste. Ich wollte, dass du es schreibst, irgendwas schreibst, noch vor der Wahl. Dann habe ich meine Meinung geändert. Ich hatte Angst.«

»Er hat mich perfekt getäuscht.«

»Glaub mir, duše moje, dass er sich in dich verliebt hat, das war nicht Teil seines Auftrags.«

Grace merkte, wie ihre Augen sich mit Tränen füllten. Sie musste an das Leben denken, das sie beinah geführt hätte. In einer kleinen Wohnung im Süden Londons und an den Wochenenden Spaziergänge mit ihrer Mutter im Park.

»Du wolltest ein Buch schreiben.« Elena beugte sich über das unangetastete Essen. »Lass es uns schreiben. Ein Buch über die Wahrheit.«

Grace war verblüfft. Damit hatte sie nun wirklich nicht gerechnet. »Aber das können wir nicht. Die werden uns …«

»Uns umbringen? Vielleicht. Vielleicht auch nicht.«

In Grace' Ankleide gab es einen schwarzen Safe, in dem sie ihre Story und die Aufzeichnungen über Elena verwahrte. Sie hatte einen uralten Mac-Laptop ohne Internetzugang verwendet. »Ms. Craig, ich habe schon damit angefangen.«

»Ich wusste es.« Elena erhob ihr Champagnerglas. »Das wusste ich über dich, duše moje. Dass du mutig genug dafür bist. Ich werde dir alles erzählen.«

»Moment, Moment.« Plötzlich war Grace' Appetit wieder da. »Wie würde das funktionieren?«

Und dann schmiedeten sie die nächsten zwei Stunden über Pläne. Bei mehreren weiteren Tellern mit Fleisch und Soßen, dem restlichen Champagner und einer Flasche Malbec. Weil es keinen Ort gab, wo sie sich hätten verstecken können, beschlossen sie, sich gar nicht darum zu bemühen. Sie würden sich im Spa treffen und in den Hamptons, wo sie sich auch früher getroffen hatten. Elena würde ihre Geschichte erzählen.

Morgens, und zwar jeden Morgen, wacht Grace auf und fragt sich, ob heute wohl der Tag sein wird. Wenn sie vom Spaziergang mit ihrem neuen Welpen nach Hause kommt, inspiziert sie den Safe in der Ankleide. Um sich davon zu überzeugen, dass er noch da ist und der alte orangefarbene Computer sich noch darin befindet und das am Vorabend Geschriebene gesichert ist. Zweimal täglich ruft sie ihre Mutter an und sagt ihr, wie lieb sie sie habe. Einmal monatlich fährt sie nach St. Petersburg, um dort drei Tage lang als Tutorin für junge Journalisten zugange zu sein. Sie nimmt an Demonstrationen teil und unterschreibt Petitionen. Und jeden Abend geht sie in der Hoffnung schlafen, morgens wieder aufzuwachen.

Grace weiß, dass das alles jeden Tag zu Ende sein kann, noch bevor wir das Ende des dahingeschriebenen Fragments eines letzten Satzes erreicht haben. Und sie will, dass man weiß, warum.